U0938915

紫砂壶 长篇小说书系之拾陆
ZISHAHUCHANGPIANXIAOSHUOSHUXI

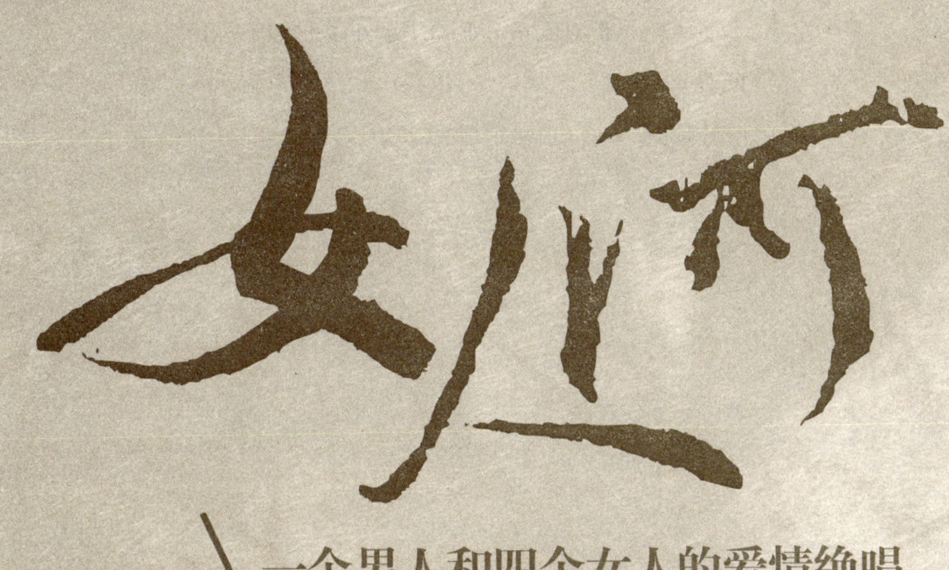

女人河

一个男人和四个女人的爱情绝唱

[旅美作家] 吴兰波◎著

中国华侨出版社

图书在版编目(CIP)数据

女人河/吴兰波著．—北京:中国华侨出版社,2010.10

ISBN 978-7-5113-0777-4

Ⅰ.①女…　Ⅱ.①吴…　Ⅲ.①长篇小说—中国—当代

Ⅳ.①I247.5

中国版本图书馆 CIP 数据核字(2010)第 200231 号

●**女人河**

著　　者/吴兰波
出 版 人/方　鸣
责任编辑/崔卓力
形象包装/纸衣裳书装
版式制作/华　静·晓　月
责任校对/钱志刚
经　　销/全国新华书店
开　　本/710×1050 毫米　1/16 开　印张/18.5　字数/256 千
印　　刷/北京溢漾印刷有限公司
版　　次/2011 年 1 月第 1 版　　2011 年 1 月第 1 次印刷
书　　号/ISBN 978-7-5113-0777-4
定　　价/35.80 元

中国华侨出版社　　北京市朝阳区静安里 26 号 3 层　　邮编:100028
法律顾问:陈鹰律师事务所　　编辑部:(010)64443056　　64443979
发 行 部:(010)64443051　　传　真:(010)64439708
网　　址:www.oveaschin.com　　E-mail:oveaschin@sina.com

目 录

第一章　大地是小姑

一

人们常说母亲是大地，这话十分确切。对于我来说，大地是小姑，就更加确切了。我甚至还可以把小姑比作是我的母亲河，因为生我的是母亲，养育我成长的——是小姑。

我虽然接到了大伢子打来的类似讣告的电话，尽管大伢子是小姑的儿子，我还是不愿轻易相信小姑已经离开人世。因为六十年代初农村三年饥荒时，我接到过小姑的死讯，可小姑还是活过来了，一直活到饥荒过去了，活到家家户户过上了好日子。我相信小姑这次也一定能活过来。我在心里默默地念叨着，小姑平安，小姑健康长寿。但接过电话，我还是丢下手头的工作，怀着一颗忐忑不安的心，立即动身，赶往小姑家的村庄。

我母亲死在月子里。母亲生下我几天后就发烧不退，也就是产后感染，搁现在打吊针兑几瓶抗菌素就好了。那时中国太落后，日本鬼子还跑来烧杀淫掳，哪儿有抗菌素？城里洋人开的医院里有，叫盘尼西林，据说比金子还贵，买不起。乡下人生病了，不是将病人抬到城里医院看医生，是抬菩萨。

我老家展坝村的祠堂里供着一尊展公菩萨。传说几百年前展氏家族这位生卒年月不详的展公，读了很多医书会看病扎针，深受乡亲敬爱。他一辈子没结婚后来不知为什么出家当了和尚，死后升了天成了神仙。家族请一位能工巧匠用泥巴将他塑成菩萨涂上油彩，还他生前的光辉形象，衣冠整洁，和颜悦色，放祠堂里供着，让他不辞劳苦继续为当地百姓医疗保健事业作贡献。

展公菩萨为乡亲看病抓药也不难。五六岁时我见过。四个壮汉抬着泥菩萨就在村里村外转悠，一旦停下来，家里人就在四周寻找，杂草树根癞蛤蟆皆可入药。听说也有吃了药病愈的，可那年我母亲却是死于展公菩萨抓的药。

我母亲发烧不退，不是因为家里穷没钱进城里医院。是我父亲不在家。父亲在南京上中学接受了进步思想，国家兴亡匹夫有责，婚后没几天就丢下难分难舍的妻子投身革命去了，直到我母亲临产他都没回来。家里只有我奶奶，她老弱无能拿不定主意，就按乡里的习俗抬菩萨抓药。母亲咳咳呛呛喝了两口热噗噗的草药汤，两腿一伸就一命呜呼了。母亲的音容笑貌我丝毫没有印象，这也难怪，她咽气时我只能算是个有一点生命的小肉团子。

母亲死后，父亲回家料理几天还是出外去革命，把我丢在乡下让奶奶抚养。父亲不是参加新四军打日寇，他娶了后妻在城里过日子。我长大了在电影上看到，解放前在城里过日子做一份体面的工作，经商做买卖或是在当时的政府机构混个一官半职，暗地里干革命叫地下斗争，比上战场刺刀见红还要惊心动魄，这才对父亲的身份有了些了解，心中平添了几分自豪。

那年奶奶五十多岁，裹着小脚行动很不方便，就请一位远房亲戚家的十二三岁小姑娘来带我。她其实和我家没有一点亲缘关系，远房亲戚只是说说而已，有个名分，好让我喊她小姑。

一个十二三岁的小姑娘带一个小肉团子可真不容易。

小姑家住在三四里外的杨湾村，每天一大早赶过来给我穿衣起床，然后抱着我东村西村找有奶孩子家的婆娘去讨奶。后来干脆就在我家住下，起早摸晚带我。周岁后，我断了奶，小姑还是背着我在村子里晃荡。我饿了哭了，赶快回家煮米糊，怕我烫了自己先用舌头在勺子上舔一舔，吹一吹，再喂我。小姑抚育我五六年，我有些懂事了，小姑也长成大姑娘。

小姑长成大姑娘，小姑谈恋爱了。和小姑相好的是我二大叔展仁浩。那会儿我什么也不懂，只记得他俩常带我在一起玩耍，特别开心。二大叔在南京上中学，放暑假回来带我到河塘里划水。我三岁就喜欢玩水，捏着小鼻子沉下去扎猛子就是二大叔教我的，他嘻嘻笑着，好乘机在水里摸我的小麻雀，我护痒，害我呛了几口水，我哇哇地哭了起来，小姑蹲在塘边捂着嘴巴笑。

展仁浩只能算我同宗的叔叔。他的父亲展德发是我已故祖父的堂兄弟，我喊他二爷爷。展德发的大儿子早死了，希望全寄托在二儿子展仁浩身上。展仁浩高中没念完就回来了，找人把村上的祠堂打扫干净粉刷一新，置了些课桌椅，办起了展坝小学，按洋学堂规矩打铃上课。村民多数夸赞，但他父亲说儿子没出息，回乡办学是假，急于成家是真。但二大叔并没有急于成家。

展家祠堂挂起了“展坝小学”牌子的头一天，我就进了这所祠堂小学，展仁浩就是我的启蒙老师。他在家是二少爷，在学堂里，学生们都喊他二先生。

是二大叔让我上学的，书本和铅笔也是他给的。没有书包，小姑找一张厚一点的纸折叠起来就可以夹着书本上学了。早上小姑把我送进祠堂，搁椅子上坐好，自己就退到门口也不走。开头几天我老是偏过头来看门外的小姑，瘪着嘴想哭，小姑也不进来抱我，她就靠在门边望着我笑。过几天我上学不哭了，小姑还是一直靠在门边，我有时偏头看看她，我发现她不是在望我。她是走神了，她望着讲课的二大叔在笑呢。

小姑带了我五六年不走神，没出一点事。一走神，出事了。

那天快要放晚学了，孩子们还伏在课桌上做作业，二先生不在课堂上，也没看见小姑站在门口。他俩许是躲哪儿谈心去了。正巧，村上不知哪家有人生病，到祠堂里抬菩萨。孩子们一窝蜂都离开座位跟着抬菩萨的后面跑。我没看见站在门口的小姑，也就丢下书本跟着孩子们一起跑，一直跑到村西口。小姑从没带我来过村西口。菩萨抬回去了，我就留在那儿玩耍。

小姑来到教室门口一看，学生们跑光了，只看见我的课桌上摊着书本，她拿起我的书本赶忙往回跑。进门就问奶奶，舒舒可回家了？奶奶说没见舒舒回来。小姑这一下慌了！她丢下我的书本赶快出门去找。听人家说孩子们一窝蜂跟着抬菩萨的看热闹去了，又有人说，菩萨抬回去了，她又跑回祠堂一看，一个孩子也没回来，只有展公爷端坐在他的宝座上，小姑急出一头大汗。

小姑赶往村东口的大龙塘，那是二大叔常带我玩水的塘口。没人。她知道我玩水从来都是脱得精光光，一看塘埂边上也没有衣裤鞋袜肯定没下水。小姑不急了。她转身回村。再找。当小姑出了村西口上了大圩堤，看到的是她料想不到的惊险一幕！

村西口有一条大圩堤，圩堤外是草滩，也就是村上的放牛场。放牛娃都是十来岁，一个个脱得精光光，有的骑在牛背上，有的躺在草地上睡懒觉，一顶破草帽把脸盖住。金灿灿的夕阳照耀下，十几条水牛散在草滩上低头吃草，那风光很美，偶尔有两条牛碰上了牴起角来，放牛娃围上去起哄，草滩上显得生机勃勃。

放牛娃都认识我，看见我来了，草滩就热闹起来。有几个跑过来喊我，“舒舒！快过来骑牛！骑牛好玩！”

我很想骑牛，又怕，走到草滩边，止住了步子。有一个放牛娃牵着我的手说，“不用怕！舒舒，快把衣裳脱了吧！”

我架不住哄，就把衣服脱了，走进了草滩。一个大一点的放牛娃立即从牛背上溜下来，把我连抱带推，送上了牛背，接着他自己也一跃而上，把我搂在怀里，说，“舒舒！我四岁就敢一个人趴在牛背上骑啦！你都五六岁了，还怕什么怕！”

他搂着我骑了一会儿，我觉得很好玩，一点也不怕，他就从牛背上溜了下去。我一人骑在牛背上情况就不对劲了。那牛先是缓缓移动了两步，接着就跑起来！牛一跑起来就吓人了，那牛背上是一个脱得精光光没骑过牛的毛伢子哦！十几个放牛娃也吓得叫了起来。就在这千钧一发之际，小姑来到了大堤上！

小姑被吓懵了！但她立刻回过神来，顺着大堤的斜坡直冲而下！一直跑到那头牛的前面！她根本没去想那奔跑的水牛撞倒她怎么办！好在那牛看见有人跑过来，就停下了，没撞着小姑，但我还是从牛背上滚了下来！小姑大喊一声，“舒舒！”

小姑慌忙从草地上把精光光的我抱起来，接着就是一串串眼泪流的哟！她流满泪水的脸贴着我的小脸，我双臂搂着她的脖子也跟着哭了起来。两张脸贴在一起，泪水也和在一起。小姑把我紧紧地抱在怀里往坡上跑，小姑穿的是薄薄的布衫，衣领敞开着，我精光光的小胸膛，贴着小姑皮肤光洁的胸口。她急促的呼吸，甚至她剧烈的心跳，我都感觉得十分真切。前几年小姑天天怀抱我这个小肉团子我毫无感觉，可这一回和小姑的紧密接触却让我，一个刚刚开蒙识字的小男生有了一种前所未有的朦胧感受。

夕阳渐渐沉落，晚霞绚丽多彩，草滩上的牛群在奔跑，放牛娃在吆喝。在绿茵茵的堤坡上小姑紧紧地抱着我，我和小姑的心贴在一起跳动……几十年过去了，回想起来，那天的情景还十分清晰。小姑十七八岁时美丽的形象还栩栩如生地留存在我的脑海里，可大伢子的电话却说小姑已经离开了人世！

二

放牛滩上的事发生后，小姑带我一点也不走神了。她每天送我上学，接我放学，总是牵着我不撒手。我自己也觉得好像长大了许多。有时小姑要抱我回家，我不要她抱，就挣脱小手往前跑。小姑逮着我还眯眯笑着在我屁股上打两巴掌。小姑对我一言一语，一举一动，我都能体会到她多么心疼我。

小姑像母亲一样呵护我，又像大姐姐一样伴我玩耍亲密无间。小姑辛辛苦苦抚育了我五六年，让我这个没娘的可怜孩子快乐地度过了幼年，是多么的难能可贵啊！小姑比我大一轮也就是大我十二岁，年龄介于两代人中间，所以我才有既觉得她像母亲又觉得她像大姐姐的那种感觉，但隔着一层肌肤之亲，这就算不得母爱了。母爱向子女所奉献的不仅是心血和操劳，而且包括她的整个肌体。所以人们才把母亲比作大地。

我从未感受过肌肤之亲的母爱。我只被爱过一回。像母亲一样敞开胸怀给过我一回肌肤之亲的，也是小姑。

那一年我六岁。这件事我忘不掉，一直到老还记在心里。

在展坝小学读了一年书，仁浩二叔和我奶奶说，“舒舒这伢子真是少见的聪明，能默写二百多字了，算术的乘法口诀也背得滚瓜烂熟。该让他进城上学了，长大了不得！”

那天清晨，奶奶坐在后院里梳她的长发。院墙是泥巴垒的上面攀着南瓜藤子。朝阳金灿灿地照着碧绿碧绿的南瓜叶子上，点点滴滴的露珠晶莹透亮，南瓜花是鲜嫩鲜嫩的黄。奶奶将长发挽成一个巴巴鬏搁在脑后，偏过头来，看见我已经起床，就瘪着嘴笑笑说：“舒舒，快去让小姑帮你换一件新衣裳，跟小姑进城，到你爸爸那儿去上洋学堂。”

我一听说要我走，眼泪就在眼眶里打转转，我舍不得离开奶奶。我揉揉眼睛看着站在奶奶身边的小姑，想哭哭不出声来。

“这毛伢子闷犟，要强的性子磨难命。出世就殁娘，算命的说他八字硬。”奶奶伤感地叹了口气。

“大婶娘，你别这样说毛伢子，这点大你就说他磨难命！”小姑嗔怪奶奶，立即跑过来抱起我说，“舒舒没有磨难了，舒舒一辈子顺顺当当。乖伢子，想哭就哭出声来，不哭出声来伤人。”

我听小姑话，就小声地哭起来。小姑给我擦掉眼泪。抱着我去摘南瓜花。南瓜花在面粉糊里蘸一蘸用油炸了好吃。小姑会炸南瓜花。我吃过好几回了。小姑说，“只能摘公花不要摘母花。母花摘了不结小南瓜。舒舒，我来教你，哪是公花，哪是母花。”

我吃了油炸南瓜花很开心，当天就跟小姑进了城。

父亲和后娘住在江城的一条小巷子，叫来龙里，是二楼。我跟在小姑后面上了楼，头一回见后娘，后娘正敞着胸奶孩子，让孩子吮一只奶，摸一只奶，嘴里亲亲乖乖喊个不停。我看了心里痒痒的。小姑望了我一眼，好像看出了我心里在想什么。

父亲微微笑一笑说：“舒舒，还不快喊妈。”

后娘看了我一眼，我有点怕。我抿抿嘴低头喊了声“妈。”

后娘没应声，但她脸上的表情很好看，是个长得很漂亮而且十分年轻的城里女人。在乡下我见到人家孩子亲亲热热喊妈，心里不是滋味，而我只有奶奶和小姑可喊。这会儿喊了一声妈，可又觉得这声妈喊得太委屈，眼眶里就涌出了泪水。

小姑将我一把拉进怀里说：“别哭别哭，喊了就行了。”小姑给我擦掉眼泪，那神态好像她才是我的亲妈。

小姑在城里住了几天，她很勤快，帮后娘烧饭洗衣拖地板，后娘很喜欢她，想留她做保姆。小姑笑笑，还是要回家。

小姑在回乡下前一天对我说：“我明天要走了，舒舒，今晚你跟我睡。”

小姑的床铺开在厨房里。那晚我就跟小姑睡，我钻进了小姑的被窝里。小姑把厨房门关好，熄了灯，进了被窝，就把我搂在怀里，我感觉到从未有过的温暖舒适。

我说：“小姑，你明天真的要走吗?”

小姑说：“要走的。我得回家。”

我说：“那你带我一道去吧！我要回奶奶家！”

小姑说：“你不能跟我回去，你很聪明，要留在城里好好读书，长大了不得！你仁浩二大叔说的，你忘啦?”

“我不要在城里上学，我要小姑，我要跟你回家，就在二大叔那儿上学……”我说着说着就扁嘴哭了起来。

“别哭，别哭。”小姑赶忙用手给我抹抹眼泪，接着轻声地对着我耳朵说：“舒舒，你不哭，小姑让你摸奶奶。”

厨房有一个小小的窗户透过一丝丝的光亮，小姑说着就捋起内衫在幽暗中我便看见两只饱满的白生生的乳房。

那年小姑十八九岁还是个姑娘。

“摸吧摸吧。”小姑轻声说。

听她说这话，还有她捋起内衫爽快的动作我觉得很突然，有点惊讶也有点胆怯。小姑拿过我的小手放到她胸口让我摸，我有一种从未体验过的愉悦的感觉，用小手轻轻地抚摸她挺挺的乳房。小姑叹了口气说：“你亲娘死得太早，真可怜。”

听了这句话我心里觉得怪委屈的，摸了一下就将小手缩回去。心里还想摸，却没有再伸手，后来就睡着了。

第二天早上我醒来时，发现小姑已经走了。她肯定是一大早就轻轻地起床，没有将我碰醒，怕我醒了，要闹着跟她走。她还把我的被头掖得紧紧的，不让我受了凉。我捂着被子流眼泪没有哭出声，我想小姑一定也是抹着眼泪悄悄走的。

小姑走后。我心里总是觉得空落落的。爱的感受像游丝一样飘然远去，留下的是孤寂而苦涩的童年。

有一天晚上我做了一个梦。我梦见两座圆圆的山，一个比我还小的孩子从两山间的山谷向上爬，用细嫩的小胳膊小腿拖着光溜溜的身子，一直爬到山丘的尖顶上，然后滑下来，再爬另一座圆圆的山丘。后来我好几次做过同样的梦。

也并非是梦，是半醒半梦。是初入梦乡。是混沌。

很多年后，一位名叫弗洛伊德的西方心理学家的理论悄然流行。根据他的学术去分析，六岁那一年，十八九岁的小姑让舒舒摸奶奶，有怜悯也有爱，而实质是“性”，是广义而言的性本能。否则完全可以用买一块糖，或是做一件新布衫，来表达对舒舒的怜和爱，那样，舒舒也绝不会铭记在心，对小姑产生恋母情结，即所谓“俄狄浦斯错综”。

六岁幼童也有性本能。

“未知牝牡之合而朘作，精之所至。”是自然。这话是两千五百年前东方大哲人老子说的。

三

那年秋天，我进了城里的国民小学。过两年，江城解放了，学校改名为人民小学。小学的事我大多记不清了，唯独一次罚站经久不忘。因为那次罚站对于我来说太重要了！

我像操场上围墙边那根毛竹旗杆似地孤零零地面对黑板站着。我离黑板很近，能闻到黑板上粉笔灰的呛人气味。我一直望着黑板，黑板上面没有字，老师用粉笔写的几个歪歪扭扭的字让值日生擦了，擦得花花糊糊，好像一个个漩涡，像在一片黑暗中动荡着一团模糊的灰色混沌。久而久之，我自己也整个儿地溶化到混沌之中了……那年我八岁。三年级小学生。

问题出在我好提问。这几天我正在看一本叫《自然读本》的课外读物，看得很有兴趣，书中讲的是恒星和行星，天空布满了无数颗恒星，恒星永远是发光的，太阳是其中的一颗。我们地球是行星，行星都围绕着恒星转。我也不知怎么就老是在想，到了晚上，太阳落了，可无数颗恒星还在天上，为什么天就黑了呢？班主任李老师上常识课，我举手提问，老师没有回答出来。下课时他揪住我的耳朵将我拖到黑板边说，“展望舒！你敢刁难老师！面向黑板站好，天黑了才准回家！”然后昂一昂头，转身走了。

于是，我便留在空空的教室里罚站。

这是一幢破旧得难以支撑下去的平房。

教室外是狭窄的走廊，走廊外面就是操场。操场的一边有一个小沙坑，小学生跑上十来步向坑里跳，比赛谁跳得远。总是吵吵嚷嚷。另一边是一个摇摇晃晃的秋千架。常有小孩从悠悠荡荡的秋千上面玩掉下来，摸摸跌疼的屁股，引起阵阵哄笑。

这会儿操场上没有了笑声，没有了吵嚷。学生们整队集合，

降下一面红布做的新国旗后都放学回家了。

教室的门洞开着。夕阳照着空空荡荡的操场，再把亮光照进阴暗的教室里，映着门框和窗格子的光影投在地上，投在七零八落的课桌上。明亮的光影投进教室，像投进一个阴暗的大窟窿。门的光影渐渐地爬到黑板边，爬到我脚下。对于人的视觉，光明是一种诱惑。对于人的思想，光明更是一种诱惑，不可遏制的诱惑。它有一种迫使人转移视线和转移思维的很强的吸引力。

门的光影十分果断地抓住了我的视觉并将我从黑暗中从灰色的混沌中牵引出来。这时我才注意到，老师和同学都走完了，在夕阳射进的炫目的光彩里，像有无数亮丽的精灵跳着舞蹈来陪伴我。于是，我蹲下身子，瞪大眼睛去注视，却只见地面上一块白白净净的光明，那是夕阳穿过洞开的门投下的雪亮的光影。我想细看地面上光影的爬动。一丝一毫的爬动……

我从书包里取出削铅笔的小刀在地上亮与暗的交接处，刻上一道印记，不眨眼儿地看着光影的超越。我十分焦急，光影却纹丝不动。我只有耐心地等待。当我耐心地等待不再焦急时，光影却悄悄地爬过了印记。我又在新的明暗交接处刻上一刀，然后进入新的等待。等待光影难以察觉的爬动……

书上说，一寸光阴一寸金，光阴就是时间的意思。我从书包里取出小尺，量一量两道印记之间，门窗的光影爬过了几寸。我在无意中用光影在空间的移动来证明时间的流逝，我觉得这很有趣。一个小学生当然还不知道空间和时间原来是两个紧密相连的最基本的物理概念。我更无法预料这竟是我长大后与时间和空间这个看似浅显，而却极其深奥的研究课题打交道的起点……

我蹲在地上观看光影的爬动，从门窗照进教室里的光影越爬越长，一直爬到对面斑驳的土墙上，橘黄色的亮光就渐渐变成了暗红。光明已耗尽热情，直至枯竭，黑暗一步步逼近，便在不知不觉中包围过来。在大范围外空的背景里传来一种我从未听到过的狞笑声。一阵惶恐袭进我小小的心灵。我有点头晕。我觉得这屋子被黑暗挤压得像要坍塌似的。平时上课下课乱哄哄的，什么声音也不在意。在这黑暗到来的时候死一般寂静，我听到了屋梁将要断裂的痛苦哭泣声。我害怕极了。

只听得哗啦啦一阵轰鸣，接着就是哭声喊声乱作一团。教室塌了！正在上算术课，砸伤了不少小学生。有人说死了好几个。学校大门对着一条巷子。住在巷子口的几个老太婆听说死了小学生就凑到一起唉声叹气抹眼泪，说是作孽呀作孽，怪不得呢，头天夜里听到了鬼叫，是几个小鬼还嘤嘤地哭。

可医院抢救结果没一个死亡。原因是屋梁的断头将要砸到站在黑板边演算试题的三个小学生时，怀有身孕的女教师赵如玉奋不顾身冲上去掩护了他们，同时还没忘记大声喊："座位上的同学们！快钻到课桌下面去！"

我是站在黑板边三个学生中的一个，是赵如玉老师救了我一条小命。这辈子，我永远不会忘记她！

学生得救了，可是女教师被屋梁砸倒在地，流了产。教育局长亲自到学校在操场开大会表扬女教师赵如玉，让三个被救的学生也上了土垒的主席台，台很小，上去七八个人就很挤，连班主任李老师也没上台。台中央是毛竹旗杆上面飘着五星红国旗。赵如玉老师苍白的脸上挂着慈祥的笑容，但刚从医院出来显得很虚弱，赵老师搀着我的手，我感觉到她的手在颤抖。我禁不住流下了眼泪。教育局长在会上说，要给学校拨款，建新教学楼，还宣布给一个调干生名额，保送赵如玉老师上大学。局长说，"这样一位为了保护小学生，不顾自身安危，真正具有献身精神的优秀女教师，不保送高等学府去培养，那培养什么样的人呢？"

局长话说得很有激情，操场上响起一片掌声。

一个多月后，教室果真塌了。

在我罚站那会儿，教室还没有倒。我一直在黑板边站到夕阳落山，那时，黑暗正在吞噬整个世界。我该回家了。

在回家漆黑的路上，我掉进了水沟里，差一点淹死……

四

三年多没见小姑了。刚过春节小姑就进城来了。她带来了一篮子糯米年糕，挽着个小包裹。她咚咚咚上了小楼，乍一见我，就惊喜地叫了起来："舒舒，你长高啦！"

我惊讶地问道："小姑！你怎么来啦？"

小姑反问我："舒舒，你不想小姑吗？"

我说："我好想小姑，天天想。"

小姑说，"我就是来接你的！接你回乡下玩玩好不好？"

我说："那当然好！我也很想奶奶。"

小姑这一趟进城打扮得很整洁，她穿的是红棉袄深蓝布裤子，笑容满面，给人喜气洋洋的感觉。小姑说："三年多没见你了，舒舒，你十岁了吧？"

我贴到她的身旁说："小姑，过了年，我实足年龄九岁，也就是虚十岁吧。"

小姑说："读几年书啦！什么虚岁实岁的，你几岁小姑还不知道？你生下来一个小肉团子就是我拿块干净围腰布抱你的！现在长这么高了！十岁！你今年十岁啦！"

小姑解开小包裹，取出两双新布鞋，说："小姑心里一直念着给舒舒做十岁呢，快穿上试试，看看合不合脚。"

我接过鞋一穿，很合脚。我说，"正好合脚。小姑，你好能干哦，你怎么做的？"

小姑说："我是比照乡下和你同年龄毛伢子的脚做的，小姑能干什么哟！你把书读好，长大可就能干了！"

我说："谢谢小姑，我一定把书读好。"

小姑说："你书读得真好吗？把成绩单拿来给我看一看。"

我把成绩单拿给她看了。语文 95 分，算术 100 分，常识 100 分，总成绩全班第一名。小姑看着笑眯了眼。小姑说："你仁浩二叔说你聪明，叫我送你进城上洋学堂，还真让他说对了呢。”

见到小姑，我心里不知怎么那样高兴，爱的感受又像游丝一样飘然归来，我几年来积聚在心中的苦涩便一扫而光。我将两双新鞋收好后，又回到小姑身边，抬头望了望她说：“小姑，你穿这红棉袄真好看。过年了，你也穿新衣是不是？”

“小姑穿红棉袄好看吗？”小姑喜笑颜开而又压低声音对我说，“不是为了过年。我告诉你吧，小姑要成家啦！做这件新棉袄就是为了办喜事找裁缝做的，今天进城，心里一高兴，就先穿上再说。舒舒，喜事定在正月十八，好日子，他们家说要用花轿来接小姑，你愿不愿去看热闹？”

我听了十分高兴，我说：“当然愿去。我的寒假作业全都做好了，开学还早呢！”

小姑说：“舒舒，几年没见，小姑好想你，我这趟来接你回乡下，我做喜事，就是想有你在我身边。”

小姑说着说着就流起了眼泪，我赶紧说：“小姑，你别哭呀，我又没说不去！”

小姑擦了眼泪，点点头，又露出了笑容，然后悄声问我，“你后娘对你好些了吗？你喊她妈了吗？”

“我跟她有三四年了，她对我不错，我喊她妈妈已经很习惯了。”我告诉小姑，“我有两个妹妹，大妹妹上一年级了。妈妈前年生了个弟弟，不到一周岁得肺炎死了。妈妈很伤心。她对爸爸说，不想再生孩子了，就把舒舒当自己生的儿子养吧。”

小姑连声说：“那就好，那就好。你后娘也算心善。”

第二天一大早，我就跟小姑回展坝村。先过江，然后顺着大江北岸的堤埂步行五十多里路就到了。

那时过江没有渡轮，是船工划桨的木帆船。长江无风三尺浪。风浪大一点，木船更是颠簸得不行。正月的江面上寒风刺骨。小姑坐在船舱的隔板上，拉着我的手要我坐她怀里。我觉得自己已经长大了有点不好意思，就扭动了几下坐到她身边的船舱板上。

船到江心，一个浪打过来，木船抛上去又落下来，人就坐不稳了，真有点吓人。小姑反应极快，一把将我拉进她的怀里，两只胳膊搂住我怎么也不放。我背贴着小姑胸前的红棉袄，觉得又稳当又暖和，我不再扭动了，任凭木船上下颠簸，心里一点也不怕。我没有感受过母亲的爱，我想，世上的母爱也许就是如此吧？当你遇到危难的时候，母爱会护着你……

木船靠岸了，小姑牵着我的手走到船头，她喊一声“跳!”，我俩一同跳上岸，跳上岸那一刻我心中特别惬意。

过了江，一路上小姑和我说说笑笑，有时牵着我的手，有时又将我放开。她一松手，我就笑咯咯地往前面小跑一阵，然后气喘吁吁地停下来在路边等她。小姑赶几步过来抓住我的手，说：“看你这毛伢子，长大了就调皮了!”

小姑再也不放开我的手，一直牵着我往前走。正月的江堤上寒风凛冽，我心里却觉得暖洋洋的。小姑喜欢说我小时候的事，从我出生一直说到我六岁那年，那是她辛苦的六年也是她成长的六年，一个十二三岁小姑娘长大了，如今要出嫁做新娘了，言语间流露出一种发自内心的喜悦。

小姑笑眯眯地说：“舒舒，别看你现在长得像个漂漂亮亮的大毛伢子了，刚出生那会儿，好丑噢，塌鼻子扁脸的，我把你抱在怀里都不敢看你，一个小肉团子还会蹬蹬双脚，哇哇地哭呢。”

小姑接着咯咯咯地笑一阵。我说：“是吗？小姑，我生下来是很丑吗？是不是每个孩子刚生下来都很丑呢？”

她说：“是的，舒舒。你母亲去世后我天天抱你、亲你，就觉得你越长越好看了。”

我说：“小姑，为什么要天天抱我呢？”

“不抱你，你就哭啊!”小姑又笑一阵，说，“舒舒，跟你说真的吧，你小时候还真不好哭呢，我抱你，是跑东村跑西村，找有奶孩子家的婆娘去给你讨奶呗。”

小姑还是牵着我的手，边走边说往常事，听了觉得很亲切。我说，“小姑，那我小时候吃过好多人家的奶了，是吗？”

小姑说：“是呀，少说有四五家。”

“那她们都是我奶妈啰？”我问小姑，“到了乡下，你可以带我去看看她们吗？”

小姑说：“可以呀！舒舒，给你喂奶最多的是我们杨湾村的二姑娘。没有她的奶，你早饿死啦！别人不见，我带你去见二姑娘，你该给人家磕一个头，喊人家一声妈。”

“磕头？”我想了想，笑笑说，“好，我给她磕头喊妈。小姑，她都能奶孩子了，怎么还叫她二姑娘呢？”

“你还是个伢子，怎么问这问那的？”小姑想了想说，“等你长大了告诉你！舒舒有良心，不要忘记你奶妈二姑娘就是了。”

我说：“我最不忘记的是小姑。”

我说的是真心话，小姑当然听得出。小姑笑了。小姑笑起来很好看，黑里透红的脸颊上，一边一个小酒窝。

小姑说：“你当然忘不了小姑，你小时候呀呀呀地想喊人了，你知道你第一声喊的是谁吗？”

我说：“那我哪知道呢？”

小姑说：“告诉你吧，你第一声喊出的不是妈，是姑，姑！你喊的是小姑！真的。”

我说：“那一定是你教我喊的，对吗？”

小姑说：“是的，舒舒。你还不到周岁时，我怕你开口喊妈，没有妈的毛伢子喊妈太可怜，我听你喊妈肯定受不了，我就避着你奶奶，天天把你抱到外面，用手挠你的小嘴唇，一遍遍地教你喊，姑、姑、姑，足足教了你一个月，嗨，你还真地喊出一声‘姑’了，可把我乐坏了。”

小姑不停地笑着，掩饰不住自己乐滋滋的心情。她是回想当年带我的乐趣呢，还是过几天就要做新娘了的喜悦呢？

到中午了，才走完一半路。小姑问我，“舒舒，是不是饿了？”

我摸摸肚子说：“是有点饿。”

小姑带我在岔路口的一个小饮食铺子也就是个破草棚子里下了一碗汤面，我吃了半碗面才发现，小姑坐在我对面眯眯笑着，看我狼吞虎咽的样子，自己面前却是空的。我说：“小姑，你怎

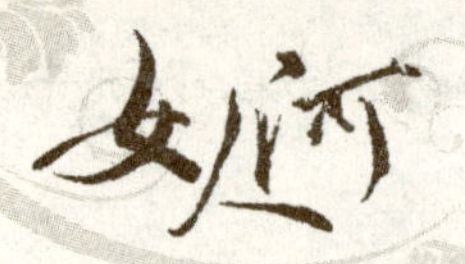

么不下一碗面吃？”

小姑说：“我不饿。”

步行半天她怎么会不饿呢？我想小姑一定是想省钱，或许是身上没钱了。我放下筷子说：“小姑，我吃不下了。”

小姑说：“看你吃得那么带劲，我怕你一碗汤面还不够呢，怎么就吃不下了？”

“反正我吃不下了。”我说着就跳起来跑了，“我要去撒尿！”

“你这毛伢子，长大了，真的变调皮了！”小姑收起笑容狠了我一眼。我跑到远处的路边撒尿，偏过头看见小姑把我剩下的半碗汤面端过去吃了……

冬天日短，走着走着就夕阳西下了。我和小姑越走越慢，小姑说：“舒舒，你个子长高了，身体也重了不少吧？”

我说：“那肯定是重多啰。”

小姑说：“我来试试你有多重。趴到我背上来。”

啊哟，原来小姑看我走累了，想要背我走！这哪行。我累，她不累吗？再说我也长大了，怎么好意思让她背呢。

我说：“不，小姑，我不累！”

“看你走不动的样子，还说不累！”小姑脱下红棉袄，说，“快点趴到我背上来。”

我叫了起来，“不，小姑，我不要你背！”

小姑脸一板说：“前几年小姑一刻不背你，不抱你，你还哇哇哭呢！我想歇会儿都不行。现在你长大了一点，也还是个毛伢子嘛，不让小姑背，就不走了！”

小姑把红棉袄折一折往我手上一塞，自己半蹲下身子抓住我胳膊不知怎么一掀，就把我背到了她背上。

小姑脱了棉袄，里面只穿了一件衬里的布褂子，我贴着她的背，她身上的温暖立刻传到我胸口，我的脸贴近她的后颈，我甚至闻到了她身上一股气息，那是一种常年在农村做庄稼活儿，身上散发的淡淡的清香……

我一手搂着小姑的棉袄，另一手搭着她肩膀，紧紧伏在她背上。小姑一步一步背我走了好几里路没有说话，像冬天里乡间的大地一样沉默。我真想永远伏在小姑的身上，但她太累了。我在她背上撑着扭着，说，“小姑，让我下来自己走吧！”

小姑说：“别乱动！再背你一程。”

我说：“小姑，你背不动啦！”

“要是旁人家的伢子，我早背不动啦。”小姑说，“舒舒，小姑喜欢背你，行了吧？”

“可让小姑累，我心里不好受。我求求你放下我吧！”我不停地撑着扭着，还是犟了下来。

我转身站到她面前，赶紧把红棉袄递给她。我说，“小姑，快穿上棉袄，风一吹，你要受凉的。”

“舒舒也晓得心疼小姑了，我真高兴。”小姑没有再板脸狠我。小姑气喘吁吁地笑了。

小姑穿上红棉袄。夕阳照着她汗津津的面庞显得特别健康而美丽。她望着我笑，我也望着她笑。那会儿我想抱一下小姑，或者是小姑抱我一下也行。不是在她的背后背着我。我是想和她面对面地拥抱。那年我九岁，我比小姑矮一头还多，只齐她的肩膀。我九岁时脑海里闪过的想拥抱小姑的念头在长江边在故乡的圩堤上也真难以启齿，当时我没敢和小姑说，只是搁心里想。

大约在二十年后，我已是个二十八九岁，身强体壮的汉子的时候，我比小姑高一头还多，我终于紧紧地拥抱了我的小姑！

那是在一个很特殊的时刻，在一个很特殊的环境下，我拥抱着我从小心中所爱的人，我和小姑都泪如雨下……

五

太阳落山，我们才筋疲力尽地走到了杨湾村小姑家。小姑家两间草屋，屋里虽然简陋，家里要做喜事了，气氛还是很好的。

小姑说：“到展坝村还有三四里路，不走了，今晚舒舒就在小姑家歇一晚，好吗？”

当晚，我和小姑的二弟睡一个小房间。房间没有窗户，泥巴墙上只挖了个洞眼。尿桶搁在门拐角，有一股难闻的气味。她二弟夜里起来小解滴滴答答，我睡不着。

第二天一早，小姑就带我去见奶妈二姑娘。她确实年轻又漂亮，我还真的喊了她一声妈，磕了一个头。小姑偷偷笑。

“不作兴的，不作兴磕头的！肯定是你小姑出的鬼点子！”奶妈连声说着，笑得合不拢嘴。她一把拉起我来，给我煎了三个荷包蛋，蛋汤泡锅巴。问我，“可好吃？”

我说：“好吃好吃，在城里没吃过。”

奶妈二姑娘笑眯眯地盯着我看，说：“喂他奶那时一个小肉团子，长这么大了，真心疼。”

小姑说：“还不是你奶喂得好呀！”

奶妈二姑娘一个劲地笑。

奶妈二姑娘的稍微完整一点的故事，我是后来听说的，有点戏剧性。奶妈二姑娘是我小姑的堂姐，杨湾村最漂亮的姑娘，她俩好得胜过亲姐妹。那时展坝、杨湾一带是新四军的抗日根据地，军民关系十分融洽。新四军有个文工队，挑选了几个地方青年男女在一起唱歌演戏搞宣传。有一个花鼓灯的小节目，是二姑娘和邻村一个男青年演的。二姑娘演兰花妹子，那男青年饰抗战哥哥，二姑娘才十八九岁长得水灵唱得又好，在纸扎的小旱船里面边扭边唱，那男青年的嗓音粗一点，拿一把纸扎的小桨在旱船外边唱边扭也很般配。他那眼睛还一瞟一瞟地朝旱船里的二姑娘瞟，瞟得二姑娘抬不起头。他俩本来不相识，几天唱下来，竟成了一对相好的。他们唱的是《荷花调》。《荷花调》本是当地民间小曲很好听，歌词也不黄，男女二人边跳边唱，也就是调调情而已。新四军文工队的队长编了新唱词，成了革命小曲：

男：兰花妹子我的妹子哎。

女：抗战的哥哥你怎么讲啥？

男：你在家中勤劳作哟，

我在前方把敌杀嘛我的妹子哎！

女：我在家中勤劳作哟，

你在前方把敌杀嘛我的哥哥哎！

这小节目走村串乡，演了不知多少场，军民同声叫好，连新四军的首长看了都鼓掌，一时传为佳话。

过了几个月，和二姑娘相好的男青年还真的参加新四军走了，二姑娘就发现自己怀孕了。相好的走之前和她还没有正式办喜事，搁现在叫没有正式登记领结婚证，不好对外声张，折腾来折腾去，还是把孩子生下来了。那孩子是个豁巴嘴，好可怜。二姑娘奶水足，正好我没奶吃，小姑就天天抱我找她讨奶。

相好的参军一去不回头，先是杀日寇，接着打老蒋，二姑娘整整守了九年多，一直没嫁人，村上人还是喊她二姑娘。

说起来也巧，就在那天上午，村上来了一个人，找到奶妈二姑娘家，怯生生地问，“二姑娘可出嫁了？”

她家里人以为是来提亲的，就说，“这几年上门提亲的搁一块能坐三四桌了，她一个不嫁，要不，还能等到你？”

那人笑了，他说，“那就跟我走吧，吉普车在大圩堤上等着二姑娘呢。”

话一出口，二姑娘在房里就听出那人话里的意思来了。她日思夜念的就是这意思。她无比兴奋，但在走出房门的一刻又冷静下来。她语气平和地对来人说，“你去问他一声，还有一个儿子，他认不认账？不认账，就不用回来接我了。”

那人脸一沉，转身就走。原来他是警卫员，临时穿的便衣。不一会儿，当了军官的二姑娘的相好来了，不仅认了有一个儿子的账，还要立马带母子俩走。接下来的情景当然是皆大欢喜，和当年唱花鼓灯一样，在周边十里八乡又是传为佳话……

奶妈二姑娘临走前，从箱子里拿出来一条花头巾，是唱花鼓灯时扎头的。她对小姑说，“这条花头巾本来是打算我自己做新娘时用的，我用不上了，送给你。你做喜事那天一定要扎头上，你扎上这花头巾太好看了！”

奶妈二姑娘又和小姑说了几句知心话。我在一旁全听到了，她俩没注意。那时我虽小，也听懂了一点她俩所说的事。长大后回想起来当然就全懂了。

二姑娘问小姑，“你和展仁浩相好这些年，到一起了吗？”

我看到小姑眯眯笑着点点头。

二姑娘又问她：“你身子可有了？”

小姑笑着摇摇头。

“一直以为那展家二少爷是拈花惹草的种，真为你提心吊胆。过几天你俩成了亲就好了。”二姑娘说，“有句话还是要对你说，不管有没有怀伢子，女人和男人到一起了，天塌下来都不能放男人走！我把他放走了，这八九年真不是人过的日子。”

小姑接过二姑娘的花头巾也接过了她的宝贵经验教训，十分喜悦，但二姑娘说着就要动身，小姑还是流下了眼泪……

我们一同送他们上了大圩堤，奶妈二姑娘带着儿子跟她相好的上了小吉普，车一动，扬起的灰尘把他们全淹没了……

送走奶妈二姑娘，小姑带我回到展坝村。奶奶见了一把将我揽进怀里，说，“长高了，长高了。”接着就是流眼泪。

我回到展坝村，简直像野生动物放回了大森林，自由自在，天天和村里的伢子在一起玩耍下老牛窝，在地上挖两排小洞眼放进去几粒螺丝壳或小石子比输赢的游戏。只等着正月十八吃小姑的喜糖，看热闹了。

小姑回家里筹办喜事，忙得不亦乐乎，也没来多管我。小姑要嫁的就是我二大叔，我得改口叫她二婶了。

小姑家出身贫苦，二爷爷、二奶奶哪会看中穷人家的姑娘呢？但是二少爷说是爱上了小姑。任凭二老不满，好说歹说，他却执意要与穷人家女子相好百年！

多年不见二大叔了，前几年我太小，不在意二大叔的长相。这次听小姑说就要嫁给他，仔细瞅瞅，觉得真是一表人才呢！怪不得小姑喜笑颜开，我真的为小姑高兴。

突然，二大叔家出事了。正月十六的中午，二大叔急匆匆来到我家，和我奶奶说，家里出事了，自己要急着去处理，喜事日子只好推迟，能不能找人给小姑家送个信？奶奶还没问清事由，我就急着说，“我去，我认识小姑家。”

我赶紧跑到杨湾村小姑家，门一推，她家的气氛不对劲，小姑在房里坐在床边哭。我想，她家已经得知消息了。小姑见我来了，反倒是她将详情告诉了我。原来是二爷爷展德发被土改工作队抓起来了！

展德发起初家里很穷是地道的贫农，村上人喊他“二发子”。他年轻时很能干又能吃苦耐劳，种田养鱼然后做生意积攒不少钱财，全村人改口喊他“二大爷”。他的发家过程搁现在叫勤劳致富，一不小心就能当上政协委员人大代表。那会儿不仅当不了政协委员，划个地主成分再有点民愤就算恶霸，弄不好要枪崩。

我被小姑牵着手回家乡看她做喜事没看成，却亲眼见到了小小展坝村伟大的土地改革运动，千百农民欢天喜地分得了土地，也枪崩了一个恶霸地主——展德发。

地主跪在地上。用绳子将他五花大绑，背后插一个标牌。标牌上写着恶霸地主展德发。名字上打个红叉叉。先斗。斗地主。

斗地主是解放后第一波大规模阶级斗争，有极深远的影响，直到四五十年后用扑克牌游戏赌博“斗地主”风靡全国城乡。

展坝村闹土改，村上人全部到场。先开诉苦会，有苦的诉苦，有冤的伸冤。会场设在圩堤外一片干枯的草滩上。开完会就地枪崩地主，会场也就成了刑场，圩堤的斜坡是天然的看台。阴云密布刮着西北风，天寒地冻没几个有冤有苦哭哭啼啼要诉的，但村民们分了土地都兴高采烈。土改队长宣布：“土改工作队开会决定，枪崩恶霸地主展德发！立即执行！”

地主低着头跪在那儿没作声，他大概以为土改队长又在吓唬他不是真的要枪崩。正月十六土改工作队将他抓起来关在祠堂也就是他儿子办的小学校里，叫他交出所有的田契，他全交了。接着要他交出家里所有的金银财宝，分给穷人，包括地下埋的屋梁上藏的，几个民兵用枪押着他回家指认埋藏的地点。展德发说：“没有，真的没有，家里的钱买田造屋，全用光了。”

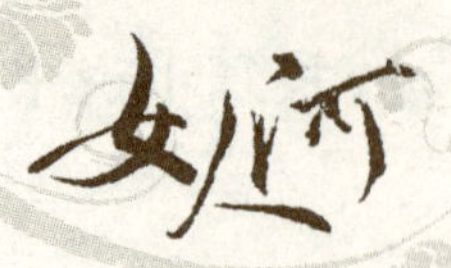

“不坦白交代，拖出去枪崩！”土改队长说着，几个民兵就将展德发拖出门外，土改队长拔出盒子枪，“砰！”地一枪是对天鸣放的。他以为今天土改队长说枪崩还是在吓唬他。他想，你把我裤裆里吓出屎来也吓不出金银财宝，我家真的没有。

“砰！”“砰！”“砰！”三枪不是连放的。

“砰！”地一枪，子弹打偏了也打高了击中右侧一棵老杨树，地主吓趴了下去，村上人都蜂拥下来挤成大半个圆圈围观，都显得很兴奋。上去两个民兵将地主依旧拉成跪的姿势，地主摇晃了两下子算是稳住了。他意识到是真的枪崩了。他没命地叫道：“不要杀我！你们不该杀我！不该杀我！”

土改队长再一次命令道：“开枪！”

“砰！”地又是一枪，打中了地主却有点偏左，子弹削掉了地主左边的耳朵，脸颊上血肉模糊，地主又趴下了，带着凄厉的尖叫声蜷缩着在地上滚动。围观的群众吓得炸开了。乘群众炸开之际，土改队长亲自动手了。他敏捷地拔出腰间的盒子枪，手臂十分潇洒地一甩，“砰！”地一枪，了事。

这时，通往县城的堤埂上传来急促的马蹄声，一匹枣红色高头大马直奔过来。原来展仁浩连夜跑到县里，等天一亮就找到县委书记。前几年这一带是新四军抗日根据地，展德发给新四军一次捐粮食一百担，连捐三次。当时县委书记是家里的常客，展仁浩也认识。县委书记听说土改工作队要枪崩展德发，立即写了一道命令派通信员快马加鞭送往展坝村。

通信员骑在马上远远看见圩滩上围着人群，肯定那就是刑场便连声喊着，“不要开枪！不要开枪！”待他顺着圩堤的斜坡冲进了人群一看，晚了。通信员跳下马，将县委书记亲笔写的命令递给了土改队长，土改队长展开一看，上面写道：

展德发虽是地主分子，但并无劣迹，而且近几年，多次以粮款资助我军，属统战对象。绝不可处以死刑！

此令！即日。

昨晚工作队党小组开会时，有一位党员提醒过工作队长，枪崩地主必须经县一级批准，这是党中央有关土改运动的文件规定的。可工作队长在会上说，革命的火头上哪顾得了许多。再说，不枪崩几个地主这场伟大的土改运动怎样体现革命的成果呢？还扬言要将坚持反动立场的展德发的儿子展仁浩也抓起来崩掉。

展仁浩满怀希望从县里赶回来看到的是父亲目不忍睹的遗体，又听到一些传言，说连他也逃不过死罪。是办喜事还是逃命，必须当机立断！他悄悄溜到杨湾村小姑家，把小姑拉进房里抱头痛哭了一场。也不知怎么商量的，展仁浩回家收拾几件衣裳，拎一只小箱子，裹着一床旧毛毯连夜逃走了。展仁浩走后，小姑没有发现自己怀伢子。她的第一次婚恋，就此无果而终。

展仁浩一去便杳无音信，都以为他死了。

过了两年，二奶奶一病不起，小姑来看她，贴近她的耳边，把前不久有人带的口信告诉二奶奶说，“仁浩去了台湾。”

二奶奶就问：“台湾在哪里?”

小姑说：“在海里。”

二奶奶问：“那里生活怎么样?”

小姑说：“恐怕不好，人家说台湾生活在水深火热之中。”

二奶奶说：“人家骗你，海里的水深，海里哪有火？只要活着就行，总比留在家里枪崩好。反正你也甭等他了，好姑娘，你不小了，另找婆家吧。”说完就闭上了眼。

六

小姑的父母给她另找婆家，小姑嫁了个肺痨鬼。明知肺痨鬼还嫁？一是冲喜之说，在农村常见，不稀奇，结婚后肺痨会好的；二是小姑家穷，得一笔彩礼给娘家还债过日子。小姑对这桩婚事很不情愿。但小姑的个性很软弱，不像二姑娘誓死等候相好的，求亲的踏破门槛也不嫁。小姑的父母脸一沉，她只好点头，把喜事办了。小姑与相恋好几年的英俊青年不幸分手，内心的苦楚多么深重，嫁一个肺痨鬼，落差太大，她这日子怎么过呢？

嫁了个肺痨鬼，没几个月丈夫就死了。

婆婆问小姑，可有了？巴望小姑身子里留下一棵根苗传宗接代。小姑回了婆婆一句很文雅的话，她说自己还是女儿身。

这句话是从在乡间土戏台上唱戏的小花旦那儿学的。那小花旦演一个苦命的小姐嫁了个没有男人能耐的文弱书生，一年下来，身上毫无动静，公婆还对她冷言冷语，说养只母鸡也该下蛋了。小姐真是叹苦不迭，回娘家向母亲说的就是这句诉苦的台词。小姑借用这句台词，也无意间把她与展仁浩的一点细节给掩了。

婆婆听了小姑说自己还是女儿身，也懂那含义，便无可奈何地叹了口气。小姑还是女儿身当了寡妇。婆婆也还开明，土改那会儿在村上带头扭秧歌，就说，“你改嫁吧。”

小姑面无表情但心里很乐，就改嫁。

其实婆婆心中早打好了小算盘，婆婆说，“现在是新社会，婚姻自主，我就给你当个介绍人吧。”就半自愿半包办地将小姑嫁给了她娘家侄子，是个剃头匠。还是住在杨湾村。

小姑改嫁了。一年后，乡下来人和我后娘说了三句话就走了。

一说小姑嫁给剃头匠生了个儿子。

二说她剃头匠丈夫也不经常打她。

三说小姑带信叫舒舒放假到乡下来玩。

那年我十二岁，小学毕业考上中学没有暑假作业的那个暑假，我去了小姑家。我先回到展坝村的老宅，看望奶奶，第二天就到了杨湾村。杨湾村不大，四周都是沟塘河汊，水里有菱有莲，荷叶连成片，清水绿叶之间伸出一枝枝莲花，有的鲜红是野莲花，有的洁白是家莲花，乡里人这么说。我走到村边，隔着一条小河，小姑在家门口一眼望见我背个小书包，顺着河埂走过来了，她脸上便绽开一朵荷花，赶忙跑到河边解下船索接我。

其实这种简单的水上交通工具还不能叫船，村上人叫它腰子盆，家家都有。小的腰子盆只能坐一人到河塘里采菱摘莲。大的腰子盆可以乘四五个人，放几箩稻谷，竹篙一撑过了小河。小姑用大腰子盆将我接进村。小姑正值二十四五岁。比十八九岁时越发光彩俊秀了，脸上红扑扑的胸前紧鼓鼓的。

土改时剃头匠家是下中农，保住了原先的土地，还进了几亩田。小姑嫁过来，她父母又让她将自己应得的两亩三分田带到剃头匠家。村长没意见，一个村子的，好说。那时农村还没搞合作化，自家种田自家收，卖了粮食就有钱。剃头匠凭点手艺，捞点零花钱，家里日子好过。小姑脸上笑盈盈地拉着我进村，逢人就说，“我家舒舒才十二三岁，上中学了，乖乖！”

当天晚上，我们在门口乘凉，小姑和我谈了一会儿心。

我问小姑：“我二大叔到底跑哪儿去了？有没有来过信？”

她说：“只听人家带过口信。说是跟国民党军队到了台湾。也不知是真是假。”

我说：“他走那天，你俩是怎么商量的？你怎么让他走呢？”

小姑说：“仁浩说他不走会像父亲一样挨枪崩。我不让他走，他说先出去躲躲风，等土改运动过去，形势稳定一点就回来。要是说到台湾，我拼死也不会放他走的。”

小姑的眼里有一点泪水，她用袖口擦了擦，接着说：“他和我说了几句话，就回家收拾行李去了。我想想，他为父亲的事找县委书记，找迟了一步，前几年在展坝村看新四军文工队演戏我见过那书记，对我说话总是笑眯眯的，我该抓紧去找他。”

我问小姑：“你去找了县委书记吗？”

“我没见过世面，不敢去。可是为了仁浩，我硬着头皮赶到县里找县委书记。我还没开口，书记就对我说，通信员回来汇报过了，这件事县委要作为一个典型事件去处理。展德发不该枪崩怎么会枪崩他的儿子？叫他儿子放心，婚照结，书照教。我无话可说，弯下腰给书记磕头，他一把拉住我，没让我跪下。等我从县里气喘吁吁一路跑回来，仁浩他已经走了……”小姑叹了口气，说：“当时我真受不了，后来我想想，仁浩文化高，离我太

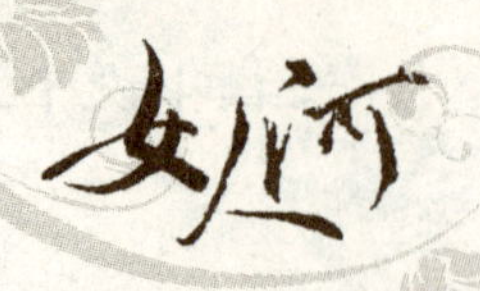

远，我配不上他，走了也好。落得我嫁一个剃头匠，我心里踏实。”

真没想到，小姑面对不幸的命运能说出这样朴素而深沉的话来，但那语气里仍然流露出深深的惋惜和对展仁浩的眷念。小姑的眼里似乎有一点泪水。我怕她心里难过，没再和她谈起二大叔了。我看了她一眼，她还是微微地对我笑了笑。

那晚，幽暗的夜空挂着一弯残月。远处是一片田野忽闪忽闪着萤火，有蛙鸣和蟋蟀的叫声……

那次和小姑谈心，给我的启示太深远了，当我遭遇危难时，我总是想到小姑，一位心地善良能容忍苦难的农妇，她有那么宽阔坦荡的胸怀，小姑不愧是我的大地！

过了两天，我看出小姑的情绪是真的好，不仅是我来了，是她婚后生活也还算美满。我想可以痛痛快快地玩个把月了。

我喜欢跟在小姑的二弟后面耍，他大不了我几岁。我也跟他干点农活，比如下田学车水，一种手推的水车，我帮他捣两拐子，累了，把拐子一扔，钻河心扎猛子。我玩了几天，村上人发现城里学生只有一点与乡里小把戏不同，说这嫩公鸡头子下河塘划水还穿条裤衩干嘛？问小姑，“你家舒舒可是妹妮子？”

村上男人下大田车水，用的是架子水车，一副架子上站三四个汉子一色的全裸。夏日的骄阳照着赤条条的男性胴体，一个个显得格外矫健。他们不停地踩踏滚轴踏板，清悠悠的河塘水流进水车槽子，再流进稻禾青青的大田。他们还唱撩人的车水歌：

> 小郎车水车干了心，
> 小妹子送茶到田埂。
> 看见小郎赤条条哟，
> 脸蛋儿红到耳朵根。

其实哪有小妹子送茶的，他们只是嬉皮笑脸唱着干快活。村上人习以为常，过路的男女老少没一个大惊小怪的。日落收工时，男人们跳下水车架子，钻到河里洗把澡，扎猛子，拨动清波，赤条条优哉游哉，然后爬上岸，擦干身子，腰上围块大布巾，吆吆喝喝回家去。人与大自然和谐的美，让我看了很动心。

我划过水爬上岸，躲进屋里换掉湿裤衩，觉得自己收收藏藏真丢人，但一直没敢试试赤裸身子下河塘划水有什么感觉。

小姑的丈夫是剃头匠不大做农活。剃头匠将剃头担子歇到树荫下很风凉。农民都下田了，他就喊我，“舒舒，快过来，我给你剃个头，你们城里人叫理发。”

我就坐到凳子上让他剃。剃头匠只会剃一种农村的娃娃头，俗称“马桶盖”。剃头匠在我头上一边拨弄一边问：“舒舒，你可知道为什么我对你小姑那么好？”

剃头匠没指望我回答，便自说自话，“你小姑改嫁我时，她婆婆对我说，嘻嘻，说你小姑还是女儿身，可也就按照娶寡妇给她娘家礼金一点点就行了，让我讨了大便宜。”

我听了不是滋味，不愿和他搭腔。剃头匠接下来说的更不像话，他说，“结婚那天晚上，我酒喝得醉醺醺的，你小姑对我说，她头一个相好的是地主家的二小子，没拜堂就给土改队吓跑了，后来嫁了个肺痨鬼丈夫干不动，连她奶子都没劲摸。”

我气得坐不住了，头没剃好就立刻站起来，反驳剃头匠，“我小姑怎么会说这种下流话，你造谣！”

这剃头匠太庸俗，我心里想骂他，但未骂出口。我不禁想起二大叔来，二大叔给我留下的印象太好了，人长得英俊又有学问，与剃头匠相比真有天壤之别。小姑不能与二大叔展仁浩喜结良缘，嫁了这么个庸俗的剃头匠，小姑太亏了。我第二天就要走。

小姑说，“你说要玩个把月，怎么才过七八天就要走呢？”

我说走就要走，也不讲为什么缘故。小姑只好让我走，但却禁不住流下泪来。隔壁大婶见小姑和我边说话边抹眼泪，就过来问，“剃头匠又打你啦？”

小姑赶忙回答她：“不是，不是。”

我从那大婶话音里听出，剃头匠肯定是经常打小姑，还自吹自擂说对小姑多么好。小姑也说丈夫不经常打她，小姑真软弱，委屈到这种程度还帮剃头匠打掩护呢！

第二天，小姑撑腰子盆送我过河。我上了岸走走回头看看，很久很久，小姑还没有将腰子盆往回撑，小姑站在腰子盆里抹眼泪。我走一截，看到小姑还在抹眼泪就又转回来。

小姑高兴地问："舒舒，你不走啦？"

"我走。"我说："小姑，我想和你说句话。"

小姑说："什么话？你说。"

我郑重其事地说："小姑，等我长大了，我一定接你进城过日子，我要供养你。"

小姑听了这话就擦擦眼泪笑了起来，说，"舒舒心真好，小姑哪有那福气。你放假常来玩玩，我就满意了。"

我没有点头，转身就走了。我一路上想的是，我还是要来的，但不是来玩。等长大有了力气，要干的第一件事，就是到小姑村子来，将庸俗的剃头匠狠狠揍一顿。打得他跪地求饶，乖乖地保证，今后不准动小姑一根毫毛！

七

我放暑假再没去过小姑家。不是不想念小姑，是不愿见到剃头匠。小姑也许不知我心中所想，我多年不去也不生气，她说中学生功课紧。小姑每年给我做一双新布鞋，托人带进城。黑布面子白布底。鞋底纳得密针密线，我穿了舍不得下脚。一年一双。后一双比前一双大一点。城里人叫大半码。小姑心细得很，知道舒舒正在长身体，脚也在长。到了第八年带的不是鞋，是信。小姑带信说，舒舒我好想你，快来看看我吧，我要死了。

那年我二十岁。我高中毕业成绩优异，但没考上大学，在板车队拉车两年多了。我向队长请了假赶往杨湾村。

小姑拄根棍子靠在大门外，隔着小河望见我来了，想撑腰子盆接我，却挪不动步子，两行眼泪就往下流。

村上死气沉沉的。不知是谁家的腰子盆漂在河边，没人管。我折一根枯树枝将腰子盆勾过来，跳上去，自己撑。

小姑瘦得脱了形，才三十几岁胸前干瘪得平塌塌的，隔着一件破布衫隐约可见一根根肋骨。两个孩子偎在她的身边也是瘦得皮包骨，像报纸上登的图片非洲索马里小饥民睁着骨碌碌的大眼睛。再朝屋里一看，剃头匠坐在小板凳上只顾自己啃菜瓜。

那年头只听说闹自然灾害，也没见什么大旱大涝怎么闹得这么惨呢？城里每天报纸上还头版套红总路线大跃进人民公社三面红旗迎风飘，反右倾鼓干劲，东风压倒西风！城里口粮定量一年年减少，我老是觉得吃不饱，拉不动车，但没料到小姑村子的问题更严重。我还未开口喊小姑，喉咙就哽住了，我知道自己的眼泪在眼眶里打转转，但我坚持着不让眼泪流下来，八年没见小姑，我已经是个男子汉了，不能流泪。

我问小姑："怎么搞的?"

小姑上气不接下气地说，"前阵子吃大锅饭，社员每餐只发给一碗稀饭。干部半夜里在食堂开小灶，杀鸡炖肉喝老酒，白天还假装和社员同吃三餐。食堂开饭干部先把锅里稠的稀饭捞掉，剩下全是水。社员接着排队盛稀饭，盛到碗里一吹三条浪。直到饿死人了，张省长回家乡视察，才得知真情，大发脾气，砸掉大食堂，粮食分回家。"

我问："分多少口粮呢？能吃饱吗?"

"比吃大食堂多一点，但全家分的全部口粮还不够他一人吃。"她指指正在啃菜瓜的剃头匠说，"分的一点口粮，就紧他吃呗，靠他给干部剃头挣工分。"

小姑所说的张副省长砸食堂的轶事，当时在全省广为流传，但这位老百姓颂扬的清官却被省委曾书记打成右倾，惨遭迫害，还株连多人，其中头一位受株连的就是我的父亲，我也因父亲出了纰漏，政审不合格，考不上大学，进了板车队拉车。就这样。

单说剃头匠吧。饥荒见真情，剃头匠对小姑并不好，小姑还不要命地省着给他吃。小姑真的是太亏了。

我把带在身上的一个月工资五十元钱全给了小姑，兜里还有二十斤粮票也掏给了她，自己回去后只好勒紧裤腰带拉车。小姑接过钱和粮票马上递给了剃头匠，一面千谢万谢地说，“一粒米，度三关，舒舒心好，这钱和粮票能保我家度荒年了。”

我水未喝一口就走了，我晓得这一点钱粮起不了多大作用，一路上我为自己没有能力救助小姑而羞愧，我让饱含在眼眶里的泪水，唰唰地流了下来，再也没有想起要揍剃头匠的事了。

不久，小姑又带信来，说是她病危了，真的要死了。我赶到了小姑村上。好像也没坐汽车就到了杨湾村。我走到小河边朝小姑家的草屋方向一看，没看见小姑像那天靠在门外站着，肯定是出问题了，我心里十分着急。小河边的腰子盆也不知漂哪儿去了，我想跳下水游过河，那太慢，就簌地一声跳起来，飞过了小河，这对于一个心急如焚的人来说并不困难也合情合理。

我进了屋，只见小姑躺在床上已不省人事，瘦得一身皮包骨的表弟妹围在床前哽噎着哭不出声来。剃头匠还像那天见到的一样，坐在小板凳上啃菜瓜毫无悲伤的感觉。我扑到床边呼喊，“小姑！小姑！”小姑终于睁开了眼，最后给了我一丝痛苦的微笑……

我被自己悲伤的哭泣声惊醒了。原来是一个梦。

小姑始终悬在我心里，但我没空去见小姑，小姑也一直没有到城里来过。有次乡下来人告诉我，灾荒过去了，小姑没有死，能吃饱饭了全家人的身体很快得到康复，几个孩子欢欢喜喜上小学，剃头匠还是在树荫下给人剃“马桶盖”，家里不缺零花钱，小姑对剃头匠忠心耿耿早晚服侍。小姑究竟是死是活，我无法确定。但我不想再去小姑家。我真不能去。去了太伤心。

八

时光忽闪一下又过去了八年。小姑突然来了！不是小姑遇上了困难来找我帮助。记得小时候小姑呵护我，说舒舒没有磨难，舒舒一辈子顺顺当当，可我还是遭遇了磨难。小姑看望我来了。

拉了五年板车我成为工人阶级的一员又有文化，派往县里参加社教运动，表现好转为国家干部，安排在小镇文化站工作，彻底丢掉板车把子真是走大运了。但这个运走的不是时候。该读书的时候我当了板车工人；工人阶级领导一切的年头我却做了一个文化人，遇上文化大革命，我轻而易举地被关进了牛棚。

牛棚就是准监狱，设在旧县委办公大楼的底层。

牢房的门哐当一声被推开了，一个看管队员进了号房，将一只小布袋扔到我的地铺上，说，“展望舒！你妈妈送给你的！我们检查过了，是一袋锅巴，有你吃的了。"

我妈妈送来的？我诧异了，妈妈早死了，父亲做劳改，后娘也改嫁了，她不会想起我的。我虽然很饿，还是说“你们搞错了。这锅巴一定是送给别人的，我不要。”

专政队员扔过来一副脚镣，说，“自己戴上，跟我出来。”

我想，可能又是要审讯我了，先给个下马威，他们提审牛鬼蛇神常这样做。我戴上脚镣走出号房，专政队员说，“不是审你，你到大门外面去，有人找你，看上去像是你的妈。”

我嘟囔道：“我没有妈，我妈早死了。”

专政队员说：“不是你妈，能为你下跪？”

我立刻停下脚步惊讶地问，“为我下跪？为什么？”

“她不跪了半天，你还别想见她呢！”看管队员说，“这老太婆中午就来了，说是要送点干粮给舒舒，什么舒舒，舒舒？后来说清楚了，就是找展望舒。今天又不是探望的日子不准进，她就跪下来求了。她跪了半天，让李总指挥碰见啦！说是让你出来见

一下吧，但要戴上脚镣，别让你跑了。”

我一想，可能是小姑！但小姑怎么会是老太婆呢？饥荒那年瘦弱的小姑形象立即出现在我的脑海，饥荒过去多年了，难道小姑还没有康复吗？也许小姑的生活还是十分艰难，可我遭罪了，她还顾着来看我！

我拖着沉重的脚镣跌跌撞撞到了大门口一看，果然是小姑！她还跪在那儿！我尽快挪动步子伴着脚镣刺耳的响声，到了她面前。她一抬头看见我，来不及起身，就跪着向前挨了两步，一手抱住我的双腿，一手抓住我脚腕上的铁镣，哭号起来，“舒舒，舒舒，你怎么遭这么大的磨难啊？”

我蹲下身子一把将她抱起来。我将小姑紧紧地抱在怀里，我的泪水禁不住簌簌地往下流。我说，“小姑，你怎么来了呀！”

“听说城里闹运动，我不放心，叫大伢子来找过你，他说你被关起来了，这怎么得了！我想你想得吃不下饭睡不着觉，我怎么也得来看你一眼啊！”小姑说得泪流满面。

我说：“小姑，舒舒没做任何坏事，小姑千万别为我担心。”

小姑接着问：“你被关多久啦？”

我说：“一年多了。”

“关一年多啦？那怎么受得了啊！”小姑愈加伤心地问。

我抱着小姑没放，她就紧紧地依偎在我胸前，把一双手放在我的肩膀上。我看着她黝黑的毫无血色的脸，两颊的小酒窝也没了，变成了几道深深的皱折，我痛心地说，“小姑，饥荒过去好几年了，你怎么还是这么瘦弱？变得这么苍老？你才四十岁呀！”

我抽出一只手轻轻地抚摸她布满皱纹的额头，我想从她脸上，从她那一双饱含泪水的眼睛里，找到昔日小姑的哪怕一点点健康美丽的痕迹，但是丝毫也没有了。无情的岁月，将鲜花盛开充满生机的原野变成了贫瘠的土地，——但仍然是我的大地！

有人喊道：“展望舒！回号房！”

我这才发现自己一直将小姑紧紧地抱在怀里。我放下小姑，说：“小姑，我没有罪，很快会放出来的，你不要挂牵我。”

小姑抹着眼泪说不出话来，只是直点头。我说，“小姑，你回吧，我不能送你了，你一路上走好！”

有人把我推推搡搡进了大楼，我最后一眼看见小姑还佝偻着腰站在准监狱的外面没动，一双泪眼望着我……

那是个傍晚，西天残阳如血。

九

后来我的处境虽然发生了变化，但没过几年好日子，在我三十八岁那年，遭遇了人生更大的磨难：与我感情如胶似漆的妻子小玉，生下一儿一女之后突然病逝了！我带着两个孩子，工作又忙，没有机会去家乡看望小姑，更不敢把我艰难的境况告诉她。让她知道，那她怎么能受得了？至于小姑的生活，不用说，我很放心。新时期到来了，全国农村都在奔小康，小姑家肯定也脱贫了。但我还是时常想念她，我写了一封信寄到杨湾村，不几天就收到了回信。果然，小姑终于在五十岁上下，过上了好日子。小姑十八九岁时跟相好的展仁浩学的读书写字，简简单单一封信百十个字，写的也还通顺。以后每年小姑都给我来信，当然不再需要给我寄布鞋了，黑布面子白布底，鞋底纳得密针密线。

小姑每年的来信都要告诉我，她家发生了哪些新的变化，原来的草屋拆了盖了瓦屋是小二楼，她虽然还是生活俭朴节衣缩食，那是为了让大伢子上学读书，高中毕业就能在村上民办小学当教师，她的心愿很简单，大伢子长大成人不能做剃头匠，一定要像当年在展坝村小学教书的展仁浩，当一个乡村教师。

读小姑的来信能想象到她喜悦的心情，一笑两个酒窝，小姑年轻时健康美丽的形象又重新回到我的脑海里。

又过两年，我接到的不是信，是接到一个电话，那熟悉的声音一听就知道是小姑。这是小姑和我唯一的一次通电话。

小姑说：“舒舒，我家装电话了，头一个就打给你。”

从电话里听到小姑的声音我高兴极了，我说：“小姑，你家

也是楼上楼下电灯电话，真是过上好日子了！”

小姑说：“如今农村的日子真是好过了，可剃头匠他缺了福，跟你说一声，他死了。”

听小姑的口气好像没有多少悲伤，但我还是想劝慰她两句，我说：“小姑父去世了？我向你表示慰问……”

“小姑父？”她惊讶地问道，“你认剃头匠是你小姑父啦？”

我说：“你是我小姑，他就是我小姑父。”

小姑却接上说，“我知道你从小讨厌剃头匠，一直不到我家来，你没对我说，但我心里明白。”

我说：“小姑，那是怪我，我早就该喊他小姑父，我小时候不懂礼貌。我向小姑道歉！”

小姑说：“今天听你喊了一声小姑父，也就了结了呗。不用道歉。你能来一趟就好了，我好想你。你来了我给你煎荷包蛋，蛋汤泡锅巴，那回你在奶妈二姑娘家吃的好香。”

“小姑，你记性真好，多少年前的事你还记得！”我说，“小姑，我也很想你。”

“你也想小姑？”小姑说，“舒舒，你不要骗我！如今你在外面做大事了，还有空想我？”

我说：“小姑，我在外面没做大事，也就瞎忙着。现在政策好，我工作很愉快。”

小姑在那边笑了，好像还有点什么喜事，接着她果然说了。她说，“我家大伢子高中毕业在村上当民办教师，已经成了家，剃头匠去世，就急呼呼红白喜事一道办的，否则要等三年，是我们当地的风俗。大妹妮去年出的嫁，今年就给我添了个外孙女儿，农村户口还准生一个。大伢子的二小妹，是我最贴心的佬罕女儿，这两年去江苏打工收入高得很，剃头匠死了，她要接我到江苏跟她过，我想先去住几天看看，再说。”

我说：“那我一定抽空回家乡看你。也祝贺一下大伢子和两个表妹。我一定去。”

小姑说，“你最好今年就来一趟，你要是骗我，下次见到你，我打你屁股！”

我想起小时候，小姑眯眯地笑着打我屁股的情景，说，“我已快到五十啦，不是五六岁那会儿，小姑不能再打舒舒啦！……”

十

我必须去杨湾村。不是怕小姑打屁股，是因为大伢子打来了一个让我无比伤心的电话。大伢子在电话里说，“舒舒大哥，告诉你一个不幸的消息，我妈妈去世了。”

我手抓话筒，立刻愣住了。那边当小学教师的大伢子好像在读一份准备好的讣告，声音沉闷而没有节奏，“我妈妈享年六十二岁过了一个花甲子还有余，已经是有第三代的上人了。”

他那口气好像是有所慰藉了，可我听了觉得特别难受，我想问一下小姑是得了什么病死的？到城里求医了吗？怎么死得这么突然？但大伢子在那边不停顿地把讣告读下去，没容我插话。

大伢子说，“我妈妈临死前要我把噩耗只打电话告诉你一人就行了，希望舒舒大哥尽快来一趟。”

我在万分悲痛之中还没回过神来，大伢子那边的电话已经挂了。我也没有把电话再拨过去。

我立刻请假赶回家乡，到了杨湾村。但是我没瞻仰到小姑的遗容。小姑的遗体已经被他们匆匆下葬了。

大伢子陪我来到了小姑和剃头匠合葬的坟地，是在他家菜地的一角。我流着泪在坟头敬献了花圈，烧了纸也磕了头，肃立片刻。小姑的二弟在田间做活，远远看见我来了，丢下锄头，跑过来有话对我说。

她二弟也接近六十岁了，先和我客气了两句路上是不是累了，接着就进入主题问我，“你怎么晓得你小姑去世了？”

我说：“是接到大伢子打的电话。”

“他还有脸给你打电话！你怎么不问他，你小姑是如何死的？”她二弟气势汹汹指着大伢子说。

我说："我先上坟，还没来得及细问。"

她二弟紧接着自问自答："你小姑喝的农药乐果水自尽的！你再问他为什么你小姑要喝乐果水？"

大伢子低头站在一旁不做声，她二弟上前就要动手打，我挡了一下说，"伢子他二舅，有话你好好说。"

小姑的二弟还是气呼呼地往前上，边上边说，"狗日的大伢子，把你家小骚货喊来！我要当面骂她！"

小姑的二弟被我挡住不好动手打，就连说带骂起来，"他两个犯骚劲，等不及地要结婚，小二楼做新房，那小骚货说婆婆是三婚头，跑一个，死两个，住一起不吉利，硬把亲娘赶出门，在屋西边窝了个小草棚，猪圈不如，叫你小姑怎能安身！"

她二弟越说越激动，甚至流下了眼泪。他接着对我说，"为了儿子当民师，你小姑吃了十几年苦，为了儿子成家，你小姑又一句话没说住进了草棚。他俩结婚后，那小骚货还三天两头跟婆婆吵嘴！叫你小姑日子怎么过？不喝乐果水自尽才怪呢！"

大伢子很老实，低头不做声，脸上似有愧色。大伢子向站在旁边的二小妹望了一眼好像是要她说点什么，二小妹没说话。

听了小姑二弟的一番诉说，我心如刀绞！软弱善良的小姑啊！那么多年磨难你都熬过来了，总算过上好日子了，就任儿子儿媳不敬不孝，你怎么自作了断呢！我说不出一句话来。我不想追究大伢子和他新婚的妻子到底有哪些过错？要负怎样的责任？

应该反省的是我自己！

记得小时候我曾对小姑说过，等我长大了一定接小姑进城里过日子，供养小姑。年轻时我的境况也很窘迫，到了中年，我的生活条件迅速改善，我完全有能力赡养小姑了，但却没有兑现我儿时的诺言。从此再也见不到小姑了，我没法忍住自己悔恨的泪水，任凭它流吧……

在我的建议下，我和表弟妹们在坟的四周栽上了十几棵冬青树，让坟墓四季常青。大伢子没有给父母的坟头立碑，他说想立碑，没有钱。我问他立一块石碑要多少钱？他说不大不小的石碑得三百元。我给了他三百元，让他们自己去办。

在征得他们同意后，我当即找石工另外做了一块石碑，立在合葬墓小姑的这一侧。碑上只镌刻了两行字：

小姑——我的大地

舒舒 1990 年春 敬立

我站立在我为小姑树立的石碑前，低着头默默无语。我回想起二十八岁那年，在关押我的“牛棚”的大门外，我戴着脚镣将跪在地上的小姑抱起来，泪如雨下，那成了我和小姑最后的诀别！这会儿我肃立在小姑的坟前，同样是泪如雨下，小姑却已长眠故土，真正和大地融为了一体！

人死不能复生。小姑的二弟发了一顿脾气，也就算了。他对我说：“你上我家坐坐，我给你看一样东西。”

我来到他家，是平房瓦屋。二小妹也跟了进来。在他家堂间坐定后，他取出一个小盒子，从盒子里拿出一封信。我接过一看，信皮已经发黄了，是从台湾寄来的。哦！展仁浩！他当年果然是跑台湾去了！

小姑二弟站在我身旁低声地叙说着，这封信在哪一年哪一年通过哪个人哪个人最后辗转到他手里，说展仁浩在台湾如何如何说他还不忘旧情提到关于小姑怎样怎样。并说这信为何为何一直没交给我小姑……

他的话我一句也没听进耳朵，我的思绪飞得很远很远，我持信的手在颤抖。时至今日，展仁浩的故事还有什么意义吗？我没有看信。我把信还给了小姑二弟，我向他说了声，“谢谢！”

我要回去了，他们都诚心留我住两天，我谢了。没有了小姑的杨湾村我待不下去。过了河没走多远，二小妹赶上了我，喊道，“舒舒大哥，你慢走一步，我送送你！”

二小妹二十五六岁样子，这是我头一次见她，长得像小姑，所以特别让我有好感。我微笑着对她说，“二小妹，你真的不要送我，要想和我说几句话，你就说吧。”

没想到，小姑的二女儿和我说的竟然是有关展仁浩的事情！

不说便罢，她这么一说，看来展仁浩的故事还没完呢！……

站在小河边的树下，二小妹对我说，“我二舅藏的那封信还不知是哪年的废纸一张，展仁浩早就不在台湾了。”

我问道：“展仁浩不在台湾在哪儿?”

她说：“在江苏，但不知道是不是你们关心的，写那封信的展仁浩。所以我追上你，和你说一声，我也想弄个明白。”

我问二小妹：“你怎么知道有个叫展仁浩的在江苏?”

二小妹说了她前年和村上几个姑娘到江苏去打工，一个名叫展仁浩的台湾老板对她特别好，说她长得很像年轻时在家乡的情人。接下来就是我们早已听厌了的一些港台老板来大陆经商办厂赚钱养二奶不以为耻的庸俗故事。太恶心。但是二小妹说的这个老板展仁浩如果就是我的二大叔！那我就无法容忍了！

二小妹说：“我妈妈到我那里住了几天，见到过老板，她当时情绪很不好，拣拣包袱要回家。回去后没两天就死了。”

我一听，觉得这里面有问题，也许不仅是因为儿子儿媳不敬不孝，小姑很可能受了更大的刺激，才寻了短见。

二小妹接着说：“我是为妈妈丧事回来的，老板当即给了我一些钱，还说办完丧事，他一准开车来接我。”

我问道：“二小妹，你还愿意跟老板一起回去吗?”

二小妹说：“老板给我买了房，对我不错，我愿意跟他回去。”

我问她：“老板告诉过你，他从前的情人是谁吗?”

“没有。这事一直是我心中的疙瘩。我请你留下，就是要你帮我认认。”二小妹说，“舒舒大哥，现在村村通，汽车能开到村边的小桥口，老板很快就会到。你晚一点走，准能见到他。”

我跟二小妹回到大伢子家，喝一杯茶的工夫，果然来了一辆黑色小轿车。相隔四十年，我终于见到了我的二大叔展仁浩。他白净面皮，模样依旧，六十四五岁的人看上去不过五十上下。展仁浩没进大伢子家，就招呼二小妹跟他去上车。

我做了个阻拦的手势，大声说，“且慢！”

这位当了几年兵痞子，到台湾退伍后经商办厂几十年腰缠万贯的老板，大概从未有谁对他用这样命令的口吻说话，他一惊，转身注视了我片刻，终于认出我来。

他好像有点吃惊，然后故作有文化素养那样很亲切地轻声问我，“你是……舒舒?”

“是的。”我的语气就不那么客气了，我直截了当地问道，“出走四十年了，你回到家乡就不想见见我小姑?”

展仁浩有点吞吞吐吐，“你小姑？她……听说她死了……”

我问道：“你听谁说我小姑死了?”

他望了望二小妹。

我问展仁浩，“那你知道我小姑是二小妹的母亲了?”

他更加点吞吞吐吐了，他说，“隐约有点感觉……”

我口气越加严厉地说：“大伢子领路，带他去见我小姑!”

展仁浩愣住了，他惊讶地低语：“你小姑没死？……”

我没回答他，只是用强硬的口气对他说：“走!”

展仁浩可能有点心虚了，他低着头跟着大伢子一家人来到坟地。到了坟地知道小姑死了，他也许心定了些，态度就强硬多了。他看了看碑文，就欲转身离去。

我看他毫无歉疚的表示，心里的怒火再也按捺不住，我大声道：“你给我小姑跪下!”

展仁浩没有动。我这样激怒，他却依然十分镇静，他说：“我一直没有忘记你小姑，早年听说她嫁人了，家庭很和睦，我在台湾也就有了妻室，我到江苏投资办厂，再来看她，有所不便。”

我说：“你既然在台湾有了妻室，怎么还把二小妹？……”

展仁浩说：“舒舒，看上去你也是有文化见过世面的人，如今这边此类现象并不罕见，有的甚至有几个、十几个……”

我说：“那只是少数贪官污吏混账大款所为，他们逃不了法律和道义的追究!”

展仁浩说：“我在台湾几十年没有一点绯闻，我和二小妹完全是巧遇，是感情使然。和她在一起，就圆了我和你小姑的梦。我真心的喜欢她，给她买房子，我还要把我的产业半数分给她，也算是对家乡微薄的贡献。我希望能得到你们的理解。”

展仁浩这段话好像说了一点真情，可仍然不能平息我心头的愤懑！我两眼直盯着展仁浩，说，“你在台湾有了妻室无可厚非，你到大陆养二奶犯了重婚罪我也不管你！不能容忍的是你明知二小妹是我小姑的女儿，而你当年已经和我小姑有了关系，你以为小姑死了，就没人知道了？”

展仁浩一愣，用疑问的眼神望了望我。我直言道，“我告诉你，你们的事情我全知道！我九岁那年亲耳听小姑对我奶妈二姑娘说的，你自己做的事难道忘记了吗？”

展仁浩咬了咬嘴唇，低下了头。

我紧接着说：“你走之后，小姑虽然嫁了人，但她对你的感情一直依旧！可你四十年后却占有了小姑的女儿，还好意思说是圆梦？我小姑到江苏亲眼见到了你的所作所为，那是她万万料想不到的噩梦！小姑受不了那么大的刺激，回家后就服毒自尽了！小姑的死，你有不可推卸的责任！”

我这一番话义正词严，展仁浩无言以对，想一走了之。他对二小妹做了个手势，说，“我们走吧！”

“站住！”我几乎是吼叫起来，“展仁浩！你不配做我的二大叔！你禽兽不如！”

展仁浩转过脸故意用傲慢的眼神望着我，是显示他有强硬的实力还是掩饰他的心虚，我根本不去分辨，我的怒火一下子迸发出来！小时候，剃头匠说了有损小姑的几句话，我就想长大了揍他，我长大了，我没有忘记揍他，但我忍住了。我甚至感到，小时候想揍他是我的无礼，剃头匠毕竟和小姑相伴终生是我的小姑父。今天，面对小姑年轻时的情人，我十分喜爱的启蒙老师，我的二大叔，我却无法克制了，除了狠狠地把他揍一顿，我别无选择。

“叭！”一记响亮的耳光！展仁浩被打得跌跌跄跄，栽倒在地，他终于跪在了小姑的坟前！

——尽管不是他自愿跪下的。

打展仁浩这记响亮耳光的不是我，是二小妹先于我动手了。

十一

光阴匆匆，小姑去世两年了，我决定再去一趟杨湾村上小姑的坟。杨湾村那里有什么变化吗？表弟妹们过得还好吗？……

我乘车直达杨湾小学，找到了大伢子，他兴致勃勃把我带到他家。大伢子有了个儿子一岁多了，他的民师转成公办教师，全家户口农转非，只准生一胎，得了个儿子喜上加喜，笑得合不拢嘴。屋西边小姑在世时住的草棚没有拆，修整一新他妻子开了个小杂货铺，卖些低档烟酒有点小进项，不用下田干活了。

上次我来时，他妻子不敢见我，这回见我来了，赶忙抱起儿子关了店门过来招待我。她放下儿子泡茶拿烟递上热手巾把子给我揩脸。我不会抽烟坐下来喝了几口茶听他们说话。他妻子笑眯眯地抢着对我说，这几年日子越过越好，现在认识到，是享了婆婆的福，把小姑夸得二一添作五。

我没见到小姑的二弟。大伢子说他老婆死了，他一个人外出打工远得很，不常归家。我请大伢子打电话把两个表妹招呼过来见一见。他打了。说一会儿就到。我们先上坟。

相隔两年，我又站在了小姑的坟前。坟墓四周的冬青树已长得郁郁葱葱。我按家乡的风俗给小姑烧了纸，磕了头。大伢子的妻子这回抢在他前面陪我上的坟，还跟着在坟前磕了头，

大伢子告诉我，他父母的坟被当地人称作“双碑墓”，十里八乡唯独这一座，常有人来坟前观看，表弟妹们都深感欣慰。

不一会儿，大妹妮牵着女儿笑嘻嘻地过来了。大妹夫跟在后面怀里抱着个孩子看上去是个小帅哥，喜笑颜开向我直挥手。大妹夫包了村上一口塘，养鱼。收入相当可观。见了大妹妮一家人我很高兴，可二小妹没来，说是这阵子她不在家。

大伢子告诉我，二小妹和集镇上一个青年结了婚，添了个女儿。他们买了一套临街的商住楼，开了个日用品商店，生意不太

好做，日子也还能过。大伢子说得有点模棱两可的感觉，反而增添了我的疑虑。我心里怎么特别想见见二小妹呢？

见不到二小妹我也只好回去了。

这两年村里的变化不小。村上的草屋一间也没有了，家家盖的都是砖墙水泥平顶小二楼。造屋的多了，说是瓦不好买。

杨湾村还是那么美。小河边依然立着一棵棵垂柳，青青的柳枝触及到河面，撩起细细的波纹。远处的水面上，铺满深绿色的荷叶间，伸出许多枝红的白的莲花，在微风中摇曳。环绕着村子的小河上搭了一座座结构简单的小木桥，看上去很美，四面八方进村过小河，都不用划腰子盆了。

过了河没走多远，大妹妮赶上了我，她悄声对我说，“有件事大伢子不敢告诉你，我想，这事瞒谁也不能瞒舒舒大哥。我还是要对你说。二小妹是在镇上成了家，添了孩子。镇上人风言风语，说那孩子还不知是谁的种。为这事小两口经常吵闹，她一气之下，丢下女儿又独自跑到江苏打工去了。”

我问道：“那二小妹岂不是又回到展仁浩那儿去了吗?”

她点点头。我心里真不是滋味。是二小妹和丈夫没感情婚姻太脆弱？还是两年前她扇的那记耳光没有彻底解决问题，财大气粗的展仁浩又用金钱将死灰点燃？这事挺复杂的。

“谢谢你把这事告诉了我。”我说，“大妹妮，你有没有二小妹在江苏的地址或是电话号码?”

大妹妮好像有所准备，立即递给我一张纸条。我一再说谢了。大妹妮还要送我一程，我没让她送。我独自离去。

我有点伤感。是为小姑伤感还是为二小妹呢？讲不清。我还会来杨湾村。来上小姑的坟。小姑凄惨的一生终究结束了，我只是来悼念她。但没想到的是，在一个截然不同的新时代，小姑最贴心的佬罕女儿，我只见过一面就十分喜爱的小表妹，怎么在婚姻大事上也是一波三折呢？而且，竟然甘愿再去做展仁浩的二奶！这是我绝对无法接受的！难道是二小妹这些年轻人的婚恋观与我们确实不一样吗？我一定要见她！我关心的该是二小妹了！

我觉得自己有责任关心她，期盼她过上真正幸福的生活！否则，再来上小姑的坟，我将如何面对我的大地呢！

十二

我去过一次江苏，按大妹妮给的地址没找到二小妹，拨她的电话也不接。估计她是有意在回避我了！

我准备第二次去江苏，动身前就先拨电话，终于拨通了。

我说："二小妹，我去过一次江苏没见着你，我想见见你。"

那边传来了二小妹的声音。二小妹说，"舒舒大哥，我也很想见你。你来过一次我知道，是老板不让我见你，我自己也觉得很为难，连你的电话都不敢接。我失礼了。但你千万不要再来。我不知道你来了会出现什么情况。我母亲来我这里一趟，回去就寻了短见。你来了也肯定受不了。我们这里做二奶的多得很，活得比在家乡还自在，有的是为了贪老板的钱；也有的是对老板有真感情，还给老板添了胖小子，住在有花园的小别墅里，出门有私家车，日子过得好快活。老板的台湾老婆、儿子、孙子来了，不争不吵，那老太婆还喜笑颜开和小二奶坐一起全家合影呢！至于你所说娶二奶犯有重婚罪，但是不告不发，没人管的。"

二小妹接着说："你想过来见见我，肯定是关心我，是想动员我回去，回到小镇上那个破破烂烂的杂货铺，起早摸晚地累，还得听街坊上的闲言碎语，受家里那浑小子的气，挨他的揍。揍我还不准哭，越哭揍得越凶！这是我们乡里的规矩。我妈妈一辈子就是我爸揍过来的。你说，两种生活我该选择哪一种?"

时代不同了，婚恋观的改变是很现实的。二小妹的选择肯定是不受法律保护的！但我无法用一句话回答她，解决她的切身问题。我愣住了。二小妹略微停了一下，接着说："你关心我，我很感谢你。舒舒大哥，我也该关心你一下了，可以吗?"

她要关心我？位置倒过来了，我觉得有点好笑。但我还是诚

恳地说："二小妹，你说吧，我愿意听。"

二小妹说："妈妈在世时常说，舒舒大哥生下来就是她带的，说不清有多喜欢你，说你也喜欢她。她还说舒舒大哥有学问，在外面做大事情，怎么婚姻也不如意呢？她得知你十几年来独身过日子，急得四处乱窜。她到我这里来也是为了你！刚来两天我没告诉她自己与老板同居，她情绪很好，就和我谈心。她说一辈子只听你喊她小姑，她想收你做女婿，让你喊她一声妈，死都瞑目了。她说大妹妮没文化嫁了个农民，我念到了高中，陪伴照顾舒舒大哥还可以，要是我愿意，她就带我去见你。这件事没任何人知道，她只对我一人悄悄说的。可话还没说完，老板开着小车回来了。两人一照面，妈妈傻眼了。她立马就要走，回去没几天就出了事。我妈妈最后可能是受不了多重精神压力而死的。"

真想不到小姑还有这个愿望？直到生命的最后一息，小姑的心，还是放在我身上！这是真正的母爱，我的大地啊！

接下来二小妹的话，听得出她像小姑一样的真诚善良。她轻声说，"舒舒大哥，我只见过你一面，你留给我的印象比妈妈在我面前夸的还好。你现在还独身吗？如果我遵照母亲的遗愿去陪伴你，你接受我吗？我是诚心在问你。如果你真关心我的话……"

这一下位置倒得太厉害，我不能觉得好笑了。我无话可说。我放下了电话，也暂时放下了再去江苏的打算。

我还是会关心二小妹的，但二小妹的故事有待时日了……

第二章　难忘初吻

一

我是进初中那年认识的林惠兰。那年我十二岁。林惠兰也是十二岁。十二岁的少男少女能怎么样？不能怎么样。

我和林惠兰同学六年到十八岁了。十八岁能怎么样？十八岁懂一点追求学业了。懂一点互相帮助了。懂一点男情女爱了。于是，林惠兰就紧跟着我敬爱的小姑，汇入我的女人河……

那年暑假我在小姑的村子里穿裤衩下河塘划水，乡里人说我是妹妮子，我顶着剃头匠剃的“马桶盖”回到城里，进中学的头一天见到了林惠兰，那才叫正儿八经的妹妮子呢！我从未见过那么端庄俊秀的小女生。用成人的话说，该叫“惊艳”了吧？

林惠兰走进教室好似一个小玉女从天上飘落到一群穷孩子中间，显得无比出众。过几天听说她的父亲是皖江大学的教授，是当年的“海归”。班上同学对林惠兰更是刮目相看敬而远之了。林惠兰就发现了问题，她皱着小眉头问我，“回中国上学真不开心，男生和女生为什么不说话，不牵着手做游戏呢？”

自从上小学还真没和女生牵过手做游戏，我不知道怎么回答这个习以为常的问题。我时常遐想和小玉女牵手做游戏，那一定很有趣。但是初中三年读完了小玉女的手我碰也没碰过。和小玉

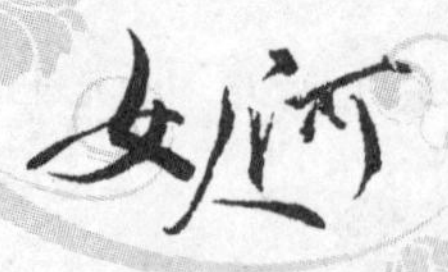

女正儿八经地说话，我记得也只有一次。

初三下学期我和林惠兰同桌。有天上数学是位女老师，她在黑板上演示一道二元二次方程太简单了，我就低头解我抽斗里一本书上的题，她转身向下面一看发现我不听课叫了我一声，我急忙将那本书从抽斗里推到林惠兰一边，然后站起身。那年头课桌很简陋两边抽斗是通的。女老师从黑板边绕到我身旁朝我抽斗里看看，没发现任何可疑物品就说了声，“展望舒，坐下。”

林惠兰没有揭发我，下课后拿出抽斗里的书还给我，她随便翻了一下，那是从前的高中课本《大代数》，然后又看了一下我解题的草稿，那是一道很复杂的方程，她根本看不懂。她惊讶地问，“展望舒，你在做高中课本上的作业啦！哪来的这书?”

我有点不好意思说。林惠兰板着脸，用那一双美丽的眼睛直盯着我，我招架不住，就说了。

这书不是买的，是从后母房间里的床裆下面捡到的。春节前，家里要大扫除。后母叫我钻进去扫一下灰。我钻进床铺好大一会儿都没出来，我是在床铺下探到宝了。原来里面藏着好几梱书！后母弯下腰，朝床铺下一看，见我将一本书平放在地板上，自己伏卧着双手撑着下巴在看书。后母说，‘抓紧把床铺扫干净，把那几捆旧书拿出来送废品站卖掉，卖几块钱给你上学吃早点，最少够你吃一个月了。’我如获至宝将几捆书拎到自己小房里，没有卖掉，宁可一个月不找后母要早点钱，我每天饿着肚皮去上学。

这几捆书原来是我父亲以前在南京读中学的全套课本，有国语、大代数、物理、化学、生物、历史、地理、英文等等。我就一本一本地慢慢地读这些书，还做了书上的作业题呢。我从物理书上了解到物质的分子结构和原子结构，得知一切物质归根到底原来都是同样的基本粒子所构成，只是排列组合不同，才呈现出我们眼前这五花八门的物质世界，直到浩瀚的宇宙。这太精彩了！还有生物学书上从达尔文到摩尔根学派，从进化论到遗传基因学术，生命，真是太奇妙了。真没想到钻床铺下有这么大的收获！如果说八岁那年的罚站是我学业的起点，那么，钻床铺下我得到一整套解放前的高中教材，开始系统地接受最基本最全面的自然科学知识和人文知识。我觉得自己步入了科学的殿堂……

林惠兰听我说得发呆了，轻声说了句，“太佩服你了！”

我说，“我……，也很佩服你……”

“你佩服我什么？”林惠兰又偏过头来望着我问道。

林惠兰的学习成绩也非常好。班上的女生都没法和她比。她一口流利的英语太好听了，后来改上俄语，老师在课堂上喊她领读课文也好听。她会唱歌，听说还会弹琴。我想到的还有……可是我没胆量说出来。我愣了一会儿说，“你什么我都佩服。”

我说得很真诚。但那语气肯定有点尴尬的味道。林惠兰笑了。

进高中不同了。进高三更不同了。男生喜欢和女生讲话。下课有时打打闹闹。有时一对对去钻林子。在大操场边缘有一片松树林。回到教室身上带着松树脂香味儿的准是去钻了林子。班上团支书也钻。没有相好的陪他钻他找一个争取入团的女生钻林子谈思想。团支书叫杨志斌，来自农村小集镇，白净面皮是瘦猴。胆大，敢做小动作。那女生陪他钻了一次林子就不愿再钻了，说，“不入团也罢。”瘦猴特想找林惠兰钻林子，但林惠兰不写入团申请，瘦猴找不到借口。瘦猴暗地里盯着林惠兰。

高三下学期我又和林惠兰同桌。我俩很要好但不用钻林子，有话随时可说。我俩只谈功课，不谈别的。但男孩子一年年大起来就一年比一年坏起来。女孩子也一样吗？夏天，林惠兰穿件薄薄的短袖衫，我一见就走神。林惠兰的手臂放在课桌上，我偶尔头一偏看见那手臂洁白圆润上面有一层稀疏的细绒绒的汗毛，我便顺着她的手臂一直向上看到短袖口就在那儿愣住了。林惠兰用胳膊肘儿轻轻碰了我一下，我才回过神来。我脸一红，林惠兰却并未当回事，玉臂碰着了也不移开。十八岁少男少女，有意无意间的碰触，像有细微的电流相互传导，那感觉真是妙不可言。

尽管有了那种妙不可言的感觉，而我俩的心还是放在学习上。我主要帮助她数学和物理。毛细管里的水为什么会向上爬？

物理老师讲了一堂课她还是皱着眉头不理解。课间休息十分钟，我说说画画她完全懂了。“原来就这么简单？”她笑得好灿烂。

我自学英语就全靠她指导了。林惠兰还在皖江大学给我借来大学教材，高等代数、数学分析、普通物理、力学概论等等。理科类的书不问深浅我全要，她就借。借了还，还了再借，林惠兰不厌其烦，只是故意笑着对我说了句，“可不要好高骛远哦！”

也许正是学习上互相帮助，互相倾慕，直到毕业前夕，我俩的关系已非同一般了……

二

女教师赵如玉保送上大学。好人多磨难，后来听说打成右派。我很想念她。苍茫大地无处寻觅我儿时的救命恩人，直到十几年后，在她临死的一刻，命运却奇迹般地让我成了她的亲人！

赵老师上大学，李坚石老师不服气，说是我当班主任每天在这破教室里待的时间是她好几倍，遇上墙倒屋塌我也会护住学生。轮不到上大学就报名参了军，比上大学还要光彩。李老师说他当兵是南下歼灭国民党残匪还要过海打台湾，活捉蒋介石，随时可能牺牲要么就是挂彩。说得许多小女生流下了眼泪。

李老师参军没有牺牲连彩也没有挂，在部队一次老蒋没打过。他当文化教员，学会讲一套套的主义。转业回到江城安排到市立一中，心满意足。可他根本没进过中学的门槛，中学课本也没摸过，怎么上堂讲课呢？好在他是转业军人，到了知识分子成堆的中学总算得上是响当当的左派了。就特意安排他当高中六个毕业班中一个班的班主任，带一门他的强项政治课试试。

我和李坚石老师有缘分，想躲都躲不了。相隔十年，我再次见到李坚石老师，是在高中毕业班窗明几净的教室里。

李老师讲课水平确实大有长进，讲的已不是小学常识而是高深莫测的哲学。他说，“今天给大家讲一点马克思主义唯物论的哲学，世界是物质的，物质是运动的，空间和时间是无始无终的……”

问题又是出在我好提问。李老师讲完一个段落，我举手提了个问题，“老师，宇宙在空间和时间上的无限性，只是一种假说，是吗？那么，怎样证明空间和时间是无始无终的呢？”

“假说？什么假说？”李老师严肃地回答道，“不，这不是假说，这是真说！这是不容怀疑的马克思主义真理！”

李老师连“假说”的含义也不懂，还临时造了一个“真说”的新词，同学们都窃笑起来。李老师看到好些学生窃笑，他以为那肯定是在笑我这个无知而傲慢的同学，就更加气势汹汹地说，“马克思主义的真理还需要你证明？你这个学生狂妄之极！”

李老师走到我的座位旁，严肃地问道：“你叫什么名字？”

我说：“我叫展望舒。”

“展望舒？展望舒？”李老师皱着眉头看了我片刻，想了又想，终于在脑海里搜索出一个八岁小学生矮小猥琐的形象。

“你就是小学那个刁难老师的展望舒？我记起你了！”他一转身，狠狠地说了声，“劣性难改！”

完了！“劣性难改”四个字，概括了他对我的全部评价！

放学后，林惠兰先出了教室，在校门口站着不走，见到我背着书包没精打采地走过来就上前问我话，那口气很严肃，“展望舒，你今天课堂提问题是不是为了刁难老师？”

“不是。”我说，“我只是对这个问题很感兴趣。”

她又问：“那你是不是想炫耀一下自己很有学问呢？”

我说：“更不是。我在科学杂志上看了很多这方面的文章，自古以来对宇宙的描述有许多说法，但基本上是两种，即无限论和有限论。我也不知谁是谁非，真希望老师能说得清楚一些。”

林惠兰听了我的解释，脸色好了一点，她说，“你真的想弄懂时间和空间是有限还是无限这个问题吗？”

我说，“是的。”

真没想到，她突然说了一句，“那好，你跟我走。”

我跟着林惠兰来到皖江大学她的家。林惠兰用钥匙打开门，我向屋里一探头，就却步了。三室一厅，两间卧室一间书房。客厅里有沙发有钢琴，这在现今已不足为奇，太一般了，小康而已。那年头可不得了，和我的穷家相比真是天壤之别。

林惠兰说："展望舒，你进来呀，我爸爸还没回来。"

我进了门，像个乡巴佬似地环顾四周。林惠兰看我这穷酸样子肯定觉得很好笑，我问林惠兰："这钢琴是你弹吗？"

林惠兰说："我和我爸都弹。"

我惊奇地问："你爸爸不是物理教授吗？他也会弹钢琴？"

"爱因斯坦也会弹钢琴，工作累了，他就离开工作室，去弹一会儿钢琴，不好吗？"林惠兰反问道，"你呢？能弹吗？"

我说："我很羡慕你们这种有很高文化的家庭，可我家太穷，勉强吃饱肚子，哪买得起钢琴！"

林惠兰说："噢，对不起。我不该这样反问你。"

"没关系。"我问她，"你几岁开始学钢琴的？"

林惠兰说："我从五岁起开始学一直学到十二岁离开美国。教我钢琴的是一个犹太青年，他是一位非常有才华的钢琴家。他有时会弹一些我听不懂的曲子，看他的表情很忧伤，他说他没有祖国。后来以色列建国了，他就迫不及待地去了特拉维夫，在当地的音乐学院当教授。他走之后，我不愿意再投其他的老师，就由我母亲在家指点我，我母亲是我第二任钢琴老师。"

噢，她母亲也会弹钢琴，那肯定也是有很高文化素养的人。同学六年，这还是林惠兰头一次和我提到她的母亲呢。

我俩正说着，林教授进门了。他服装整洁，看上去很年轻。林惠兰介绍说："爸，这是我的同学展望舒。"

我十分礼貌地说："林教授，您好。"

林教授主动伸出手和我握了握，说："噢，惠兰常常和我说，她有个同学非常的聪明好学，就是你吗？请坐，请坐。"

我见到林教授觉得很意外。我想象中的教授都很老，可林教授看上去很年轻只有四十几岁的样子，而且平易近人。

"我和你说过的同学就是他。"林惠兰说，"爸爸，是这么回事，今天政治老师在课堂上讲哲学，说空间和时间是无限的，他向老师提问，怎样证明这种无限性呢？结果让老师克了。”

我说：“林教授，我想请教您一下这个问题可以吗？”

“可以啊！”林教授坐到沙发上说，“我先和你说一个‘夜黑’的例子。夜是黑的吧？这是个大人小孩都不以为然的天文现象。如果空间和时间是无限的，无边无际的宇宙就有无数颗与太阳差不多甚至更高亮度的星体的光芒照射了无穷年代，那么天空应是一片光明的了，怎么夜晚天就黑了呢？这无数颗恒星射出的光都跑哪儿去了呢？所以说，空间和时间无限的观点是值得怀疑的。”

我立刻想起八岁时向李老师提问，然后罚站的事。

我说：“小学三年级的时候，我曾向班主任也是常识老师提问过，为什么到了晚上，天就黑了呢？今天听林教授这么一说，我才知道，这个看上去简单的自然现象，却蕴涵着宇宙学的深刻道理啊！让一个小学老师怎么回答得出来呢！”

林教授吃惊了。他深表怀疑地问，“什么？你小学三年级就想到提这个问题吗？那时你几岁？”

“那年我八岁。”我说，“我提问后，老师没回答出来，让我罚站了。我在渐渐黑下来的教室里，观察窗外投进来的光影的移动，我用小刀在地面刻上印记，感受到时间的流逝……”

“八岁？一个八岁的孩子在罚站时琢磨光影的移动？”林教授摇摇头喃喃自语道，“不可思议，不可思议……”

我说：“林教授，那么，这样说，宇宙就是有限的了？”

“反过来说，要证明空间和时间是有限的，同时又是怎样一种状态的有限，还必须经过无数次科学的观测，进行正确无误的计算和严密的理论分析，积累大量的研究成果，最后才能做出科学论断。”林教授接着又强调说，“即使这样做出科学论断，还要去接受百年千年甚至更悠远的时间的检验。单凭一个浅显的‘夜黑’的例子是不能了事的。总之，科学需要探索，科学不但允许不同观点，而且需要有不同的观点相比较相争论，这有利于科学的发展。你们政治老师照哲学课本上说宇宙无限也是可以的嘛，但要他说清个所以然来，也太为难他了。”

我不无悔恨地说：“噢，林教授，我真不知深浅，我无意中真的刁难李老师了……”

林教授面露微笑，说：“你别忙着检讨，作为一个学生，你好学好问，我正想表扬你呢！你是个高中生了，对时空有浓厚兴趣很不错，今天只给你讲了个‘夜黑’的例子，不过从理论上和你深谈时空问题，还为时过早。你课外看过这方面的书吗？”

我说：“没看过这方面的专著，我只是每天放学到市图书馆阅览室，看《科学通报》、《天文学学报》、《数学学报》等一类杂志，看到图书馆关门才回家。”

林教授更是惊诧地问道：“噢？这些都是中国科学院所属的学术刊物，你看得懂吗？”

我诚实地说：“看不懂，了解一点皮毛。”

林教授说：“看不懂为什么还看？”

“只不过是有兴趣。”我说，“我更感兴趣的是一些带有科普性的文章，有一篇叫做《时间的长河》，表现为过去、现在和未来的时间，实际上只是一根数轴，是三维空间外的另一维而已，我们可以在这条时间的长河里畅游，或顺流而下，或逆游而上。”

林教授说：“你能理解这样的文章吗？”

我有点自信地说：“能理解。”

林教授问：“除了文字的理解，还能感悟到些什么？”

我说：“我好像感悟到了一个真正的浩渺无际的宇宙和绚丽奇妙的时空连接。”

“你已经感触到了四维时空。”林教授饶有兴味地说，“很好，很好，你对理论物理很有悟性。你刚才说，八岁罚站时琢磨光影的移动，就很有意思，那可以看作是你的一个起点。”

我说：“谢谢林教授指教。”

林教授当着惠兰面夸赞道，“惠兰，你这位同学对科学有一种执著探寻的精神。你要好好向他学习。”

林惠兰微笑着点点头。李老师指责我狂妄之极，真是帮我大忙了！让我见到了在学界相当有名的林教授，而且受到了他当面的指教，真是我做梦也想不到的！我的心攥成了一个拳头。生理学上说，人的心脏的大小和形状，如同自己攥紧的拳头。

三

“展望舒站起来！站起来！”

朝夕相处的全班同学的呼喊声像暴风雨一样突然卷来！李老师指责我狂妄之极开我的批判会岂不是理所当然的吗？叫我站起来我就站起来，我满不在乎地站着。

李老师话音刚落，首先是班上团支书发言，他声色俱厉地带了头，紧接着团干部班干部还有写了入团申请急待批准，考大学增添政治砝码的一个接一个发言不冷场，同仇敌忾义愤填膺没有多少实际内容但调子却越喊越高昂。

我觉得自己没犯什么错误一点不紧张，就是想不通，平常都在一块儿玩的同学才十七八岁，天天借我展望舒作业本照抄不误，抄完作业一道上篮球场撂几球，背起书包回家一路上说说笑笑，怎么李老师政治挂帅，私下里一布置，就看风使舵，小奸巨猾，就批判，就斗争，翻脸不认人，好意思吗你们？我满不在乎吊儿郎当无所谓。李老师气愤难忍，昂了昂头向团支书递了个凶狠无比最后冲刺的眼色。瘦猴唰地一下站起身再次发言，丢下重磅炸弹。瘦猴慷慨激昂地说，“我揭发！展望舒不仅刁难老师，根本性是他坚持反动立场，那天放学后和一个女同学，去了皖江大学，干什么见不得人的勾当，必须坦白交代！”

我的目光落在同桌的林惠兰身上。她低着头，双手捂着脸，胳膊肘抵着桌面，这使得我只能看见她从头顶铺到肩头的黑油油的秀发。那时女同学都打两根辫子，只有她秀发披肩显得自然而流畅。提到去皖江大学的事，年轻人寻求知识是进取心的表现为什么要挨批？林惠兰若无其事，一动不动。

同学们在交头接耳叽叽喳喳议论，团支书瘦猴突然拿出一张纸条说，“这是我在展望舒的座位上发现的，说什么抚摸你那裸

露的胸膛呀！还有爱什么爱呀，满纸的小资情调！你们看！”

教室里立刻骚动起来。瘦猴举起那张纸条，林惠兰抬起了头，我看到她脸红了。她按捺不住自己了。她突然站了起来。

林惠兰一站起来教室里顿时就鸦雀无声。都知道林惠兰和我关系密切，是站出来揭发，还是庇护？都在等待她的发言。

团支书手里捏着纸条显得很兴奋。谁知林惠兰站起身来一言不发，用手将秀发向后一拢，走到瘦猴面前，夺过纸条，转回身来递给了我。接下来，她以极其平和的口气毫不羞怯地说，“这张纸条是我写的，写好后放在展望舒的抽斗里，不知道杨志斌你为什么要拿别人抽斗里的东西，还好意思揭发别人呢？什么叫小资情调？爱有什么错？同学们要批判就批判我吧！”

我这时才知道纸条的事。原来是我星期天去勤工俭学，赤膊短裤肩披汗巾唱着号子拉车，让林惠兰远远看见了，她没有上前喊我。她伫立街头，目送我十分艰难地紧随车队而去……她肯定是激动不已，转身回到学校写了这张纸条，不知怎么让盯梢的瘦猴发现了。我低头将纸条展开一看，上面是这样写的：

> 我就是在那一瞬间被震撼了！同学六年竟然一点也不知道你的生活如此艰辛，甚至没有父母的关怀，否则绝不会让你在高考临近时还去勤工俭学干那么沉重的活！我感到很歉疚但又十分欣喜，我看到了一个年轻的男子汉！你拉车的体态很有男人的力度，那坚韧的意志只属于男人。只是你的歌声还有些稚嫩，你毕竟太年轻，拉沉重的车唱劳动号子听着叫人心里发颤。你涨红着脸，你皱着眉，你低头拉车目不暇顾，整个的你是那样叫我揪心。我多么想喊你停下来，扑上去，抚摸你裸露的胸膛，擦掉你脸上的汗水，然后帮你一道拉车。我能这样做的！我真的敢这样做！我只怕在那人来人往的大街上你无法接受。请原谅我！我爱你！

我的天啦！我没有叫出声，我是这样在心里惊叹的。这哪是一般的纸条？这是不折不扣热情洋溢的情书啊！真是少见的浪漫，少见的纯情。一个批判会开得让我高兴得飞上了天！

但我高兴得早了点儿，我毕竟太幼稚，这封从天上掉下来的情书把我冲昏了头脑，我也不思考一下李老师会有什么想法，更无从知晓班主任李老师的智谋和能量，会无可挽回地决定一个学生的命运，而学生自己却完全地永远地被蒙在鼓里！

四

散会后，团支书瘦猴杨志斌一直盯着林惠兰，跟到校门口将她喊住，嬉皮笑脸地说，“林惠兰，我要和你谈心。”

林惠兰气嘟嘟地说：“找我谈心？别无聊！”

杨志斌立即苦下脸来说：“请你原谅我，那张纸条没落款，早知是你写的，我绝不会拿出来揭发展望舒的。”

林惠兰说：“你撒谎！你还不知道是我写的？你肯定盯了我的梢，否则，你怎么知道展望舒课桌抽斗里有人放了纸条？”

杨志斌说：“林惠兰，我是为你好！”

林惠兰毫不相让地说：“你为我好？你存心不良！你找争取入团的女生钻大操场边的松树林子谈思想，还动手动脚。”

杨志斌辩解道：“那是造我谣，忌妒我！我政治条件好，肯定能考上北京的名牌大学！我真心看上的女生只有你一个！”

林惠兰对他蔑视地一笑，说：“拉倒吧你！现在全班同学都知道了，我对展望舒好！你还来献什么殷勤？”

杨志斌说：“你不能跟展望舒好！他家庭有问题！”

林惠兰说：“谢谢你的好心，他家的问题我知道！”

“你肯定不知道！班主任只和我一人说过！对展望舒还暂时保密呢！那张纸条我也交给李老师看过，李老师很气愤地说，这个展望舒狂妄之极，家里有重大政治情况，还爱什么爱？开批判会，思想、作风联系起来批！批他！”杨志斌语气强硬地说，“林

惠兰，你不听我的劝，会后悔的！”

林惠兰说：“批判会开了，又能把展望舒怎么样？我绝不后悔！我偏要爱他！你就别操心了。”

“我不仅操心，”杨志斌显出痛心疾首的样子说，“林惠兰，我真为你痛心……”

林惠兰说了声：“为你自己痛心去吧！”就转身走了。

学校的政治气氛日渐浓厚。门被“哐当”一声推开了。挤满六个毕业班三百多学生的阶梯教室里立刻骚动起来。校长带着俩公安步入会场。我有生第一次听到了手铐的叮当声……

校长宣布，在高三学生中破获了一个反革命叛国小集团与国外通信密谋叛国投敌，其中两个农村学生开除学籍遣送回乡，为首的一个城里学生被捕！紧接着俩公安亮出了银光锃亮的手铐。咔嚓一声铐住学生的手腕。所有在场的师生沐浴了一场阶级斗争的暴风雨！时年一九五九。绝对真实的事件！不久，李坚石老师入了党。这两件事有没有内在联系没有一个学生知道。

被逮走的不是我，是我的同班同学外号叫小诗人。他喜欢朗诵一首革命诗人表现一位革命者身陷囹圄顽强不屈的《铁窗诗抄》：“镣铐叮叮当当，那牢狱颤颤发抖！他像一头猛狮，昂起头，来回走！”没想到自己小小年纪被判刑十年，关进牢房。几年后，法院撤销原判，他被释放出狱。小诗人春光耗尽，清瘦的下巴上长出稀稀的绒毛胡子，但没有任何人表示对他的冤案负责。

晚自习时，同学们都在教室里看书做作业。李老师把我喊到教室外的走廊上，对我说：“展望舒，告诉你吧，毕业班的政审外调已经全部结束，为了对全年级几个家庭关系复杂的学生政审，外调的老师辛辛苦苦跑了几个月，算给你们查清楚啦！你父亲的问题很严重，你嘛，大学还是可以报考的，能否录取我不好说。有成分论，不唯成分论，重在政治表现嘛。”那腔调怪怪的。

李老师转身走了，丢下我呆若木鸡。

林惠兰知道了。这鬼精鬼精的瘦猴说展望舒家有问题原来是真的！她急乎乎地找到我，问道，“你父亲出事了？……”

我叹了口气，点点头。林惠兰说：“你父亲究竟是什么情况？你怎么不说话？看你愁眉苦脸的样子，你在想什么？你说呀！”

“我只晓得父亲解放前就参加革命，具体的情况我一点也不知道。”我说，“我在想……不考大学了……考了也白考。”

林惠兰问：“你父亲就算有问题也不该由你承担责任呀！你不考大学？不考大学你想干什么？”

我说：“我想去拉车。拉车不政审。”

林惠兰说：“遇到这种事，你应该先和我商量！我还爱你，我不会改变！拉车不政审我爱你也不政审！别说你父亲出了问题，哪怕你本人像小诗人那样被逮进了监狱，我也等着你回来！”

林惠兰的话简直把我惊呆了，也把我吓傻了！那年头说出这等话来，岂不是胆大包天吗？确实够我感动的了，但我想了想，面对林惠兰的真诚，还是把苦衷都说出来吧。

我说：“可我得生活……父亲有半年多没给家里寄钱了，也没有信，我猜想是出事了。所以我寒暑假、星期天才拼命地拉车。这一下，他真的去劳改了，家里更没指望了。我的后母在我父亲出事前就和他离了婚，带走了大女儿，留下一个小女儿是法院判给我父亲的，这一下我得抚养这个小妹妹，她还不到十岁。我奶奶也和我在一起生活，起早摸黑糊火柴盒，这是一种最简单的厂外加工，街道居委会帮着联系，救济困难户的，如今六十多岁了眼神不行，但不能再让她老人家累了，所以，我一定得拉车！”

“你不就是经济困难吗？”林惠兰还是固执己见，她说，“不考大学？你不要前途啦！经济困难我支援你！你一定要考大学！为了你的前途，也为了我！”

我说：“自从上次到你家，见到了你爸，他给了我很大的鼓舞，我连做梦都想上大学！也只想上皖江大学，做你爸的学生。经济困难你能支援我，可高考政审这一关，你帮不了我的忙！”

“这样吧！”林惠兰想了一会儿，说，“你只想进皖江大学也

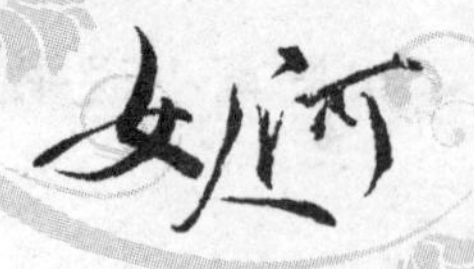

好，我可以求我爸爸帮助你，今晚我就和他说。你明天晚上到我家去一趟！你听见了没有？你别发愣呀展望舒！”

五

我再次走进皖江大学，走进林惠兰的家。

林教授得知前些日子来问过时空有限无限那个很好学的高中毕业生不考大学而去拉车十分惋惜，惠兰也没怎么求他，就主动说，“惠兰，把你那个同学找来吧！我要当面和他谈谈。”

一见面，林教授二话没说就提出要考考我。

林教授十分亲和地问我，“你们很快要考大学了，我先来考你一下，算是突然袭击了，可不可以？”

林惠兰说：“爸爸，考大学是考高中课程，我不是已经告诉你了吗？上初中他就在做高中课本上的作业，我亲眼所见。现在早已自学到大学课程了，大学的书就是我代他借的。他要把全书啃通了才还。来不及，他就开夜车抄书，一连开几个夜车地抄，抄完，还书。我再给他另借一本……你还考他高中课程干嘛？”

“耳听为虚，眼见为实。”林教授说，“高中课程不用考了，他已经自学到大学课程了，我就考他大学的数学吧！”

我一听，说要考我大学的数学，而且是林教授当面考我，我来劲了，心里立刻涌起一股冲动。

林教授出了两道二阶常系数线性联立微分方程题，大学三年级的学生得做一堂课而且是学习不错的同学才行。我看了一下题，我觉得林教授他是否在顾我的面子，那题出得似乎太容易了一点。我不慌不忙，将两道很快做好了。林教授收起我的试卷一看，直截了当地说，“两道题解得都简明正确，无可挑剔。”

“二十分钟还不到！”林教授再次看看手表说，“惠兰，你这位同学确实是个数理科的天才少年，非常少见！”

林惠兰乘机说：“我早和你说过了，没有哪一科老师不说展望舒成绩优秀，聪明而又勤奋，除了政治李老师……”

“好，好！惠兰，题外话不说了。”林教授说，“展同学，我还想问问你，你的外语怎么样？你们学的是俄语吧？”

我说：“我们课堂学的是俄语，我在课外学英语。”

“噢？课外自学？”看来林教授有点诧异，他问道，“你英语自学得怎么样？学自然科学，英语很重要。”

林惠兰抢着替我回答说，“爸爸，展望舒英语棒极啦！”

林教授转身进了书房，从书橱里随手拿了一本书出来递给我，我一看封面，嗬，是一本原版英文书。

林教授突然改用英语说话，要我把书的序言先看一遍，然后读给他听，再用中文说一下序言的大意。也就是翻译一下。

他这几句英语我当然听得懂，但我做起来却很难。因为这是一本以相对论观点探讨天体物理学的专著，那年代这一类专著很少见到中文版本。哲学上当然是以恩格斯《自然辩证法》一书中的说法占主导，专业上也是以苏联学者的《星云说》为正宗。林教授递给我的这本书，不仅没看过，甚至连有些词汇词组也很难找到相对应的中文，除非去查天体物理专业的英汉词典。

我先是将序言勉强读了一遍，然后根据我的理解做了大意的翻译，并就序言中提到的相对论天体物理学的几大问题，即时回答了林教授的提问。当然，我们的对话全用英语。

我心中毫无把握——对我所理解的专业知识以及我的英语表达，同样没有把握。我正有点汗颜之时，林教授却突然走过来握住我的手，说：“你的英语说得很流利，完全靠自学吗？”

我说：“自学也就是背英汉词典，一本词典全背熟了。口语是跟林惠兰学的。应该说，林惠兰就是我的英语老师。”

“噢，是这样。但我惊讶的不是你的英语，英语不难学，每个学生只要用功就可以学好，而你对相对论天体物理学的领悟令我吃惊！你现有的水平不仅远远超过了一般的高中毕业生，大学生中也很少见！这在普林斯顿大学，我就可以决定让你在本科补几门课，然后直接读我的硕士研究生。”林教授的拳头攥得像一颗心，他叹了口气说，“但在这里不行。”

林惠兰说："爸爸，他现在连考大学都成问题了……"

林教授说："你家庭发生的情况，影响政审，惠兰昨天和我说了，我当面考考你，就是要亲自了解你的学业情况，以便向校方反映，尽一切努力录取你，但你一定得参加高考！"

林惠兰高兴得要跳起来，她说，"爸爸！谢你啦！"

光明是一种诱惑，知识也是一种诱惑。林教授是我心目中光明和知识最完美的化身，听了林教授的话，我松弛了的心又攥成了拳头。我说："谢谢林教授，我一定参加高考！"

"当然，我现在说你能否录取，还言之过早。你做两手准备吧！"林教授说，"即使不能录取，展同学，你要记住，心胸要开阔，要保持不倦地追求科学的精神，青年人总是有前途的。爱因斯坦说过，'一个人的真正价值首先决定于他在什么程度上和在什么意义上从自我解放出来。'这句话，让我们共勉好吗？"

我几乎要流泪了。我说："感谢林教授的关怀和教导！"

林惠兰看到在她父亲的鼓励下我决定考大学了，心里很高兴激情就上来了，她和我说过，一有激情就克制不住就想弹琴，用双手到键盘上去发泄，不论是欣喜还是忧伤，这是老习惯。

她说："过来，展望舒，我弹首曲子给你听好吗？"

我说："那太好了，你最好弹一曲《大路歌》给我听。"

林惠兰说："你还想拉车？"

我说："我拉车时喜欢唱《大路歌》，喜欢喊歌里的号子，即使不拉车，人还得在崎岖的路上负重远行嘛！"

"这么年轻，你故作什么深沉！"林惠兰还是按她自己想的弹。她掀开琴盖手指轻轻地揿下去，悠扬的琴声飘然而起……我等待着那铿锵有力能使我热血沸腾的《大路歌》熟悉的旋律，但没有。林惠兰的尖尖十指在黑白相间的琴键上翻动跳跃，乐曲像小溪流水一样淌了出来。一曲终了，她问我："听了有什么感受？"

"你弹得真好听，我好像又回到了童年，回到乡村。夏日的田野阳光明媚，健壮的汉子在水车架上车水，牧童在草滩上放牛，牛在吃草……"我说，"你为什么不弹《大路歌》呢？"

“展望舒。你怎么还想着童年？除了童年就是拉车，还有别的没有？”林惠兰笑了。她捂住脸儿笑，笑得无比的舒畅。她说，“过了童年是青年，青年的主题是什么？你说呀。”

我说：“青年的主题？……是革命啊！”

林惠兰不无讥讽地说：“青年的主题是革命？——这是李老师政治课上的语言，你真是李老师的好学生！”

青年的主题是革命，我这样说也是言不由衷。我问林惠兰，“那你说青年的主题是什么？”

“是爱情！……”林惠兰甜蜜地一笑，接着，她收起笑容深情地说，“我弹的这首曲子叫《Love is blue》——蓝色的爱。展望舒，不懂音乐没关系，可千万别不懂爱情。我给你的那张纸条你该把它收藏好，那是我第一次给男孩子写纸条，那是我真心的写照，连同这《蓝色的爱》，一起献给你了。”

我很激动，能得到林惠兰的爱，我从来也不敢想的，却幸运地得到了。可我隐约觉得，蓝色的爱也许就是蓝色的梦吧。但不管是爱还是梦，我都无比珍惜！我低声说，“那纸条已经没有了。”

林惠兰生气了，她问道：“什么？你把它扔了？”

我摇摇头。林惠兰追问我：“那你是接受批判，决心改正错误，把纸条交给了李老师？”

我又摇摇头，然后很有些动情地说：“那不是一般的纸条，是一封我梦想不到的情书，我怎么会扔呢？我更不会交给李老师，我没犯错误，接受什么批判？那天将纸条带回去就读了不下于一百遍，早就背得滚瓜烂熟一字不漏了。我那个破家藏哪儿哪儿不行，我就用开水将那纸条化了，一仰脖子全吞了下去，它永远藏在我心中。你若不信，我背给你听。”

这真出乎林惠兰的意料之外了，但我说得那样真诚，绝不会撒谎，林惠兰很受感动，赶忙说：“不用背，不用背！”

她两眼直盯着我，眼里禁不住涌出泪花来，然后就扑进了我的怀里。林惠兰十分柔情地说：“展望舒，等到有一天，我再要你背，到那时候，你背不出来呀，小心我惩罚你！”

林惠兰说着，还用手指轻轻地点了一下我的鼻子……

林惠兰把我送出皖江大学校门。我说，"不早了，你回去吧。"

惠兰说："没关系，再送你一程。"

我俩默默地往前走，走完一截马路，又一截马路，还是舍不得分手。走完马路就要转进一道道小巷通往我的家。我想带林惠兰到自己的穷家看看，好让蓝色的梦早点醒。可走了几条曲里拐弯的小巷子还没到我家，我又想这么美的梦醒早了真舍不得或许真的是蓝色的爱也未可知，就打消了带她去我家的念头。我又说，"真的不早了，我送你回去吧。"

林惠兰愣了一会儿，点点头。我俩转身向回走，又走了几条曲里拐弯小巷子，上了马路。那年代江城马路上很暗很暗，隔老远才有一盏路灯，放着惨淡的光……

我俩又回到皖江大学，在校门口暗淡的灯光下，林惠兰紧贴着我说："你一定要考大学！为了你，也为了我！"

我一句话也没有说，只是认真地点点头。我看着她美丽的含情脉脉的眼睛。林惠兰轻轻地踮起双脚。我的心就怦怦地跳起来，迎接了林惠兰湿润的有一丝甜甜的嘴唇……

最纯情，最难忘的，是初吻。

六

高考后，班上大部分同学陆续收到了来自全国各地大学的录取通知，个个喜笑颜开。我收到的却是一份《不录取通知书》。

李老师说："展望舒，你大学没有考取不要有什么不正确的想法，我们的教育是为无产阶级政治服务的，培养什么样的接班人是社会主义革命事业的头等大事，像你这样家庭有问题的考生高考落榜的何止你一个，校长和教导主任也都知道你成绩很好，表现也不坏，要我多多安慰你，青年人总是有前途的。"

我不以为然地说："我晓得青年人总是有前途的，所以没有什么不正确的想法，我在拉车。"

李老师说："你选择了拉板车的工作这很好，你走上了一条知识分子劳动化的康庄大道，尽管你高中刚毕业还算不了知识分子，但这证明，我们学校对你的政治教育是有成效的。"

我说："我是迫不得已去拉车的。"

李老师说："你说迫不得已也是实话。拉板车是一项很光荣的工作，这样你就是工人阶级的一名成员了，收入不少，这也是我们优越的社会主义社会给了你一条生活出路。但是身份的转变不等于思想的转变，你一定要决心拉一辈子车，改造一辈子。"

李老师的话说得很诚恳，语气很和蔼，但我听了不是滋味。想哭。不过，我想哭也不会在李老师面前哭的！

我在林教授那儿听到了另一种声音。

林惠兰考上了北京大学，她临走时托一位考上皖江大学的同班同学转告我，要我去见林教授。

我去了。林教授比前两次更加热情地接待了我，还请我和他同坐在沙发上，促膝交谈。

林教授说："展同学，你高考成绩不用说了，数理化和外语都是满分，校方调了你的档案，你父亲在劳改加上班主任写的毕业鉴定不太好就不能录取，我无法理解，但我已无能为力。去年，我自己也是受了最上层的指名保护才过了反右一关，算是没影响惠兰。真对不起啦。惠兰临行前本想和你告别，她说那样她可能实在受不了，她要我向你表示歉意并多多安慰你。"

我说："没关系，考不取大学去拉板车，我早有思想准备了。"

林教授说："你白天拉车，夜晚自学功课太辛苦，这般小小的年纪就能忍辱负重，实在难能可贵。"

我说："大学的数学和物理课程，我已经全部自学完了。"

林教授说："你想不想再学深一点的呢？"

我说："我担心，本科后面的课程，自学也许太难了吧。"

林教授说："我可以给你一点帮助。"

我听了一惊，说："那真求之不得了，谢谢你，林教授！"

林教授说："学高深一点的物理更需要抽象思维，而且需要一种悟性。我想这些你都具备了。我这里的书刊你可以借去看一看，不过，这些专业性很强的原版书不知你能不能看懂？”

“我试试。”我说。

“那好。”林教授说着就进书房选了几本书递给我。

我谢过林教授，临走，林教授又喊住我，说，“你回来，把这本专业英汉词典也带上，是牛津的，正宗。书店里不容易买到，遇到不懂的词语，查一查就行了。”

对于一心想上大学而却落榜的我来说，遇上这样的好导师真要感动得泪泣涕淋了！光明是一种诱惑，有不可抗拒的吸引力。林教授是照进我心坎里的一线光明，像罚站时夕阳的余辉透过门窗照进阴暗的教室里将一片白白净净的光明投到我的身旁……

我知道见了林教授会听到一番劝慰。这是我预料之中的。但是我没料到，在我离开之时，他还递给我一封信！

林教授说：“带回去看吧，希望你原谅她。”

我一听就想到，这肯定是林惠兰给我留下的信！我根本等不得回家，下了林教授家的住宅楼，我就将信展开，果然，林惠兰娟秀的笔迹，跃然纸上：

亲爱的望舒：

我走了。我没有和你告别就走了，实在抱歉。尽管我爸爸做了很大的努力，皖江大学还是不能录取你，真令我心碎，我爸爸也为之沮丧。我想知道你填报的第二类一个专科学校是否录取你了，能录取的话读两年书出来当个初中教师也不至于去拉车。我跑到学校见到了李老师，他说，“展望舒什么学校也不会录取的，这会儿他正在嗨哟嗨哟拉车呢。”

我赶到搬运公司找你，里面人告诉我，是听说五队刚进了一个学生，但不知道拉车上哪儿去了。当晚，我又试图去你家找你，那曲里拐弯的小巷，走着走着就迷路了，我非常失望，好不容易才从曲里拐弯的小巷摸出来。我孤身一人行走在昏暗的马路上，街边的路灯放着惨淡的光……

我回过头来，想再一次走进小巷，寻找你的家，但我已没有了勇气。我发现自己不敢再见你了。我这成绩中不溜儿的考生进北大，而你这个天才少年去拉车！我又毫无能力帮助你！我去向你告什么别哟！那不是给你雪上加霜吗？那叫你受得了吗？话说回来，那叫我也受不了啊！

我不求你的原谅，但你也别恨我。我真心地爱着你！

永远是你的——惠兰

看了林惠兰的信，我激动片刻就冷静了下来。初恋是脆弱的，蓝色的爱顷刻之间就变成了蓝色的梦已无可逆转。她是女大学生了，而在我的心目中她岂止是女大学生！她十二岁时是一个小仙女，十八岁已长成了美丽的女神！而我是地平线上苦力干活的拉车人，我必须学会理性对待。我安心拉车。因为我要生活。而且在社会的最底层，也有另外一番风景，我不必悲观沉沦。

比如说，我惊奇地见到了那些终日辛劳而又放荡不羁的拉车汉子和娘们儿……

比如说，我认识了纯情可爱的拉车姑娘小七子……

七

我白天拉车，晚上读书，劳累而快乐。对于爱因斯坦所说的，“命运总是取决于个人所感受的、所想要的和所做的是什么。”我有了深切的体会。这句话也是林教授对我讲的，我记住了。

我大约每隔一两个月就要到林教授家拜访一次。我是去还书的，而且还要再借几本。但更重要的不是借书，是要见林教授。

隔几个月不见林教授心里就不得过。见到林教授不仅是要请教专业上不懂的问题，就是没有问题请教，听林教授说几句，就能得到思想上的启迪，比看几本书的裨益还要多。我每次去见林教授，他都很耐心地和我交谈，我有时也想，林教授为什么对我这样教诲不倦呢？难道还是因为林惠兰吗？想到林惠兰我就不愿再想下去。想到林惠兰，心里总还是很痛苦。

林教授说："这几年你读了不少书，现在开始系统地学习相对论这很好，不要怕人说你一个拉板车的搞相对论太不知深浅。阿尔伯特·爱因斯坦 1905 年发表相对论的首篇论文《论动体的电动力学》，以及论证分子的存在和光量子假设的重要文献，当年他只有 26 岁，是一个收入微薄的专利局小职员，过着穷困潦倒的生活。他利用业余时间钻研学问，取得了划时代的成果。你的数理基础很好，完全可以钻研相对论。"

林教授接着说："相对论不仅是一门科学，而且是一种境界。研究者不是被它的复杂深奥的数学形式所难倒，而是进入相对论尤其是进入广义相对论的境界十分不易。正如爱因斯坦所说的：任何一位认真从事科学研究的人都深信，在宇宙的种种规律中间明显地存在着一种精神，这种精神远远地超越于人类的精神，的确能力有限的人类在这一精神面前应当感到渺小。"

我说："林教授，我白天拉车，很劳累很单调，那是一个现实的世界。而夜晚，我一旦伏案攻读，世上一切艰辛都不复存在，当我解开了那一道道复杂纷繁的数学方程的时候，我真的好像进入了一种十分玄妙的境界……"

"这很好，看来你真的已经入门了。"林教授说，"不过，我要提醒你的是，在我们国家搞相对论是要冒一定风险的！这风险来自苏联。莫斯科在批爱因斯坦，北京就批相对论！但莫斯科和北京都不得不承认爱因斯坦在物理学方面取得的举世瞩目的成就，然后就说他是个'渺小的哲学家'，批他的哲学思想。和我同一时期回国的北京和上海几个大学的物理学教授，没一个敢自称是相对论学者，而他们在这个领域都颇有建树。"

我说："林教授，我读了十几部数学和物理专著包括从你这儿借的英文原版书籍之后，是这些书把我自然地引进了相对论领域，没有丝毫勉强的成分。可见，科学发展到二十世纪，出现广义相对论已经是必然的事了，只不过它需要一位天才用双手把它托举出世，这位天才就是爱因斯坦。广义相对论的问世既是科学发展的必然结果，批是批不倒的。更何况我是一个拉板车的车夫，谁还有兴趣来批我呢?"

"好，你说得很好！这我就放心了。但是你无论如何不能再拉车了。你的价值在你的脑袋而不在你强健的肌肉。"林教授接着高兴地说，"眼下有一个机会，学校同意我下一个学期带两名天体物理研究生，你以同等学力来报考吧。如果能到我这里来读研究生，你的进展会很快。投身现代科学，光进图书馆翻资料躲在家里解方程还不够，需要进实验室，需要使用计算机，需要学术交流，这些你在家里都是办不到的……"

我说："是的，我连做梦都想到大学里面来，能考上你的研究生那真太幸福了！可是我父亲的问题还没解决，他还在白湖农场劳改。我不知道考研究生是不是也要政审？政审严不严?"

"当然要政审，我想肯定还是很严的，我们国家的政治路线一时不会改变。"林教授说，"这一点我考虑到了，惠兰也和我通过几封信，催我尽快落实这件事，我跑了好几趟招研办公室，又找了校长，总算说通了。你抓紧写一篇论文。"

这是公元一九六四年。我又一次把拳头攥成了心。

八

嗨哟嗨嗬嗨嗨嗬嗨，哼着《大路歌》就是能拉车，使上劲，为了活命碾碎前面的艰难，板车一拉就是五年。考取大学的同学毕业了，当干部当教师当医生当记者国家栋梁。我二十三岁板车大学也毕业了，大板车操纵自如，我赤膊上阵肩披大汗巾潇潇洒

洒立中掌把，两边拉绳的好几个大汉那是威风凛凛，我一吆喝，众人跟着吆喝，个个攒劲，米开朗琪罗男性健美雕塑那般模样，肩宽腰窄胸肌腹肌胳膊腿肌肉饱满得要绽开，青筋鼓起，血液奔突涌动，隐约可见，嗨哟嗨嗬，步伐齐整。过了弋河桥，下坡车速快，难刹车，我一抬头，前面漫步一对青年很亲热。我大喊一声，“闪开！”车上两米高自重四吨大锅炉砸下来非出危险不可！

只见那细高瘦长的男青年机敏地跳到路旁，而秀发披肩穿一身浅藕色西式套装的姑娘却呆若木鸡，一动不动！……

我又大声喊道：“你怎么愣住啦！快闪开！快闪开！”

大板车与那姑娘擦身而过。多险啦！拉车的汉子骂的笑的都有，唯独我哑了。刹那间我认出来，那姑娘是林惠兰！而跳到马路旁边的男青年竟是当年高三班的团支书瘦猴杨志斌！

这就是我记忆中林惠兰和我离别五年后，在我眼前恍若一现的那个场面。我的大板车唰地过去了，就什么也没有了。

将近三十年了，回想起来，那恍若一现的场面也只能算是记忆里的模糊碎片，很难说是真实的，还是虚幻的……

当晚我去了林教授家。我是去还书。也想见惠兰，但没见到。林教授先和我谈考研的事。他说，“你相对论学得不错，你将学习心得提炼成文章写得很好，你用这篇论文报考天体物理很对路，可惜因为全国开展社教运动，有的地方叫‘四清’，教授也下乡，校方招研计划取消了，我不得不再次向你表示歉意。”

我说：“我虽然作了努力，但和五年前参加高考一样，我没有抱太大的希望。这几年在您的指导下，我攻读了您推荐给我的全部专业书，我早就是您的校外研究生了，您是我的恩师！”

林教授说：“对你的歉意是我心中的感觉，像你这样一个天才青年，我无法提携，实在内疚。就凭你这篇论文来说，如果是英文的，在普林斯顿我可以让你直接攻读博士学位了。”

“是吗？我心里真还没个准。”我有点得意就索性把真情说了，我说，“林教授，我实话向您汇报，这篇文章的初稿我是用英文写的，然后自己把它翻译成中文。我觉得写这种专业性很强的相对论文章，用英文表述比较自如，而中文在专业用语上缺少相对应的词汇，尽管为数不多，表述起来还是有点词不达意。”

林教授说：“听你这么一说，就知道你把英文原版书读得很透了。什么时候把你写的英文原稿拿来给我看看。”

我说：“好的，我明天就送来，请林教授批阅。”

谈了英文原稿论文的事之后，林教授却叹了一口气，说，“展同学，我们今天能不能不谈相对论了？我想和你说惠兰。”

原来，他早已准备好和我转换话题了，我只得点点头。

林教授说：“惠兰的母亲还在美国，已经入了美国籍，嫁了我当年在普林斯顿时的学友，一位名叫海沃德的美国教授，和我最后分手了。惠兰从北大毕业本可以留在北京工作，但她一心想回来照顾我，组织部门将她分配到我这里当助教，也算体现党的政策，但惠兰说，其实是一位追求她多年的老同学帮了大忙。”

林教授说：“我知道惠兰和你很有感情，可上大学后她受到了难以承受的压力。她企盼你的家庭出现转机，企盼你上大学当研究生从而改变你的社会形象，直到毕业还看不到多少希望。她就和那个同学结婚了。在中国以政治划线，在美国金钱和社会地位的悬殊阻碍婚姻的自由也是俯拾皆是。我对惠兰爱莫能助。”

林教授谈到读书学习我浑身是劲，说起惠兰，我却一言不发，好像什么也听不进去。可说起惠兰结婚，我震惊了！

林惠兰大学毕业后结婚，本在情理之中，可我想到白天拉车时所见，难道她是和瘦猴杨志斌？……果真如此，那月下老人也太狠心了吧！大学里那么多优秀青年不嫁，怎么独独把她嫁给了瘦猴？那对我的伤害也太大了吧！

林教授接着说的一番话，更是令我难以消受！他说，“事情坏在惠兰今天在路上看见你拉车她愣住了，差点儿出了危险，回到家含着泪对我说，她发现自己还深深地爱着你！感情上陷入两难境地的女孩将永远是不幸的。惠兰恳求我在学业上继续给你帮助，以弥补她内心的愧疚，并祝你有一个美满的婚姻。”

惠兰已经结了婚还深深地爱我？这怎么办？我多么想再见林惠兰一面！可她已经是别人的妻子了，见面还有意思吗？……

第三章 霞之殇

一

我去寻找小七子是在一个晴朗的傍晚，西天仅有一抹晚霞，绚烂无比。弋河从苍翠而静寂的皖南山区毫不喧闹地流淌而下，像抖动的金黄色绸缎十分明亮而又不那么耀眼，夕阳的余辉更把依山傍水的小县城涂抹得分外温柔。河面上时而有些暮霭，好似给这如画的美景披上了一层薄纱，一会儿暮霭散去，眼前的景色又显得十分亮丽。我就是在一个具有少见的既鲜活又略带朦胧美感的傍晚时分，从市区赶往小县城，去寻找小七子的。

我必须见到她，那是我心中一种无法忍耐的渴望。我必须抓紧时间和她晤面，因为夕照虽然明亮却十分短暂，唰地一下就会过去。“一万年太久，只争朝夕。”是过去了的那个年代墙头上常见的标语耳边常响的口号。那时我们曾经拥有过一万年，但感觉不是太久，而是太短，因为那实际上只是一个傍晚……

如果在夕阳西下之前能见到小七子的话，我们将再次拥有一个傍晚，或许是真正的一万年……

那天也是傍晚。

那天傍晚下着小雨，淅沥沥沥淅沥沥沥下个不停像一首流行歌曲那女歌星唱的一样温柔缠绵。我是指那会儿小雨下得真是温柔缠绵而又不像如今的女歌星在舞台上那样忸怩做作，娇柔缠绵之中总带点儿虚情假意。我和小七子真情实意，我俩共撑一把小伞，在傍晚的细雨中行走。

那雨伞是小七子的。下班回家碰上小七子就一道走，这是很平常的事情，那年小七子只有十九岁我已经二十三了，我大她四岁。小七子和我同在市搬运公司五队拉板车，前几年我拉的也是小板车，与小七子同来同往，十分快乐。

那年代江城的经济还比较落后，拉板车是市区运输的主力。如今江城的大街上来来往往的各色汽车多到时常堵塞交通的地步，拉板车这种运输方式已经极少见了。

板车有两种，一种是小板车，一人拉，拉车的有男有女。另一种是大板车，载重能抵一辆解放牌，不排尾气没污染。一人掌把，众人分开两边拉绳，搬运大件重物，不是身强力壮的男子汉上不了这个岗。拉了四年小板车，第五年我成了大板车把式，立中掌把，这在板车队是一种提升，是一件很荣耀的事情。好比寒窗苦读四年大学本科该毕业了，升研究生那劲头。

小七子当然还是拉小板车，她不能再与我同行。小七子每天跟着板车队的娘们儿后面拉车，闷闷不乐。

那天下雨。下雨是个机会。

下雨给小七子和我一个顺其自然亲近的机会。

刚下班天就下雨了。先是下了一场不大不小的阵雨。小七子将板车送进车棚，放好，一阵雨打在车棚顶上哗哗响。小七子撑起雨伞走出车棚，到大院门口看见拉大板车的汉子们回来了，拉的跑的叫喊，“下雨了！雨来了！”一窝蜂涌进了大院，钻进了车棚。小七子看见我夹在汉子们里面就挨着不走。放好大板车，我刚出院子门，小七子跟上来喊道：“小展，你等等。”

我见是小七子喊我，眼睛就一亮。

我说：“小七子，你一个人站在这儿干嘛？”

小七子说：“还不是等你！这一阵接一阵的雨你淋着舒服？”

我听小七子说专门在等我，心里就有点乐，我说，“拉车的汉子都没有带伞的习惯，谁怕下雨？我们前胸后背都晒得黑油油的雨水打上去就溜掉了滑掉了，雨大了披块汗巾了事。”

小七子看着我抖抖身上的大布巾那豪情满怀的神态，就喜滋滋地说，“是的是的，拉了五年车你也长成个汉子了！”

我嘻嘻一笑，小七子就凑过来说，“走吧走吧，等着让人家瞧我俩是吗？”

我将布衫穿好，将大布巾往腰间一系，然后捋捋袖子说，“小七子，让我来打伞。”

小七子将伞伸过来，眯眯地微笑着先将我张进她的伞下，再把伞柄递给我，就顺势贴着我的身子，我俩就紧紧地钻在伞底下走了。接下来就是绵绵的小雨淅沥沥沥淅沥沥沥下个不停。

在一把小伞下面，两人很贴近这样就与平常一道走路隔着两三尺的距离不同了。我就有点得寸进尺，得意忘形，心里就热乎乎起来，禁不住想和她调侃几句。小七子挺可爱，每每与她同行心里很愉快，这天又贴着身子漫步，不调侃几句岂不别扭？就先从这把雨伞调侃起吧！

油纸雨伞是很美的，现在市场上不常见了。油纸是半透明的橘红色，从伞底下能看到雨水打在伞面上，然后顺着伞辐子流淌，从伞的边沿挂下一串串水珠。稍微有一些晃动就有水珠飘到我的身上，飘到小七子的胸前，这是难免的。

我说：“小七子，你这油纸雨伞真漂亮，半透明的橘红色能透过淡淡的光亮给你的脸上抹一层红晕。”

我年轻时说话就是学生腔，恨不得把语文书上的形容词都抠下来揣进贴胸前的口袋里，说话就随时掏出来用上。我和小七子处得不错，话说轻说重都没关系，耍起学生腔来，她就直摆手，“你说话像孔夫子的脸皮纹皱皱（文绉绉）的，我最怕听！”

其实小七子说的不是孔夫子脸皮，她说的是孔夫子另一个堆满皱纹的部位，是当地有点黄的俗语，说出来实在不雅，但板车队就这粗语粗言的，小七子说毛糙话也习以为常。

她说怕听我的学生腔，但我改不了，说起话来还是喜欢掏形容词，有时用倒装句是语文书上外国小说的语言不加逗点的长句子。这会儿我说她的脸上抹一层红晕，这学生腔她没有说怕听，她反倒有点害羞赶紧用手摸一摸自己的脸颊，试试可真有点发烫，接着说："恐怕是红了，那是和你同撑一把伞，羞红的呀！"

我说："是的小七子。"

我说"是的小七子"口气似乎有点轻佻，她就敏感，就猜疑我是不是心术不正了。她瞅了我一眼，就不知是真是假地故意回敬了我一句，"小展，你的脸怎么也红了呀？"

我就跟着说："我的脸可能也红了，这是我第一次和一个姑娘同撑一把小伞的缘故哦！"

将我这句话局限在所表述的具体内容来看，肯定是真实的，我确实从未和另一个姑娘同撑一把小伞在细雨中行走，但如果就此将其内涵延伸为我从未和另一个姑娘有过亲密的交往那就经不住推敲了。距此五年之前，在我只有十八岁的时候和一个小女生打了个 kiss，这将是延伸内涵所遇到的明摆着的障碍。虽然五年时光悄悄流逝，那纯情的初吻我还能在脑海中遗忘吗？

听我说是第一次和女孩子并肩打伞走在一起，小七子明显有点兴奋，肯定是过于单纯将我的表述不加以推敲深究，她眼一亮就问我，"真的吗？小展。那你走慢一点！你看，雨水打在伞上，顺着伞辐子流下来，水珠全飘到我俩身上了！"

我说："我的布衫打湿了没关系。"

小七子瘪着嘴说："你是男子汉当然没关系，可这雨把我的布衫也浸湿了，都能看见……我羞不羞？"

她这么一说，我倒真的心术不正了。我故意地问她："都能看见你什么啦？"

小七子用眼对我一瞟说："你眼望前面！别朝我身上瞅！"

她的语气虽然强硬，但话一说完就偏过头眯眯地笑。

我撇过脸向她浪过去一个眼神，看到浸湿了薄薄的布衫，小七子胸前的两只小兔子隐约可见。她伸出一只手臂想遮掩一下胸前的小兔子，可这只手却伸到了我握伞柄的手上，算是共撑一把小伞。我立刻感觉到小七子手心的温暖和微微的颤抖。这是我第一次紧紧贴着一个姑娘的身躯在伞下，在雨中，我顿时觉得小七子女性的温馨直接地毫无保留地传到我身上，传遍我全身。我感到有一种奇妙的燥热在我体内涌动。那天晚上和小女生在学校门口初吻我虽然十分激动，但并没有这种感觉。

街上行人稀稀。雨下小了依然淅淅沥沥。夕阳没有露面却从云缝里洒下缕缕余辉。我觉得这是一种无比美好的意境，令人流连忘返。我仍然用文绉绉的话语表述我的心情。

我说，“小七子，我愿意你偎在我健壮的身躯旁和你共撑这把小伞，在细雨中一直慢慢地走下去，走一万年……”

小七子顿时停下步子，轻轻地喊我一声，“展望舒，你说的是心里话？你真的愿意陪我走一万年？”

板车队的人都喊我小展，而且我和小七子也从来不互相喊大名，这会儿她连名带姓地喊我“展望舒”，问我说的是不是心里话，表明她认真了！

“当然是心里话。”我说。

和一个含情脉脉的姑娘共撑一把小伞在霏霏细雨中漫步，你说那情景美不美？假如你也是个年轻男人的话。

小七子的脸唰一下真的泛起了红晕，小七子笑了。她眯眯地笑。她睁着大眼望着我，轻声说，“一万年也不够，我还要跟你多走些年头才好……”

我也望着小七子，我定住神了。我仔细地注视着她的表情和姿态，那一刹那，小七子根本不像一个出粗力的拉板车姑娘，那形象委婉美丽到了极致……

这就是在我心中深藏了将近三十年的，那个永远不能忘怀的小雨淅淅沥沥的傍晚……

二

是当年板车队的刘队长领我去小县城的。我怎么就碰上了刘队长呢？刘队长为什么领我去小县城找小七子呢？……

怎么也想不到的是，那天早上我上街办事，偶然在大街上见到了她，见到了与三十年前一模一样的小七子！这是千真万确的。也许是上苍的安排，让我见到了苦苦思念三十年的姑娘，可是那一刹那我心里太激动了，我愣住了，我没和她搭上话，就与她擦肩而过。于是我把什么紧要的事都抛在脑后，心里只留下一个念头，——小七子还活着，我一定要找到她！

那天，我走在人行道上，看着大街上熙熙攘攘的车辆行人，觉得江城的发展变化太大了，可脑海里却突然浮现出小七子的形象，不是和我凄然分手的那次，是共撑小伞，是并排拉车，是她那眯眯的笑容。好像是我的第六感官接受到一个来自虚空的明白无误的信息——小七子就在前面！这时我还不觉得奇怪，我想，这是小七子留在脑海里的烙印太深的缘故吧。

不一会儿，我走过斑马线，到了大街另一边，就在百货大楼人涌如潮的门口，一眼看见了活生生的小七子！

我简直惊呆了。她的脸型、身段，还有走路的姿态，一点也没有改变。我确信是小七子，唯有一点不合情理，就是这位向我缓缓走来的姑娘过于年轻，时光流逝三十年，小七子即使没有死也不能如此永葆青春吧？我的心不由得怦怦地乱跳起来。

如果说，此时此刻我跌进时间隧道，回到了三十年前我绝无半点怀疑。但是，百货大楼顶层当年高悬的巨型万岁标语牌已经不复存在，取而代之的是耀眼的商品电气广告，左边是“中国扬子”，在那个象征环球的圆圈里，一条简洁的波浪，那是波涛滚滚永不回头的扬子江提醒人们，现实的时光绝不会倒流。右侧，是一家外资企业更加耀眼的洋文电气广告。走向世界，经济一体化，时代在前进，今非昔比，人人无可奈何。

我停下脚步目不转睛地注视着走过来的小七子，完全忘记了在大街上用那样的眼神盯着一位过路的年轻女人，是否有失文明礼貌。小七子身边还有一位老太婆同行，她俩漫不经心地向我走过来，和我擦肩而过了也根本没有注意我。小七子更没有向我浪过来我熟悉的那眼神儿，自顾自地向前走去。

我转过身来，紧跟上她们几步，嘴里就不由自主地冒出了一

声，“小七子？”

老太婆和那姑娘大约是听见了，都停下脚步，回头望了望我。我这才清清楚楚地看出，那姑娘就是小七子，绝对没有错！那姑娘又望了老太婆一眼，是询问的表情。老太婆的嘴唇明显地翕动了两下，没听见她说什么，就挽着那姑娘走了。我不好意思再继续追下去，等她们没入茫茫人海，我后悔不已……

我赶忙到市搬运公司老五队大院去询问小七子的下落，到了那里，只见门口的牌子已经换成了什么“安捷达汽车运输公司第五分公司”，搬运公司想必是改制了。院子里正在建住宅楼。我进去一问，老人一个没有了，里面现有的人，都不知道公司前身还有个什么拉板车的女人叫小七子。

我又跑到安捷达总公司查询，他们也无可奉告。

我后悔在百货大楼前没有厚着脸皮继续追下去，问个明白。痛失良机，心中苦不堪言。别时容易见时难。我想，还得去找板车队的老人。我首先想到的是刘队长。如果刘队长还健在，很可能知道小七子的下落。说来也真是奇怪，我从总公司出来，垂头丧气地回到大街上，心里正想着刘队长，就迎面碰到了他。

这真是，苍天不负有心人！

在我记忆里，当年是一个中年汉子魁梧壮实的刘队长，突然以一位七十多岁老人的面孔出现在我面前，我完全不认识他了。他远远地走过来，倒像是见到一个每天都碰面的熟人一样向我挥挥手，说：“小展！你来啦？想不想见见小七子？”

我一听就很诧异，这老人怎么知道我的心思？我就问：“请问老人家，您是谁？”

他说：“小展，多年不见了，你不认识我啦？我是搬运公司五队的刘队长啊！”

我惊喜地喊了一声：“噢！刘队长！”

我仔细瞅瞅，他虽已年老体弱，那音容笑貌的老样子还是没有变，确认是刘队长无疑，我就主动伸出手和他握了握，他干瘦而粗糙的手冰凉冰凉，许是人老了的缘故吧。

我说："您怎么知道我想见小七子呢?"

他说："当年你和小七子关系不一般，我一本全知，我看你刚才到五队大院里去了一趟呢！你还不是要查问小七子吗?"

"是的，我正是要查问小七子。"我十分坦诚地向他说，"多年来我一直忘不了小七子，也不知她的下落，刘队长，不知道你能否帮我找到她？或是把你知道的小七子情况跟我说说也行。"

"小七子早就不在我们五队拉车了，她离开了市区，住在弋河边上的小县城，她家我认识，我可以领你去。"老人把手一挥，说道，"你要找她，跟我走！"

就这样，我跟随刘队长登上公交班车。好在过去颠颠簸簸的土公路，已改建成高速公路，不一会儿，我们就来到了小县城。顺着正在改造建设的小县城的新旧交错的大街小巷穿来穿去，我跟着刘队长走，脑海里就在想着三十年前和小七子同撑一把小伞，那个小雨淅淅沥沥的傍晚……

三

其实那个小雨淅淅沥沥的傍晚一点事都没有发生，只是和一个姑娘一道打伞罢了，在今天看来算不得什么浪漫情调，但为什么会有一种神奇的魔力，让小七子眯眯的微笑能在我脑海里萦绕三十年呢？就算刻骨铭心的爱情，也不致如此吧！

我开始在本质上怀疑爱情这个字眼。

我对小七子纯洁美好的感觉算不算爱情？要说那就是爱情我却为什么从来没有打算和她再发展一步，娶她为妻?

如果不算爱情呢？世上真正的爱情又有几个能维系三十年？也许正是这种未能结成夫妻的男情女爱才具有经久不衰的魅力，这正是如今时尚的"婚外情"蓬勃发展的根本原因所在吧！

我和小七子感情在前，高潮发展在我婚后，也没有越轨的行为，不知算得算不得婚外情？可能只是我过于怀旧罢了，我劝自

已往事如烟何必太留恋，但是不行。我一定得把小七子找到！如果她已不在人世的话，我也要知道她死的详情。她埋葬在哪儿？否则我对不住小七子也对不住自己。这个念头一直憋在心里像一团火燎着无比难受，不了此心愿就日夜不得安宁就遗愧终生。

我是那年高考落榜进板车队拉车的头一天就认识了小七子。

那年高考我数理化外语得了满分其他各科成绩优异但没考上大学原因很简单，是父亲政治上出了纰漏我受株连政审不合格，不容置疑地落榜了。如今高考政审很宽松，单凭成绩达线就可以自由选择名牌大学的莘莘学子无法想象，而这在光辉的一九五九年却不足为奇。那年代尽管有大批知识分子和干部被打成右派或右倾送往劳改农场去改造，脱胎换骨，农村开始闹饥荒，但每一年都冠之为光辉的某某某某年，不信你去翻翻当年的旧报纸。

父亲出了纰漏，经济上也断了来源，我只好进板车队去拉车，拉车能挣生活费。板车队好进。板车队不政审。

那天我走进五队大院，魁梧壮实的刘队长从头到脚仔细打量了我一番，看我瘦精精一副学生模样先是笑了笑，然后摇摇头说，“前阵子，你利用假期来拉车，为了挣两个钱交学费，我看你可怜兮兮的，照顾你，让你跟着娘们儿合伙拉几天车，我都没仔细瞧你，你倒拉出甜头啦？想正式当个拉板车的工人？能挣钱是不？就凭你这身板，每天起早摸黑拉车？能行吗？啧啧……”

十八岁打 kiss 的事再说就有点惭愧不好意思了，但我没法忘怀。高中毕业时我和同班那小女生有点儿粘粘巴唧的那感觉，她胆大包天地对我说，别说你父亲出了这么点政治小问题，哪怕是你本人被逮进了监狱，我也等着你回来。接着就胆大妄为地给了我一个吻，在高考前夕在皖江大学校门口暗淡的灯光下。

当刘队长差点儿不愿收我的同时，与我打 kiss 的小女生已经不辞而别喜笑颜开地登上北去的列车。女大学生与拉车人之间有天壤之别，我本该无怨无恨，可那纯情的初吻在我脑海中留下的烙印太深太深致使我终日恍恍惚惚，小女生那两片樱桃小红唇没日没夜地贴着我的脸颊上下左右环绕飞舞带着甜甜的湿润，令我透不过气来，久久不能自拔，加上学业从此中断，事业和理想全成了泡影，人生的希望彻底破灭，我甚至怀疑自己还能否活得下去，日渐消瘦的我就这样晕晕乎乎跟着板车队的汉子和娘们儿后面拉车，认识了小七子。

小七子生得漂亮长得野，没多少文化。小七子那会儿只有十四岁很瘦小，她爸拉车她背绳，上坡时给她爸攒把劲，她爸身子骨有毛病。小七子帮她爸将车拉上坡，刹了车，转过身对她爸轻声说，“爸，你歇一歇，我去帮那学生哥拉一把。”

没等她爸应允，小七子就从坡上跑下来，抓住我的车把拼命拉，还对我瞪着一双大眼睛，喊道，“攒把劲！上！”

我进队正式当板车工第一次拉的是废铁坨子，大办钢铁的丰硕成果，看上去不见分量实际却很沉重。正当我面对陡坡心虚腿软望而却步的时候，就是这位十四岁小姑娘给我下达了爬坡的命令！我鼓足劲头艰难地冲上了坡，也从此鼓足了艰难人生的风帆。我的情绪自然而然地稳定下来，拉车也不再晕晕乎乎了。

过两年她爸退下来，小七子顶职算正式工，人也长大了。我和小七子日出日落在同一条地平线上拉车。

拉车这活儿比较累，但每月有了固定的收入，我的精神也随之振作起来。每天晚上在家自学数学物理，而且进度特别快。大学本科的课程攻读完了，就去啃从林教授那儿借来的英文原版专业书。破灭的理想又重现在我的心中……

板车队是另一个天地。板车队不讲家庭出身，没有社会地位的差别谁瞧不起谁，都靠卖体力挣钱多拉快跑，有空闲就男女在一块儿闹，无拘无束，从不寂寞从不烦恼都是无人知道的小草，就这样拉了五年车，我过了五年劳苦而快乐的日子，完全融入了这个没多少文化的体力劳动者的群体，一个落榜小男生长成了板板实实的汉子，小七子也出落成标标致致的大姑娘。

你没见过板车队的娘儿们闹起来真够呛。那不叫闹，叫浪！五队有十几个娘们儿，二十、三十、四十岁的都有。都浪。

就在货场浪，就在路边浪。也不顾人来人往。

胡碴子说口渴。一个三十几岁娘们儿左手捏着个大馍右手握着个军用马口铁水壶坐在路边啃馍，喝水，她笑眯眯地接上胡碴子的话说："渴了？过来喝。"

胡碴子笑嘻嘻地走过来想接她的水壶，她却把水壶往自己背后一收说："喊声娘，让你吸奶奶。"

她这么一说，大伙儿就哄起来了，把胡碴子按到那娘们儿怀里硬让他吮到奶子才罢休。转过身几个娘们儿又帮她按倒胡碴子扒开他的裤子把壶里的水往他裆里浇，把他捉弄得叽叽叫。那镜头不能看。大伙儿笑得一团糟，刘队长发火吹哨子。

板车队浪，板车队也规矩。只浪婆娘，不浪姑娘。

汉子们从不开小七子玩笑都把她看成自家的闺女或妹子。没有人注意小七子，注意小七子的只有我。

小七子拖着两根黑油油的粗辫子，身穿浅红色的印花布褂子，深蓝色长裤，体态好看极了，时下街上看不到的那形象就是艺术就是美，现代女人追求新潮服饰，时尚性感，肯定对当年的小七子嗤之以鼻。可小七子的对襟褂子一排布结的纽扣胸脯不露丝毫只是稍稍挺起，就能说不性感？没什么文化的十八九岁野性子姑娘，就凭那眼神那风姿还不够性感的吗？……

性感不在穿着服饰，袒胸露背。性感在心灵。性感女人裹着大衣裹着棉被裹着防弹背心照样性感！

性感是遮不住的阳光。

性感是荡不尽的春风。

换句话说，再性感的女人，不会浪，也枉然。

小七子也浪，浪在心里浪在眼神儿上。

小七子看到我时那眼神儿就磨不开。我开始不在意，后来也学会了用眼神儿浪小七子。世上什么难学就这不难学。

随着拉车脚步的走动，小七子胸前薄薄的布衫里面就跳动着两只小兔子，这在她十六岁那年就十分明显。我就故意把车拉到与她并排，同步前进。这也正合小七子的心意，一路上两人好搭讪，拉车不急不累。现代企业管理安排职工上岗，说是男女搭配，干活不累。早三十年我们就会了。

小七子说："小展，你瞧不起我们板车队的女人？"

我反问她："为什么瞧不起？"

小七子故意把眼光往上一挑说："板车队的娘们儿喜欢跟拉车的汉子浪啊！"

"是有点浪。"我说，"刚来那时我看不惯，见了躲，如今觉得板车队的娘们儿挺可爱。"

小七子偏过头问："那我也没浪过谁，我可爱不可爱？"

"你当然可爱呀！"我说，"刚进车队那会儿，你又瘦又小，你爸拉车你背绳，几年板车拉下来，像做健美运动一样，看你长得蓬蓬勃勃，不仅长高了，而且该挺的部位挺，该收的部位收，浑身上下，凹凸有致，真好看。"我边说边腾出一只手来，在自己身上比划，哪儿哪儿凸凸凹凹的部位。

小七子突然叫了起来，"啊呀你坏！你坏！"说着就"呲啦"一声刹住车，转过身来揪住我的车把子，巴掌直往我肩头打。边打边说，"小展啊，你变坏啦！你真的变坏啦！"

就这么真真假假地打闹一番，接着再拉车。

我望着前面走不尽的拉车路，有点感慨地自言自语道，"我自己也觉得是变了，真不知道是升华了，还是堕落了？……"

小七子接上说："什么叫升华了堕落了？你又说文绉绉的话了，我怕听！小展，我们说点正经的吧，你考大学怎么没考取呢？你哪一门成绩不好？是语文吗？"

我说："是的小七子。"

"小展，考语文还得做作文是吗？我小学没念毕业就怕做作文，一做作文就头疼，老师出道作文题《我的父亲》，我就写，'我的父亲拉车。'完了。一篇作文六个字。"小七子咯咯咯地笑一阵，接着问，"小展，你做作文也头疼是吗？"

我也咯咯地笑一阵，说，"是的小七子。"

小七子说："小展，你骗我！听说你考大学没考取，不是语文没考好，是因为你爸进了劳改队！"

我说："是的小七子。"

"怪不得你刚来拉板车那会儿，脸色都是灰的。"小七子抿嘴一笑，说，"不和你说这些不快活的事了。小展，说正经的，听说你算术特别好是吗？"小七子暗地里浪了我一眼。

我也浪了她一眼，还是说，"是的小七子。"

小七子说："小展，那你拉车太亏了，你该去找队长说情，听说队上缺个会计，能拨拉算盘珠子就行，那不比拉车强？"

"是的小七子。"我说。

这一下小七子发现我根本没有诚心诚意和她搭话，而是每说一句"是的小七子"就将头一偏，向她浪过去一个眼神儿。小七子也许看穿了我的眼神儿向她身上哪儿浪？但她不揭穿，也不生气。她眯眯地笑。我也眯眯地笑。

四

板车队浪，板车队也仁义。

我进板车队没几个月到了一九六零年，农村开始闹饥荒，那年头只听说是自然灾害，也没见什么大旱大涝，怎么就一闹三年呢？江城所处的大江南北鱼米之乡竟然也饿死众多饥民，紧接着饥饿的阴影逐步蔓延到城市，国家供应的口粮定量一年比一年少。一九六一年的情景更加糟糕。

有一天中午，我在街上凭每月只发一张的糕点票，买了几个小糕点，刚离开商店，人行道上蹿来一个瘦高个儿盲流饥民，突然伸过来一只脏兮兮的手，一把抢夺去了我手上的糕点，他不是夺了我的糕点就跑，许是他根本就跑不动，但也不是急着往嘴里塞，就在我还没回过神之际，他向糕点上接连吐了几口唾沫。他哀声说，"这饼子你是不要了，你打我吧。"

饼子当然是不能要了，我想这饥民一定是为了留着晚上更饿时再吃，或是带回去给他家妻子孩子吃，才往饼子上吐唾沫的。

打他？看他那饥饿的样子，能打得下去手吗？

我说："我不打你，你走吧。"

听我这么一说，那饥民反而愣住了。

我对他说，"你别愣着，我说的是真话，我是个板车工人，板车队的人都仁义，我也学着仁义。就这样。"

板车队仁义，可是板车队也吃不饱。拉车人全靠卖体力，都觉得肚子吃不饱拉不动车，娘们儿和汉子没劲儿浪了。

那天拉车拉到后半晌，饿了，车队在路边停下来歇息。那个三十几岁娘们儿从车把上挂着的小布袋里摸出小铁水壶和两个熟山芋，坐到路牙子上吃起来。胡碴子刹住车也到路边休息，他笑嘻嘻地走过来，一见那娘们儿在吃山芋，就有点条件反射，就更觉得自己饥肠辘辘。没经历过饥荒挨饿的人，体会不到那感觉。胡碴子止住步子也止住了脸上的笑容，有点不好意思往她那边走。

那娘们儿看见了胡碴子的动作和表情，就笑眯眯问他："胡碴子，你是不是渴了？"

胡碴子说："我……我不渴。"

那娘们儿又问他："那你是饿了？"

胡碴子好像说话的力气都没有了，或许是不好意思说，他只是摇摇头。那娘们儿说："这儿还有一个山芋，给你吧。"

"不，不……"胡碴子连忙说，"给我吃一个，你就少了一个，你带回家吧，你还有两个孩子小呢，饿不得。"

"我家的事用不着你管！"那娘们儿脸一沉说，"看你饿得啷啷倒了，还嘴硬！我又不要你喊我娘！接着！"

一个山芋扔到了胡碴子的怀里。胡碴子手捧熟山芋，笑了，坐到路牙子上，挨着那娘们儿身旁吃起来。那娘们儿告诉他："一斤粮票在粮站折合买五斤山芋，比一斤米还要饱肚子！"

胡碴子说："哎，这倒是个好办法，明天我也去粮站买几斤山芋，叫我狗子他娘烧烧，我出来拉车带几个山芋填填肚子。"

饥荒见真情。这回大伙儿看见了都没上去闹。只是笑笑。那一张张泛起淡淡的笑容的脸上显露出赞赏和羡慕。

在三年大变样五年奔小康经济空前繁荣，普通老百姓家里的餐桌上摆满佳肴的今日，重提当年饿死人的事，实在不合时宜，可是，我亲身感受到一位十六岁少女对我最初的情谊，就始于那个饥饿年头的一块香甜可口的野菜饼……

那天拉车过弋河大桥，车载又很重，上大桥是一个带拐弯的陡坡。小七子帮她爸背绳将车拉上了桥头，回头一看，我正在艰难困苦地拐着弯爬坡。她看我拉车那样子有点不对劲，就对她爸喊道："爸！快刹车！"

她爸刚刹住车，我这边就出事了！

那会儿我虽然身单力薄也拉了两年车了，在平路上拉车还可以，躬着腰拐弯爬坡太吃力，不论我怎么使劲，车轮子硬赖着不向上爬。我拉着拉着就觉得两腿发软，一脚没蹬住，连车带人向前趴了下去！板车连带趴在地下的我，顺着陡坡的惯性往后倒，这就危险了。撞了后面的车或过路的人，后果不堪设想。拉车的汉子和娘们儿还没一个反应过来，小七子已经从桥头冲下坡，猛地扑到我的车把子上，她用整个身体压住了车把子，板车才呲啦一声停了。小七子责怪道："太危险了，你是怎么搞的？"

我爬起来说："我也说不清，怎么身上没力气了。"

"身上没力气还不清头？"她瞪了我一眼说，"你是饿的！"

小七子帮我把车推上了坡，从口袋里悄悄掏出一块饼塞给我，以命令的口吻小声说："歇一歇，把饼吃了再拉车！"

小七子没等我答话，就转身去帮她爸背绳拉车，走了……

那年小七子只是个十六岁的姑娘！她把自己充饥的饼省下来给我抵挡一阵饥饿真不容易，我很感动，我真不忍吃掉那块饼，但我心里饿得发慌，我还是把那块饼吃了。三十多年过去了我忘记不了在弋河桥头吃的那块饼。那是一块野菜面糊糊做的饼，搁现在可能难以下咽，那会儿吃起来的感觉怎么那么香呢？

第二天小七子背着娘们儿，笑眯眯地问我："那饼好吃吗？"

我说:“好吃!特别香!没想到,拉车跌了一跤却得了块饼。”

小七子说:“那块饼我带出门就是打算给你的,你不跌跤我也会给你,学生哥哎!”

我立刻说:“噢,那真谢谢你啦!”

小七子接着问我:“你吃出来那饼是什么菜做的嘛?”

我说:“是野菜!这还能吃不出!”

她又问:“你再说说,是什么野菜?”

这一下完了,我还真不知道是什么野菜。我说:“我昨天狼吞虎咽,几口就将饼吃完了,真不知道那是什么野菜做的呢。”

小七子说,“那野菜叫马兰头,和面做饼特别香。喜欢吃,明天队里休假,我带你到赭山去采,山坡上的马兰头多得很。”

我未加思索就答道:“好啊!”

小七子立刻问:“你说话算数?”

没想到小七子追得这么紧,但又不便改口,我怎能面对小七子说我讲话不算数呢?我愣了一下说:“算数。”

“好!那明天一早我就在车队大院门口等你,别忘了带一个小篮子。”小七子临转身,还笑眯眯地悄悄对我说,“小展哎,你要是骗我,我打死你!”

小七子没有打死我,因为第二天一大早我去了。她还真的挽只篮子在大院门口等我呢!她当然是以眯眯的笑容迎接了我。

我跟着她去上山。爬到半山坡,在一片草地前小七子停下来,她说,“就在这儿,哎哟,你看好多马兰头哎!”

我仔细一看说:“哪儿有马兰头?这不都是些杂草吗?”

“学生哥哎,你读书人眼里哪能分得清是杂草还是马兰头?”小七子扑哧一笑说,“我看你小篮子里面还放着书本和铅笔盒,你是打算到山上来看书做作业的不是?谁要你采马兰头!我一人采好了,你来陪陪我,我就很高兴啰。”

虽然小七子这么说,我还是蹲下来找马兰头,找了半天也没找到几根。我说,“小七子,我到一边看书做作业去,行不行?”

小七子说:“不要离我太远就行。”

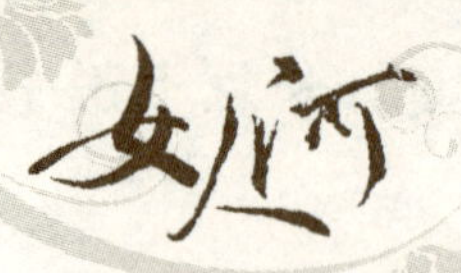

我没有离她远，就在草地边坐下来，打开书和练习本，求解一道偏微分方程。不一会儿，小七子采了满满两小篮子的马兰头，走到我面前问道：“小展，你在这儿画什么？”

我说：“随便乱画画。”

“让我看看。”她接过练习本看了看说，“啃！你在做算术？”

“嗯。”我说，“也是算术一类吧。”

小七子说：“我看得出来，当然是算术，挺繁的，大概是四则运算，加减乘除搅一块儿了，你这人还真有学问哎！”

我说：“小七子，你说话好有意思。”

小七子说，“不过，你为什么拉车还要做算术呢？是不是想当队里的会计？”

当会计？当会计用不着解偏微分方程吧？但她问得很诚恳，我想了想说，“想当会计也不是件容易事啊！”

我真是随口说的，谁知小七子还真把我这句话当作一件大事搁心里了，还帮我找刘队长说过几次情呢。

我和小七子没急着回家，各提着一个装满马兰头的小篮子，登上了赭山顶。这是位于市区的一座风景秀丽的山峦，记得小时候，少先队过队日系着红领巾，辅导员常带我们到这山上来快乐玩耍。山上有一座寺庙和宝塔，山的南侧，从半山腰一直到山脚就是小有名气的皖江大学，那是我读中学时梦寐以求却没能走进去的高等学府，但我的千丝万缕的情愫依然牵扯在那儿……

这会儿我的身边是一位拉板车的十六岁小姑娘，我转身看看她，她正在对我眯眯笑呢。那模样很清纯，十分可爱。

我牵着小七子的手，到了山的西侧，那里能看到清秀的弋河怎样弯弯曲曲羞羞怯怯地流入扬子江宽阔坦荡的怀抱……我俩的情绪也都像远远望去的弋河一样平静而美好。

小七子说：“这马兰头的根我都给你掐了，回去洗干净就可以做饼吃。做饼你会吗？”

我说：“没做过，我学着做呗。”

“饼都不会做？羞不羞！”小七子说，“那让你妈给你做吧！”

我说："我没有妈。"

"没有妈？"小七子有点惊讶，转而却用讥讽的口吻说，"你是天上掉下来的呀！"

我立刻意识到我这个酷爱数学的人说了一句逻辑性有问题的话，我便笑着说，"我说错了，小七子，你书读的虽然不多，其实你蛮聪明，反应也挺快的。我应该说，我现在没有妈了。"

她关切地问我："那你妈呢？改嫁啦？"

我又笑了笑，说："小七子，你问话好直哦！告诉你吧，我生下来十几天，母亲就去世了，她死于月子病。"

"啊哟，好凄惨啊！女人坐月子也能死吗？太怕人了！"小七子接着问我，"那你和谁在一起过日子？"

我说："我和奶奶，还有个妹妹。"

小七子问："你妈不是早就去世了么？怎么又来了个妹妹呢？"

我说："是我后娘生的，也是妹妹呀！"

小七子说："噢，你还有后娘？那你也就算是有娘了。"

我说："我爸做劳改前，后娘就离家走了，所以我还是没娘。"

"啊哟喂，小展，那你的命好苦哦！"小七子说，"你看我，家里有爸爸，还有妈妈……"

"还有哥哥姐姐吧？"我说："你叫小七子呀！老七呗。"

"你以为我叫小七子就还有六个哥哥姐姐吗？你弄错喽！"小七子抿嘴一笑说，"小七子是我小名。"

我说："队里都喊你小七子，我还真不知道你的大名呢！"

小七子说："你来板车队有两年了，大伙儿都喊你小展，我也不知道你的大名啊！你快点告诉我！"

我说："我叫展望舒。记住了吗？"

她问："望什么书？是读书的书吗？"

我说："不是读书的书，是舒服的舒。"

小七子笑了，"噢，你这名字好记。"

我问她："为什么好记？"

小七子说，"小展哎，望见你，我心里就舒服，——展望舒！"

"望见我，你心里就舒服？……"我真的让她给逗笑起来了，

我说，“那你快说，你叫什么名字吧！”

她说：“靠我近一点，我告诉你……”

我向小七子身边移动了一点，她就贴着我耳朵根，悄悄地说了三个字，这三个字当然永远地记在我心里了，但她紧接着说，“你以后还是喊我小七子好了，队里没几个人知道我的大名，再说，听你喊小七子，习惯了。我还喊你小展，好吗？”

就是在那个清晨的山顶上，我和小七子约定，互相不要喊大名，她一直喊我小展，直到我们离别之前的那个小雨淅淅沥沥的傍晚，我俩共撑一把小伞，我说要陪她走一万年，她认真了，才连名带姓地喊了我一声“展望舒！”而我至今，从未喊过她的大名，如果今天能见到小七子，那深深镌刻在我心中的三个字一定会迸发出来，我要尽情地呼喊一声她的大名！

我俩一人挽起一篮子野菜，准备动身回家，小七子说，“小展，你跟我一道走，上我家吃中饭吧。”

我笑笑说：“这年头家家口粮都紧张，到你家吃野菜饼啊？”

“当然是吃野菜饼，不过……”小七子贴近我小声说，“我房里还藏了两个鸡蛋，本来准备煮熟带给你的，你要是到我家的话，我就把蛋悄悄搅进野菜饼里烤出来才真香呢！去不去？”

啊？原来她是这个意思！同样在过饥饿的日子，她还为我藏了两个鸡蛋！听小七子这么一说，我已经被感动得差一点流泪了，哪能真的到她家去吃鸡蛋饼呢！我真诚地对她说，“小七子，我不能到你家吃中饭，那两个鸡蛋，也不要煮熟了带给我，留给你爸妈吃吧，他们年岁大一些，身体又不好，拜托你了！”

小七子嫣然一笑，表达了对我的赞许。

我俩下了山，就各自回家了。分别时连手也没握一下，就是这么平常、平淡。可是，几十年来，每当回想起那次和小七子一道上山采马兰头，我心里就会无比激动，没有谈情说爱，更没有拥抱接吻，是什么让那个小山上一个平常而又平淡的早晨和那小雨淅淅沥沥的傍晚一样令我经久不忘，心潮难平呢？

平平常常原是真！平平淡淡本是情！

小七子对我是纯情，是真情，年轻时不知一个“情”字该当珍惜，老之将至的我才深切感悟到，人世间唯独一个“情”字难寻难觅啊！我在心中呼唤着：小七子！在你正值人生花蕾初开的季节，你陪我在风景如画的小山上度过了那个美好的清晨，我永远也不会忘记，我们共有过一个傍晚还有那样一个清晨！

五

板车队浪，板车队也粗野。

跟娘们儿后面学浪，不难学。跟汉子们学粗野，可就不容易了。我要融入这个社会底层的群体，还非得粗野一点不可呢。不仅是学他们粗声野气地说话，得能喝酒，敢打架，才会被汉子们认可。但我毕竟是学生哥出身，做到这两条比解方程难多了！我拉大板车没两个月，推举我掌把，算个头了，汉子们喝酒你能让？汉子们打架你想躲？跟娘们儿屁股后面拉小板车去吧！

这粗野，其实也用不着刻意去学。自从每天跟汉子们在一起拉大板车，耳濡目染，潜移默化，板车汉子的野性就在不知不觉中灌输到我的血液里了。直至我后来又成了文化人，成了半吊子学者，饱含野性的血液还在我全身血管里欢快地流淌……

说起汉子们喝酒，太吓人了。不用酒杯，用水壶。装满一斤，包干。想讨便宜？行。两壶酒放一块，划拳。有能耐，你赢，一口不喝。队里喝酒和划拳最厉害的就数胡碴子和刘队长。我酒量有限，中午喝多了下午还得掌把拉车太危险，但不喝不行。酒量拼不过他二位，我在划拳上动点子。拉大板车一年下来，我酒量小有进步，但每次喝的都很少。因为划拳我是高手，赢多输少。

影视剧导演把喝酒划拳从不用在大雅之堂，总是放在黑社会土匪聚会上，那手法太蹩脚，误导观众。其实划拳这种游戏很有情趣。先小酌两口，情绪调上来，划拳！两人笑眯眯对视片刻，伸出手，互相掂一掂，划起来。两人前合后仰，动作配合默契，叫起拳来，轻重缓急，抑扬顿挫，那节奏感太美了。你听："拳啦！拳啦！三个三啦！拳啦！五啊！拳啦！一定高升！"赢者爽朗大笑，输者抓起酒壶仰脖子喝酒，更是豪气十足！

我离开板车队前，最后一次喝酒是在胡碴子家，他请的是刘队长和几个常在一起喝酒的汉子，一定要我陪同。我只好去。

狗子他娘菜烧得不错，我吃得有滋有味。按人头几壶酒桌上一放，刘队长和胡碴子说，今晚不划拳了。

坏了，不划拳我的强项就施展不出来了。他们先把我灌个八九不离十，然后叫我交代划拳常赢不输，使了什么花招？坦白可以从宽。我喝得晕晕乎乎就坦白交代了。我说，"一开始你两对划……我在一旁先观察，做了一点小小的数理统计……大致摸到了二位各自叫拳的规律。然后我使用了博弈论……，各个击破。我每次出拳，还有个你们很难察觉的，要打零点一秒的时间差……不是球队那种抢打的时间差，是退，退，退打零点一秒，比抢打还难"我满口酒气怎么说，他们都听不懂，真是好笑极了，结果他们就按抗拒从严论处，把我灌醉了……

第二天早上醒来，我发现自己躺在狗子的床上，狗子只好睡小方桌。我想起床，起不来。这时急乎乎闪进来一个女人！

我说："你……，你是小八子吧？……，怎么来啦？"

"什么？我是小八子？"她说："狗子娘说你喝得烂醉把我找来，我还不信。原来你真喝醉了！你知道你喝了多少酒吗？"

"哦，你是小七子！"我说，"我……不……不知道。"

"还总算认出我呀？"小七子说："狗子娘说你喝了一壶半，怕你出事！要我送你回家。你家我没去过，不知道住在哪儿。"

我说："我家就住在……那条巷子里……"

小七子问我："哪条巷子？"

"我家住在……哪条巷子？"我说，"不……不知道。"

后来提起我那回喝醉酒的丑态，小七子和娘们儿都笑弯了腰。

板车队的汉子喝起酒来不要命，打起架来命不要！

掌了一两个月的大车把子，喝酒打架我全学会了。

我打架小七子偶然见过一次，对方一下围上来三个！她吓得叫了起来，“小展，快跑！”我动也没动。对方头一个刚出手，我退让一步，迅疾回他一个直拳，把他打跌到五米开外。第二位冲到我面前没出手就吃了我一记左勾拳，第三位根本不敢上了，我也就饶了他。小七子说，“小展，没想到，你打架好野哦！”

是夸我，还是埋汰我，听不出来。我不好意思问个明白。因为打架总不是一件荣耀的事情，谁伤了都不好。

我总共参加过三次打斗，也挨过人家的拳头，这也训练了我的抗击打能力。

酒能喝了，架也敢打了。我的心情好极了。我实实在在地融入板车汉子之中，所以，那天傍晚小七子喜滋滋地夸我，“是的是的，拉了五年车你长成个汉子了！”然后，便那样含情脉脉地把我张进她的伞下，紧紧贴着我的身躯和我在霏霏细雨中漫步……

六

我和小七子共撑一把橘红色的小伞在淅沥沥沥的细雨中没有走一万年。我和小七子把市中心绕了一个圈，也只走了一个小时。平常从车队回家只要十分钟。一个小时迟迟未归小七子她妈不放心，叫她爸去接。她爸冒着小雨出门没走多远看见他熟悉的家里那把纸伞在小雨中慢悠悠地飘动。再一瞟那伞下面的情景她爸就明白了女儿今天迟归的原因所在。小七子她爸没惊动我俩，自己转身先回家。隔一会儿小七子回来了，她脸上的气色特别好。进门见到她爸还喜滋滋地喊了一声：“爸，我回来了。”

她爸没反应。没反应就没反应，小七子也不气。

小七子其实是独生女，不是老七。都说独生子女金贵，她爸有意给她起名小七子，以示子女成群，好养好带。

晚饭后，她爸皱着眉头接连抽几根烟，就问小七子：“今儿个怎么回来这么晚啊?”

小七子说：“队里有点事儿。”

她爸说：“你又不是队长，什么大事让你误了一个多钟点?”

小七子吞吞吐吐地想搪塞过去，说：“我……我是……”

她爸打断她的话头说：“别再瞎诌啦！你迟迟不回，你妈不放心，叫我去接，我出门没走多远就看见家里这把纸伞……我没惊动你和小展，就转身回家了。告诉你吧！”

小七子嗔怪道：“爸，都让你看见了，还要问什么问?……”

她爸板起脸来说，“小七子，我跟你说，你要止住。”

小七子问她爸：“止住什么?”

“你还装蒜?”她爸说，“小展的情况，你了解不了解?”

小七子听出是什么事了，也不羞怯，就说：“他的情况我了解，他爸在劳改队，关他什么事，小展人好!”

她爸说：“头二年在一起拉车，我知道小展不错，我也不嫌他老子有问题……你还是要止住。”

小七子说：“我们还没正式谈呢。”

她爸把烟屁股头子一丢，说：“头二年我就看出你对小展有意思，你以为我不知情？再不止住就晚啦。”

小七子问：“为什么要止住呢？爸爸!”

“你别看小展天天和你一块儿拉车，可他……唉!”她爸叹了一口气，语气变得平和一些说，“我这么说吧，古戏上的落难公子还得配个讨饭的小姐呢！头二年我见瘦不拉叽的小展来拉车，但那容貌品行，就是个落难的公子相。可你，斗大的字识不了一箩，爸爸说句实话，你配不了他!”

小七子有些委屈了，她说：“可现在是新社会了……什么公子小姐的，他不是也在板车队拉车吗!”

她爸说：“人不可能一辈子落难。队里谁不知道小展通情达理有文化？他拉一辈子车？我就不信!”

小七子有所领悟，只好实话实说：“爸，不怪小展，不是他追我，是我看上他的。”

她爸强调地说，“是你看上他的，你更要止住。”

小七子说：“可我……止不住了。”

她爸除了举个古装戏上公子落难小姐讨饭的例子之外，半天也没道明必须止住的真正原因何在，也许只是一种直觉，他结结巴巴地做了个结论：“止不住？止不住你要吃……吃大亏的！”

小七子嘟囔道：“吃大亏，……我也止不住。”

没料到，这个小雨淅淅沥沥的傍晚，竟是我和小七子最后共有的快乐时光。第二天一大早，小七子进了板车队大院遇见刘队长，她凑过去亲热地喊了声，“刘队长！”

刘队长说：“小七子，遇上什么高兴事啦？这么一大早就笑眯眯地喊我刘队长！”

小七子说，“哪有什么高兴事，倒有件正经事找你呢！听说队里不是缺个会计吗？小展算术棒极了！他不好意思找你，我替他找你好几次了，你把他从拉小板车调去拉大板车，钱是多挣点儿，可人家是学生哥，你就行行好，让他当个会计吧！”

“小七子，你对小展真的不错，把我都感动啦！”刘队长接着就对她说，“小展的事啊，我给他解决啦！”

小七子听了高兴得要跳起来，说：“真的？那太感谢你了刘队长！几时让他上会计的班？”

“上什么会计的班？嗨！在板车队当会计有什么鸟出息！”刘队长粗言粗语地说，“小七子，告诉你一个好消息吧，市里从各单位抽一批干部下乡搞社教，搬运公司缺一名干部参加，要找一个识字的工人代替，表现好的可以转干！展望舒当然识字，识中国字还识外国字呢！我这么一说，公司领导当场拍着台子说，好！这就帮小展争到了这个名额。”

小七子听了不见惊喜，反而有点疑虑。她问道：“刘队长，叫小展到什么地方去搞社教？”

刘队长说：“具体地点，上面没说。”

她急不可耐地问，“什么时候去？现在小展他人在哪儿？”

刘队长说：“昨天连夜通知他了，今儿一大早，小展就跟着社教的队伍走啦!”

“啊?”小七子一听,傻了。

小七子转身冲出大院,直奔江城汽车客运站。她想,社教的队伍要开到很远很远的地方,肯定是要乘车的,到车站一定能找到小展!但是,她错了。社教队伍是革命的队伍,革命不是请客吃饭,哪能到汽车站去乘客车?社教工作队的男女队员四五百人十分拥挤地站在一部又一部卡车上,打着红旗唱着革命歌曲,十几部大卡车是从市委大院门口出发的。

小七子跑到汽车客运站扑了个空,没精打采地往回走,看到红旗招展的车队迎面开过来,等到一部部卡车从她面前疾驶而过,突然看见站在最后一部卡车上的我,她就愣住了。

我也看见了路边的小七子,我向她挥挥手,只听她惊叫了一声,“小展!”就甩起膀子跟着卡车后面追起来!

我目睹了她面对我奔跑,听见了她在对我呼唤,但我不能从卡车上跳下来,我连呼喊她一声都不行,因为我站在革命高歌的队员们的排列中,我只有不停地向她挥手。十几部卡车开过去,满街尘土飞扬。不一会儿小七子便淹没在弥漫的灰雾中了……

昨晚接到刘队长的通知后,我本应该去告诉小七子,但是我首先想到的是林教授。我要把从他那儿借的书全部送还他,告诉恩师我去参加社教,一时不能再来请教他了。我告别林教授走出皖江大学已经很晚了,我不便再去小七子家。

在人生道路上我唯一愧对的姑娘,我与她不辞而别了!

七

我去参加社会主义教育运动的青弋人民公社离市区有一百多华里,资本主义复辟严重,所辖五个大队一个小镇全部变天。开展社教,势在必行。文件上是这么说的。

文件上还说,小镇更是资本主义毒瘤一个,濒靠弋河,弋河水太清秀，特别滋润女人。小镇女人水色好，水性杨花勾引男人，美人鱼专拖干部下水扎猛子，开展社教，迫在眉睫……

红头文件的无比正确性再一次生动地被证明，是美人鱼拖干部下水拖到工作队员头上了，那被拖下水的工作队员就是我。而如实地讲，是工作队员展望舒将美人鱼拖下了水，那瘦弱的小镇女子叫赵小玉后来成了我的妻。我和小玉的故事曲折凄惨，十几年后她在贫病交迫中死去，暂不赘笔。还是说小七子吧。

小七子的悲剧开始了……

小七子到小镇上来过三次。

在弋河的大堤埂上铺些石子就算是乡间公路，汽车颠颠簸簸，一百多里路真不好受。小七子挽着小包裹找到了青弋人民公社，看门的老人问她："你找谁？"

小七子焦急地说："我找市里来的，社教工作队的展望舒。"

"展望舒？"看门人摇摇头慢悠悠地说："没听说过社教工作队有叫展望舒的这么个人啊……"

小七子说："肯定有。我在市里到处打听，才知道他到你们青弋人民公社了！"

看门的老人说："不行，就是有，也不能帮你找！"

小七子生气地问："那为什么？"

看门人说："你生气也没用。社教前线如战场，真刀真枪，封闭式学文件，不准会客，更不准男队员会年轻的女客，以免有损工作队的战斗形象。你回去吧！"

小七子只好回家。那是春天。乡村里花开遍野。

小七子第二次来到小镇，公社看门的老人记起她来，就很客气地说道："噢，你来啦，你找展望舒是吗？"

小七子说："是的，我找展望舒。"

看门的老人说："上次你走后，我帮你问了一下，工作队是有个叫展望舒的男队员。看来……你是他的对象？"

小七子吞吞吐吐地说："是……就是吧。他临走时也没丢句

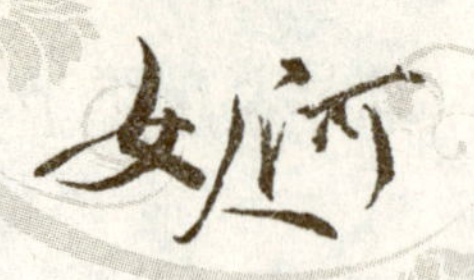

实心话，一晃大半年，又不带个信，叫我日夜心不安。”

看门的老人说：“啊哟喂，这我倒是真的同情你啦，不过现在问题很严重，美人鱼拖干部下水，拖到工作队员头上了，五个大队都发现了美人鱼，这是阶级斗争新动向，袁队长把他带到下面处理美人鱼扎猛子问题。你是个姑娘也不便和你细说。反正要半个月，他才能回来。你回去吧！”

什么美人鱼扎猛子？小七子没听懂看门人神秘兮兮的话语，反正小展又不在，她只好回去。那是深秋。一路上枯叶飘零。

春天又来了又过去了。听说社教运动已经结束，小七子心中十五个吊桶打水七上八下，便第三次来到山水相依的小镇。

小七子进了公社的大门，看门人一见是小七子，就说：“姑娘，你又来啦。”

小七子说：“听说社教结束了，这回能让我见展望舒了吧？”

看门的老人连声说：“能，能。”

小七子有点乐了，赶紧问：“老人家，他在里面吗？”

“他不在这里……”老人接着慢悠悠地说，“姑娘，不过这一趟也许你来迟了，展望舒那小子能文能武，招人喜爱，早扎猛子啦！社教胜利结束他转为国家干部，就留在镇上的文化站当干事，你要是还想见他，就在街西头紧靠弋河边上，挺风凉。”

坏了！小七子转身直奔文化站。

那是夏天。弋河水滚滚东流……

文化站靠河边五间平房，借书看报，唱歌演戏，办阶级斗争教育展览，是小镇的文化中心。

临河两间老屋做宿舍是吊脚楼，后门后窗伸到河面上，调皮的孩子常来这儿跳水玩，有点像游泳馆里跳水的高台。

这天小玉出门了我一人在家，否则有戏看，是闹剧。我一人在家还是有戏看，小七子演给我一人看。是悲剧。

悲剧不是靠演技，是靠感情，千金难买真情。小七子对我实在有真情否则演不出如此壮美的悲剧。小七子让我看到一个女人赤诚的心，比我崇拜的相对论还要伟大！

小七子进了破旧的老屋，眼一扫全明白了。小七子是女人对女人的存在特别敏感。小七子的呼吸就急促起来，胸脯一起一伏，双眼直盯着我，那眼神儿就不那般温柔，而是一种愤懑，进而到了极点能将我烧了、吞了，然后就化作泪水，簌簌地往下流。她凄凄惨惨戚戚地问：“小展，你结婚了？”

我几乎不敢作一个正面的回答，只是默默地点点头，然后就低下了塞满各种各样复杂数学公式的聪明的脑袋。脑袋再聪明也想不出一句妥帖的话来，向小七子做一个稍稍合情合理的解释。

小七子问：“你不知道我喜欢你吗？”

我说：“知道。”

小七子问：“你不喜欢我小七子吗？”

我说：“喜欢。”

她又问：“那你为什么为什么？……”

为什么？为什么？十万个为什么也不行，一切无可挽回。人不能驾驭时间让生活倒回去重新开始，这是造成永恒的痛苦一切悲剧的渊源所在。

小七子越说越气，她质问我：“这一年我奔你这儿三趟了，你知道不知道？你为什么就不能回市里看我一趟？”

我说：“我请不动假回去，工作队的纪律太严。”

“严个屁！上一次来，公社看门的老头说你什么扎猛子，我还听不懂，这一回我算懂了！”小七子对我怒斥道，“你说工作队的纪律严，你怎么还敢跟小镇上的美人鱼扎猛子？”

“是的。”我只好低头向她认错，我说，“就是为这件事，现在……我们之间……不行了。”

小七子说：“不行也得行，我来了就不走了，除非你跟我一道回去，没工作，我拉车养你，你在家做你的算术题。”

那次到山上采野菜，看我在练习本上解一道偏微分方程，说我是在做算术题，她还至今不忘呢！

我说：“我不能跟你回市里去，我这里还有小玉。”

“你可以和她离婚！”小七子果断地说，“我不计较你和别人结过婚！我就是要跟你！”

"那不行，小玉也是个可怜人。"我用哀求的口吻说，"你另找一个吧……"

小七子说："一个女人只有一颗心是整的，把心给了一个男人自己也就掏空了。男人的心像一串葡萄红里透紫，喜欢上一个女人给一颗。小小的，甜甜的。过几天又碰上一个标致的温柔的女人，一磨蹭，也给一颗，把前面的女人就忘了。你还有几颗葡萄心？你还要害人！你这害死人的展望舒！你叫我另找一个对象倒容易，我去跟别的男人在一起过日子生儿育女，可我的心还在你这儿，我那日子没法儿过。我不如死了。我死也要拖你一道，死也不能没有你！"

我被小七子说得哑口无言，空前绝后的狼狈不堪。

小七子流着泪扑到我的怀里，泪水就一串串地落下像雨水顺着伞辐子流淌，从伞的边沿挂下一串串水珠落在我的胸前。我轻轻地推着小七子，一定得推开她否则后果不堪设想。男人也是有血有肉，抵御女人的能力有限。我终于艰难地把小七子推开了。我说，"小七子，我求你原谅我，我真的没有办法了。"

小七子当时的表情真的很凄惨我简直无法形容，她哭着说，"小展，你推开我了，你把我推上绝路了！"

我只有低头不语。小七子擦了擦挂在脸上的泪水，突然变得出奇地冷静，话语出口不再那样委婉凄凉，她说，"小展，你进板车队我只有十四岁，那年见到你，我就看上了你，喜欢上了你，你们读书人叫爱，以后和你一道拉车我就越爱越深，你记住我一句话，我一辈子只爱过你这一个男子汉，我要爱你一万年！"

小七子这番感人肺腑的话，让我当场簌然泪流，她说完话，倒退两步，接下来就出事了。小七子一身衣裳就在不知不觉中脱落下来，飘然坠地。而奇就奇在她自己绝没有动手宽衣，我更是纹丝未动。一个裸女，一个全身光洁如玉的小七子，没有畏惧，没有羞怯，亭亭玉立在我的面前……

老屋里的空气凝固了。时间凝固了。只有空间没有时间。我和小七子在一个没有时间的空间里，雕塑般地凝固了。

没有时间就没有语音，语言需要时间。

没有时间就没有动作，动作需要时间。

这是一种奇特的存在。

二十年后，我的研究笔记里，写下了这样一段：

> 公元1984年，英国剑桥大学史蒂芬·霍金教授和他的合作者中国学者吴忠超在一起探索研究，得到了第一个完整的宇宙自足解，其第一要点就是建立一种没有时间的理论。这是一种欧几里得空间，其中不再含有时间坐标即不再有过去、现在和未来。从非时间的情况向可用时间表象的情况延拓也就是时间的起源。这无疑是对相对论时空理论的一次重大突破。
>
> 大约在十八年前，也就是1966年的夏天，在我居住过的老屋吊脚楼里，曾经有过一次对没有时间的空间的那样一种奇特存在的亲身感悟。我想，出现这种没有时间的理论只是迟早的事情。
>
> 呜呼！我虽自少年时即有志于学习相对论，但命运没能让展望舒沿着学业的台阶去攀登，去超越，发奋多年，也只不过是个半吊子而已。哀哉！
>
> 记于1985年夏

我没有想到小七子有这样的美。

我见过赤裸的男人。小时候到小姑的村子里，看农民下大田车水，一副架子水车上站三四个汉子一色的全裸。夏日的骄阳照着男性胴体一个个显得矫健无比。日落收工时他们跳下水车架子钻到河里拨动清波，赤条条优哉游哉，然后爬上岸，围块大布巾，吆吆喝喝回家去。人与大自然融为一体的景色，十分壮观。

但我没有见过裸女。

初婚的妻多情而害羞，从不向我过分展示，总是在夜晚在黑暗中卿卿我我缠缠绵绵，我对妻子的玉体印象仍很模糊。

我很熟悉小七子微黑透红的脸庞，却不知她的胴体那样洁白细嫩和光润。那挺秀的双乳，平坦微收的小腹，腰臀间柔滑的曲

线，修长健美的双腿，大自然赋予一个青春女性全部动人的韵律小七子都一应俱全。不是诱惑，不是陷阱。小七子献上赤裸也献上赤诚，她义无反顾地要把本属于自己的位置夺回来做我的妻子。我与小七子虽只相距一步之遥，但这之间却是一道深不见底的鸿沟。是道德的鸿沟、是良心的鸿沟、是人性的鸿沟。因为我刚刚成了有妇之夫，这在行为上有着极其严格的规范意义的界定。在中国。在当年。

时间已经凝固，我俩究竟僵持了多久这样的问题便失去了物理和数学的意义。也许一刹那，也许一万年。

当凝固的时间像春暖花开季节的冰河一样缓缓解冻，就进入了一般悲剧的结局——死亡！

有了时间，就有了动作。小七子撒腿向后门冲去，也没有忘记捡起地下的衣裳。捡起衣裳没来得及穿，只是抓在手里向后门冲去。后门外是伸向河面的高台，顽皮的孩子常常在这儿向河里跳水，夏天正是河水丰满，跳水畅游的好季节。

有了时间，就有了语言。我雷鸣般地大声喊道："你不能这样！不能这样！"尽管我喊声很大但其内涵苍白无力，绝对不能阻止小七子的惨烈行动。

如果我换上一句话，不用雷鸣，不用呼唤，只要轻轻地告诉小七子，"我确实喜欢你，我还是愿意和你共撑一把小伞，在霏霏细雨中同行一万年。"这是真心话，绝不是欺骗，只要我这么一说，小七子就一定会停下脚步，回过头来……

但是我没这样说。一句真心话，在人命关天的时刻我没有说。我悔恨半世！

小七子继续向后门口冲去，纵身一跃！这是一个十分潇洒的慢镜头，因为时间刚刚解冻流逝得相当缓慢，小七子的动作显得十分飘逸。她穿过后门，如顽童跳水向前腾起，飞出老屋，跃向空中，如奔月，似飞天。小七子赤身露体，玉洁冰清，手中的衣衫迎风飘起，像彩练悠悠荡荡，无比美艳。小镇上好些人路过弋河边，都目睹了这千载难逢的美妙镜头，有人惊得发呆，有人连声赞叹。小七子在空中划过一道美丽的弧线，留下半片彩虹。那是一条真正的美人鱼，跃入清清的弋河，溅起高高的水花……

小七子没有拖我一道死，她是一个人去的。她把我留下了，留下一个猥琐的男人，绝不是男子汉。

留在破旧的老屋里。沉思。

八

我跟随刘队长来到了小县城，在大街小巷穿来穿去问了一处又一处始终没找到小七子的家。刘队长已是耄耋之年，老眼昏花，找不到也在所难免，可他坚持要找下去，我俩就边走边谈心。刘队长说："小七子肯定就住这一带，前两天还见过她。你好容易来一回，怎能不和她见个面儿说几句话就走呢？拉板车那年头，你俩到一起就眉来眼去的，我还记得一清二楚呢！"

我说："那时我们太年轻，言行不检点，让刘队长见笑了。"

刘队长说："在我们板车队，那算什么不检点哦！板车队娘们儿浪起来你见了躲，我急得吹哨子，不记得啦？更谈不上有谁见笑你了，一个拉车的姑娘和一个穷学生相好，那些娘们儿都说你俩般配得很呢！可后来不知你们怎么没做成？……"

我说："没做成，那真的是怪我。"

"咳！娘们儿为你俩好惋惜哦！"刘队长说，"不过，我说你俩没做成，缺的还是缘分，谁也别怪，你也不要检讨了。后来听说小七子跳河，队里反应不一，有人说你小展无情无义；有人说小七子脑筋转不过弯来，没文化的姑娘还是找个大老粗汉子好，真的嫁个有文化的男人，你小七子还敢像队里娘们儿一样浪吗？看着人家跟汉子开心地浪，那不憋死你小七子！"

我说："板车队的人真好，我忘不了你刘队长，也忘不了队里的汉子和娘们儿。可今天到五队大院去了一趟，一个也见不着了。不知他们生活得可好？"

刘队长说："二三十年了嘛，变化大啦！热热闹闹的搬运公

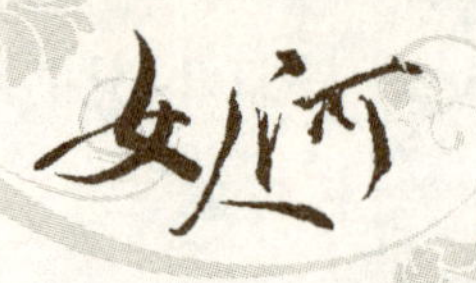

司破产啦！死的死了，活着的全退了，生活都很困难，只有胡碴子和那娘们儿活得自在。”

我说：“是不是给胡碴子扔山芋的那个讲仁义的娘们儿?”

刘队长说：“何止仁义！他俩的感情非同一般啰！老来九九归一，到一起啦!”

我说：“那倒是一件好事。”

刘队长说：“胡碴子有个儿子叫狗子，你还记得吗?”

我说：“记得。胡碴子提到自己老婆，就说狗子他娘。”

“对，狗子他娘死啦!”刘队长说，“胡碴子也退了，狗子顶职进了板车队，没两年，提干。接着搬运公司破产，是狗子一伙人把公家财产吞了，又贿赂银行行长，挖了大笔贷款，拼凑个安捷达，狗子当上了总经理，跩啦！比他娘老子还浪呢!”

我说：“那狗子小时候我也见过，浓鼻涕拖拖的，他长大了学会了怎么浪?”

刘队长说：“狗子他能怎么浪？身为总经理，我们老职工的死活他不管，这狗日的明里暗里养了八个二奶!”

我说：“这不叫浪。在我的记忆中，他娘老子是浪，但我觉得她们很可爱。狗子当老总养八个二奶，那是贪腐啊!”

刘队长气嘟嘟地说：“这年头怎么尽让这些坏种爬上去了呢！我活活被他气死!”

刘队长说到这里情绪就有些烦躁，我朝他望了一眼，那脸色很难看，白里泛青，我想，提到狗子的所作所为，可能是太令他生气了，可以理解。刘队长发现我在注视他的脸，便急忙挥挥手说，“不说了，不说了，还是抓紧带你去见小七子吧!”

提到小七子，我心里又焦急起来，我说：“你真能带我见到小七子吗?”

他头直点，说，“肯定，肯定!”

尽管老人言之凿凿，我还是将信将疑。

九

小七子三赴小镇为情而奔波，跃入滔滔弋河为情而寻死，我怎么会无动于衷，待在老屋里沉思呢？当然不会。

我追到后门高台上一把没抓住小七子，就立刻转身从大门跑出去，冲到河边，看见小七子已被水浪卷到河心，顺着水流漂漂沉沉，我连衣服也来不及脱就跳入河里划过去救她。我还没划多远，一艘机帆船正巧驶过她身边，船上一名年轻的轮机手跳下水将小七子救上了船。我游回岸边，站在无数观望的人前，看见被救上船的小七子和我一样一身衣裳水淋淋，并非赤身露体。可见我在老屋里将小七子的赤诚看作赤裸，只是一种幻觉而已。

小七子被救上船，轮机手打算停机靠岸将她送回小镇，小七子说，小镇上没有她的亲人没有她的家，不要回小镇。于是，机帆船顺流而下。小七子坐在船舱里不吃不喝不说话，直到傍晚机帆船到了市区的金马门码头，她死活不下船，还挣扎着胡言乱语要跳河。轮机手和船上的伙计将她送进医院打了一针，大夫说她是受了刺激很快会好的。小七子在病房里睡了一夜。这一夜轮机手睏在走廊拐角他想应该一个好人做到底。第二天早上小七子醒了，好心的轮机手将她送回家。

我第二天赶到小七子家。她爸怕小七子再受刺激没让我进门，只说，“好歹是她自寻的，往后小展你别管小七子就行。”

没见到小七子，真让我十分揪心。回到小镇，没过多少日子我又经历了一段比高考落榜苦难百倍的遭遇，我自身难保，更没法得知小七子下落了……

十

“找到了，找到了！”刘队长惊喜地叫了起来。

我急切地问，“找到了？找到小七子的家了吗？”

“就在前面，那肯定是小七子的家！”刘队长说。

老人手指一幢白墙黑瓦的二层小楼，大门开着，远远望去，里面黑洞洞的。他快步向那小楼走去，快到小楼前，向大门里面喊了声：“小七子，你看谁来了？”

刘队长随即跨进了门。我本该紧跟不舍，心里一兴奋，不知怎么竟然停下步子了呢！眼睁睁看着刘队长进了屋，我却被落下了好远好远……我赶紧向小楼奔去，真奇怪，我的奔跑怎么完全变成了慢动作，根本追不上他！

刘队长跨进了大门，人就不见了。这更是加剧了我心里的急迫感，待我艰难困苦地奔到门口时，大门却自动地关了！

我站在那白墙黑瓦二层小楼紧闭的大门外怔住了。

紧接着就更加使我惊讶了，简直难以置信。我连连敲门，不一会儿，大门“吱啦”一声打开了，走出一位着装新潮光彩照人的年轻女郎，——是小七子！

我无比高兴！我终于见到了小七子，那深深镌刻在我心中的三个字即将迸发出来，我要尽情地呼喊一声她的大名！

没等我开口，小七子说话了。她做了一个掌心向着我的手势说，“小展，你不要激动，我知道你想喊我一声大名，没到时候。还是叫我小七子吧，我听了觉得亲切。”

我压着心中的愿望，没有喊她的大名。我急切地问，“小七子，原来你还活着？”

小七子说：“我早死了。”

我一听，惊喜便转化为惊恐。小七子死了，怎么会开门迎接我呢？难道我已走到了人生的尽头，走进了阴曹地府？

小七子眯眯地笑着做了个很潇洒的迎接客人的手势说，“请进吧！”接着便情意绵绵地伸手挽住我的胳膊。

跟她神态的热忱相反，我觉得她挽住我胳膊的手，却冰凉冰凉。我心中十分疑虑，但再仔细端详，她又的确是小七子。我看清了是小七子，既然万分思念她，管她是人是鬼也就不再当回事了，我顺从地走进她家厅堂，在木制沙发上坐定后我就问她，“小七子，你怎么还这么年轻？”

她说：“我死时很年轻，人死后年纪还会长吗？”她反唇相讥而且狡黠地一笑。

我说：“小七子，你穿的怎么这样时髦？胸脯露得太多。跟从前不一样了。”

“什么时代了？你还满脑子的封建思想，不忘那年头女人保守的穿着！如今世上不管喜事丧事，都大操大办，时髦货都随葬而下，我能不沾点儿时尚的光？”小七子调皮地嘻嘻一笑说，“就像你们那里进口打包西服，穿身上笔挺的，洋洋得意，其实是一些洋垃圾。你看我这身包装，够靓的吧，我们这里从阳间转口到阴间的名牌货，就叫做阳垃圾！也是屡禁不止啊！”

“多年不见，你好有长进啊！”我说，“我还要问你，我走进你的家，是不是我也死了？”

“你要是死了，你走进的该是你妻子小玉的家，她的家离这儿不远，还是一人过日子呢。”小七子说，“小玉住的也是小二楼。那年她死后，你这位有知识的人，也领着两个孩子在乡下给她烧了一幢好漂亮的灵屋，村民们围在四周看热闹，交头接耳暗暗地笑话你，难道你忘啦？”

我说：“我忘不了你，当然也忘不了为小玉所做的一切。她死后，我是领着两个孩子在乡间田头给她烧了一幢灵屋。”

她说：“小玉住的小楼，确实就那模样。”

我接着问小七子，“我既然还活着，刘队长为什么把我引到你这儿来呢？”

“你以为是你在街头偶尔碰上了刘队长吗？”小七子说，“看你没头没脑四处打听我的下落，也怪可怜的，刘队长刚刚去世，

七天内来去自由，是我请他接你来的。”

她这么一说，我才知道了刘队长怎么会领我去找小七子的，想起刚才看到他那白里泛青的脸色，我有点毛骨悚然了！……

小七子接着说：“接你来，我一是和你见见面，免你对我思念之苦，二是我想告诉你，我是怎样死的，解你心中的结，否则你到死时也不瞑目。”

我说：“小七子你真心灵美，做鬼也善解人意。”

“你别用漂亮话熏我，我的心灵一点也不美。我心里装的全是恨。”小七子说，“我爱你那么深不能和你做夫妻同床共枕，我死了将近三十年都不服！你葡萄心给的女人，我都恨死了！”

我说：“你这说的是气话，我能理解你的心情，同情你。”

小七子哼了一声说：“你同情我个屁！我也恨死你小展！你说你小玉多好多好的可怜人，我也恨！你不让我做你的妻子那次跳河我处心要拖你一道死，我当时气昏了头才一个人跳下河的。”

“是的小七子，都是我的错。”我迫不及待地说，“机帆船救了你之后，我第二天到你家，你爸没让我进门，后来文革了，我失去了自由，就不知你怎么样了？我十分想听你说下去。”

小七子说：“后来我就嫁给了救命恩人轮机手，他家住在弋河边上的小县城，我就离开市区成了小县城的人。我跟着轮机手上了机帆船，在船上烧饭洗衣过日子。船在弋河上漂来荡去，每次路过青弋小镇，我总要站到船头朝老屋吊脚楼张望，直到机帆船从吊脚楼边驶过，我还不停地回头。我的心丢在小展你那儿，但却一次也没见到你。

“第二年我生了个女儿。那天又途经小镇我挺着快足月的肚子躺在船舱里，怎么也想爬出船舱兴许这回能见着你。结果爬着撑着一起身肚子就疼起来。我是因为来不及回家才将女儿生在船舱里的。我是因为来不及上医院生下女儿才大出血去世的。

“那次我和你在山上采马兰头，你告诉我，你母亲就是死于坐月子，我说你妈妈好凄惨噢，女人坐月子也能死吗？谁料到我自己也和你妈妈一样的遭遇呢！

“我生女儿时毫无准备，我那轮机手丈夫更是没有经验手忙脚乱地也不知如何是好，女儿生下来我就血流不止，简直太可怕了，我被吓懵了！鲜血浸透了被褥，洇到我平日擦洗得十分光洁的船舱板上。我那时知道自己不行了，可心里还在想着你，我要是嫁给小展同床共枕做一年恩爱夫妻给小展生个孩子，就是坐月子死了，我也闭眼了！

“话说回来，真要是嫁给你，我也不会住在船上，一年四季，漂来荡去，哪会落成这样，你早早把我送医院了！

“我临死时只对轮机手丈夫说了句，女儿长大后一定要读书，要学会做算术。轮机手直点头，哭得死去活来。

“几个月后，轮机手将女儿附带我的遗言一同转送给了我的父母，自己另娶了一个船家女人驾驶着机帆船依旧在弋河上漂荡。外公外婆毫无怨言，养育外孙女。

“你在百货大楼门口碰见的，你以为是我小七子的姑娘，那就是我女儿，她长得和我年轻时一模一样，跟她一道的老太婆是她的外婆我的妈。你喊小七子，她俩都听见了，我妈认出你是小展，她不让我女儿和你说话，怕影响她宝贝外孙女儿的情绪。外公身子骨不好，早几年去世了。

“我女儿和她那浪迹弋河的父亲只见过一面，他在一次水上事故中丧生，她见到的是她父亲的遗容，苍老而痛苦。

“我一家子只剩下她祖孙俩相依为命了。没有一点经济来源，生活苦透了。家里再苦外婆还是按我的遗言让外孙女儿上学。我女儿长大了，学会做算术，还上了大学。”

小七子说着说着，禁不住流下了眼泪。

听了小七子一番话我心潮起伏深感负疚。小七子陪我度过了五年拉车生涯，每天带给我一个眯眯的笑，她拉车时自然流露的青春女性的美，抚慰着我受伤的心，而我却把小七子深情的爱只当做青年男女间一般的好感，绝没有想到做夫妻。我这样说其实很不确切，用那个年代的说法，叫做没有触及灵魂深处，是在自我原谅、自我开脱。我对小七子的感情已经不是一般男女青年间的好感，应该说，是一种爱恋，是胜过对自己亲妹子一样的爱恋，假如我不离开板车队，继续和小七子在同一条地平线上拉

车，我完全可能娶她为妻。但我离她而去，我把又一颗葡萄心给了小玉，

事实上是我扔掉了小七子。小七子在跳河前对我的斥责，是何等的深刻啊！最终使她惨死船舱，真是我的罪过！

好在小七子嫁给了救命恩人年轻的轮机手，相依相伴，有过一段还算和睦的夫妻生活，同船共枕也是前世修的缘分。

好在小七子有了一个上了大学的女儿，而且我也算和那姑娘见过了一面，我稍感欣慰。我还能见到小七子的女儿吗？她和外祖母相依为命的生活，还有什么困难？她在哪个大学读书？她的学业怎么样？我还能为小七子的女儿做一点什么吗？

一连串新的问题在我的心中油然而生……

尽管我十分伤感，我还是说，“我心中藏了将近三十年的结，解了，小七子，我不再牵挂你了。”

“别净说好听话了，小展，我人已死了，谁还要你牵挂！”小七子又批驳了我一下，接下来口气就缓和多了，她说，“不过，像你这样三十年不忘旧情的人倒是少见的，我那浪迹弋河的轮机手刚去世，他的后妻急乎乎拿了船队给的抚恤金，就和别的船上的男人睡觉去了。我赶到奈何桥，关长问我，这淹死鬼你收不收？我说，这冤家救过我一命，是个好人，我领回去吧。”

我告诉小七子：“虽然不像你的遭遇这么凄惨，但我这一辈子也过得坎坎坷坷，好在后来，我的工作和生活都有极大的好转，一儿一女读书都很好，我也算是个有福的人了……”

小七子说：“你又净说好听的，把不如意的事瞒着我？你的情况我全知道。你妻子小玉死后，至今未再婚娶。那个和你亲过嘴的小女生又常去找你，她和前夫离了婚虽已上了年纪还风韵犹存，在你面前哭得一把鼻涕一把眼泪，说当年把一个少女最宝贵的初吻献给你了，眼下正当夕阳红，发誓要与你黄昏恋。把你这老实巴交的小展哎，哄得也真动了感情，将十八岁时的惨痛教训给扔脑后了。听说你得了什么重毛病，她却抹抹眼泪转身走了不是？不过，你也别紧张，我在这边给你查过了，你的阳寿没到期

还有些岁月，回去找个善良的老伴照顾你，安度晚年吧。”

说这番话时小七子显得特别动感情，她提到和我亲嘴的小女生的事，显然有些偏颇和过于简单化了，不过，一个死去将近三十年的有情人，还在关心我这个活着的人，我还有必要再向她做一番解释吗？我只是十分诚恳地向小七子点了点头。

说话之际，夕照的缕缕阳光快要耗尽，黄昏即将来临。

小七子说，“我托刘队长给奈何桥上把关的小鬼塞的钱不多，让你进来会面的时间有限，你快点回去吧！”

我说：“你们这里也兴塞红包？”

小七子说：“阴间是阳间的翻版，一样一样的。你快回吧！”

小七子虽说催我快点回去，但语气却十分地恋恋不舍。或者说，是我的心里恋恋不舍小七子，而以为是她恋恋不舍我。总之，是在恋恋不舍之中，我起身离去了……

我一步跨出了小七子家的大门，到了门外，就觉得吸到了一股新鲜空气，有一种沁人肺腑的感觉。我立刻意识到，小七子和我确实不在同一个世界上！

我转身向小七子挥挥手，我希望能看到小七子给我最后一个眯眯的微笑。但是像电影里突然拉远的镜头，小七子被拉得太远太远。看不清。那大门里黑洞洞的……

我想高呼一声小七子，不，我是想高呼一声她的大名，以抒发我心中的郁闷和痛楚。她的大名，是小七子十六岁时在采马兰头的赭山上，紧贴着我耳边悄悄告诉我的，镌刻在我心中三十多年了！如果时光能够倒流，我宁肯在这荒郊野外守候三十多年，也要呼唤着她的名字，与她相见！

但这绝无可能，我再也见不到纯洁可爱的姑娘小七子了——我心中永远的好妹子！

我吸足一口气，向广袤的荒野疯狂地呼喊了一声：

“沈——婉——霞——！”

我的呼唤没有回音，只见远处树丛里的群鸟腾空而起，朝着西天的晚霞振翅飞去，引得我浮想联翩，老泪纵横……

我惊讶地发现自己是站在小县城郊外的一片荒山坡上，也不知是谁将我领到这儿来的。荒坡边上竖立着一块崭新的木牌，油漆木牌上写的白底红字表明，一个新的经济区即将在这里开发。落款是县政府开发办。毋庸置疑，小县城的人们正在走向新的更加美好的生活……

我虽然见到了久久思念的小七子，但晴朗的傍晚终究是短暂的。短暂得只能把这次会面当作一个不折不扣的梦幻。

人有时会进入梦幻，但即使在我十分清醒的时候，我也固执地认为，人死了决不等于化为乌有，活着的时候曾经占据过一段时间和空间，像流星划过夜空留下一道闪亮的轨迹，死后肯定会以另外一种形式也就是人们常说的“在天之灵”，十分愉快地留存在这广袤宇宙中的某一部位，那很可能是一个与我们生存的三维空间完全不同的时空区域。我想，也许只有再过一些岁月，当我最终离开这个世界之后，我也会便捷地进入那个区域，我会找到她们的。那时，我的小姑，我的妻子小玉、小七子，还有和我打 kiss 的林惠兰，我们都会再相见。我们将永远在一起！

到那时，我们将真正拥有一万年……

第四章　弋河情缘

一

林教授对我说，你不能再拉车了，你的价值在你的脑袋而不在你强健的肌肉。谆谆教导牢记在心，但我却把李老师叫我拉一辈子车改造一辈子的金玉良言抛到了脑后。我丢下板车把子离开了板车队热心热肠的汉子和娘们儿，想坏了小七子，走进一个误区，致使我在坎坷的人生旅途艰辛跋涉，犯下一连串时代性的错误，连带几个善良的女人，惨遭命运的折磨，真是不堪回首……

那天早上社教工作队的车队离开市区，满街尘土飞扬，小七子跟在后面奔跑，不一会儿她便淹没在弥漫的灰雾中了！我脑海里一直闪现着她向我奔跑的身影，耳边响着她的呼唤……

车队离开市区后，就爬上了沿着弋河圩堤上撒了一点碎石子铺成的土公路，一路上颠颠簸簸，艰难困苦地行驶了一百多华里到达青弋小镇，正值中午，艳阳高照。

青弋小镇坐落在弋河的西岸，清清的弋河水从皖南山区奔流而下，皖南山区的最佳境地就是名扬四海的黄山风景区。小镇背靠几座树林苍翠的山峦，便是皖南山脉的延伸，至此，地势渐入一望无垠的长江中下游平原……

小镇真是美极了！我随社教工作队乘大卡车风尘仆仆从喧嚣

的江城，乍到秀美宁静的小镇，山前水边一看，那景色令我惊叹不已，真觉得来到了人间仙境！当晚，不善诗文的我，居然在写满方程式的笔记本上，写下了几行不诗不词的句子：

弋河水清清，
少女河边浣衣衾，
棒击声声，
不唱山歌也撩人。
舟子摇橹掠过，
那头儿回个不停……

弋河堤埂穿过小镇，河堤的外侧是一排吊脚楼，顺着河堤内侧，小镇有一条不长的街，街两边的老式店铺鳞次栉比，很有些古色古香。街心是青石板铺的路，从青石板上深深的独轮车辙看来，小镇有年头了。从镇口出去就是沟沟渠渠的水乡。电灌站将清悠悠的弋河水引进一望无际的绿色田野……

青弋镇虽小，也还一应俱全。有一所初中一所小学，一个中心卫生所，一个文化站。社办企业也能数上三五家。

公社就在河埂上，十几间青砖黑瓦的平房围成一个四合院是办公的场所。只腾挪一间房给工作队的领导住。这位工作队领导就是袁队长。她是我此生交往过的唯一的女性党政干部。

袁队长年仅二十八岁，身材适中，脸面长得也很漂亮，举止端庄作风正派。她出身当地农村，书念到初中，十八岁入的党，官至县委组织部长。她说自己官瘾不大，不想往上爬了。官瘾不大的官心地就容易善良。我遇上心地善良的袁队长，是运气。

进驻第二天，全体队员背上行李分头下大队，工作队行动军事化。我和几个工作队员五天跑了五个大队，就地吃住，晚上大队屋里铺稻草，开地铺。乡里蚊子多，整夜地不能睡。跑了五天，我对农村的印象是：一片萧条，毫无生气，比饥荒时小姑的村子里的景象好不了多少。见到的男女社员大人小孩一个个面无血色，不说不笑。回到公社，袁队长便找我谈话。

袁队长先是关心了我一下，说，“展望舒，你到青弋公社来参加社教，离市区很远不能常回家了，家里有没有困难？”

我说：“没有困难，没有困难。”

袁队长接着就切入社教正题。她说，“社教运动第一步，访贫问苦，这几天下乡，有什么感受？扎根的对象找好了没有？”

我说：“有很多感受，扎根对象也找好了。”

袁队长说：“谈一谈嘛！”

我说：“我按照工作队布置，到了东风大队，请大队党支部给我安排一个苦大仇深的老贫农家扎根。”

袁队长说：“对，就是要选这样的扎根对象！”

我说：“我走进县委样板红星一队这户破草屋一看，缸里无米灶前无柴，一家五口人，只有一床破棉絮。”

袁队长说：“农村是苦啊，不苦为什么搞社会主义教育？你在东风大队查到资本主义的典型没有？”

我说：“跑遍全大队，家家都好不了多少。这么苦，也能叫资本主义？袁队长，还搞什么社教？政府快点发救济粮得了！”

坏了！袁队长尽管美丽善良，但她毕竟有十年党龄搞了十年政治，大脑里分管政治的神经自然特别敏感。突然听到我这个市里来的工作队员居然说出了这种反动话吓得面如土色。情急之下她就把美丽和善良暂时搁置一旁，脑海里的政治术语便泉涌而出。袁队长气得急急巴巴地说，“你，你……，你怎么这样看待社会主义农村的一片大好形势？你这是反动言论！”

我睁着疑虑的眼睛问道：“袁队长，我真不懂，多数农民家真的缺吃少穿了，怎么还是一片大好形势呢？”

“展望舒同志！”这是第一次听到有人这样正式地称呼我为同志，我立刻肃然了。袁队长的表情当然更加严肃，她说，“你这样看待形势，要犯大错误的！农村的形势是大好的！这资本主义复辟只是局部的，九个指头和一个指头的关系嘛！少数农民受二茬罪，就是他们上了资本主义的当，不愿割资本主义尾巴！少数农民，特别是富农、上中农，他们怀念资本主义，他们是怎么样在搞资本主义？”袁队长拿起一份红头文件，说，“我读给你听听，

前门柳，后院竹，
塘里鱼，随叉戳，
鸡满窝，猪满圈，
就是懒做集体活！

这些农户，一门心思想过资本主义享乐生活，所以我们要开展社会主义教育，要批，要批他们……”

袁队长用读文件的方式来训斥我，我一点也不生气，这文件也不知是哪个紧跟政治的蹩脚文化人写的，农民在自家茅屋的前门后院栽树养牲口也成了资本主义尾巴？我是真的不懂，我严肃不到两分钟，一听这四句顺口溜就莫名其妙地笑了。袁队长从我的笑声中好像听到了一种轻蔑的意思，其实我既不敢蔑视红头文件，也不会蔑视袁队长。接触几天，她给我的印象挺好的，见到我，她脸上总带着一点微笑。但这回她板着脸生气了。袁队长用小巴掌在办公桌上一拍，道，“你还笑！你笑什么笑？严肃点！搞社教是革命，你要犯政治大错误的！”

我不敢笑了，我轻声说，“我只是想，农民的生活没有文件上说的那么好，还批？饭都吃不饱了，还批他们？……”

看我实在不熟悉农村工作，袁队长根本不和我辩驳。她说，“展望舒！你去把行李背回来！集中学文件，组织全体工作队员开会，暂不批当地农民的资本主义，先批你的反动言论！”

我不敢怠慢，饭也没吃就去东风大队把行李讨了回来。

回到队部，袁队长并没组织队员开会批我，只是对我说：“展望舒，你不用下乡了。你是市里运输公司派来的，看来你只会低头拉车，政治上不会抬头看路。好在你年轻，有文化，经研究决定，留你在小镇，就在队部里抄抄写写吧！”

我一听就乐了，我说：“谢谢袁队长照顾。”

袁队长不仅没有开会批我，还把我调到小镇上来，睡觉没有蚊虫咬，心里十分高兴。过几天，工作队和公社干部都反映我表现不错，袁队长不计前嫌又面带笑容地找我谈话，说：“展望舒，都说你表现不错，不过小镇是资本主义毒瘤一个，你得当心！”

我问道：“我要当心些什么？”

袁队长想了想，没说该当心些什么，就把一份红头文件递给我，说，“我没空念给你听，你自己看吧。”

我接过红头文件一看，就敏感到袁队长也许不是没空念，而是不好意思念给我听。其中有一段就是说的小镇女人水色好，水性杨花，勾引男人，美人鱼专拖干部下水扎猛子。我一目了然地看完文件，我说，“我一定要注意防范！”

袁队长说：“展望舒，今天有件事你去做。小镇上的五类分子训话会一月一次，社教运动重点不整他们，他们是死老虎。下午两点开会，你去读一篇报纸社论：《不许乱说乱动》，就得了。”

我说：“读报？这行，我一定准时去。”

二

训话会是在小镇居委会开的，自带小板凳坐下。以往开训话会，都是镇上一个姓彭的治保主任来训话。彭主任是当地人，出身也贫苦识不了几个字，四八年抓壮丁入了国民党队伍，第二年被俘虏又参加了解放军，后来到朝鲜打仗负了伤入了党，矮不隆咚走路一瘸一瘸的。他一训起话来没完没了，不坐小板凳实在吃不消，他还叫五类分子一个个汇报思想，天不黑不散会。

这天听说是工作队员来主持，不知道要训几小时，是不是又要摸黑回家，大家有点拭目以待的意思。我不会讲政治大道理，更不会训斥人，只按袁队长的指示将《不许乱说乱动》的社论读了一遍就宣布散会！挤在屋角的五类分子十来个胡子拉碴的男人和几个老太婆都很惊喜，但还是板着脸不敢过分表露出来。正当他们起身各自拎着小板凳准备离去时，我发现中间有个年轻的姑娘，看上去文静纤弱，绝对无法将她与地富反坏右哪一类挂靠到一起。我疑惑不解，走到她面前问道：“你叫什么名字？”

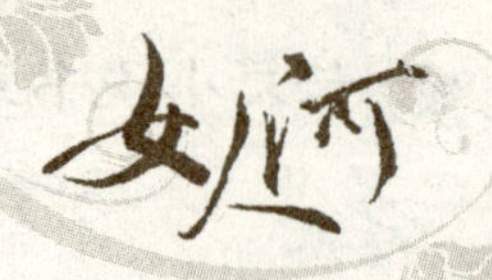

姑娘站起身说：“我叫……赵小玉。”

赵小玉身材颀长，站起身来就给人一种亭亭玉立的印象。她望了我一眼然后就低下头。低下头那张洁白的面孔就显得更瘦削，很是楚楚动人。看着眼前这位忧郁而秀美的年轻女子，我心中就有一种奇异的感觉，好像一定要发生什么事情。

五类分子正在一个跟着一个往外走，我对亭亭玉立在我面前的姑娘说：“赵小玉，请你留下来，我有话问你。”

赵小玉听说要她留下单独谈话不禁有些慌恐。但是工作队员叫她留下，她怎敢不留？等那些胡子拉碴的男人和几个老太婆都出了门，我问她，“赵小玉，你这么年轻，犯了哪一类问题？”

赵小玉这才知道我留下她的用意，只不过是问问情况。她慌忙说：“不，不，我没有哪一类问题！”

我又问她：“那你怎么也来参加五类分子训话会呢？”

她说：“不是我。是我母亲。她是小学教师，右派分子，瘫痪在床上三年了。这三年，镇上治保主任都是叫我来听训话，然后回家，将训话的内容转告我母亲。”

“噢，是这么回事！”我不禁一怔。我想，她是替母亲听训话！比起赵小玉，我还真算幸运，没人让我去顶替父亲做劳改，还干起了工作队。我立刻气不服地说：“怎么能这样做呢？”

赵小玉说明了情况，看我的态度又有些后怕，她赶忙说：“是我……我自愿的……我一直瞒着母亲，要是让她知道了，拼命也要自己来，可她那身子不行……”

我听出她有难言之苦，就劝说道，“赵小玉，你别太伤心了，下次训话会要不要你来参加，我请示队长后再通知你。”

赵小玉阴郁的脸上掠过一丝不易察觉的惊喜。

训话会一散，我就找到袁队长，向她做了汇报。袁队长懂政治，讲政策，在不违背红头文件所规定政策的前提下也很有人情味。这一点，给我的印象很深。她听了我的汇报显露出很气愤的表情，说：“叫女儿替母亲听训话？我党哪有这样的政策？”

我赶紧问她：“那应当怎么办呢？”

她立即果断地表态："五类分子本人不能到会听训话的，一律不应由子女代替！"

我像得了圣旨，很高兴，转身就去找赵小玉的家。我想，看来社教运动还是有必要的，否则像治保主任这种基层干部随意欺压百姓的事有谁管？我给社教运动找到了一条正确的理由，心里很高兴。我就带着很高兴的心情找到了赵小玉的家。

赵小玉的家在小学校里。大门是半开着的，一眼望进去，家里阴暗、简陋，我不用推门就能进去，但还是在门上敲了敲，问了一声，"这是赵小玉的家吗？"

赵小玉在里面房间一听是我的声音，十分喜悦，她连声答道，"是的，是的。请你进来！"

我进了屋，她转身对房里喊道，"妈妈，工作队的干部来了。"

只听到小玉妈妈在房里说，"噢，这怎么好？……我起来吧。"

小玉赶忙跨进房间扶住床上的母亲说："妈妈，你不能起来。"

小玉母亲执意要起来，小玉只好将她扶着坐在床上。我走近几步，站在房门外，清清楚楚看见了小玉的母亲，多年重病卧床已将她拖得不成人形，加上长期的政治打击摧残了她的心灵，身心彻底垮了，已经完全是一个濒临死亡的人！我告诉她："我向袁队长做了汇报，袁队长明确答复，治保主任那样做不符合党的政策，你本人不能到会听训话，不应由子女代替！"

小玉母亲有气无力地说："噢，那就好了，这孩子她一直瞒着我，今天才和我说这事儿，说是遇上好人了……"

赵小玉紧跟着对我说："工作队干部，谢谢你了。"

我说："不用谢我，要谢，就谢袁队长吧。"

三

赵小玉不再参加训话会了。本来这件事也就了结了，我也没有理由再去接触站起身来就亭亭玉立低着头更是楚楚动人的赵小玉了。袁队长曾多次教诲，男队员不能随意到小镇上的姑娘家，以防美人鱼的勾引。但是袁队长又给了我一个接触的机会。

春节快到了，袁队长又听说我表现不错，从来不私自到小镇上哪个姑娘家，对我更加信任，经过反复考虑，决定交给我一个重要任务。袁队长对我说，“展望舒，为了让广大贫下中农和革命群众过一个热热闹闹的春节，工作队党委和公社党委共同决定，组织镇上的男女青年，成立一个文艺宣传队，排练一台革命文艺节目，镇上有个小剧场，过大年演出，你看怎么样？”

我说：“那当然好。”

袁队长接着说：“镇上文化站的干事老了，听说不会唱不会跳，只会下象棋。你年轻，有文化，这任务就交给你啦！”

文艺虽不是我的专长，但是上了六年中学哪个同学不会唱唱跳跳？我没说二话接下了任务。袁队长给了我一个甜甜的笑容。

先是排练一个大合唱。这不难。公社一动员，来了三四十男女青年，有镇上的，也有小镇边上两个大队的农民，小剧场台上满满当当能站三排。我不会弹钢琴小镇也没有钢琴，文化站有一个手风琴，我去老干事那儿借来唱歌起个音，顺带来几句主旋律，也还像个样子。我选了几首思想性强又好听的歌曲，他们一学就会，比如《社员都是向阳花》，等等。

大合唱排好了，然后再从中选一些人排演歌舞、相声、快板、顺口溜，还有地方戏选段，一台晚会也就百花齐放了。

地方戏选的是皖南花鼓戏《路遇》，是著名的黄梅戏《天仙配》中精彩的段子，那董永和七仙女在台上眉来眼去的，从相遇相知到相爱在槐荫树下拜天地成夫妻，只用了二十来分钟！比现如今网恋发短信然后紧接着一夜情来得还要快。

皖南花鼓戏是当地流行的地方戏曲，曲调优美与黄梅戏异曲同工，深受这一带群众喜爱，大伙儿就鼓动排《路遇》。

赵小玉在镇上小有名气，年轻漂亮，能歌善舞，还会唱皖南花鼓戏，七仙女非她莫属，但是唱歌的男青年中站不出一个像样子的董永来。大伙儿七嘴八舌要我演。一鼓动，我就上了。我虽然没唱过皖南花鼓戏，听那曲调也简单。试试吧。

这一试，事情就“坏”了。我奶妈二姑娘就是扮演兰花妹子和一个男青年抗战哥哥唱花鼓灯踩旱船“坏事”的。

春节晚会如期举办。一开场就是一个气贯长虹的农民大合唱，全场轰动了，袁队长漂亮的脸庞也笑成了一朵向阳花……

接下来就坏了。接下来不是演坏了。接下来一个一个小歌舞、相声、快板、顺口溜也还掌声不断，袁队长对晚会很是满意，坐在前排观众席上，其实就是木头条子钉的长板凳，和几位公社领导谈笑风生，等压轴戏的红幕一拉开就坏了。

报幕的说了声皖南花鼓戏选段《路遇》，台下就小有骚动，说明当地群众对皖南花鼓戏的喜爱非同一般，也熟知《路遇》选段之精彩。锣鼓点子响起来，呛嘁哈嘁，呛嘁哈嘁，呛，呛……

红幕一拉开，袁队长笑容满面，待七仙女甩着水袖小碎步子上场，袁队长还是笑容满面，接下来卖身葬父的董永愁眉不展刚走出边幕条子，袁队长的眉头也就皱起来了。

接下来，七仙女拦住董永的去路，给他启发开导，然后就互诉衷肠，然后就眉来眼去，然后就槐荫树下……整个段子演得很精彩，红幕将落，满堂喝彩。但是袁队长的脸放下来了。

原因很简单，那董永和七仙女在台上眉来眼去拜天地成夫妻也没什么问题，是做戏嘛，假的。问题出在那扮演七仙女的是赵小玉太妖媚了一点，不过也还可以，而扮演董永的不该是工作队员展望舒！一旦闹成真的，怎么办？

小剧场演出效果很好，袁队长尽管把脸放下来了，也没有充分的理由取消原定计划，正月里去各大队巡回演出。每到一个大队演出，都是热火朝天。白天演了不过瘾，晚上接着演。那年头乡里还不通电，土台子上吊起两盏汽油灯，雪亮！那会儿农村虽然贫困，过春节演演戏，也还热闹。五个大队演完，本来可以收场了，谁知五天演出影响大了，邻近三四个公社都来人邀请。有的公社书记亲自来找袁队长，说开展社教运动的青弋公社精神面貌就是不一样！一定要请文艺宣传队去传经送宝！

整整一个正月我就是董永，小玉就是七仙女了！接下来事态的发展完全像我奶妈二姑娘和抗战哥哥的故事一模一样了……

四

那次去赵小玉家见到小玉母亲后，我常常想起赵如玉老师，听说也打了右派，是不是也会落到如此凄惨的地步呢？……

有天在小镇青石板铺的小街上看到赵小玉，我马上喊住她，“赵小玉，听说你跟你妈妈姓，你妈妈也姓赵吗？”

赵小玉说：“是啊。”

“你妈妈叫什么名字？”我更急切地问。

赵小玉说：“我妈妈叫赵如玉。”

我埋怨她说，“你怎么不早告诉我！”

赵小玉让我突如其来的嗔怪弄糊涂了，她说：“五类分子镇上不是有名单吗？你没看？”

我说：“我根本不看那名单。快，带我去你家。”

我跟随小玉到了她的家，进了房间。仔细地看了看躺在床上的小玉母亲，她好像更虚弱一些了，对有人进房间似乎没反应。

小玉说：“妈妈，工作队的展同志特地来看你了。”

小玉母亲“噢”了一声，我走到床前，俯身轻轻地对她说，“我来看望你，是想问一问……你是赵如玉老师吗？”

小玉母亲点点头，她说，“是……我是赵如玉。”

我问道：“十五年前，你在市里一所小学当过数学老师吗？”

她说，“我……是的，是教数学。”

我又问道：“你有个学生叫展望舒，还记得吗？”

赵小玉在一旁惊讶了，“原来你是我妈妈的学生？……”

小玉母亲用被头擦了擦双眼再看看我，她的嘴唇翕动了几下却说，“记不得了……我的学生太多，不能瞎说谁就是我的学生……何况同名同姓的人很多，叫赵如玉的，我就认识好几个。”

我有些激动了。我说，“可我那位赵如玉老师只可能有一个！上次见到你之后，几个月来我一直在想我读小学三年级时的赵老师……那时学校的教室很破旧，有一天上数学课时突然倒塌了，屋梁的断头将要砸到站在黑板边演算试题的三个学生时，赵如玉老师奋不顾身掩护了他们，学生得救了可是赵老师被屋梁砸倒在地，受了很重的伤。那被救的三个学生中，有一个就是我！”

看上去，小玉母亲被我的一番话感动了，但她只是流泪，却没有说一句话。我也禁不住地落下泪来。

“请你好好回忆一下，如果你是那位赵老师，这样一件大事总不会忘记吧？是赵老师救了我一条小命！你是一个多么好的人，学生怀念你十五年了！”我擦擦泪水，最后说，“我走了，赵老师，请你再好好想一想，我会经常来看你们的！”

小玉母亲还是什么也不说，她依然用被头在擦眼泪。

赵小玉站在屋角，悄悄地哭泣……

从此，我经常去赵小玉家，看望她母亲。外人当然不知晓有一位赵如玉老师曾经不畏牺牲，救过我一条小命的内情。从她家的日常生活到请医生看病，我都管。小镇有个中心卫生所，虽比不上正规化医院，但内外各科齐全还有几个住院病房，医护人员也多有医科学历，或是从医多年。我找几位主治医生给小玉母亲做了一次会诊，他们尽心尽力，这与我是社教干部可能有点关系，然后又将她收留住院一个多月，病情好像小有起色。

我没办法说清楚是为报答当年赵如玉老师的恩情，还是因为我已经深深地爱上了赵小玉。也许是两种因素皆有吧。我往赵小玉家去多了，又三番五次为她母亲跑卫生所，小镇上也就暗地里流传起一则最新动态，——美人鱼要拖社教干部下水了。

是听彭主任说的。彭主任是小镇专职的治保主任，他的神圣职责就是抓这类事，他这方面消息灵通可靠，传起来特快。

五

袁队长听到有关美人鱼要拖社教干部下水的传闻十分恼火，再仔细一探查，说美人鱼要拖的工作队员就是展望舒更令她心烦意乱，但她懂政治，她不能感情用事。她先召集工作队员和镇上干部在一起开会，她在会上对这则传闻措辞强硬地予以回击，她说：“此乃谣言惑众，妄图破坏工作队名声！破坏社教运动！”

袁队长先把大帽子甩出去，压住风言风语，然后背地里就找我谈话了。她说，“展望舒，到我办公室来，有话和你谈。”

我到了她的办公室也就是她的房间，站在门口没进去，她在里面望望我，也没叫我进去，愣了一会儿，就说了一句话，“展望舒，把行李背上，跟我下乡去。”

下乡耗时十五天，我跟着袁队长跑了五个大队最后落脚在东风大队。十五天里袁队长一直在处理各大队社教方面的问题顺便问一问生产，“此乃谣言惑众”的事和我一句也没提，我心中有点不安。在回小镇前一天的傍晚，袁队长和我做了一次深谈。

那不是在东风大队的队部里，是在田野。两棵白杨树像哨兵一样挺立在水渠旁，我俩坐在白杨树下，白杨树上时而飘下几片落叶。袁队长穿一件紧身的淡红色开丝米上衣，把体形勾勒得很有线条，十分的职业女性，看不出是一个政治挂帅时代的副县级的官员。那时当官的不分男女穿着都是蓝黑灰，朴素而单调。我觉得和一位美丽善良的女领导坐在白杨树下谈心这很有情调。眼前是深秋傍晚的广袤田野，天边色彩斑斓的晚霞，就特别使我感到一种诗情画意，这和我刚下乡访贫问苦时感觉农村一片萧条，真有天壤之别，可见广义而言的性本能确实作用非凡。

我以为袁队长要说“此乃谣言惑众”的事了，我万万没想到，她竟然把从未对别人说过的她自己的故事，向我娓娓道来……

在她十来岁的时候，那时农村才办初级社，一片欣欣向荣，爸妈让她去上学。尽管上迟了一点，但能读到中学很稀罕。

袁佩芝书读得不错，十六七岁初中快毕业了心里也是一片欣欣向荣，她爱上了音乐老师歌唱得动听极了，有一次那老师在他破旧的办公室里敲着一台破旧的风琴，唱一首外国民歌很是深沉委婉，听到他的歌声袁佩芝夹着书包走着走着就停下步子来。那老师刚好侧过头来，看到了路过窗外驻足不前的女生袁佩芝，老师止住了。止住了琴声也止住了歌声，和她止住了步子十分默契。这两人都止住了也许只有一刹那，但那止住了的镜头，就定格在袁佩芝的脑海里，很可能也同样定格在那位音乐老师的脑海里成为永恒的默契……因为不多时，这位老师被公安逮走了，说罪行是与另一个女生有不正当关系，那女生不满十六岁。

袁佩芝就是不相信！

前几天袁佩芝遇见音乐老师，她鼓起勇气和老师说话了。她说那首外国民歌真好听老师怎么不教我们唱？音乐老师说初中音乐教材上没有那首外国民歌不敢乱教，自己想深造，是在为报考音乐学院做准备，才练那首歌的。这样追求上进的青年教师怎么会做那种事被逮捕呢？袁佩芝心里一直还爱他！那会儿她还不知道这是不是叫爱情？爱情就已经失落了。

袁佩芝不想上学了，毕业考试没参加就回到家。

回家也不错，村上正缺个识字的妇女主任。接着，农村合作社越办越大，从初级社到高级社，很快又建立人民公社，一大二公了不得，地委书记亲自沿着弋河视察工作。那年头本省一位“歌德派”诗人，写了几句描绘农村大好形势的诗句出了名：

十里桃花，十里杨柳，
十里红旗风里抖。

一路形势大好，地委书记笑容满面在小镇渡口遇见了刚满十八岁入了党的大队妇女主任袁佩芝，这样年轻有文化的农村妇女干部全省都难找啊！没说两句话，袁佩芝的官运就来了。

袁佩芝入了党当了官还是袁佩芝。她勤恳工作，政治上日渐成熟，但心里想的还是那位音乐老师！袁佩芝不动声色，直至县委常委、组织部长的任命状到手后，她去找了公检法三家，她此刻在小县城里说话管用了。一复查：冤案一桩！

公检法立即派员去劳改农场接人，但是迟了。那位音乐老师在前一年的洪水泛滥时不幸被大水冲走，连遗体都没有找到！

袁佩芝躲在房里哭了一宿，天亮洗洗脸，到县委组织部长办公室照常上班，就音乐老师的善后事宜给公检法打了个电话。就此了结。一个少见的凄婉的爱情故事了结了——世上没有任何人知道，她唯独告诉了我。——我被打动了！

完全出乎我的意料，一个平步青云当官搞政治的女人也有这等凄婉的爱情故事，没有谈情说爱，没有拥抱亲吻，只凭平日里师生间积累的好感，只凭听到一首动人的曲调，一刹那止住了的默契，任他判刑十年，爱心不变！真是催人泪下啊！

袁队长接下来说我了。她说："工作队进驻之前你的全部情况我就清楚了。市里来的队员名册上有一位叫展望舒既不是党员又不是国家干部而且家庭背景有问题，我可以婉言谢绝，你继续在市里拉车，这很正常。但你年轻有文化，如果表现好可以转干，把你退掉容易，但你就失去这个极其难得的机会了。"

我以为刘队长推荐我参加社教就行了，原来社会主义阶段投身革命挺复杂的，还有个收不收的问题！……

袁队长说："工作队进驻头一天见到你，我觉得你既有拉车人的体魄，又有读书人的相貌，很像我的那位音乐老师，春节排演节目，听到你的歌声也是那样浑厚而洪亮，更增添了这种联想。几个月的相处，无论是工作还是为人，我发现你是个很好的青年。我就想到应该帮你彻底解决问题了！"

她说到此处，似乎又有点激动，她就加快了速度不停顿地毫无节奏地往下说，"我完全了解你没考上大学的原因是过不了政审一关，我一个组织部长难道还不知道政审是怎么回事吗？过去的事就让它过去吧，我对你这种人太了解了，你最大的理想根本不是转干，而是要进大学深造。音乐老师也是这种人。入不了学，哪怕进大学图书馆打工扫地抹灰都情愿！你说是不是？”

我的天啊！她怎么说到我心里去啦？我激动得直点头。袁队长紧接着说，“你才二十四五岁，进大学深造也不迟，但是国家政审制度至今丝毫也没有松动，唯一的办法就是改变你的政治背景！但我没有料到，你却和小镇上一个右派分子的女儿！……”

明白了！她确实想给我铺就一条光明之路！她考虑得非常周到、实在。不是陷阱，不是诱惑，这是她一片赤诚的心！我想做一点解释，她好像猜出了我要做怎样的解释，把手一摆，说，“小展，你不用说了，不管你对我如何，我劝你一句，你一定要止住！”

这句话和小七子爸爸劝说小七子用的词语一样，我听了心里很明白袁队长说这话的好心，但在这件事上不能含糊，我必须把实话告诉她。我对她说，“我止不住了。”

这和小七子回答她爸的话如出一辙，可见，真爱，是绝对止不住的，这一点，男女都一样。

袁队长又喊了我一声，“小展同志！”那声音很轻，但听得出分量很重！她说，“真不听劝阻，就要考虑处分了！”

我知道这不是威胁，是爱护，但我说，“我考虑过了。”

袁队长好像有点惊诧，她问，“你不想转干啦？你以后不想找机会进大学，追求你的事业啦？”

我低下头来默默无言。也不知过了多久，我好像是在自语，又像是在回答袁队长的问话，我说，“我准备回去拉车……”

“我知道了……”她泄气了，愣了一会儿说，“你爱赵小玉到这种地步，是没有办法了……”

月亮挂到了白杨树梢上，谈话结束时袁队长的表情明显有点痛苦。但她仍然很美丽，很善良。她说，“我二十八岁了，除了在心里恋过我的音乐老师，没有和任何一个男人私下谈过心，今晚和你算是头一回了。不要以为一个农村出身的当官搞政治的女人就不懂爱情，我懂。爱情是什么？爱情就是痛苦……”

爱情就是痛苦！说得太深刻了！我为之一震。我说：“袁队长，我拉了五年车，每天接触的领导就是板车队的刘队长。参加社教才认识了你这位党政干部。你既能执行上面的政策又能体谅下面的民情，你心地善良讲情讲理。你是一个官，我感觉你不像官；你不是知识分子，却有着比一般知识分子更高的情感追求！”

她说：“上中学时我不喜欢数理化，喜爱文学和音乐。我的情感追求不同于别人，那是我文学书读多了的缘故吧！你刚才对我的评价如果是你的心里话，我听了自然高兴，很感谢你！”

“当然是我的心里话。”我说，“而且，袁队长，我还应该诚实地对你说一句，相见恨晚啦！”

“你真是这样想的？”她疑问道。然后低下头轻声地说，“那就别喊我袁队长，叫我一声佩芝姐姐吧……”

我点点头，真诚地喊了一声：“佩芝姐姐！”

她痛苦的脸上露出一丝笑容，慢慢抬起头来望着我，在淡淡的月光下，我看见她的眼角，挂着两滴晶莹的泪珠……

第二天，在回小镇的路上袁队长对我说：“小展，我不会处分你的，工作一切依旧。但你要注意一点！你和赵小玉真有感情也得等到社教结束以后，千万别提前下水扎猛子！”

六

清悠悠的弋河水让镇子上的姑娘出落得个个水灵，又能苦能做。这样的姑娘能不招人喜欢？姑娘招人喜欢就不正派？嘿，人家说是美人鱼拉干部下水，拉工作队员下水啦！真是冤枉！应该承认，是工作队员展望舒拉美人鱼下的水！

在小学校后面山水之间有一片田野。那天傍晚，我先到了，没看见小玉，就靠在一棵槐树边。不一会儿她来了没看见我，就转身想回去。我咳嗽一声，小玉听见了偏过头看见了我，她就不动了。她侧着身站在田埂上，低下头来，也就是训话会上给我的永远抹不掉的第一印象，那亭亭玉立楚楚动人的样子……

我走过去拉住她的手，说，“小玉，你怎么想回去了?”

小玉说：“我不回去，好像是我在这儿等你，我不脸红?”

我说：“我早来了，就躲在那槐树边。”

小玉说：“你躲起来了？你老实承认了，我也就不脸红了。”

我俩挨在一起坐下，就坐在狭窄的田埂上。

小玉说：“你怎么看上了我?”

我说:“不就是训话会读报嘛，那篇社论叫《不许乱说乱动》。可见你第一面，我的心就乱动了。真的叫一见钟情啦!”

小玉说：“可我家成份不好，我母亲是右派。”

我说：“我家成份也不好，我父亲在劳改。”

小玉说：“我文化浅，高中没毕业。”

我说：“我高中毕业了，没考上大学，和你差不多。”

小玉说：“你骗人，我翻过你的笔记本，全是英文的，还有一大串一大串的方程式，我根本看不懂。”

我说：“那是大学里的课程高等数学，我自己也没搞懂，只是瞎算算，我是个拉车的。”

小玉含情脉脉地说：“你这个拉车的还真不简单，能自学大学的高等数学，志气还不小……”

我说：“我的志气不算小，——我要娶我所见到过的最漂亮的姑娘做老婆——什么都不要!”

小玉问：“那姑娘是谁?”

我说：“远在天边，近在……”

小玉急了，伸手想捂住我的嘴，说：“啊呀！我就猜出你下面没好话，我不让你往下说!”

我抓住她伸过来的手，大声说:“赵——小——玉!”

小玉挣脱手，顺势把我一推，说，“你说话能不能轻一点?”

约会几次没人发现，我的胆子就大了。我俩又相约来到老地方紧挨着坐下，在狭窄的田埂上。青草毛茸茸的碰到腿上有点痒痒。我觉得心中也有点痒痒，难免有了点举动，我就有点轻浮

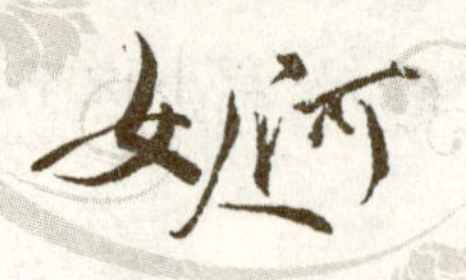

了。我晓得小玉心里也喜欢我对她有点轻浮，谈情说爱到一定程度很容易察觉到这一点。她有点忸怩地笑着说，“你这人看上去也不轻浮，怎么净讨女人喜欢？”

我说：“除了你，我还讨哪个女人喜欢啦？”

小玉说：“袁队长呗。镇上人说，袁队长夸你既有读书人的相貌，又有拉车人的体魄。那还不是喜欢你？”

“袁队长是对我不错，我可没对她轻浮过。你别搞错哦，没有女人喜欢男人轻浮的。”我问小玉，“难道你喜欢我轻浮？”

小玉轻声说：“有点。”

我说：“那因为你是我的未婚妻，我有点轻浮，是你的专利。”

小玉笑笑说，“你把轻浮的专利只给我一人，谢你喽。”

那天晚上，我克制不住地对小玉真的轻浮起来了。从来没有过的。我说：“这青草毛茸茸的碰着，我心里有点痒痒。你呢？”

小玉扑哧一笑，说，“我心里不痒痒，但我心跳得好厉害。”

我说：“你说真的吗？要是心跳得真厉害，你让我摸摸看。”

小玉没答应，也不知道该不该答应，我就伸过手来放在她右边的胸口。隔了一层薄薄的布衫右边那根本不是心跳的位置。小玉把我手一打！小玉说，“你摸什么心跳，你故意使坏！”

“错了，错了，人的心脏在左边。”我又将手放到她左边的胸口轻轻地轻轻地触摸，我说，“小玉你这颗心跳得真是厉害，不过没什么关系，一会儿会好的。”

小玉没有打我手，我就得寸进尺，我说：“如果让我亲一下，也许你的心立刻就会平静下来。”

小玉没有答应，也不知道该不该答应，就说，“你又想使坏，你得寸进尺，我不依你了！”

小玉不依我，我还是撅着嘴亲过去，小玉没有再说不，把薄薄的嘴唇凑了过来。那是我和小玉第一个甜蜜的吻，我永远记在心间！我说，“小玉，你的嘴唇很湿润，像涂了蜜一样甜。”

“让你亲了一下，我的心确实平静多了。”小玉有点羞怯地说，然后便想把我推开，轻轻地推开，可怎么也推不开我，反倒被我搂住了。她说，“你怎么搂住我了呢？别这样，别这样！”

我说："是你让我这样的！"

小玉说："没有啊，我没叫你这样！报纸上说，不许乱说乱动，我警告你，你可以乱说，但不许乱动！"

我以为她真的生气了，就立即放开她，说，"我是不该乱动，小玉，我向你认错。"

小玉抿嘴一笑说，"谁要你认错啦！只是……你应该轻一点儿……看你拉车人的体格，看上去好野，其实是个挺老实的人，你真好！我只是不想做美人鱼，那会害你犯错误。"

我说："我犯错误没关系，大不了工作队开除，回去拉车！"

小玉听了这话就不再忸怩就有点顺从，说，"听你这话觉得你还像个敢作敢为的人，不知真出了问题你会不会把我扔了。"

我说："我把自己扔了，也不会扔掉你！……"

我抓住时机就有了进一步的举动。小玉便顺从地投入我的怀里，她的一双胳膊也不知不觉地挂到了我的脖子上……

和小玉在一起，与小七子在一起感觉不一样，小玉太柔弱了，小玉太妩媚了，袁队长说她扮演七仙女太妖媚了一点，如将那妖媚理解成妖娆妩媚也就那意思。一接触到小玉我心里就会发颤，就想轻轻地抚摸她，就想缓缓地亲吻她；小七子紧贴着我在伞下在雨中甚至有一种奇妙的燥热在我体内涌动，但我没有这些想法。我自己也不知是怎么回事？我绝不是因为小玉太柔弱而单单要欺负她，只不过我对小玉的爱里面，怜惜的成分多了一点。有的书上说，怜惜不是爱！但我对小玉的爱确实饱含了怜惜的成分直到她重病卧床，直到她离我而去，我爱她，我更怜惜她！

夜色降临了。初夏的夜色真美，不冷不热，田野里清凉的空气浸透肺腑。悠悠的清风，朦胧的月光，有几只忽闪忽闪的流萤飞来飞去，还有青蛙的鸣叫和扑通扑通戏水的响声……

让夜幕为爱情遮羞吧，在江南田野的温柔怀抱里，在这人生第一个销魂之夜，让我和小玉溶入大自然吧！……

但是没有。我认定该发生的事情，袁队长谆谆告诫不该发生的事情，没有发生。不是我顷刻间提高了思想觉悟，自己克制了感情的冲动，是一道手电筒的光柱，突然射向了我们！

夜幕遮不住盯梢人贼亮的眼睛。镇上治保彭主任一直在盯赵小玉的梢。他躲在一间破草屋里盯梢好久了，他急于当场抓获美人鱼拖工作队员下水扎猛子的美妙镜头，求胜心切，加上蚊虫叮咬，摸黑出了草屋。但是他行动早了，那美事我们还没做呢。

我不庆幸手电筒的光柱让我没有犯成一次错误。正相反，在那个迷人的初夏之夜，在朦胧的月光下伴着蛙虫欢快的鸣叫我没有和小玉溶入大自然，让我惋惜一生！我真的只想做一个大自然的人，但是不行。我们终究还是社会的人！这手电筒的光柱就是社会的人打过来的，不是大自然朦胧的月光。社会的人要来捉社会的人，捉回去批判斗争！就这么简单，就这么残忍。

小玉柔弱胆小。胆小柔弱的人风吹草动都敏感。

小玉听到一点声响突然一惊，说，“有人!”

小玉翻身站起来，我同样一惊，跳起身问道，“谁?”

我和赵小玉站在田埂上，这时一道手电筒的光柱向我们射来。我迅即从上衣口袋取出自己的手电筒，那是工作队发给每个队员晚间出门必带的，我毫不迟疑地回敬了一道光柱！

——治保彭主任笑眯眯地站在远处的田埂上。

他说，“噢，是工作队同志和赵小玉在一起啊，没事，没事，我还以为是坏人在这儿搞什么鬼呢。哼哼哼哼……”

我说：“噢，是治保彭主任！天黑了你还跑到田埂上来，是防偷？还是防盗啊?”

“路过，路过。”治保彭主任阴笑一阵，转身走了。

七

濒临死亡的赵老师面对我多次真诚的询问，一直否认自己是我的救命恩人，但始终不能排除我脑海里对她的认定。赵老师让倒塌的屋梁砸伤时我很小，不知道赵老师的牺牲有多大。如今我成年了，看到赵老师的凄惨现状，我完全可以推断出赵老师十几年来经受了命运多么无情的折磨和摧残。

赵老师伤得不轻。医生当时就告诉她，以后无法生育了，却没有预见到埋下的内伤导致她十几年后的瘫痪。赵老师原是县城第二初中教师，被打成右派后，丈夫是个二百五发誓和她划清界限离了婚。家庭破碎，一连串不幸遭遇给赵老师的病体雪上加霜。赵老师本应该有一个自己的子女，可她却受伤流了产没做成母亲。

赵老师其实也不是赵小玉的母亲，赵老师更是大地。

赵老师受处分调到青弋镇小学工资降两级，遇见十几岁的孤女也不知叫什么名字。那天治保彭主任正在街头色迷迷地盘查一个少女问她是从哪儿盲流来的？要拖她到治保会去审问。

治保彭主任色狼一条，赵老师刚到小镇就听说了。赵老师见势不妙抢两步上前说："跟妈妈回家去！"

治保彭主任疑问道："是你女儿？她叫什么名字？"

赵老师眼也没眨便说："叫小玉，赵小玉。"

治保彭主任穷追不舍地问："你是干什么的？"

赵老师说："我是小学校的教师教算术课，我叫赵如玉。"

治保彭主任不认得小学校新来的这位女教师，更不知道她是从县城中学整下来的右派，否则决不会轻易放掉这个小女孩，连赵老师也免不了倒大霉。从此，一对母女相依为命。赵小玉不再回想苦难的过去甚至连原来的姓名都淡忘了。她记得生母曾告诉过她，是在一个小村子里场基上的稻草堆窝里铺了破棉絮生下她的，可见她的出身多可怜！她接下来的童年生活有多凄惨！

命运给了她一个好养母，她把赵老师当成亲生母亲口口声声喊妈妈。妈妈要她去上学她就上学，一直上到高中。后来妈妈瘫痪了小玉不愿再上学。小玉早晚服侍妈妈，白天在镇上袜厂织棉袜，挣钱补贴过日子。小玉每月一次替妈妈参加训话会从来不告诉妈妈，否则赵老师拼命也要自己去。听了三年训话小玉也习惯了，有时真觉得自己就是右派。后来小玉对我说，幸亏如此，否则碰不见你这好心的展望舒，我找哪个做丈夫呢？

社教快结束时赵老师突然病危。我将她背到小镇中心卫生所，医生检查后说，赶快转县医院！小玉去公路上拦汽车没拦着，等不及了我在小镇搬运站借了部板车将赵老师拖到县医院去救治。小玉跟在后面跑，差一点儿瘫倒。我舍不得她。赵老师躺在车上，我叫小玉坐在她脚头，我把她俩一起拉着走十多里路也费不了多大劲，小玉一路好看护母亲。我五年车把式，板车拖得平稳拖得快，但县医院的医生说，“晚了，有什么话让她抓紧说。”

小玉哭着喊，“妈妈，有什么话你就说吧！”

赵老师说：“我只有一句话，就算是对你两人说的吧，展望舒，你是个好青年，小玉托付给你了……”

我说：“我和小玉谈定了，社教一结束就结婚。如果我不能转干，就带她到市里去，我拉板车养活她。赵老师，请允许我提前喊你一声，妈妈！”

赵老师用生命的最后气力应了声，“哎！——”

我紧接着问：“妈妈，你究竟是不是那位救过我一命的赵如玉老师？你已经是我的妈妈了，难道还不能告诉我真情吗？”

赵老师的嘴唇翕动了一下，她可能是想说了，可还没说出任何话来便闭上了双眼，临死时她脸上留下一丝苦涩的微笑。但我心里认定，她就是救了我小命的赵如玉老师！面对我和小玉心中共有的母亲河，河水回旋激荡一阵，就永不回头地奔流而去，我俩双双跪下，同声呼喊着：“妈妈！……”

我们的呼喊声太凄惨，响彻了县医院的门诊部，也响彻了外面小县城的天空……

我们将赵老师的遗体火化后，带回小镇安葬。我和小玉成家后做的第一件事就是给赵老师的坟头立碑。那碑文是：

母亲——恩师如玉

小玉　望舒　1966 年春　敬立

十年后，中国的历史翻开了新的一页。又过了两年，一位两鬓斑白干部模样的老人找到镇上小学，找到了小玉和我。把一份右派分子改正的文件交给我们，他要求我们领他上一下赵如玉老师的坟。我们带他去了。老人在坟前深深地三鞠躬，肃立片刻，只向我们说了一句话，“谢谢你们！”就含着泪水走了……

八

社教运动胜利结束。在县委组织部长袁佩芝督办下，我转为国家干部，就地使用，巩固基层政权，内定公社副主任。调档案一看，不妙。加上和美人鱼扎猛子的传闻差点儿将我退回市里拉板车，袁部长一手挡住，说，“此传闻事出有因，查无实据！”

好在袁部长组干工作操作程序熟悉，动作快，转干手续已办好，当官不成，就将我安插到小镇文化站当干事。了结。

我春节成功组织了文宣队，也为进文化站工作垫了底，都说袁部长安排干部很妥当。

办转干手续那天，我去了小县城。这一天，袁部长亲自陪我见了县文教局长和县文化馆长，并跟他们说，“小展同志是市里来的，年纪轻，有文化，经过一年多社教运动我亲自对他的考察，他各方面表现都很好。转干手续已办理齐全，我把小展同志交给你们了。对于年轻的新干部，大胆使用，在使用中培养吧！”

县文教局长和县文化馆长都微笑着点点头。

袁部长回到县里就很忙，她说要去县委开一个很重要的会议，她伸手和我告别。她对我微笑着。真的是在微笑。

我握住她的手。我心里怎么一酸呢？这回轮到我的眼角要挂上两滴晶莹的泪珠了吗？我强忍着，同样给了她一个微笑。我在心里喊了一声佩芝姐姐！但我说的是，“袁部长，再见！……”

在我的人生旅途中，一位年轻的出身于青弋小镇边的农村女人，是注定要来给我施恩的人。施恩的实质是爱心。她力所能及的事全为我做了而且做得尽善尽美。在她转身离去的一刹那，我强忍不住了，我的眼角终于挂上了两滴晶莹的泪珠。她走两步停

了下来，偏过头看了我一眼，那是她对我最后的回眸。我还给了佩芝姐姐两滴真情的泪水，但我还不了她给我的爱心！

自从那次分别，我再也没见到过袁佩芝了！她留给我的形象是一个永恒的微笑。然后就去得无影无踪……

我的女人河里一朵洁白的浪花，随着涛涛水流而去了……

第五章　钢窗锈迹

一

我到小县城寻找久久思念的小七子，并且见到了她，那肯定是个不折不扣的梦幻。可这一趟也没白跑。我离别小县城二十多年，如今开发开放，拆旧建新的规模之大倒让我开了眼界。听说旧县委大楼要爆破拆除，我就想到现场观瞻一下。大清早我就站立在锈迹斑斑的钢窗前，一直沉浸在往事的回忆之中……

那时钢窗是崭新的没有锈迹。

我说的那时，是指二十多年前的那时，太久远了。二十多年时光真是有数不清不大不小的事情早都遗忘了，谁还管得了那会儿这大楼的钢窗是崭新的还是有锈迹的呢？可是我忘不了。

我对这大楼钢窗的印象太深太深，因为它和我人生的一次重大遭遇，惨痛地，或者说，十分自豪地相关联着。尽管惨痛和自豪很难兼容，反正那是我内心的感觉，但有一点是准确无误的——那时，钢窗是崭新的，绝对没有锈迹。今天呈现在我眼前的这一扇扇钢窗，已是锈迹斑斑，让我特别地伤感和惘然。

那一年，这座大楼是破旧不堪的小县城里唯一的新建筑，看上去雄伟而冷峻。用的是钢窗，窗框上吊一两个人完全受得了。我指的是钢窗坚实的程度，受得了而不是说被吊的人受得了。被吊在钢窗上的人当然受不了，这我有体会。还有一位有体会的人是胡指导员。但是胡指导员他已经死了。

“哐当”一声，一个看管队员突然将一副脚镣从我身后顺着我的裤腿一丢，砸到地板上。这“哐当”一声当然是二十多年前的响声，只是留在我的记忆里，难以磨灭。审讯开始了。

“展望舒！你究竟是几点离开号房的？”

“大约是晚上九点半。”我说。我打了个寒颤。不是我心虚害怕，是夜风从我背后的钢窗外面透进来，很凉很凉。

“展望舒！你上哪儿去啦？”

专政指挥部的李总指挥亲自审讯我，和他一排还有四五个人正襟危坐，表明事态相当严重，但我心里莫名其妙，不就是擅自回了一趟家吗？我毫不羞怯反倒有点理直气壮地回答他，“我回家看老婆去了，你们关了我一年多，我想老婆。就这事儿。”

“想老婆？就这事儿？”李总指挥用鼻音“哼”了一声，一个专政队员走到我的背后。他是窑场烧砖瓦的工人，虎背熊腰，力大无比，抽调来当打手合适极了。

李总指挥将桌子一拍道：“你胡说！”

他的话音一落，我背后的人就猛地来了一拳，打在我的后脑勺上。我仿佛听到了原子弹的爆炸声，然后是一朵蘑菇云直冲九霄，然后是死寂般的沉静。我倒在水泥地上。于是，我就进入了一个无比惬意无比自由的时空……

那年春天，在小镇文化站鬼混写过几篇破文章的我被轻而易举地关进了“牛棚”。关我的理由不是那几篇破文章，而是说我前几年社教期间和美人鱼扎猛子，当年在工作队长县委组织部长走资派的包庇下蒙混过关，未及时处理，此时不整更待何时？尽管我和美人鱼赵小玉早已合法结婚还是要清查追究。

“牛棚”的规矩和监狱一个样，每人每天口粮八大两，餐餐吃不饱有利于改造思想脱胎换骨也是事实，但那滋味实在不好受。几个月一过，和看守的专政队员混熟了，可以利用家属每月只准探望一次的机会，偷偷送来食物煮熟的鸡蛋、炒熟的焦米粉之类，看守的歪歪嘴也就让带进号房了，不过，隔三差五看守的缺钱花找你借两个，你得大方点才行。于是，饥饿降为次要矛盾，不利于思想改造，主要表现为性本能困扰上升。男犯凑在一起开口闭口就是说女人。女号子关着两个暗娼一个巫婆很年轻。看守的常进女号子鬼混，那里不时传出一阵阵浪笑声。我说这是性诱惑，太残忍了，将我这样年轻的健全的健壮的男人无缘无故关起来近不得老婆身子，这比批斗挂牌子游街还要难以忍受。

两个暗娼是小县城的，街道上的革命派将她俩脖子上挂着破鞋拉到街上游斗后送进来的。其实也算不得娼，家里缺吃少穿，搭上三五个姘头子弄点零花钱，都是熟人熟事。她俩从进来那天起就装做很害羞的样子，放风时见到男犯人抿嘴笑一笑不做声。

巫婆是偏远的农村送来的，关了大半年在里面急得团团转。她说起话来还喜欢抛媚眼，撩人。开饭时也就算放风了，男女号子可以乱串。不知听谁说我是文化站的，写过几篇破文章，巫婆就扭着腰肢来找我。说，“展老师，我想求你给我写申诉行不行?”

我点点头，取来纸和笔，好把她说的话一句一句记下来。

巫婆说：“民兵营长的老婆病了喊我去跳大神，我对营长说，自从乡里扫四旧我早洗手不干了。再说你是民兵营长，我怎敢到你家装神弄鬼？你家堂前挂着三八式，我再傻也不能往你枪口上撞。民兵营长嘻嘻一笑对我说，你来，来，来，我也不真信你装神弄鬼，我家老婆送公社卫生院住院了，喊你到我家跳大神只是耍耍，你要给我一人看，我给你记工分还不好?”

巫婆故意靠近我一点悄悄说：“民兵营长手里的工分多，用不掉，是大队分给民兵训练的，由各生产队摊派，拿到工分条子回生产队分口粮一粒不少。我就答应晚上去他家跳大神。”

巫婆说：“晚上营长在外面喝了两杯老酒，晃荡晃荡回到家，我跟着就来了，脚上穿双绣花鞋。营长让我进屋关上大门就叫我跳。我不慌不忙在堂前椅子上盘腿坐定，闭上眼睛，再从腰里掏出一条花手帕在空中绕了两下子然后嘴里念念有词。营长喝了两杯老酒正在兴头上，就催我说，少念点那鬼词我要看你跳，跳起

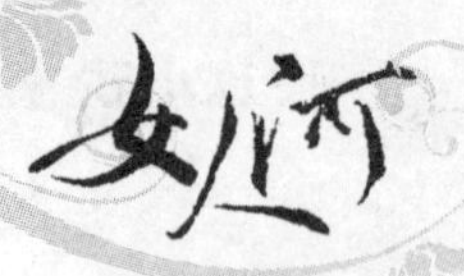

来好玩。我见你跳过，跳起大神来你上身直颤，薄薄的布衫一跳一掀的白花花的肚皮子忽闪忽闪怪撩人，看得人心里痒痒的。”

这时候围过来几个男犯人听着听着就起哄了，七嘴八舌地叫嚷道，“说！快往下说呀，好听！好听！”

还往下说？再说下去就是不折不扣的黄段子了！我打断了巫婆的陈述，“停下！你这申诉请别人给你写吧。”

“我决不说难听的。你不给我写申诉，我真的回不去了！”巫婆又是向我连连作揖，我只好继续给她写。

巫婆接着说：“我一个纵身跳起来。营长跟着我转圆圈。我顺势一跌，故意跌进了营长的怀里，这样好记一个整工分。忽然，房门吱啦一声开了一条缝，门缝里隐约出现一个披头散发的女鬼。我惊叫一声，有鬼，有鬼！民兵营长说，你胡扯，我们共产党人都是无神无鬼论者，你装神弄鬼还真能唤一个鬼进来？”

巫婆说：“营长搂住我不放，我说，你瞧！那房门里面是什么？营长一回头，黑洞洞的房里果然有个披头散发的女鬼，他取下挂在墙上的三八式，端起来一扣扳机，白天打靶枪膛里还留下一颗子弹，提高警惕常备不懈，砰地一枪，女鬼应声倒下。进房一看，原来是他老婆，卫生院看她没什么大毛病让她傍晚提前出的院。这一枪打得又得把她抬回卫生院抢救。幸亏营长开枪时他老婆一侧身，子弹从胸口擦过，流了不少血，伤了她奶子没伤命。”

我说：“这事责任完全在民兵营长，怎么把你抓来了呢？”

巫婆说：“我哪里知道呢！跑来几个民兵不问三七二十一将我一根绳索五花大绑送专政指挥部关押。我一路上打赤脚，舍不得穿那跳大神的绣花鞋，走几十里路，脚底磨起了几个大血泡。民兵营长倒没事。他说是枪走了火。还说等他老婆伤好出院就派民兵来接我回家。事过大半年，这边还是不放人。”

放风结束的时间到了，看守在吹哨子，几个男犯人一哄而散，巫婆拿着我代写的申诉满怀希望地回到自己的女号房。

二

“扒下他的裤子！”“扒下他的裤子！”

男犯们听了巫婆的黄段子就扯女人。嘴上扯扯不过瘾，就动手动脚。不是动巫婆，是和一个男人动手动脚。

巫婆一离开男号房，几个犯人就合伙捉弄一个刚送进号子的男人，听说是强奸犯。强奸犯属刑事犯罪怎么不送公安局正式收监判刑呢？这四十几岁县剧团的指导员姓胡，他说，“我是什么强奸犯？是剧团几个骚娘儿们诬陷我，把我扭送公安局，公安局不收，就转送到这儿来了，两三天就该放我回去。”

“两三天就放他走？那得抓紧！”几个人交头接耳一阵子之后就立即行动起来，他们齐声喊着，“扒下他的裤子！扒下他的裤子！”扑上去将胡指导员按倒在地铺上，动手解他的裤带子。

任他如何反抗扭动都无济于事，四面八方伸过手来真是无法招架。皮裤带子被解开了，裤子纽扣被拉脱了，胡指导员死劲地捋着裤腰的手渐渐地被掰开。外面的长裤被无可阻挡地拉到了膝盖处，接着解里面衬裤的带子。任凭胡指导员不屈不挠地反抗，动手的人还是不厌其烦地干着。几双手在他眼前挥动他的眼前便模糊一片就这感觉。他的反抗和扭动绝对不能动摇几个人要扒下他裤子的决心，只能增加他们的乐趣，引发一阵阵哄笑。

“牛棚”里什么人都关，有县委书记走资派、叛徒内奸副县长、武斗凶手流氓贼、反动文人和医生。动手的是几个流氓贼，还有两个高中生，是造反派组织自己交出来的武斗凶手。他们乘胡指导员毫无思想准备，突然一齐上去，将胡指导员按倒。此刻，胡指导员手里如果有一把戏台上要弄的大刀长矛，他一定会精神抖擞地挥舞起来毫不妥协地捍卫自己的尊严。胡指导员虽然不会唱戏，但在剧团泡久了，要枪弄棍来两下子，也不是好欺的！

县剧团是唱地方戏的老百姓叫倒七戏，原是土台班子，唱一些公子小姐打情骂俏之类的水词戏，百花齐放，繁荣文艺，几个土台班子散兵游勇收编成县剧团。指导员是文教局党组织派到剧团的党代表，一把手，夜餐补助报销车旅费批条子一支笔，因此胡指导员在剧团就有权有威，那些演员拍起马屁来，就跟台上演戏一样真假难分。尤其是那几个漂亮的女演员，听说从电影站书记宝座上调来的胡指导员还像《天仙配》里刚出场的董永一样是孤单一人，就更会从生活上给他无微不至的关心照顾了。头牌花旦小姚，芳龄二十八，十六岁那年虚报年龄结的婚，生有一子二女，那年代也不兴美容保养之类，不知怎么看上去还像是个十八九岁大姑娘。她大清早双手端一碗冒着热气的汤圆，走着舞台上的小碎步，到了胡指导员门口就喊，“党代表！快起来吃汤圆噢！”那甜蜜蜜的声音在宿舍院子里回荡，听得人心里发痒。

党代表胡指导员被送进牛棚就活受罪了，没人给他拍马屁送汤圆事小，进门就受同犯欺侮戏弄，连做人的尊严都失去了，还管你什么党代表！胡指导员实在受不了。据说古今中外监狱都是一个样，老犯人欺生，没商量，受不了也只能受着。裤衩被撕破了，说是一定要揪出强奸犯的那物件，就是那物件犯的罪，要用绳子将它拴起来，当场示众，声讨批判！革命大批判批到这个部位真是骇人听闻。恶作剧！恶作剧！牢房里就这样。人性扭曲了，羞耻没有了。顷刻间，胡指导员的裤子将被扒光！在众目睽睽之下，肯定将要露出那蔫里巴唧的物件，躲在黑乎乎的毛丛里颤抖……

胡指导员外面的长裤已经被扒下了，只剩下里面的裤衩，他为捍卫自己最后一点遮羞布而在地上滚动着。他双手紧紧地攥着裤衩被撕破的裂口，以免那物件随时可能暴露出来。几个家伙乱七八糟地压上去，几双手在乱抓乱掏。胡指导员气喘吁吁，他猛一使劲扭转身子成了跪伏的姿势以此对下身做最后的卫护，他哀求了，他不得不哀求。胡指导员哀求道，“你们打我吧！我让你们打吧！你们不就是要耍一耍，你们用脚踢我吧，踹我吧！我求你们，不要撕我的裤衩！不能撕，千万不能撕！”

“不行！一定要拉下他的裤子！”

“快，快！扒下他的裤子！看看强奸犯那物件是啥熊样个东西！”几个家伙还在乱叫着。有个家伙不知从哪儿找到了一根细麻绳，兴奋地跑过来叫道，“用麻绳拴！快一点拴住那物件！”

裤衩终于被撕开了！胡指导员急忙捂住下身，哀求道，“我不是强奸犯！我不是……”

那喊声太凄惨！我实在看不下去。成年男人谁没有那傲然挺立的物件！古代人还照那物件的模样铸成青铜器当作圣物！在山坡上竖起同样形状的巨大岩柱去顶礼膜拜呢！

这几个家伙太恶劣了！两个高中生看上去还是男孩子就扒人家四十多岁男人的裤子，像什么话！不管胡指导员是不是强奸犯，也不能这样污辱他！我的心怦怦地跳起来，一股热血直冲脑门，这几个小子根本不是我的对手，我一个箭步跨过去，抓起一个将他甩出人堆，紧接着一拳将另一个打翻在地。我转过身打算再解决几个，但来不及了！他们已将胡指导员翻了个身，按住他的双臂，终于扒开了撕破的裤衩！——那部位一览无余！

没有。什么也没有。光光的，没有一根黑乎乎的毛。四十几岁男人的下身只有个小小的肉疙瘩，不如三岁男孩的小鸡鸡……

这就是能用作强奸的物件？这样的男人能成为强奸犯？所有的犯人都惊呆了。几个坏家伙也惊得哑口无言。胡指导员像一具死尸瘫在地铺上，唯一表明他还有一点生命的，是他仰望着天花板定了神的双眼里，滚动着泪花……

三

胡指导员像一个幽灵在牢房里晃荡。胡指导员放牛子出身，参加工作二十年一贯的左派，一贯以整人为己任，一贯以欣赏别人凄惨为乐、为荣，这会儿自己也凄惨了。

胡指导员白天不晃荡。白天躺在被窝里，是睡是醒没人知道，除了三餐饭低头吃下去，不洗脸不洗脚，什么事也不做。到了后半夜他就起来晃荡。就在他的地铺边晃荡，也不打搅别人睡眠。

犯人是不准上厕所的。偶尔有人起来小解，小便桶就在墙角，猛然看到他吓了一跳，他会说声对不起。墙角上便桶滴滴嗒嗒滴滴嗒嗒响一阵，然后抖一抖，小解完了再去睡觉，也不埋怨他，都说同住一牢房是缘分。几个坏种打那之后也不再捉弄他了。

消息一点一点悄悄传进牢房，胡指导员事发的真相在牢房里渐渐浮出水面。剧团的人本来对他不错，是他先整人，后来，几个骚娘们儿听她们的男人说，上厕所小解时瞥见胡指导员有那么一点难言之隐私，就交头接耳一合计，凑出了个馊点子。说动手就动手，她们一齐进了胡指导员房里，将他抓住，不由分说，立马扭送公安局，公安局不收，又扭送群众专政指挥部。她们也知道这强奸案不成立，目的是要出他的丑。

几个骚娘们儿会演戏，主演的就是送汤圆的小姚。还正儿八经地提着个撕破的裤衩，一把鼻涕一把眼泪自称是受害者。另外几个骚娘们儿声嘶力竭地叫喊将胡指导员连推带搡一路上也好比游街，把无中生有的事做得活灵活现。那年头没有法，更没有诬陷罪之说。否则，骚娘们儿也不敢这样做。

两个多月过去了，胡指导员还是后半夜起来晃荡，只是扩大了晃荡的范围，从地铺边一直晃荡到窗口。窗口有时有月光清澈如水，有时没有月光，窗外是黑沉沉的夜。他在窗前伫立许久许久，无论是月色溶溶还是黑夜沉沉，他都面对窗外嘴巴不停地叨咕，“怪我自己，怪我自己，我该死，我真该死……”

我亲耳听见过他那凄婉的自言自语声。我后半夜起来小解，听到有人在窗口叨咕那语气有点痛心疾首的意味，是一种发自肺腑的忏悔。歪过脖子一看，是胡指导员。我顿生怜悯之情。我回到地铺上再也睡不着，我想，这人再关下去非疯了不可！虽然我自己也想出狱，但一定要为胡指导员出把力让他早一天出去。

牢房里关了两个医生也不知是什么案情进来的，第二天早上爬起来，我就找他俩商量。我说，“那天几个坏种捉弄胡指导员二位目睹了他身体的真实情况，这人绝不可能成为强奸犯，百分之百受冤枉了，设法帮助他出去吧，不就是几个女演员游街了吗？她们抓住人家生理缺陷进行报复也太缺德，何况胡指导员已经忏悔了，他的精神快崩溃了！听说他没什么文化，我想为他写一份申诉，请两位医生从医学角度作个证明吧，你们看如何？”

两位医生当即点点头，表示同意。我埋头写申诉，写好后两个医生虽然也身陷囹圄还是敢于签字，从医学角度作了证明。

我想把申诉书给胡指导员过目，如果他自己没意见，就抓紧交上去，但胡指导员还是照例整天钻在被窝里不知是睡是醒，我无法凑上去和他说话。

县委书记矮矮胖胖，关在牢里成天看书，还和副县长用马粪纸片做成的象棋下棋。副县长是瘦高个儿，文革一开始先下放到橡胶厂跑业务，毫无怨言推销一种防滑胶靴，可以走烂泥巴田埂路，深受农民欢迎。

副县长跳个卧槽马说声，“将军！”起身去撒尿。县委书记瞅了瞅棋局，没救了，就把马粪纸片做成的象棋藏到垫地铺的烂稻草里，转过身来和我们说话。

县委书记说：“我知道你们在商议什么事情，你们还不太了解情况。我分管过文教体卫，他的老底我一清二楚，不是两三个女演员的问题，他与群众积怨太深，让他受点教训也好。”

“下你的车马炮吧！你没有同情心，不帮人忙，还多什么嘴。”

县委书记听了也不气，笑笑说，“你这青年人不错，那天看你一手一拳，撂倒两个欺侮老胡的家伙，我就佩服你有见义勇为的精神，我想让你们多知道一点情况也没什么不好吧。”

我想想也对，就说，“那你说吧，有什么情况？”

这县委书记说起话来抑扬顿挫不紧不慢，还真有个老干部派头，我倒要听听他能说出点什么名堂来。

他说的故事我都熟视无睹了听了当然不惊，我不想听下去了，县委书记也没注意我情绪的变化，就继续说，“这老胡整人有历史啦！五七年他在县里的二初中工作，没有文化不能当校长教导主任可以当书记。反右派运动来了，上面给三个右派名额他打了不过瘾，跑到县委反右领导组要求添两个名额，回到学校又把两个他看不顺眼的教师打成右派。其中一个女教师被他打成右派工资降两级，把人家放到了集镇小学。”

县委书记突然说到女教师被打成右派的事，我听了一惊，立即问他，“你说什么？县里二初中一个女教师被打成右派？就是他干的事？你知道这女教师叫什么名字吗？”

这县委书记还是不紧不慢地说，“我怎么不知道？我当时任县委办公室主任，两份反右材料是老胡亲自到县委来补交的，那位女教师的名字叫赵如玉！”

我愣住了！我迫不及待地问，“你说的这些，都是真的吗？”

县委书记走资派没再开口，他脸上的表情清楚地告诉我，他这一番话的真实性是不容置疑的。我站在那儿一动不动，不知不觉中我的手攥成了拳头，手里的申诉书被捏成了一个纸团！

我转身走到胡指导员的地铺边。胡指导员躺在被窝里是睡是醒没人知道。我站立片刻然后弯下腰，掀开他捂住了脸的被头，猛地拎起被窝一扔。我以命令的口气对他说，“你起来！”

胡指导员没有动，只是向我投来疑问的目光。

略等片刻，看他仍不起身，我便弯下腰来，抓住他上衣的前襟，一使劲，“唰”地一下将他整个拎了起来！我先要和他把话说清楚，再狠狠地揍他一顿！我还是以并不凶狠但却毫不含糊的命令口气说道，“你给我站好，老老实实回答我几个问题！”

胡指导员手一摆，说道，“你不要问了，我知道你想要问的是什么人的事，我可以如实地向你承认。”

我说：“你知道吗？赵如玉老师被你打成右派后，身心备受折磨，卧床数年，她已经含冤离世了！”

胡指导员一听，反倒正气凛然地指着我说，“你这样说，不怕犯严重的政治错误吗？”

我说：“我一个拉板车汉子还怕犯政治错误？你看错人了！”

我胸中的怒火再也压抑不住了！再次揪住他上衣的前襟，猛地给了他一拳！他猝不及防连退几步，跌倒在地铺上。我恨不得扑上去把他活活掐死，但是我不能那样做！掐死他，从另一种角度来说，我岂不是也成了那一段历史的帮凶？

没有。什么事也没有发生。没有和胡指导员那一段针锋相对的答问，也没有打他一记重拳。只是在我脑海里，一次激烈的思想斗争，一次别人难以察觉的电闪雷鸣！我还是控制了自己的情绪，我想，人生道路不同，思想秉性各异，既然走进了同一个号房，可谓同是天涯沦落人了，还是同情他吧！我将捏成了一个纸团的申诉书展开，重新照抄了一份，请两位医生再次签了字。

胡指导员躺在被窝里，我将申诉书塞进他被头，语气很平常地对他说，“这是我给你写的申诉书，两位医生作了证明，你仔细看看，觉得可以的话，签个名抓紧交上去，争取早一点回家！”

胡指导员立刻钻出被窝，将申诉书看了一遍又看一遍，竟然流下了眼泪！他说，“两个月前那天，几个年轻人欺负我，只有你挺身卫护我，我从内心感激不尽了，我真没想到你还会给我写申诉书！县委书记刚才说的那些我全听见了，我说不清这两个月来心里是怎样的一种苦恼，我只能对你说一句话，他所说的，没有半句假话，我对不起赵如玉老师！打她右派只是因为看不惯她，其实我对她一无所知，处分她之后我才了解到，她原先在市区一所小学工作，是个舍己救学生保送上大学的优秀教师。我知道她已经死了，我也知道你就是赵老师的女婿，我对不起你！”

至此，我终于确认了小玉的母亲就是我的恩师赵如玉！

胡指导员一番话尽管说得很诚恳，有深深的忏悔之意，但我反而控制不住自己的情绪了，我脑海里又一次激烈的思想斗争，引发起别人难以察觉的电闪雷鸣！我该不该给他两拳？

该！该！该！我在心里吼叫。但是我没有动手！我泪流满面！我转身走到号房北边的窗前，面朝小镇的方向跪了下来，我轻声地叨念起，我的岳母大人——恩师如玉，我为您报仇了！

几天后，号房的门突然被打开了。进来的是李总指挥。

李总指挥进号房不是整人就是放人。整人他很起劲，放人也是他来宣布，红脸白脸他都演。李总指挥进了号子大喊一声胡某某，胡指导员缩在被窝里立即钻出来，应了一声。

李总指挥说："你交的申诉我看了，问题已经搞清楚了，关押两个多月你改造得也很好，明天放你回去，不准翘尾巴！"

李总指挥宣布后就走了，号房的门又被反锁起来，犯人们都围过来祝贺胡指导员，这是牢里的规矩。只要有人获释都不计前嫌，牢里相处好坏都已成过去，恭喜恭喜。谁知胡指导员却面无喜色，眼眶里转着泪水。他走过来特地和我握了握手，有一种表示感谢的意思，然后却哭了起来。他越哭越伤心，那是一种悲伤绝望的哭泣。他哭着哭着突然扑通一声跪了下来，哀求道，"求你们了，你们以后出去什么也不要说，不要说我……我要走了……"

犯人们没一个作声，大家都明白胡指导员求他们不要说的是什么。胡指导员明天就要释放回家了，他将从此获得自由。

四

胡指导员死在黎明之前。

他用两根布裤带子缠绕在一起，很结实地挂在钢窗的横档上，再套成一个圈，伸进自己的脖子，让沉重的身子拖下来，就这样走向一个无比自由的世界。那里没有你死我活的阶级斗争，不需打人家右派，斗人家牛鬼蛇神，结下诸多难解难分的冤家对头。也没有性本能的困扰和小鸡鸡的羞辱……

"小时候上医院看医生，是能给他治好的。"两个医生都从医学角度这么说，但口气同样的轻描淡写。

县委书记走资派说："他是放牛子出身，小时候有钱进医院吗？我们是应该同情他。可解放后翻了身，政治地位和经济地位都提高了，他却走向了另一个极端，寸步不离地跟着搞斗争，只有在无情的批判会上才能显示自己生存的价值，那场合无需性别。他扭曲的灵魂谁来治？"

是因为小鸡鸡成了强奸犯的羞辱而无颜面世，还是悔恨自己伤人太多，在即将获释的前夜，胡指导员自作了断的根源究竟何在？将是个永远不解的谜……

当胡指导员的遗体被人卸下来抬走后，钢窗显得格外清爽，白天照进阳光，夜晚洒进月光，微风将新鲜宜人的空气送进来，重新唤起犯人们对生命的热情和对自由的渴望……

我不想和同犯下象棋，更不想和他们聊天扯女人，我想的是自己心中的女人，我的小姑、小七子、林惠兰……

我最强烈地日夜思念的是我的妻子小玉。我必须尽快地见到她，贴近她，亲吻她……我绝对无法克制自己，就在一周之后的一个晚上，我越窗回家了。

窗户装了钢筋条子，间隔十公分一根，人的脑袋如果不劈掉一半是绝对钻不过去的，以防犯人越窗逃跑，但没有防住我。

晚上八点钟查房，九点熄灯。大约又过了半个小时，里外都没有动静了，我就从烂稻草地铺上摸黑爬起来，走到窗口，看到十八九岁的小姑、十八九岁的林惠兰和十八九岁的小七子都在窗外向我招手。我被关在里面出不去。她们当然也进不来！

我心里正疑惑，她们三人怎么约好一同来了？而且都是十八九岁的样子呢？我揉揉眼睛再仔细一看，没有。是幻觉。

小姑早已不是十八九岁了。小姑苍老而瘦弱前不久来看过我，只有慈母为了见受难的儿子一面才能那样久久跪在门外！小姑不会再来的了。林惠兰大学毕业后嫁了人。小七子不知下落。她们都不会来了。她们存在于我的心间。她们是我心中的一条河。是女人河。小姑的母爱，林惠兰的初恋，小七子的纯情，伴随着我度过了苦难的童年、少年和青年。养育我成长，催促我成熟，鼓励我奋进，湿润我的心田，抚慰我的创伤，一直把我送往波涛壮阔的社会的大海。当小玉与我相识相爱，结为夫妻时，她曾发自肺腑地夸赞过我，“望舒，你真是个棒男人！”

关了一年多没碰过女人了，今天，我还是个棒男人吗？这时，妻子小玉就来了！她在窗外向我招手。“望舒！”小玉的喊声很轻，唯有我能听得见。她说：“关了一年多，难道你不想我吗？”

我说：“小玉，我当然想你！想得很！”

小玉说：“那就回家看看我吧，想和我做什么事都可以。”

我说：“这里不给被关的人行动的自由，我出不去。”

小玉有点生气了，她说，“就凭这几根钢筋条子，还专什么政哟！真的想老婆，还能出不来？你还配做我的丈夫？我当初真不该嫁给你这胆小鬼！一年多不贴我的身子，你不想我，我倒想死你了呢！望舒！从窗口冲出来！我俩一道回家亲热一番！冲啊！你快点儿冲啊！还愣着做什么？”

妻子小玉平常是个胆小的弱女子，今天怎么变得如此大胆，如此果断？这给我很大的鼓舞，我决定越窗而出。

对于拉了五年板车身强力壮的我来说，扳动几根钢筋条子虽不是易如反掌，但也不是多大的难事。我深深地吸了一口气，使劲将相邻的两根钢筋向两边扳成弯曲型，从中间穿过去就没什么阻碍了。我穿过钢窗依然是人模人样的展望舒，身子骨毫无损伤这是千真万确的。我转身再将弯曲的钢筋扳正还原，以免被人发现。这时，小玉却退到了围墙的外面，隔着铁栅栏又向我招手。铁栅栏围墙对一个小孩也算不得屏障，我当然是一翻而过，但小玉却不见了。

县委大楼的院外，四周是旷野，出奇的宁静，我深深地吸了一口清新的空气，我知道自己自由了，钢窗内外是两个不同的世界这一点我心里很明白，但我必须回来，这不是真正意义上的越狱潜逃，我没有任何罪过根本没有潜逃之必要。何况想潜逃也潜逃不了，哪儿逃哪儿躲都能被抓到，我只要两个小时的自由，在这宁静的秋夜。我的家在青弋小镇，离县城十多里路一个来回最少要两小时。一路小跑是一小时五十分钟。我必须留下十分钟与妻子晤面。晤面这个词太文雅。我没有任何事需要如此紧急地向妻子交代，只有一种极强的欲望要见到她。我沿着河堤向青弋镇走去。月色暗淡，布满杂草的黑黝黝的堤埂上有一条窄窄的白色路面。堤埂外，弋河在静静地流淌。河边有几条熟睡的木船偶尔发出一点响声。河对面不远处，闪烁着渔火。弋河的夜色真美啊！我走得极快，不一会儿来到公路上。公路和堤埂连接处有一座小桥。小桥很重要。白天小桥上车来人往，夜晚的小桥静悄悄。我踏上平坦的公路很快到了小镇，我紧赶几步到了家，河边的老屋吊脚楼。

我轻轻地敲门，在淡淡的月光下是敲不是推，这样更有意境。妻子开了门。妻子又惊又喜又悲又惧。我闪进屋。关好门。

我搂住妻子小玉，看着她那饱含忧伤的眼神，再贴近一些，把脸贴上她发烫的脸颊，亲吻她湿润的嘴唇摸遍她全身在破旧的木板床上和她绝对地交融在一起像两根干柴熊熊燃烧的火舌交织成一个密不可分的辉煌！我时年二十八岁。体魄健壮，一触即发，正是做这美事的最强有力的年龄。

这一小时五十分十多里来回路程，我铤而走险冒天下之大不韪，激动和颤栗都是为了这十分钟生命燃烧的辉煌！不经受牢狱隔绝日久的人，绝不可能理解世上最残忍的事就是人为地阻断男情女爱。当我忆及自己平凡平淡的一生时，最得意的经历就是在被严加看管的“牛棚”生涯期间曾回到妻子的身旁，悄悄地过上十分钟人的生活！绝对摒弃了对后果的担忧。

真是旷世壮举！人生本应该是美好的。尽管很短暂。短暂得如同那不可言喻的美妙的十分钟。

五

当一盆冷水泼到我的头上时，我从无比自由的时空被拉了回来。继续审讯。

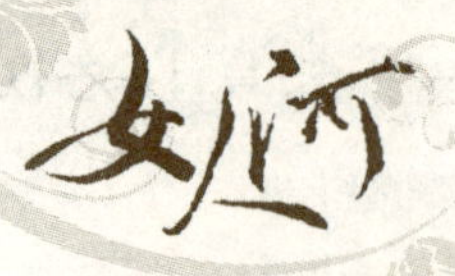

我苏醒了，但我躺在冰凉的水泥地上挣扎着爬不起来。烧窑的队员将我一把抓了起来。就是那个打我一拳的烧窑的工人真是力大无穷，他吼叫一声："站好!"

我晃了两晃才站定，甩甩脑袋，用手在脸上顺着眼睛鼻子抹一把血和汗还有凉水的混合液，然后看看阵势，恢复原样，还是满不在乎吊儿郎当无所谓。烧窑的队员立刻将一副脚镣"哐当"一声砸到我脚边，准备给我镣上。

主审的做了个手势，叫等一等上镣，审讯继续进行。

"狐狸再狡猾也斗不过好猎手!"这是当年常用的话语。

主审的本是李总指挥，待一盆冷水将我泼醒过来，主审换了。换了个好猎手来对付我这狡猾的狐狸！这位主审擅长诱供，几句话一审问，就把我的思路引上了小桥，我这才知道，问题的严重性不在于与妻子的晤面，而在那一座小桥。

事情是这样的。当晚十点半一辆军车路过小桥，雪亮的车灯扫过桥栏时，发现贴着一幅标语，内容绝对保密的标语，上头命令连夜侦破。

四五部警车呼啸而来，闪光拍照，搜索取证。我从老屋吊脚楼完成旷世壮举，一路小跑往回赶，结果是自投罗网，在小桥上被当场抓获！反动标语特1号案件嫌疑犯，没话说了。

审讯的继续审问："你上哪儿去啦?"

我依然正义凛然地说："回家睡老婆去了。你们无缘无故关了我一年多，我想老婆了。就这事儿。"

我把看老婆干脆说成睡老婆，这表明我从无比自由的时空返回，思想意识的提升和净化。睡老婆亲老婆比看老婆更真实更淳朴更人之常情，是人世间最美好的行为，你们怎么还要审我打我？硬要置我于死地！我在心里痛骂。我彻底的清醒了，彻底的清醒也就是彻底的决裂！是哪一位名人说过的？这会儿想不起来了。

我，展望舒，二十八岁，一个男人出世了！

不是十八岁落榜小男生，不是五年拉板车拉成的汉子，是在"牛棚"里，一个真正的男人出世了！

主审的把桌子一拍道："你还是这副满不在乎，吊儿郎当的样子！展望舒！你睁开眼看看，我是谁?!"

我定睛一看，啊呀！原来主审换的是李坚石李老师！

李老师怎么又来了呢？

李老师是我小学三年级的班主任，命令我罚站在阴暗的教室里站到天黑，回家时掉进水沟里我差一点淹死，那年我八岁。我上高中三年级时，他从部队复员又当我的班主任开我的批判会，给我写了个十分漂亮的毕业鉴定，让我考不上大学去拉车。那年我十八岁。我揉揉眼睛再仔细看看，我面前坐了一排队头头，中间主审的确实是李坚石老师。时光飞逝又十年，我二十八岁。没想到在这种场合再相见。真是冤家路窄！

其实李老师早已从政了，事情也简单。李老师的强项是政治，在小学当教师觉得没出息参的军，复员到中学入了党升教导主任又升上了副校长。

我一见是李老师也就更加清醒，老对手了，我还是满不在乎吊儿郎当，更加无所谓地说："啊？是李老师？久违了！"

李坚石说："我现在不当老师了！我调进市政保组当组长。政保组，你懂吗？也就是过去公检法三家，我一手抓！"

我说："我现在也不是幼稚胆小的学生了！我是拉了五年板车的车把式，我不怕你一手抓还是几手抓！"

李坚石哼了一声，说，"通往小镇的小桥上发现这么狠毒的反动标语，上头命令连夜侦破，速战速决。你是在作案现场被抓获的唯一嫌疑犯，现在不是你怕不怕我李某人几手抓的问题，而是你的脑袋瓜子怕不怕枪子儿？你唯一的出路就是老实交代！争取宽大处理！"

我说："我回家睡老婆了就这事，小桥是我必经之路，让你们撞上了。小桥上的标语什么内容我一点不知道，肯定不是我写的，也不是我贴的。你想怎么办就怎么办吧！"

李坚石说："你回家接待眷属当然算不得罪错。"

当过兵的李老师才会说"接待眷属"。这是很文明的部队用语。军营里来了千里迢迢探亲的女眷，手挽小包袱羞羞答答，当兵的丈夫领她去招待所开单间，亲热几天真有趣。

我说晤面太文雅。说睡老婆太粗俗。说接待眷属恰到好处。我想起自己十分钟的接待眷属依然豪情满怀。

李坚石说:“问题是你怎么出号房的？是哪个看守放你走的?”

此时此刻我要整一下当晚到女号子鬼混的畜生那真是易如反掌，我随意指一个看管队员李坚石都会信以为真，否则无法解释我是怎样离开号房的。我实在疲惫不堪没有气力也没有情趣做那样的游戏了。我说，“谁也没有放我，是我自己越窗出去的。”

李坚石看看几个钢窗的钢筋条子都一根根挺立着确信这是谎言，他说：“展望舒，请你当面扳开钢筋条子钻出窗户，让我也一饱眼福!”

我摇摇晃晃说：“现在不行，刚才这一拳打得太凶，不是一盆冷水我就回不来了。等几天肯定让你看到我是怎样钻出去的，绝没有阻碍，这会儿说了你也不信!”

李坚石气急败坏地吼叫：“展望舒，你狂妄至极!”

这是十年前在高三毕业班上，李老师对我展望舒高度评价的用语又用上了。还应该加上个“劣性难改”!

我听了好笑。尽管我所说令人难以置信，而且态度极其恶劣，但我说的全是实话。我根本就不是一只狐狸，那么再狡猾的猎手也就对我无可奈何了。对于我明显的傲慢和蔑视，李坚石气得怒睁双目像两把寒光闪闪的利剑向我刺来。我一点也不怕。

这时，几个看管队员从号房里垫着烂稻草的我睡的地铺上，搜出几本书和一沓沓写满算式的稿纸，如获至宝，统统送到审讯室的案桌上。李坚石翻来翻去，都是英文，鬼画符，看不懂。只见有一页纸上有几行中文，写的是：

> 近日，美国马里兰州大学韦伯教授宣称：他探测到了来自银河系中心的引力波信号，从而掀起了各国科学家研究相对论的热潮。广义相对论最深刻的观点是：时空由于物质的存在而发生弯曲……

李坚石看了又看，皱皱眉头。还是不懂。他想，既然是展望舒写的，当然可以用作查验笔迹，侦破反标。他很欣赏自己这个主意，就撕下这页纸，揣进公文包，走了。

李坚石一走，我被看管人员吊到钢窗的横档上。太难受了！我感觉自己真的进入了一个弯曲的时空……

被缚的普罗米修斯吊在高加索的悬崖上让老鹰叼啄几千年他是为人类偷取圣火，旷世壮举。

我为了个人的自由，为了接待眷属，与我爱妻正当的性爱，越窗回家，一点也没有想到人类还有三分之二没有解放，正在受苦受难，这是那年代最常见的标语口号，但我同样是旷世壮举！

我所以能够坚持下来，靠的是五年板车生涯造就的强健体魄和血管里奔突涌动的野性。

我预感到自己将有一个儿子。女儿晓青已有两周岁了，我被关一年多没见到可爱的女儿了我十分想念她！但我非得有个儿子不可！等我有了儿子，等儿子长大了，我一定要告诉他：

> 儿子！你是怎样来到这个充满苦难而又无比美好的人世间的，那是由于为父的一次旷世壮举！你是那神奇美妙的结晶！是爱的果实，是人性战胜暴虐的明证！你一定会成长为一个勇敢的男子汉！

六

尽管我血管里奔突涌动着野性，被吊在钢窗上还是丝毫动弹不得，我耷拉着脑袋，脑袋一点价值都没有。如果说还有一点价值，就是让人凑着我耷拉的脑袋喂水喂饭，因为我自己腾不出手来。牛棚里每天由各个号子轮流挑饭送水。送了晚饭后接着送水来，给犯人洗洗脸，擦擦身，真是做到了仁至义尽。

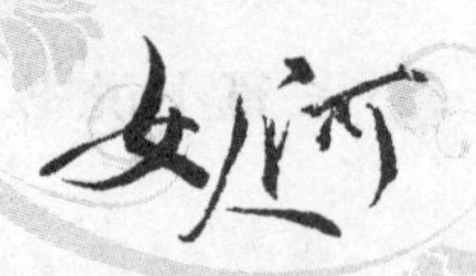

送饭送水的也是犯人，各号子轮流，后面跟着一根红白棍子押着，泼泼洒洒一桶热水从伙房抬进号子也只剩大半桶。每人一勺，犯人用脸盆接着，排队，不准挤。

饭送进号子了，每人中餐、晚餐都是三两饭，早餐二两粥，吃不饱，饥肠辘辘的犯人各顾各地狼吞虎咽。

没有人给我喂饭。我被吊在钢窗上我的双脚前面是一碗饭，放在地上。是一只旧的搪瓷饭碗里面三两饭一勺红烧萝卜豆腐，冒着淡淡的热气……直到犯人们吃完了，才有人来给我喂饭。

牢房的门“哐当”一声被推开了，有人送饭送水来。

这天轮女号子送饭送水。我吊在钢窗上喘息，微微睁开眼，看见两个暗娼一个巫婆抬着挑着进门了。三个女犯放下饭桶水桶，看到我吊在窗户上，同时“哟!”了一声，明白无误地表达了她们的惊讶和怜惜。转过身来，三个女犯恳求跟随进来的看守，说，“放下他，让他下来吃碗饭，喝口水吧!”

看守的说：“不行，李总指挥有命令，说展望舒肯定练过气功神乎其神的，恐怕真有飞檐穿壁的本领，放下来跑了谁负责?”

三个女犯又同时哀求道：“那就喂他吃，喂他喝吧!”

看守的没再说什么，就算是默许了。

号子里的男犯各顾各抢一碗饭狼吞虎咽之后就去抢水，没一个过来喂我。两个暗娼上，一个端碗一个喂。喂完饭，年轻的巫婆来喂水。“一口一口，别噎了。”巫婆说。

喂完饭和水，巫婆将桶里剩的温水全倒下，给我脸上揩一揩血和汗，再擦一擦我手臂和腿上的污渍。巫婆真细心。我痛苦地笑一笑，表示感谢。

我问她：“给你写的申诉交了吗？怎么还没放你回家?”

巫婆说：“看你被打成什么样子了还要关心我？你帮我写的申诉上面看了，说立即放人，打了电话只等大队来人接。展老师你心真好，好心有好报。我说你也关不长！回家我一定去看你!”

这回果然让装神弄鬼的巫婆说准了!

两个暗娼抬起空桶，巫婆提着大铁勺，默不作声地望望我。

今天这趟男号子串得没有一点喜笑声，三人都感到很悲哀。

看着她们为我被吊打而流露出的伤感表情，我在心里想，世上所有的女人都比男人善良，包括有点儿学坏了的女人。

正当巫婆和暗娼准备走时，我的妻子小玉来了，她还一手牵着女儿晓青。我一惊。准监狱规定亲属半个月探望一次，但只能把犯人喊出大楼外会见，小玉怎么进了号子?

这回小玉是真的来了。

小玉虽说是个弱女子，但早有思想准备，她牵着小女儿走进牢房，看到我被吊在钢窗上，身上脸上满是鞭痕血迹，她恨不得奔过来将我拉下来抚慰我的创伤，但是没有。她没有走近半步，也没有流泪，更没有晕倒。她想自己要是晕倒了，望舒吊在钢窗上面眼睁睁看着，那不急疯了才怪呢！我看见妻子和女儿来了当然更不能流泪，表情要显得刚毅自若才行，我微笑着向她俩点点头。小玉强忍悲愤像在家里谈心一样细声地说，“望舒，女儿想爸爸了，我就带她来看你，她很聪明会唱会跳。”然后对女儿说，“乖乖，你给爸爸跳一个好吗?”

晓青看看我说，“我怎么不认识你了呀？你是我的爸爸吗?”

我被逮走时女儿还未满周，一年多没见了，她哪能记得我。我苦苦一笑，说，“你不认识我，可我认识你呀，你是我的晓青好女儿，你长得真漂亮！又像你妈妈，又像我。”

晓青确信我是她爸爸，也不知这里是“牛棚”，就唱起了“北京有个金太阳，照到哪里哪里亮。”扭着小胳膊小腿和着拍子跳起忠字舞来。犯人们都围过来看，还轻轻地鼓掌说，“再来一个!”

号子里像是照进了春天的阳光，小女儿好比是从外面飞进来的一只花蝴蝶。跳了一段后说，“爸爸，我和妈妈都忠于你!”晓青哪知道这句话有什么含义，是妈妈路上悄悄教她说的。

我吃饱了喝足了，又见到了亲爱的妻子和女儿，我的脸上露出了微笑，我得赶紧和她们一起回家！我不能再过这种非人的生活了！我不能没有她们！我必须每时每刻和她们生活在一起永不

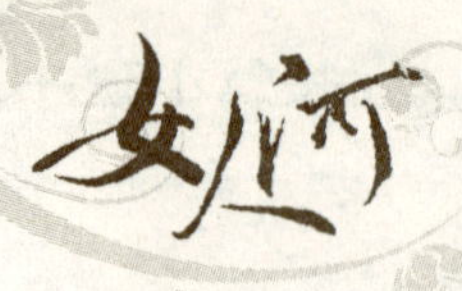

分离！

于是，奇迹发生了！

我脚腕上的脚镣突然滑脱下来，像一条死蛇落在水泥地面上，发出沉闷的响声。捆吊我的绳索从双臂上自动地松开。看守的看到突发情况，大嚷起来，“快来人啦！出事啦！出事啦！”

但已经来不及了。

一个人突然解脱了捆吊，脚腕上没有叮当作响的铁镣，当然就觉得全身无比轻松，就有一种飘飘欲仙的感觉。我转过身，一跺脚，纵身穿过了十公分间隔的钢筋条子，越过钢窗回到了外面自由的天地。我不用扳动钢筋条子，便从十公分之间穿过并没有什么阻碍。我觉得自己像一个装了些液体的皮囊，可以随意改变形态。我一个鱼跃飞出钢窗的整个过程十分潇洒自如，这种镜头只有在神话或科幻影片中才能出现，不借助于一种神秘的外力任何人也无法完成这超乎想象的动作。但是我千真万确而又十分完美地做了。而十公分间隔的钢筋条子依然一根一根毫不含糊地挺立着。

同号子二十多名犯人和送饭桶水桶又闻声踅回的两个暗娼一个巫婆，以及赶来的李坚石组长、李总指挥和许多人都目睹了我越窗的全过程。个个目瞪口呆，无话可说。

我这么轻易地飞越钢窗获得自由，这当然是一种幻觉。其实是有关部门当天做出了决定，通知小玉来接我出的看管屋。我俩牵着女儿十分欣喜地回家了。

一年多的钢窗生涯从此结束，我重新获得了最起码的人身自由，我对一个人能自由地生活在家里，自由地行走在马路上，自由地和别人交谈，那种舒心适意的感觉是没受过牢狱之灾的人无法体会的。我对人生的价值有了完全不同的认知，这一段经历已成为我永远不能丢失的宝贵的精神财富！

二十几年过去了，小县城旧貌换新颜，街宽楼高，车来人往。而当年雄伟冷峻的县委大楼却陈旧不堪了。大楼的钢窗已经锈迹斑斑，钢筋条子大都变形或是脱落。

不知不觉已临近中午。

一位年轻的警察走过来，向我行了个礼，然后请我站到安全黄线的外面。他对我说："这条马路上，这是最后一座旧建筑，十二点准时爆破拆除，县城主干道就全线贯通了。"

"我知道。"我说，"谢谢！"

他问道："你是外地人？是来看热闹的？"

我说："二十多年前为了一些事情，我在这座大楼里待过。"

年轻的警察好像突然明白了我的来意，说，"哦，那你特地来观看这大楼爆破拆除，是怀旧了？"

"让你说对了，怀旧，怀旧。"我说。

年轻的警察望我笑了笑。

不一会儿，只听得连续一阵轰然巨响！大楼倒塌了。围观的人群中爆发一片欢呼声，而我却流泪了。站在我身旁那位年轻的警察转过脸，向我投来惊诧的目光……

第六章　魂系吊脚楼

一

观瞻了旧县委大楼的爆破作业，我擦擦眼泪就要回江城了。青弋小镇是途中必经之地，我离开小镇已有十多年了，很有些想念，尤其是那清清弋河边的老屋吊脚楼……

弋河堤埂穿过小镇，河堤外侧是一排吊脚楼，我曾住过十五年的文化站宿舍老屋，是其中的两间。顺着河堤内侧，小镇有一条不长的小街，在街心的青石板路上留下我难以计数的脚印，街两边是鳞次栉比古色古香的老式店铺，留下多少我和店家亲切的寒暄。青弋小镇远离尘嚣，民风淳朴，生活清贫，却几乎是人人悠然自得，令我难以忘怀。我离去十多年了，那小镇那吊脚楼一直让我魂系梦绕。如今，还风貌依旧吗？

我被关押一年多回来，没有任何人对我作一点解释。我也不需要解释。我只要老婆，只要女儿，我还想要一个儿子！那次旷世壮举之后我肯定会有一个儿子！

随着救护车的阵阵尖叫声，我把小玉从小镇送到了县医院。小玉不是得了病，小玉临产了。我把小玉送到了县医院，正巧碰上那个妇产科大夫刚进医院上班，后来知道她叫邢若云。

邢若云一看，救护人员从车上抬下的病人是赵小玉，立即跟上去，看她挺着个大肚子，有点昏昏迷迷的样子就紧张起来，她说，“快！连担架抬进产房吧。”

我追着她喊，“医生！医生！”

邢若云根本不理我。待我追到产房门口，邢若云跟着担架已经进去了，她还将门一带，把我丢在产房门外。我只好焦急地在走廊里来回踱步。过一会儿邢若云出来了，她从我身边走过说，“你还不去给你家小玉挂号！在这儿晃悠什么？”

“噢，对，我赶快去挂号。”我走几步又转过身来问，“大夫，小玉情况怎么样？”

“初步检查了一下，没什么问题。”邢若云以埋怨的口气说，“正常产妇嘛，而且是第二胎，你这样紧张干什么？还叫了急救车，真把我吓一大跳！你拖个板车来就行了。上次见你拖的赵老师，我还记得呢！”

我说：“小玉身体太虚弱，我怕……”

邢若云说：“是很虚弱，孩子生下后，给她好好调养哦！”

我说：“那一定，那一定！”

“是听小玉说过，你对她不错，不过……”邢若云笑了，说，“展望舒，看你这书呆子相，会不会服侍老婆哟？”

“嘿嘿，还行……”我好像在哪儿见过这张脸笑起来十分好看的大夫，就问，“你怎么知道我叫展望舒？”

邢若云又笑了笑说：“你展望舒关牛硼，钻窗户，回家亲老婆，大名鼎鼎，在这小县城里，谁不认识你呀？”

“见笑了。”我问她：“你是？……”

她说，“真是贵人眼高，你不认识我？我姓邢！”

我说：“噢，邢大夫！”

她说，“叫我若云好了，我是小玉的老同学。我的家也在青弋镇，每次回去看小玉，见你都是伏在桌上埋头看书做作业，像个用功的大学生，从不看人一眼，难怪你记不得我了。”

我说：“这一下记住你了！”

邢若云说：“记住了好！下次我去你家，对我客气点喽！”

我从此算认识了这位小镇佳人——邢若云。

小玉生了个儿子。我们回到家。我喜笑颜开，妻子欣喜万状却又泪流满面，她曾许过愿，要是能给望舒生个儿子她就死也瞑目了。我也希望有个儿子，但我不许她说这样的话！小玉也就不说了，也不流泪了，她欣喜地笑起来，她笑起来和早先一样的楚楚动人。她说，“你给儿子起个名字吧！”

女儿晓青三岁多了，她看爸爸妈妈喜气洋洋就又唱起北京有个金太阳小胳膊小腿和着拍子跳忠字舞。家里显得很喜庆。我抱起襁褓中的儿子望了又望，兴奋地说：“就取名叫晓宇吧！晓宇，晓宇！等你长大了我一定要告诉你，你是怎样来到这个充满苦难而又无比美好的人世间的，那是由于一次旷世壮举！……”

我兴高采烈地说这话时，小玉又流泪了。她打断了我的话，擦擦眼泪笑着说，“还提那事干嘛？我听你说过好几遍了，你还写在笔记本子上！如今一家四口，平安过日子就行了。”

“是的，是的。”我说。我把儿子塞给小玉，然后抱起女儿，一手搂住妻子，一家四口紧紧拥抱在一起……

二

我一生坎坷，如果说在坎坎坷坷之间，也有顺心的日子，那就是从“牛棚”回家之后和小玉在青弋小镇的十几年生活。

我继续在弋河边的文化站上班，每天做些杂事，借书借报唱歌演戏办展览，院子门都不用出。小玉在粮站打零工，挣点钱补贴家里柴米油盐，我俩生儿育女，日夜相伴，和小镇人家一样过着散淡的日子。

爱是不会忘记的。贫穷却很容易忘记。我捡有情趣的事，把那一段贫穷而快乐的时光用小刀刻上几道印记。备忘而已。

一家四口要吃饭，吃饭要口粮。家里的户口簿子上只有我一个人的名字，粮卡上也只有我一人的供应份额哪够四个人吃？

我进了“看管屋”不久，报纸发社论《我们也有一双手，不在城里吃闲饭》从知青下放到城镇居民下放农村一阵风。小玉被治保彭主任连哄带吓唬，下放到小镇旁边的蔬菜队，属东风大队。大队干部我都熟悉，听说是社教工作队的展望舒关进了“牛棚”，他的美人鱼老婆下放来了，展望舒人还不错，就收下吧。队里还正儿八经给她搭建了一间茅草屋和上海来的下放学生同等待遇，很讲政策。小玉带着两岁半的女儿晓青转农村户口到了蔬菜队，生产队长瞅了一眼小玉瘦弱的身子说，“你这样子还能干什么农活？带孩子回去吧，秋后来称口粮，我们照给就是了。”

小玉没有回去。小玉身子瘦弱但性子要强，小玉住进茅草屋，小玉学种菜。种菜不慌不忙不像栽秧割稻，抢种抢收赶季节。种菜就在门前屋后不要把孩子拖到大田。小玉高中文化，肚子里墨水不少于下放知青，能写一笔娟秀的字，她的身子骨和她写的字一样娟秀瘦弱，但渐渐也能挑起满满一担粪水浇菜地。

从“牛棚”回来，我获得自由之后办的头等大事就是立马到小镇旁边蔬菜队的一间茅草屋里，帮小玉整整衣物用品，牵着女儿晓青回到老屋吊脚楼。但是下放没回收，户口还在生产队。儿子呱呱坠地，又给中国添了个小农民，新生儿的户口随母亲，这是国家的户籍制度。每年秋后我和小玉带钱到生产队去称口粮，给队长和会计一人塞一条“东海”牌，也就是低档烟。大小三人给我们称一千多斤稻谷，就在生产队的机房里碾成米，粗糠细糠留给队里养猪。我借一部小板车拖了几包米就走。一年的口粮足够了。家里有粮，心中不慌。我心里乐呵呵的。

小玉要帮我推车，我说，“用不着你推，这一千多斤稻谷碾成米不过七八百斤，我还拉不动？真想帮我忙，你就坐上去，给车上凑点分量，拉轻了我不过瘾。”

小玉笑嘻嘻爬上车，坐在鼓鼓囊囊的粮袋上，加起来也没有一千斤，我拉起来轻轻巧巧。小玉说：“你真不愧当了五年车把式，板车拉得真漂亮。好稳，比坐拖拉机舒服，不颠。”

我逐渐丢掉了喜爱的数学物理相对论，深知那山峰我爬不上去了。我把数学物理相对论撂一边，全力以赴搞群众文化工作，几年混下来也还混出了一些名堂。我年纪轻轻总不能像文化站老干事那样成天下象棋。我得动点子。我动点子，出花招，都得把小玉带上，不带上小玉我心不安。文化站请人也算零工，工资照付，晚上布置展览或是排戏还能多挣两个夜餐费。

我先办展览，小玉来当讲解员。小玉讲一口青弋小镇的地方话，周边十里八乡的农民来看展览，听小玉解说特别亲切。县文化局长来看了展览大加赞赏，给文化站追加经费两千元。

我接着办文艺宣传队，小玉更是当之无愧的第一人选，唱歌跳舞样样行，皖南花鼓戏更拿手，但不能老是演《路遇》。

没有剧本我来编。我从来没编过剧本，找几个当红的本子和戏剧理论文章翻翻看看，人物情节，起承转合，结合我演《路遇》的亲身感觉也就那么回事，但主题思想一定要鲜明。

我的处女作剧本皖南花鼓革命小戏《春耕时节》问世，小玉演一号人物大队女书记闪亮登场立即引爆一片掌声，也令我大吃一惊！瘦弱的小玉在台上居然如此英姿飒爽，叱咤风云，站在三岔路口将一个不顾队里春耕生产，驾着拖拉机跑运输赚外快的富农儿子喝退了！那呵斥的台词是：“钱有富！你的拖拉机轮子要往哪条路上滚？——”铿锵有力，掷地有声！

我问小玉：“你性格温柔多情，演七仙女飘飘荡荡下凡投亲那是惟妙惟肖，怎么演大队书记训斥起人来，也真够凶狠的呢？”

小玉说：“我下放在生产队住了几个月，常常看到大队干部训斥社员，打人骂人，家常便饭，我照样子演就是了。什么女书记英姿飒爽，叱咤风云，你那丑剧本胡编滥造！”

我夸赞小玉，反而被她贬得说不出话来。

谁知文艺界就兴这胡编！鲜明的主题，一号英雄人物必定是女的，革命样板戏中有的是。我的皖南花鼓革命小戏《春耕时节》一炮打响，进江城大剧场汇演得奖！被选中赴省城献演！

革命小戏《春耕时节》由于赴省献演没去成。小玉从此告别舞台，还是回到粮站打零工。

文革后落实政策农转非，小玉和两个孩子的户口可以转了，但办起农转非的手续来真不容易，有政策可依，但是还要请公社大队的干部们吃饭喝酒一餐花掉我一个月的工资，望着桌上大鱼大肉两个孩子不准上桌。好馋。户口转了算是彻底离开了蔬菜队，但小玉种菜的兴味不减就在河埂边坡上找块荒地做成菜畦，种菜。小玉在粮站打零工，下班回来还抢时间种菜。

小玉很瘦弱，挑起满满一担粪水，我看她走起来腿发飘。我说，“你上一天班回家还种菜，你实在太累了！”

“望舒，你一个月工资四五六，（四十五元六角）我做一天零工挣一天钱，日子不好过，两个孩子上学了，不能再穿破布衫。”小玉说，“我种菜也算给家里补贴一点吧。”

其实两个孩子都没穿过破布衫，她只是那么说说。小玉会过日子，省吃俭用，别说过年过节，平常上学，也让晓青晓宇穿着整洁体面，学校里的穷孩子们看着羡慕呢！

家里也有破衣裳，是我和小玉穿。我夏天的汗衫洞连洞，小玉冬天的内衣补连补。穷归穷，一家四口过得其乐融融。就像我俩演的董永和七仙女唱的：夫妻恩爱苦也甜！

小玉不顾劳累，每天下班种菜，我当然很感动。

感动不如行动。我把重活揽过来，挑水这个项目承包了。我根本不用肩挑。拉了五年板车，拎两桶水小菜一碟。我打个赤脚捋起裤腿，顺着女人家汏衣的石阶，下到清清的弋河里，两手提起满满两桶水少说一百多斤，上几十级石阶再爬河埂边坡一直送到菜畦边。汏衣的女人们看了发呆。小玉站在菜畦边看着我笑。小玉说：“你看这一畦畦青菜长起来鲜滴滴，一片嫩绿多可爱。”

我说：“是你辛勤劳动的成果哟！”

小玉说：“不是也有你这个知识分子的功劳吗？”

我说：“还提什么知识分子的功劳呢？现在不运动不斗争了，臭老九心里好快活，我真想带你和孩子出去玩一玩！”

小玉在菜地里的情绪特别好，就问：“你想上哪里玩？”

我说：“你这辈子太苦太累太亏了，从来没出过远门，这回我们去逛逛海边的大都市。”

小玉说："那跑一趟要花多少钱？家里还很穷。"

"穷就去穷逛逛。"我说。

两个孩子正好放学回家，听了快活得蹦上了天。

一家四口游了一趟海边的大城市。那年头全国人民还很穷，出门旅游很稀奇。晓青和晓宇一路上叽叽喳喳，无比兴奋。当列车在黎明时分停靠站台时，都已经沉沉入睡了……

我和小玉只好各背一个孩子下了车。走在一条连着一条的马路上。走着颠着，两个孩子都醒了。睁开了惊奇的小眼睛。可爱的黑色小眼睛，像昨夜天空里闪烁的星辰。

孩子从我和小玉的背上溜了下来，挽着手，在高楼大厦鳞次栉比的马路上东张西望，喜笑颜开。这是一个完整的家。完整的家到海边的大城市来旅游。我感叹，中国越来越有希望了。

逛过了马路逛公园，逛过了公园逛海滩。海滩不在市区在远郊，全家打个出租一辈子头一回。夏日的海滩一片金黄。

我读中学时并非埋头数学，我喜欢西班牙诗人诺尔伽的诗，把诗人的《在海边》背得滚瓜烂熟还上台朗诵过。女语文老师听流泪了，对我说，"听说你数学很好，但是你应该读文科。"

我喜欢《在海边》这首诗但没有去过海边。这会儿到了海边，目睹这无边的大海和辽阔海滩壮观的景色真让我陶醉了。我和小玉牵着手漫步在海滩上，晓青和晓宇也牵着手在前面奔跑嬉戏，从未有过的悠闲自在，从未有过的柔情蜜意。我便情不自禁地高声朗诵起《在海边》来："在远方，大海笑盈盈……"

列车在奔驰。这是在回程的列车上。全家人都累了。

晓青换坐到我一边，伏在茶几上打瞌睡，列车咯噔咯噔地行进使得她时而有一点微微的晃荡，晓宇躺在他妈妈怀里睡着了，小玉也很疲倦，靠在椅背上，双眼眯缝，脸颊泛着一层红晕，双手搂着晓宇，一幅多么感人的母子图！

看着这情景我心中久久不能平静。这意境具有一种永恒的美感，我一直铭记在心，但却没有将自己这一美好的感受告诉过小玉。我想，人生有些看似平淡的事也不会再有第二次，像这样与她同行，永恒的美感留下的必将是永远的遗憾……

列车在中途一个车站停留了片刻又启动了。进来两个快活的青年人坐到过道那边的座位上。是一男一女，小伙子穿的是牛仔裤，白色文化衫上印着一行蓝色的英文 I love you。

我怀疑这小伙子识不识这句简单的英文，这是人类一切语言中共有的，最美好最富深情的词语，怎能随随便便地亮在胸口？我见过玩具店里棕黄色的小布熊的胸口也印着这行英文。

姑娘穿的是鲜红的短袖衫深红的短裙。小伙子将一只包扔到行李架上就拥着姑娘坐下。姑娘的脸也是红扑扑的对面坐着，这使得我眼前如同燃着一团火。小伙子掏出香烟和打火机很随便地放在台板上然后拿起打火机。姑娘抓住小伙子的手，小伙子把另一只手搁上，姑娘再搁上一只手。四只手合在一起摩搓。他俩没有说话。他俩相视而笑。小伙子抽出拿打火机的手，叭地一声打着了。火苗淡淡的。他另一只手被姑娘的一双手紧握着，他也许想抽烟但他没法取烟。无烟可点，他用打火机淡淡的火苗在姑娘的手背下面燎一燎，姑娘没有将手缩回去，她一口气将火苗吹灭了。小伙子笑了笑又将打火机叭地一声打着，火苗淡淡的。他又用淡淡的火苗燎姑娘的手背。姑娘不再吹灭它，姑娘任它燎。火燎手背能不疼吗？但姑娘的双手还是紧紧地握住小伙子另一只手，没有将自己被燎的手缩回去。燎了一下，又一下。小伙子将打火机灭了。小伙子将姑娘被燎的手抬起来，伸出舌尖在她手背上轻轻地舔一舔。然后姑娘就在他怀里扭动起来将红扑扑的脸凑上去，迎接小伙子的亲吻。旁若无人。那是绝对的旁若无人……

我不赞赏，但我不得不赞叹：时代真的不同了！

我们回到了江城，回到了青弋小镇。这是我陪我亲爱的妻子小玉，带俩孩子，唯一的一次出远门愉快的旅行！

三

我突然收到了皖江大学寄来的一封信。一封能让我最后一点希望之火重新燃起的信，看了理当欢欣鼓舞，而我看了却很伤感。如果是十八岁那年就好了。那年高中毕业我多么企盼能考进皖江大学成为一名大学生，但我收到的是不录取通知书！再加上了一个十九岁，三十七岁了，这希望之火还能重新燃起来吗？

那封让我既激动又伤感的信是林惠兰的来信。

望舒同学：你好！

国家恢复招研制度，我校招研工作即将开始，我系天体物理专业计划招收两名研究生，导师由我父亲担任。望你以本科同等学力前来应试。　　　　林惠兰

要说这是一封信，不如说是一份通知；要说这是一份通知，我却又觉得它情透纸背。漫长岁月这位女同窗不曾忘记我，还在关心我！一有动静，就想到我了！人间自有真情在啊！

我早已觉得数学物理相对论那一个个山峰我都爬不上去了，功课也丢了，我明白，现代科学已不是埋在草稿纸堆里能解决问题的了。需要先进的实验室，需要计算机，需要国内外大量的资料信息，冲进皖江大学这是最后的机遇了。可我三十七岁了！还有一个刚算得上温饱的家需要我支撑，算了吧。小玉看我犹豫不决的样子，就催我说，“望舒，你去吧，你委屈十九年了！”

我说：“我去读研究生，家里日子怎么过？”

小玉说：“天无绝人之路！家里的生活我承担，带两孩子苦一点没什么，你抓紧去准备吧。”

小玉对我太了解太贴心了，她愿以瘦弱的身躯承担家庭重担鼓励我走进大学！我去读研对她有什么好处？她只是为了让我圆

一个大学梦罢了！我激动地望着她说，“贤哉，妻也！”

妻子的鼓励是最大的鼓舞。我抓紧复习课程，整理了一篇几年前的学习心得作论文，题名为《谈引力波和时空弯曲》，报考天体物理很对路。我如期去应试。林惠兰出差开会我没见到她。过了十来天，林惠兰寄来了第二封信。来信用的是皖江大学信封，小玉以为是录取通知，兴冲冲地将信递给我。拆开一看：

展望舒同学：你好！

考研的成绩出来了，你专业成绩名列前茅，但政治考得太差，系里将为你力争录取。　　林惠兰

我说：“我政治是考得太差，出了考场心里就有数了，不录取也不亏，不像当年考大学，成绩再好也没希望。”

小玉有点失望，但还是说：“照这信上说，你还是有希望！”

小玉每天下班回家，第一句话就是问我，“录取通知来了吗？”

她对这事关心的程度远远超过了我。我说，“还没有。”

“不要急，肯定会录取你！”小玉说着就拿起粪瓢去菜地，我拎两只水桶跟在她后面已成习惯。到了菜地放下水桶粪瓢我俩先看一看，一畦畦青菜鲜滴滴一片嫩绿真可爱。

小玉望着我说，“凭学问你肯定能考上研究生，这我比谁都清楚！”接着她笑了笑说了一句很有文采的话，她说，“命运还不了你青春，一定会归你旋律！”

她随口说出这句话，我真听呆了！我说：“小玉，命运还不了我青春是肯定的了，什么是归我旋律呢？”

小玉说：“归你研究科学的旋律，归你一个知识分子的旋律！是你笔记本上写的，你自己倒忘了！”

是的！我想起来了！好多年前，我在研读现代宇宙学的基本概念时，曾在笔记本上记下十七世纪德国天文学家开普勒发现他的第三定律得益于一段和谐序曲的轶事，星体运行之间的各种比例关系是有节奏有旋律的，甚至是遵从和声规律的，任何科学的

真理也一定像动听的旋律一样美！联想自己，岁月蹉跎，一事无成，信手写下八个字的感言："还我青春，归我旋律！"小玉翻过我笔记本，她看不懂上面一大串的方程式，却把我的感言牢记在心！我太激动了！我三步并作两步跨到她面前，我一把抱住小玉！我把柔弱的小玉抱起来真是轻而易举！

我抱起小玉大声地说，"小玉，小玉！我的贤妻我的爱！我哪儿也不去！录取通知来了我也不去！我不能离开你！我要日日夜夜和你在一起！直到永远！永远！……"

小玉先是一笑，接着就流泪了！小玉边笑边流泪，又不停地叫起来，"你发疯啦！放下我！你快放下我！这是在什么地方！这不是在家里！这是菜地，是在河边！……"

我知道是在河边我没有放下她！我把小玉紧紧地抱在怀里！

"你疯起来不顾场合！"小玉收起笑容说，"望舒，我对你说，疯归疯，录取通知真的来了，你千万不能瞒着我！你一定得去读研究生！"她像下命令似地不容我分说。

河边洗衣的女人们转过脸来，不约而同地向我们送来善意的微笑，清清的弋河水掀起欢快的浪花从我俩身边流过……

四

皖江大学的研究生正式录取通知还没有到，出事了！

随着救护车的一阵阵尖叫声，我再次把小玉从青弋小镇送到了县医院。这回小玉不是临产了，小玉得了病。

那天小玉从粮站下班回家，先问一声，"录取通知来了吗？"

我说："还没有。"

"多少天啦怎么还没来？"小玉说着就又去菜畦边劳作了。我拎两只水桶跟上说，"小玉，你身体弱，不能再累了。"

小玉说："我身体弱虽弱，但我是累命，不累身上反而难受。你帮我提两桶水，没有你的事。"

我从清清的弋河里提了两桶水放在菜畦边，小玉往桶里兑了两瓢粪，想转到菜畦子另一边，她挑起一担粪水这也是平常事，可她扁担一上肩就打了个颤，她刚站起身来就连同一担粪水倒在菜畦上，粪水泼了一身。我赶紧跑过去将小玉抱回家，帮她换下脏衣裳，洗了身子放床上休息。小玉闭上眼不一会儿就一声惊叫！接着拼命挣扎大声喊，“望舒！快来救我！”

我想她是不是魇住了，我把她喊醒。小玉满脸渗出虚汗，说，“一个黑脸矮汉子凶神恶煞向我床边走来，有点像治保彭主任。他一下扑到我身上，我透不过气来，只得喊你救我！”

我说：“你别怕，我一直站在你面前什么也没看见。”

我叫小玉别怕，但看她脸上的神色问题很严重，我心里就发虚了。我把额头贴到她的额头上一试，滚烫！上小镇卫生所不行，我马上打电话叫了救护车，把小玉送到县医院。

到了县医院，邢若云立即帮忙找来内科主任一点没耽误，检查、化验，主任给了一句话，只讲了三个字：“快转院！”

血，顺着透明的细管一滴一滴流进她瘦弱的身躯里。

这是江城最好的医院，坐落在大江岸边，依山傍水，景色秀丽，是医学院附属的省立医院，有最好的医护人员和医疗条件。

这里的护士技术就是不一般，动作准确利索。静脉，一针进入。回血。针头贴上胶布，解掉捆胳膊的橡胶细管，血，顺着透明的细管往下滴，生命缓缓地无声无息地回到她瘦弱的身躯里。她好像有了一点知觉，微微睁开眼。眼前是白茫茫的一片，白色的门窗，白色的墙壁，白色的床和被褥，应该说还有她自己白纸一样的面容。这世界太苍白了。

真难说她得了什么病。她是被折磨的。从盲流少女，到代右派养母受训话，接下去是被监视的家属，受了多少磨难和屈辱，然后又是贫穷困苦，累死累活的岁月，小玉挺不住了。

小玉得的什么病，医院查出来就是一个晴天霹雳！女主治医生把我喊到病房外面说，“你爱人高烧不退，先做一般的对症治疗，从血象看，可能患的是血液毛病，我们安排明天做骨髓穿刺，抽髓化验，等骨髓化验结果出来就能确诊了。你要有思想准备。”

我一听，完了！我听说过的几种血液病都是不治之症！我在病房外面呆呆地站着，也不知站了多久，是前来给小玉打针的护士碰了一下我的胳膊，我才跟着回到病房站到小玉的面前。

小玉的脸红彤彤的显然还在发烧，她有气无力地问我，“大夫喊你怎么说？你去了这么长时间……”

我说：“大夫说要做进一步检查，然后对症治疗，我刚才是去办一点手续，耽误了时间，你千万不要着急噢！”

我劝小玉千万不要着急，而我自己却焦急万分，等待一纸定生死的骨髓化验单只要三天时间，我却感受到什么叫度日如年！

第三天下午，主治医生递给我一张附有骨髓化验报告的诊断书，我双手接过来索索发抖不敢朝诊断书上看一眼……

主治医生看我抖抖索索的样子就直截了当地说，“你爱人患的病已经确诊了，是白血病，急性早幼粒细胞型的，是白血病中最难对付的一种类型，这病拖不长，你就把她转到上海大医院也没法治，国外试用骨髓移植，据报道能治愈白血病，可是国内目前还不行。暂时不要对你爱人说，怕她受不了。”

这不就等于向我宣布，小玉没救了吗？

是的，小玉没救了！受不了的首先是我！可怎么受不了我也得受着，我必须顾小玉！只要小玉还有一口气，我就要顾小玉！我让泪水往心里流，脸上留给小玉的是没事一样的平静。

我对小玉说：“病情诊断出来了，是血液的毛病，但也就是感染了，大概是你平常没注意的缘故吧，这医院条件好，我们配合医生治疗吧，很快会好的。”

我一直不离小玉，晚上就伏在她病床边打打盹，半夜要给她量体温。日复一日，把同病房的两位素不相识的老太太感动了，一位是大学的老师一位是农妇，她俩都对我说，“你这样下去会生病的，你和你爱人睡一起吧，我俩是老人了，不计较的。”

我很感谢两位老太太的关怀，但我还是每晚都伏在小玉的病床边，后半夜太睏了，我就和衣偎在小玉的脚头。

我白天服侍小玉三餐，我看医院食堂的饭菜她吃起来不香，怕营养跟不上，都说老鳖能补血益气，我接连几次上街买了老鳖，躲到山坡边上野炊炖汤，小玉连汤带肉全吃了。

小玉情绪稳定些，果然体温也有所下降。我就有点高兴，但主治医生很负责任的一番话，又如同给我临头浇下一盆冷水！

主治大夫说：“现在所有能用的药物全用上了，你爱人的病情有些缓解，过几天肯定有反复，接下来也就难治了。”

小玉不知自己得的是重病，说心里老想着有一种草药可以治好自己的病。这是病人企盼痊愈的心理反应。小玉是病得糊里糊涂说这话的，我却深信不疑转身去找一位江城有名的老中医。

老中医听我讲了小玉的病情后说，“我能治好你妻子的病，好多高级干部都找我看病呢！我有祖传的秘方就是一种草药，你妻子病危在床上怎么会胡言乱语说一种草药正好说对了呢？这就神了！我这祖传秘方就真的神了！”

老中医神秘兮兮的，我喜爱的科学相对论显得无能为力。他拿出一棵药草样品给我，说，“这种野草，绿色的叶，绿色的茎，连毛须须的根都是绿色的，但我这样品不行，入药必须是新采的，只在深山里有，这时节大雪封山你得等来年春天才能去采。”

我说：“我要救妻子的命，冰天雪地也能融化！”

我请示了主治医生，她说这白血病眼下没药治，能缓解一阵子不错了，也就同意我弄些中草药试试。

我乘车路过小镇，把家里孩子安顿了一下，就来到山区，果然大雪封山。我心急如火但雪山无情，丝毫没有融化的迹象。时不我待，只好踏雪上山，白雪皑皑的路上只有我孤独的身影在艰难跋涉，山坡上留下一弯深深浅浅的脚印。一直走到傍晚我筋疲力尽倒在雪地里。这时我看到山林里有一丛野草是老中医说的那药草。再望前面，一大片同样的野草，在白雪的映衬下显得鲜绿鲜绿，透着勃勃生机。我爬起来，又跌倒，我拖着沉重的身子拼命往前爬。我使出最后一点气力终于抓住了那草药，我采下了大把大把野草，但我再也爬不起来了……

天上的雪还在纷纷地落，渐渐地将山坡上的脚印全部掩没了。

雪花飘落在我身上，越积越厚，渐渐地将我整个地掩埋了，像盖了一床厚厚的白色被褥，很暖和，只有我手中紧握的大把青青的野草露在积雪的外面，显得更加鲜绿，闪着生命的光彩……

雪停了，太阳出来了，雪山的太阳明亮耀眼，整个世界温暖如春。我奇迹般地回来了。我把那草药洗净，炖给小玉喝，小玉喝得满头大汗，小玉的脸顿时红得像朵花……

小玉说："望舒，这两天你去哪儿啦？把我急死了！"

我说："没走远，回了一趟小镇，家里看一看，把俩孩子安顿一下，免得你担心。"

小玉问："你还上哪儿啦？"

我说："我……我上……"

小玉说："你别瞎说了，你又不会撒谎。我已经知道了，你是信了我发烧时说的一句话，问了老中医，就冒雪上山采草药去了，差点儿丢掉你一条命！"

我说："什么丢掉一条命？我不好好站在这儿吗！"

小玉说："是主治大夫告诉我的，她同意你去的，她说，我有这样的好丈夫，要受到鼓舞，与病魔作斗争！"

我说："是的，是的，一定要与病魔作顽强的斗争！"

小玉说："望舒，我喝了你为我采的草药，病就会好的。我想抱你一下，但我抱不动你了。"

我说："小玉，你抱不动我，还是我抱你吧。"

我坐到病床边，将小玉轻轻地抱进怀里。

小玉望望我又说，"我还想学你的样子对你说一句话……"

我说："想说一句什么话？你照说！"

小玉还未开口就流泪了，哽咽半天，才断断续续说出来，"贤哉……夫也！……我要和你……永远……"

我流着泪接上说："永远在一起！……"

但是，小玉的病没有好。是A型，A型血，一点儿也不错。小玉看到了白色木架上吊着的血浆袋，血浆顺着透明的橡胶细管一滴一滴向下流淌，是红的，殷红色的，她意识到了自己的生命还没有远去。那一点一滴的红，渐渐地扩散，扩散，红了，全部红了。红色的门窗，红色的墙壁，红色的床和红色的被褥。应该说还有她自己像火一样鲜红的面容。这世界太红艳了，她透了一点儿气。她听到有人在喊她。轻声地喊她的名字。

“小玉！小玉！”这声音她很熟悉但想不起是谁。是他吗？是他来了吗？她心里没有别人，只有一个人。——那就是我！

小玉见一个男人站到床边，红色的脸膛，红色的衣裳。他俯下身去亲吻她，十分轻柔地吻她的额头和她那血红的嘴唇。她一点也不能动。她想伸出双臂搂住他的脖子，却没有动一动的气力。她多么希望他就这样，就这样轻柔地永久地亲吻下去，可是大夫过来了，他不得不转过身去。——那就是我！

进来的是主治医生，一位中年女大夫，医术很高明，治病很果断。大夫递过一张纸，一张薄薄的纸，男人接过去盯视着，就像凝固的冰雕般一动不动了。——那就是我！

那张纸从男人的手中飘然落地……

然后，那冰雕般凝固的男人就融化了，就蒸发了，就消失了，站在床前的只是一个白色的木架，上面吊着一个血浆已经滴尽的空空荡荡的半透明的塑料袋。流入静脉的殷红的血浆瞬时间变成淡红色，然后又变成水一样清淡的液体在她全身的血管里缓慢而无力地流淌。她又回到了一片苍白的世界……

主治医生递给我的是病危通知书！警铃叮零零地响了。

大夫护士紧张地穿来穿去，用小车推过来瓶瓶罐罐塞满床边。抢救、抢救。小玉微微睁开眼，她终于清醒了。

我一口气还没松过来，主治医生对我说了一句，和赵老师临终时医生所说相同的话：“有什么话，让她抓紧说。”

我泪如雨下，但我不能哭出声来！我擦掉眼泪，抓紧转身把两个孩子牵进病房。他俩是我托人带来的。

看见两个孩子来到她病床前，她的泪水就簌簌地往下流。她说："妈妈的病治不好了，你们不要伤心，我有话和你俩说。"

两个孩子点点头，乖乖地擦擦眼泪。

小玉说："雪还在下吗？晓宇乖儿子，你去把那边的窗帘拉上，窗外的雪光有点耀眼，窗缝里也钻冷风，那边病床的奶奶看上去有点冷，你去把窗帘给拉上。"

晓宇点点头转身去了。

小玉说："晓青好女儿，我先和你说，你要好好念书，要带好弟弟，要帮着做些家务，里里外外都靠你爸爸他也太累了。还有一件事不能不和你说，你是个女孩子，已经十三岁了，过一两年就会有一个叫例假的朋友来找你玩，你不要惊慌，也不要到处瞎说。你把耳朵贴过来，妈妈告诉你怎么办……妈妈不能照顾女儿了。"小玉贴着晓青耳边说着说着又不禁泪下。晓青直点头。

晓宇拉好窗帘走回来，小玉拉住晓宇的手，说，"晓宇乖儿子，你十一岁也不小了。你很聪明，学习成绩非常好我很放心，但你有点顽皮，天黑了不要出去打游击让你爸爸急着到处找你。"

晓宇点点头。他看妈妈在流泪自己就想哭。小玉将儿子拉近一点，用手整整他的上衣说，"这件棉袄小了点还掉了一只纽扣。回家后让姐姐找一粒给缝上。小事少烦你爸爸，懂吗？"

晓宇晓青一同点点头。

小玉说："你们回去吧，我的好女儿，我的乖儿子，丢下一对人我死也瞑目了。你们跟着爸爸，再苦再累他也不会让你俩受委屈。我非常了解他，你们好歹要听爸爸的话……"

晓青说了一句，"妈妈，你放心！"就忍不住哭起来。

晓宇也跟着说，"妈妈，你放心！"也流起泪来。

小玉实在看不下去了就流着泪挥挥手说，"晓青好女儿，晓宇乖儿子，你俩抓紧走吧！你们一定要听爸爸的话……"

两个孩子走了，小玉要对我说话。

小玉说："雪停了。雪停了天会晴吗？我真的想见一会儿太阳。我今天怎么这样清醒呢？好像精气神儿也有了，你过来，坐到我床边，我有话和你说。你一直不告诉我得的什么病，怕我受不了，你不用再瞒着我，一切我都知道了，是大夫告诉我的，就是那位内科主任，女大夫，她告诉我，我患的是白血病，无论是西药还是中药，目前都不能成功地治疗这种疾病。她说只能寄希望于医学的进步了。可是我已经没有时间来等待这个希望的实现，我要走了。我们在一起清清苦苦，平平淡淡地生活了十几年，好像一眨眼就过去了，如今就要分手了，真舍不得离开你呀！

“只要一清醒我就想，不分白天黑夜地想，终于想通了。我就这命。这医院真好，准许家属陪伴危重病人。你白天服侍我，夜晚就偎在我的病床边没睡过一个整觉，我住院三个多月，你陪伴我三个多月，只离开我两天还是去为我采草药，我一生中最后的时光有你在身旁，我心满意足了。你再过来一点，快过来呀！趁我这会儿清醒的时候，和你多说几句。你问我什么？问我有什么要求？没有，没有。我只求你一点，在我临死的一刻，你一定要搂住我，我要在你的怀抱里离开这让人留恋的世界……

“我要走了。我走了你带一双儿女日子怎么过呢？你苦了半辈子，刚刚喘过气来，又中年丧妻了。你的命为什么也是这样苦呢？你那么有事业心，又那么喜欢孩子，可你饭也不会烧，衣也洗不净。你快点把我忘掉吧！人死如灯灭，你要想得开。你一定得重娶一个女人。快一点找，不要拖。不要看人家长相，找一个心善的帮你拉扯孩子。还有你自己，你是个离不开妻子的男人。你别不好意思，我在给你交心呢！……

“我在想着一个女人，我知道她对你不错，而且是品行很端正，挺合适的，我早就留着心了。你应该告诉她，我赵小玉在临死前向她表示祝福。你们要是能到一起，照顾孩子照顾你，我在阴间永远保佑她！这三个多月躺在病床上我想的就是这件事。我要走了，我什么都放得下，就是放不下你。你靠近我一点，耳朵贴过来，让我轻轻地和你说，她的名字叫……”

我不知道小玉要说的这个名字是谁？在平日她是不是发现哪个女人对我有什么意思？曾经和我有一点意思的几个女人的故事

连同细节都向她抖落过好几回了，她十分的信任我。难道她对我还有一点保留？她是一个将去的人了，最后一点留言，我一定要倾心聆听！她说了，她清清爽爽地说出一个女人的名字来！我很震惊。这是个无话可说的好姑娘，但对我并没什么意思这我很清楚。小玉临终说出她的名字，对我的关爱真是到了极致！此时此刻不容我分说，我又不能对即将离去的爱妻撒一个善意的谎言，我说，“她是个很好的姑娘，但我配不上她。我知道你的心愿就是了……”我说不下去了，泪水止不住地往下流……

小玉的手有一点动，我觉得她是要枕边的手绢，就递给了她。她无力地拿着手绢却向我伸来！哦！她是要给我擦眼泪！天啦！我的泪水更加簌簌地流下来！小玉给我左眼擦了一下，又擦了一下我的右眼，我赶紧握住她颤巍巍的手，我埋下头，将她冰凉的手贴到我热泪纵横的脸膛。

静默了片刻。小玉接着说：“你能抬起头来吗？我想仔细看看你。我怎么看不见你了呢？我眼前是红糊糊的一片，我什么也看不见了。我的一双眼睛什么也看不见了！现在黑了，全黑了，黑茫茫的一片。这就是内出血吧？大夫说白血病患者很多死于内出血。天啦！我的眼睛瞎了！怎么让我瞎着眼睛走呢？

“我认命了，可我的命怎么这么苦呀？认了命我还是不服气！这太不公平了！我才三十六岁呀！我多么想活下去！我不想离开你！真的不想！你再贴近我一些，你听，这是什么声音？滴嗒滴嗒，滴嗒滴嗒，死神的钟。死神的钟摆怎么这么快呢？滴嗒滴嗒，滴嗒滴嗒，怎么不能慢一点呢？我还有好多话没说完呢。慢一点，慢一点。停下来停下来，让时间停下来，就这样，和你永远紧贴在一起。噢，记得你说过，时间停下来就是死亡。没有了时间，也就没有了过去，现在和未来，一切都是幻觉而已。我一直听不懂你研究的学问，这会儿才好像有点明白了。我的生命之钟就要停了。我没有时间了。你快点搂住我！你搂住我了吗？……”

没有警铃的刺耳的叫声，大夫和护士不再穿来穿去，一切抢救手段用上都毫无作用了。小玉的嘴唇翕动了两下。小玉又说话了。是小玉的灵魂在离去时的留言，当然只有我一人听得见。

小玉说："你一直依在我的床头，医生嫌你碍手碍脚，但你一刻也没有离去。大夫说你起来吧，她已经不行了。是的，我真的是不行了，呼吸和心跳都已经停止。可你还是不起身。你将一只手臂从我的背后伸进去，扶住我的上身，实实在在地搂住了我。在那个月夜你也曾这样，但我有点忸怩，不曾允许你紧紧地搂抱我，后来我好后悔哟，但是我没好意思告诉你。在这生命的最后时刻，我想告诉你，我脑海里残留的不是艰难困苦，不是委屈悲伤，只留下那最初的晚上，夜色多么美丽……

"这会儿你紧紧地搂抱住我，死与生一样的舒坦极了。你把脸贴到了我的脸颊上，我的一双没有光泽的什么也看不见的眼里，慢慢地流下两颗寒光闪闪的泪珠。这是我对你最后的表白和奉献。难道我还有少许的感知吗？我感到你是用那月夜亲过我的笨拙的嘴唇，将我眼角最后的两颗泪珠，吮了。然后用手轻轻地将我的眼帘抹下。我永远地闭上了双眼。

"听不到你的呼喊，听不到你的哭声。你很平静是吗？只是有两滴泪水，热的，温热的，滴到我如冰的脸颊上。不要再拭掉！这是你给我临别的热泪，我要带去！我无怨无悔地走了。分手吧我的好丈夫！岁月悠悠，多自保重。两个孩子，累你了！……"

五

小玉去世后开了一个小小的追悼会。在万分悲痛的心情下我当即写了一副挽联。一个不善诗文只会做算术题的我，当然语不惊人，只写了一点真感情。那挽联是这样写的：

贤妻小玉一路缓行

待到儿女成才日

奈何桥上接夫君

愚夫　望舒　泣挽

参加追悼会的亲朋好友都痛惜小玉的早逝，也为这副挽联多洒了几把泪水。连小镇上过往观看的人都说，没想到，文化站那个借书借报唱董永的展老师，还真是个少见的讲情讲义的人！

袁部长带我引见的县文化局长和文化馆长后来都对我不错，他俩也来参加了小玉的追悼会，给予我诚挚的慰问，后来局长还告诉我，他当场就被我写的挽联感动了，而且背熟了，带回去背给他爱人听，对他夫妻感情的加深起了上好的作用。

真情总是能感人的。我并不认为这副挽联必定会兑现，在儿女成才的年头准时赴约奈何桥再见到小玉。但宇宙之大，偶然必然，必然偶然的事也是有的。人多一分情，心多一个结。

在小学校后面的田野里有一个不起眼的小土丘，那是埋葬赵老师骨灰盒的坟。追悼会后，我带两个孩子，将小玉的骨灰盒埋在赵老师的坟旁，我说，“让她们母女二人永远相伴吧，那是永恒。”亲朋好友们陪了我们去，都说安葬在这里很合适。

清明那天，我带两个孩子去给小玉上坟，在坟前树起了石碑。碑文是以晓青晓宇的名义给母亲立的。

接下来，我做的一件事就不像一个笃信科学的展望舒所为的了。把石碑树好后，我对两个孩子说，“你们跟我走，我要带你们去做一件事。”晓青和晓宇也不知上哪儿就跟着爸爸走。

走完了几条田埂，上了公路，然后翻过一座小山坡，穿过一片密密的桃树林，来到一条黄土公路旁，遇上一辆农用机动车，我们上了车，突突突，突突突，颠颠簸簸到了一个山坳里。下了车，两个孩子随我进了村，走进一间低矮的草屋。

屋里很阴暗。一个脸色苍白的老人见我来了，立刻佝偻着腰站起来迎接。那老人轻声说，“展会计，你来啦！”

农村情况我熟悉，老人喊我展会计是因为他最尊重的有文化的人就是生产队的会计，村上民办小学的老师没人瞧得起。他说，“展会计，给你做好了，是就地送，还是带回去送？”

我说：“老人家，我带回去送。”

老人还是轻轻地说：“阴间无界，在哪儿送那边的鬼都一样照收，你还是就地送安稳。你带回去送，路上要当心。”

我说：“我们跟机动车回去，三个人把灵屋扶好就是了。”

老人说：“我不是要你当心路上的风。我是怕你犯错误。”

我说：“我妻子人都死了，我还怕犯什么错误！”

那时刚刚改革开放，丧葬活动还没有大规模的复旧。城镇的纸扎店里只敢卖花圈，不敢卖灵屋。我打听到了在这偏僻的山坳里有扎灵屋的，就来了。灵屋扎得很好看，白墙黑瓦朱红门窗是有阳台加栏杆的楼房，很气派，屋内摆设齐全，后面是砖墙院子。真不敢想象是出自那个佝偻着腰的老人之手。

农用机动车突突突，突突突，我们颠颠簸簸回到了小镇。

我将灵屋放在小玉的坟头前，擦根火柴，灵屋吱吱地烧起来，气氛顿时变得很肃穆。灵屋在火中化为片片灰烬，随着一股热气升腾旋转，飞散开来。冥冥中一幢楼宅便飘然而去。袅袅烟火间隐约现出小玉凄婉的面容……

晓青突然跪下来哭了。晓宇也跟着跪了下来，也放声哭了起来。这时，在我们身后传来一个女人的哭泣声……

我回头一看，原来是邢若云！

邢若云和小玉的关系非同一般。邢若云那天参加了小玉的追悼会和骨灰盒的安葬，自己很伤感。她隔三差五回小镇就独自去小玉的坟头洒几滴泪水。这天听说要给小玉烧灵屋，她想这种事自己应该陪同展望舒一起做，也就乘车赶来了。

邢若云将晓青晓宇扶起来轻轻拉到怀里，给他俩擦擦眼泪，自己的眼泪却怎么也止不住了。邢若云给我的印象一向是乐观开朗，喜欢说几句俏皮话，她哭成这样子那是对小玉真有感情。

邢若云说：“展望舒，真没想到你会给小玉烧灵屋，你是个知识分子我知道你不迷信，我看出你心好。我要是死了，不会有人给我烧灵屋。我哭自己的命还不如小玉。”

邢若云是县医院的医生，丈夫是公社书记，小镇上的人上人，怎么说自己的命还不如小玉呢？怎么会想到以后自己死了没人给自己烧灵屋呢？我很奇怪。但我没有问她，只是搁在心里。

没过几天小玉来了。小玉音容笑貌和往常一个样子，她说房子收到啦，很宽敞。只是报个信就走了，她情绪很好，说有了房子就有了归宿，还想找个伴，在那边过日子。

是梦。我醒来时这印象很深。小玉怎么会另外找个伴呢？梦是潜意识，我做梦当然是我的潜意识，我连做梦也在为自己重建新生活寻求心理平衡了。小玉临死前那样谆谆嘱咐我，要我重找一个女人，真是太痴情。活着的人总会千方百计解脱自己。

以后记着，将死的时候千万别为活着的人犯愁。

我把这个梦告诉了晓青和晓宇，但没有向孩子们透露梦中的小玉提到在那边有了归宿想找个伴的细节。

我说："晓青、晓宇，我昨天夜里梦见你们的妈妈啦！她和往常一个样子笑嘻嘻地说房子收到啦很宽敞，你们的妈妈跟我过了十四年苦日子，住的是破旧的老屋，她在另一个世界能有一幢楼房，是我的心愿！我决定不买花圈买灵屋，到你们的妈妈的坟前来焚烧，你俩肯定很惊讶，爸爸是个追求科学的人怎么也闹起迷信来了？其实迷信也是一种文化、一种精神，世界上任何一种迷信都只是为不同信仰的人编织梦幻而已。"

我说："你们是学生，学校老师常跟你们说科学和迷信是对立的，水火不相容的。你俩不理解爸爸怎么把科学和迷信搅到一块儿去了呢？我有责任向你们做出解释，爸爸永远是个追求科学的人，只是我觉得灵屋和花圈都是纸扎的本质上没什么区别，将它们烧了，都是活着的人寄托哀思罢了。至于我做了这样的梦，那是千真万确的。梦遂人愿，是潜意识的表达，不是迷信。日有所思，夜有所梦。而我等的就是这个梦！"

晓青和晓宇听了有所感触，还是不太理解。但自从那次对妈妈的悼念活动包括烧了一座灵屋以后，姐弟俩像卸下了一副担子似的，精神显得轻松多了，按时按点去上学。

研究生录取通知书来了。是林惠兰寄给我的，并附言：

望舒同学：你好！

我将你的考研论文《谈引力波和时空弯曲》推荐给了《皖江大学学报（自然科学版）》，该刊已决定采用。

林惠兰

前阵子小玉每天回家第一句话就问我，录取通知来了吗？通知书真的来了，小玉却看不到了。——小玉的遗像高高地挂在老屋堂间的墙壁上，那是小玉生前拍的最好看的一张照片放大的，真是楚楚动人，瘦削的脸上略带一点微笑……

六

时值中午，我回到了魂系梦绕幽静可爱的青弋小镇。

我想先去看看我心中最留恋的老屋吊脚楼。青砖小瓦，大门是实木做得很厚实，油漆早已脱落，裂了几条细缝，仍旧相当坚固，门里面是三道门闩，门外正面挂着两只青铜小狮子，口吐圆圈的门耳做工十分精致，连那推门时的“吱啦”一声，那音响真是浸透了小镇人居家过日子的温馨。老屋吊脚楼是我和小玉十几年夫妻日夜相伴的所在哦！院子外面河埂边坡上还有我做成畦的菜地，小玉种的一畦畦青菜长起来鲜滴滴，一片嫩绿多可爱。我至今不忘。但是那陈旧的老屋吊脚楼已经被拆了！

一打听才知道，是一位发家致富的农民买下文化站的地皮，拆了老屋，临河建起了一幢三层别墅。小别墅后门依旧对着河面还砌了高高的阳台。我贸然造访，主人却热情地接待了我。泡茶敬烟我都谢了，主人请我到后门走上高台观赏。我知道这高台之下水深流激，但高台设有不锈钢的护栏，既美观又安全。我呆呆地看着河水打着一个又一个漩涡向远方流去！我再向两边一望，

沿河外侧的一排吊脚楼全拆了只留下空空荡荡峭壁一般的河堤！

主人说：“我造这濒河别墅是看中这儿风水了，也正好遇上县里开发开放，计划把青弋小镇建成风景旅游胜地，沿河一排吊脚楼全拆掉建成和我这一样的河滨别墅，可以赚大钱！”

我十分遗憾地笑了笑，和主人握手告别。

我上了河埂。河埂上，公社那十几间青砖黑瓦的平房围成的四合院不知去向，再朝河埂内侧一看，我愣住了！

我看到的是两条水泥马路十字交叉，街面两旁，全是一色的两层商住楼，平面，毫无立体感。那老式店铺鳞次栉比，古色古香，街心铺满青石板的小镇已荡然无存！

沿河一排吊脚楼全拆了，青石板的老街不复存在了，青弋小镇要建风景旅游胜地，还有什么特色呢？

社会总是要进步的，只怪我过于怀旧罢了！

我站在河堤上，依依不舍地最后再看一眼青弋小镇，十几年变迁，小镇的面貌虽已今非夕比，但远远望去，清清的弋河水还是和往日一样在静静地流淌……

我来到了小学校后面荒草萋萋的土丘上。我站立在小玉的坟旁，小玉坟的左边是我岳母赵老师的坟，她俩生死都是相依为命，也算是小镇绝唱了。我向岳母的坟深深地鞠躬。

我转身走到小玉坟的右边，那是几年前的一座新坟。那儿埋葬着另一个女人的凄惨故事。我双手捂住脸，为一位善良而不幸的女人流下泪水，并向她默默致哀。我似乎觉得她就站在我身边，我转身看时，却没有。只是远处的天空，飘着一朵云……

第七章 一夜风流

一

我站在老屋堂间里，呆呆地望着挂在墙壁上的小玉的遗像，我手中的皖江大学研究生录取通知书连同林惠兰的一纸附言，飘落在地上。我的眼泪也滴在地上……

我怎么流泪了？小玉走了，我怎么变得软弱了呢？原来，在一个家庭里，是靠女人的支撑，男人才显得坚强，才能称得上汉子。一旦失去了女人，男人也是弱者，什么大事也办不成！

“爸爸，你要去上研究生吗？”晓青伤心地问。

“爸爸，你要丢下我和姐姐吗？”晓宇可怜兮兮地问。

我去读研究生，谁来带两个孩子？我不禁自问。我蹲下来，搂过两个孩子说：“没人带你们，我不去上研究生了。”

晓青用小手绢替我擦擦眼泪，然后将落在地上的录取通知书和信捡起来交到我手中，说，“丢了这机会太可惜，爸爸要么你还是去上学吧，我在家带弟弟，你周末回家看我们就行了。”

十三岁小女孩说话像个小大人，听了真叫人心疼。我将两个孩子搂得更紧，说：“晓青、晓宇，我上哪儿也要把你俩带着，爸爸永远和你们在一起。”

两个孩子激动得直点头，泪珠还挂在脸颊上，两张小嘴就笑开了，但是笑得让我感觉更揪心。

这时，在我们身后传来一个女人很亲切的笑声……

我站起身回头一看，原来是邢若云！

“我进门好一会儿了。”邢若云笑眯眯地又像往日一样说起俏皮话来，“早就听小玉说过，你一心想考研究生要把失去的青春夺回来，这一下如愿以偿考取了，我应当祝贺你！展望舒，你这人还真不简单，十斤重的胖头鱼我还差点把你扁看了呢！”

我没有说话，我向邢若云点点头。

邢若云说：“我心里很高兴，但跟你说真话不是为你高兴。今天算是看到你家两个孩子开了笑脸啦！我这做姨的还能不高兴吗？要我说你展望舒这就不像个男子汉了，还让晓青给你擦眼泪！小玉去世你眼泪流得还不够吗？往后的日子长呢，你怎么过？”

我说：“不，不，我不是为小玉，是为……”

邢若云将桌上放的录取通知书拿起来看了一眼，说，“说来说去不就是为这事吗？我帮你解决！两个孩子交给我，你去上你的学，等你拿学位，夺回了青春，别忘了让我好好瞅一瞅，我倒要看看，一个拉板车汉子的青春到底有多帅？”

邢若云说的虽是俏皮话，但她说话时双眼盯着我，那眼光里传给我的真心诚意是不容置疑的。可她有自己的家庭，我怎能依赖她照顾孩子呢？我做出了不去上研究生万般无奈的决定，但这份录取通知书和林惠兰的附言给了我精神上巨大的鼓舞是不言而喻的！我把研究生录取通知书贴在小玉遗像下方的墙上，意在让小玉看看，她特别关心我的这件事，终于有了圆满的结果！扪心自问，当然我还有另一层想法：十八岁参加高考，我考出优异成绩收到的是不录取通知书！如今三十八岁了，以同等学力考上了研究生，这是对我多年来勤奋自学最具权威性的肯定，是我的骄傲，我为之自豪！我感叹，时代真的不同了！我面临前所未有的艰难困苦只是因为爱妻早逝，怪不得别人，怪不得社会！我展望舒命中注定一辈子要在崎岖的路上负重远行，如果我还像个拉车的汉子，只有奋斗！不能趴下！后面还有很长的路要走……

冬天过去了，地上的积雪融化了，院子外面河埂边坡上的菜地里散落的菜籽冒出几棵青菜稀稀落落。后来起了苔，开起黄黄的花更是稀稀落落参差不齐。菜地荒废了，但我有时还走出院子到菜畦边看看，隐约看到小玉的身影挑着满满的一担粪水进了菜地。在黄昏的暮色里，那肯定是我神情恍惚所致，我很悲伤，于是小玉就放下一担粪水，走到我身边，轻声地喊我："望舒……"

我说："小玉！你又回来啦？"

小玉说："我去世一年多了，你怎么还不成家呢？你一天不成家我的魂就一天离不开你。你找了女人，我就不回来了。"

我说："不是我不想找，是正赶上新时期，政策好了，我得抓紧时间看书，写文章。不去大学读研究生，物理、数学的高峰我是爬不上去了，我必须另走一条路，我不能把我已有的数理知识浪费掉，我写一点科普，文艺性的科普，也就是科普题材的小说剧本之类。也算我钻了个空子。科学家教授们忙科研，无暇写文艺作品；缺乏科学知识的作家们还写不出科普的作品来呢。反正在这小镇文化站里上班无所事事，我不能混日子。"

小玉说："文化站干事也是国家干部，混混算了，也不能误了找女人的大事！你都三十九岁了！就这么孤单下去？"

我说："没遇上合适的，也就是说没有人对我有真感情。"

小玉说："没人对你有真感情？小镇上早就风言风语了！你还说没有？是你没动心，可人家早就瞄准你了。我给你认真琢磨了，你俩也缺做夫妻的缘分，她眼下还有丈夫，少和她接触也好。"

我说："我知道你说的是邢若云。她有丈夫，容不得疏忽。"

小玉说："问题出在她长得太漂亮，不仅在小镇上，就在小县城里也是出了名的风流女人。大干部小干部在她的石榴裙下栽倒了好几个。还有更难听的……就怕她缠你缠得紧，你抵挡不住，以后惹麻烦添苦恼。不过，她能瞄准你也是动了真感情不是随随便便的，你抵挡不住倒霉也没办法，人倒霉也是命。"

我说："也不能说就是她缠我。你去世后她帮了我不少忙，我对她很有好感。我不能仅凭那些绯闻就拒绝和她来往。"

小玉听了叹口气，说，“我看啦，你还是抓紧回市里去吧，看看能不能躲得过她的纠缠。你带着一儿一女回去吧！”

我说：“我早就想调动，可调到市里谈何容易？跑县衙门办调离，还要跑市里办接收，奔波好几趟了，丝毫没有进展。”

二

小玉刚才在荒废的菜地里谆谆嘱咐我与邢若云少接触也好，其实，要把责任推给邢若云真不公平。小玉去世后，邢若云流露出来的对我和孩子的真感情也是其他亲朋好友无法相比的。她开始来得少些，逐渐就来勤了，每星期来一趟成了定规。她来到我家先和晓青说些悄悄话，女孩子的事她关照起来显得自然而亲切。再看晓宇的罩衣裤子是不是破了，身上有没有拉掉的纽扣要缝，然后进房间看看，床上的被子怎么这么脏？邢若云说着就掀下来帮着洗。丝毫没有什么风流的言语和举动。一个排除了外界风言风语的，我亲身感受到的善于助人也颇为稳重的邢若云渐渐在我的心目中很自然就占据了独有的位置。这样一年下来，问题有了一些发展，我也听到过一些小玉所说的风言风语……

问题的关键不在于经常到我家来帮着做点家务，是邢若云不该在这期间和自己丈夫分居闹离婚，只带一个女儿叫春英，两人过日子。还有一点很重要就是邢若云喜欢微笑。女人的可爱全在于微笑，男人往往这么想。于是邢若云就有几分可爱。她三十五六岁，脸蛋白里透一点红，是瓜子型的，确实很漂亮。微微一笑，甜丝丝的，还有相当的魅力。

是旗在动？是风在动？还是心在动？这就说不清了。这件事引发我写了一篇关于禅宗的相对性思辨的科普文章。

就是小玉谆谆嘱咐的这一天，邢若云又面带微笑来到了我的家。进了门就说，“大学者，你又在做什么大文章？”

“噢，若云，你来啦！”我见邢若云进门马上精神一振，就把小玉的嘱咐抛到九霄云外。活人和活人的对话总是生气勃勃，语音很响亮，不像和小玉谈心那么虚幻缥缈，捉摸不定。我把桌上的书稿整理整理，热情地回答道，“我正在写一篇科普文章，题目叫《浅谈相对论和现代宇宙学》。”

她说：“又是什么科学相对论！这理论可有什么实际用途？”

我说：“不像你们医学理论那样，能直接指导医疗实践，在临床上起到立竿见影的效果。理论物理是一门基础科学，特别是像相对论这样的理论……”

真要说起相对论，邢若云当然没兴趣，她的来意也不是要听什么相对论讲座，就打断我的话，说，“一说到相对论，你就没个完！好了，好了，快把你家一个星期换下的脏衣服全部地、绝对地——不要相对地，——统统拿出来吧！”

我马上取出一堆脏衣，说道，“你在县医院那么忙，星期天还过来为我们操劳，真不好意思……”

“拉倒吧！都给你们洗一年多啦？还不好意思？”邢若云说，“说到底你是没把我当自家人！我要你去上研究生，两个孩子交给我，你也是不好意思，把个难得的机遇轻而易举地就放跑了！只能做科普了吧？在文化站办点科普小展览，能实现你的理想把青春夺回来吗？我不是泼你冷水，展望舒，你要现实一点，你还不好意思？你一个大男人拉扯两个孩子我不给你来帮帮忙，你科普也普不下去！不信等着瞧！不说了。”

邢若云说了一番推心置腹的话，接着就像是这个家庭的主妇一样操作起来，她翻了翻脏衣服说，“晓宇的罩衣和裤子又破了，洗了还得补！”转身进卧室看了看，说，“你床上的被子垫单怎么这么脏？掀下来洗吧！”

我跟在邢若云后面，马上掀了被子垫单，随和着说，“是，是！是要掀下来洗了。”

邢若云说：“把洗衣盆、搓衣板、肥皂拿来！”

我送过洗衣盆和搓衣板、肥皂，说，“放这儿行吧？”

邢若云说：“就放这儿。还有小玉的围兜拿来！”

我说："是，这就拿！"

邢若云系上小玉的围兜，蹲在地上搓洗起衣被来，便说，"没你的事了，去做你的大文章！"

我站在那儿没动，其实邢若云心里愿意我站那儿陪她，就抬起头给我送过来一个秋波，我也就看出来了。

邢若云说道，"你不去做你的大文章，有什么话就和我说说，别老瞅着我！我架不住你瞅！"

我心领神会她话里的意思。我什么也没说，笑笑。因为小玉刚刚在菜地给我打的预防针。邢若云很麻利地将衣被洗好晾好就要走。我说，"吃了饭再走吧！你一次饭也没在我家吃过！"

邢若云揶揄道："你想得倒美！要我在你家吃饭，还不是我烧给你一家三口吃！你会烧？你平常烧给两个孩子吃的那叫做什么菜哟？我几次揭开你家锅盖看过，红烧肉里放青菜算好的了。你还会烧什么菜？你说呀！"

我只好又嘻嘻笑一笑。邢若云走到门口回头说，"下星期我不来了，你到我家去！"

我说："我到你家？有什么事吗？"

"你还一次没去过呢！"邢若云走回到我身边，悄声对我耳语，"我有重要的事情和你说……"

三

星期天我去了邢若云的家。是在小镇上的家，不是县医院。

邢若云家是两室一厅的平房外加一个小院子。从摆设布置看，家里条件不错，只是有点零乱。邢若云见我来了很高兴，但嘴上还是埋怨道："怎么到这时候才来，把我等急死了！"

我说："我上午到市里去了一趟，刚赶回来。"

邢若云说："到市里做什么？"

我说："跑了一趟市人事局，我想调回市里去工作。"

邢若云说：“哪儿工作都一样，只要有个家。你带着孩子到市里更困难，住房都不好解决。”

邢若云说这话，那口气有点意味深长的样子，就怕我不一定理解。我接下去不如把话说清楚好，我说，“我知道你那意思，可我留在小镇上没什么关系，但是孩子上学的环境不够好，市里有重点中学，不能误了孩子。”

邢若云还是觉得我不理解她说的那意思，她说，“再说小玉去世前对我说，要我关心你，你说我对你关心得怎么样？”

我说：“那真是没说的，你照料了我一家三口一年多了，帮我做的事数也数不清。”

邢若云说：“只是照料你们一年？我还痛苦了一年！”

邢若云说的话我真的不理解了，我问她，“怎么回事？”

邢若云说：“小玉生前和我像亲姊妹，看你拖俩孩子我能不痛苦吗？每次帮你们做点事，回家要受春英她爸的气，还狠狠地打过我好几次，我的婚姻本来就不幸，我和她爸协议好离婚，可我们医院的人在私下里说我的坏话，他听了风言风语，硬是拖着不办，我能不痛苦吗？直到前几天，他和一个女营业员发生关系，被人家当场抓住，闹得满城风雨，这才同意和我离了婚！”

我郑重地问道：“若云，你们离婚了？”

邢若云说：“这就是我要你到我家来，要和你说的重要事情。”

邢若云夫妻不和，小玉生前和我说过几次，但最后闹到离婚这一步，总是家庭的不幸，而我也掺和进去了，我感到十分歉疚。我说，“若云，为了照顾我和两个孩子，你竟过着这样难受的日子，闹到离婚这一步，实在对不起你！”

邢若云说：“展望舒，你这就别客气了，我和他离婚绝对与你无关！桥归桥，路归路。你别往自己身上揽！你这一揽，我还不晓得你是什么用意呢？我可要告诉你，我邢若云从今天起和你展望舒一样，是孤男寡女，你可不要用话语误导我哟！”

仔细一想，这“误导”二字用得还真俏皮，那意思说得再明白不过了是在引导我哟！再说下去，也许我就抵挡不住了。

我说："若云，我要回去了。"

邢若云说："啊？你这就想回去啦？我刚刚触及一点要害部分，你就怕啦？我和你话还没说一半呢！"

我说："我今天早上到市里去，提前把饭菜做好，和两个孩子打了个招呼就乘车走了，我得赶紧回家看看。"

邢若云说："展望舒，你确实是个聪明人，一天没见孩子了，你该回家看看，这是我唯一可以放你回家的理由让你猜到了，你回去吧。但一定要改日再来，你答应吗？"

我点点头，说，"一定来。"

四

过两星期邢若云再次约我来到她家。进门一看，她家里有明显的变化，不仅打扫得光亮清洁，而且做了家庭单身化处理，连她与前夫及女儿在一起的合影都收了起来。

我说："若云，有这必要吗？不能离了婚就当成敌人。"

邢若云说："展望舒，你千万不要以为我是为了接待你才这样做的，我家里不能再摆他的照片了，见到他的照片和见到他人一样让我恶心，和他做夫妻时才是真正的敌人，离了婚两不相干了，我还把他当成敌人真的没有必要了。"

我在堂间的大方桌边坐下，邢若云给我泡来一杯茶轻轻地放下，说，"昨天是星期天我没回来，是给陈医生顶了一天班，今天补休也好，春英上学去了，我一人在家，想跟你好好谈谈心。"

我端起茶杯，将浮在面上的茶叶吹一吹，然后抿一口，说，"你这茶叶好，闻起来很香，搁多了，喝起来就有点苦，不过，还是好喝。我喜欢喝带一点苦味的茶。"

邢若云在我对面坐下，瞟了我一眼说，"你先喝两口苦茶，我就再诉一点苦给你听听。我的婚姻悲剧够你写一本小说的，可惜你又不是作家，你只会做算术题。"

我一听，天啦！这哪是一般的婚姻悲剧！

一九六一年，饥荒席卷大江南北，十七岁的邢若云的水色怎么也好不起来。她上高中了，一心求学哪会水性杨花更没拖干部下水，只是长得清秀可人，刚上任的公社书记盯上了她。

公社书记叫李家金，前几年还没入党是小镇供销社的售货员，见到公社干部屁颠屁颠，都喊他李歪子。那时邢若云常来买盐打酱油，李家金对她不需屁颠也没什么特别的感觉，她还是个十二三岁小姑娘。李家金刚结婚，妻子是外县的农村妇女。

过了四五年李家金入了党，爬上供销社主任的宝座，接着又升公社书记，对一般干部不需屁颠了。但邢若云长大了，只是在老街上碰个面，李家金的感觉也就不一样了，他觉得这姑娘怪撩人的！不撩则已，这一撩还真撩得李家金书记心神不定，坐立不安起来，看样子非得对邢若云家屁颠屁颠一回不可了！

李书记盯上邢若云但他不以权势压人，他派人悄悄给邢若云家送去三十斤大米一袋子胡萝卜，还不准告诉是李书记送的。饥荒年头加一点营养姑娘的水色就好了，靠弋河水滋润哪行？那是搞运动写文件的人胡说八道！李书记也不相信红头文件上说的美人鱼专拖干部下水一说，只有自己动点子拖美人鱼下水才中。

没一个月，他注意到邢若云的脸色真的白里透红了，他想，那三十斤大米一袋子胡萝卜，她家人肯定下肚了，他就派人悄悄给邢若云家又送去五十斤大米一袋子山芋干，如果她家人再三追问，就漏一句，是李书记送的吧，但这事情不许传出去。

邢若云还有个哥哥在上高中，父亲死得早，妈妈没改嫁，一个小镇上的寡妇带两个儿女还要供他俩上中学，真不容易。大荒年有人送来粮食，得知是公社书记派人送的这还了得。当晚若云妈妈悄悄来到公社，正好书记办公室的灯亮着，她进去一看没有外人，走到书记面前往地下一跪，喊了一声，“书记大恩人！”

李家金当然知其下跪喊恩人的缘由，立即上前将她扶到椅子上坐好，长话短说，“我要娶你家小云子为妻，你若同意，我叩一个头还你，喊你一声丈母娘，日后你家缺钱少粮，小事一桩；你若不同意，也不要紧，去把八十斤大米两袋子杂粮送回来，你

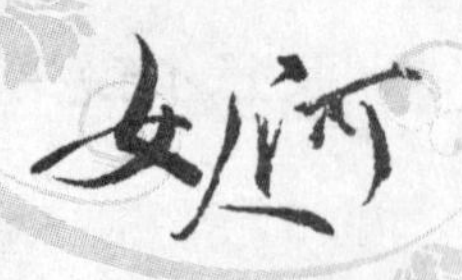

带你的儿女过日子，我当我的公社书记。小镇上只有一条街，早不见晚见，我绝对不以权势欺人，你放心，放心！”

这有点突然，若云妈妈心慌意乱，不知如何应答，急了半天说出一句话，“李书记，你家有妻子儿女。”

李家金成竹在胸，立即说，“我办离婚。”

若云妈妈想了想说：“我家小云子还不满十八岁。”

李家金说：“我在街上见过小云两次，胸脯挺挺的，成人了。结婚证我在公社开，她人都不要来。喜宴也由我筹办，到时候你把小云子带来喝喜酒就了事，让我们都皆大欢喜吧！”

若云妈妈还是没答应，临走，李家金招呼一句，“夜长梦多，限你三天时间，如若同意，不必回话，我这边照办了。”

若云妈妈还是妥协了。等到第四天，她没回话，李家金立即行动，将老婆孩子送到隔了一个县的她娘家，丢给她两百斤粮票，两百块钱，一张离婚证。回到小镇当晚就办喜宴。邢若云还根本不知怎么回事，她妈妈就将她嫁给了书记大恩人！

结婚那天有两个伴娘，邢若云也不认得，已经在她家里住三天了，其实是女民兵，李家金安排来看着她的，防她跑。

喜宴过后，两个伴娘把邢若云绑架一般送进新房，李家金跟着进去，两个伴娘一退出，他便把门闩插牢……

接下来，一个十七岁少女的遭遇还用邢若云诉说吗？……

一个美丽少女的青春流着泪流着血在无力地挣扎和苦苦地哀求声中被活活撕碎了！一切道德良知和法律统统被活活撕碎了！即使我是一个作家，也绝对不忍心下笔，用邢若云婚姻这等凄惨的悲剧故事去写一本小说！而且这故事发生在光辉的一九六一年，如果当时就忍心下笔，写一个公社书记对少女实施强暴婚姻，这还得问一个老问题：我有几个脑袋？

过几年邢若云参加工作了在小镇卫生所上班，和李家金离过一次婚，社会舆论竟然对前后两个老婆都离掉的公社书记倍加同情，而邢若云生活作风花里胡哨的绯闻却在小镇传得沸沸扬扬。邢若云无可奈何千方百计调到县医院，不惜毁坏一个女人声誉的绯闻却比她早一步进了小县城！她还往哪儿逃？……

不到一年，邢若云迫不得已又和李家金复了婚。

我不会写小说，仅把邢若云亲口所说记下莫过千余字，不加渲染，立此存照。以后有机会替邢若云说句公道话，有个依据。

若云有点伤感，流泪了，我赶紧说，“不说这些了。”

若云说：“事过十八年了，我还伤什么心喽！我流泪不一定是伤心，我这是眼睛毛病。李家金和我做夫妻的事从来就是对我强暴，有一次在床上我不依他，他一拳打在我眼眶上，把我的泪囊打坏了，所以常流泪。和他离了婚，我真的有一种解放了的感觉！现在只要和你在一起，我不伤心，我很幸福。”

我说：“我也希望你从此能过上幸福的日子，真的，若云！”

她擦了一下眼泪，笑了。邢若云笑起来脸颊上就现出俩小酒窝，左边的深一点，右边的浅一点，很好看。

邢若云说：“展望舒，你还在搞调动吗？”

我说：“是的，若云，我考虑再三，还是想调回市里去。”

邢若云说：“法院判决女儿春英归了我，他贴一点生活费。我带一个女儿过日子也伤心，望舒，你还是不要调动吧……”

邢若云直奔主题，我反而为难了，我无话可说，只有听。

邢若云看了我一眼，从我脸上的表情她看出我心中的恍惚和犹豫，就适时地乘胜追击，她轻轻地说：“我在想……我隔多少天才到你家去一次，你一家三口日子过得还是太艰苦，不如我从县医院调回小镇卫生所，我要日日夜夜陪着你！就这意思。你还要我怎么说？可你怎么想着要调走呢？……”

我再说要调走，这话出口就很艰难，难于办调动跑衙门。

这时候下雨了。邢若云冲出去将晾在院子里的衣裳收进来自己一身也淋湿了。她说，“望舒，快关门，雨打进屋了！”

邢若云抱着衣裳进卧室。我看着屋檐下的雨水是打进屋了就把大门关好插上门闩，否则风一吹门还得开。邢若云在卧室里将窗户关好以防潲雨，不知怎么一犯糊涂就将窗帘儿也拉上了。也许不是犯糊涂是该拉上，她好将身上被雨水打湿的衣裳换一换，这是合情合理的。接下去不合情理的事也发生了。她卧室门也不掩，还轻轻地喊了一声，“望舒！”那声音有点颤抖。

我听见邢若云在喊我。一转身看见邢若云在卧室里脱了湿衣裤，又没有及时换上干衣服，上身只留件兜着一双颤颤乳房的半透明的小汗衫，下身是条小裤衩。

我亡妻一年多，突然见到如此这般的邢若云在喊我，脑海里就飞快地闪过和小玉在一起温柔缠绵的景象，一颗心就乱七八糟地跳起来，我便下意识地向她的卧室里迈开了步子，尽管刚刚还在坚定不移地表示要调离小镇。

“嗵嗵嗵！”“嗵嗵嗵！”这敲门声响得真不是时候。

如果迟一点，再迟一点响起这敲门声，我和邢若云的美事就做成了。那么，很可能我的后半生将仍然是小镇故事……

“嗵嗵嗵！”“嗵嗵嗵！”这愈敲愈紧迫的敲门声响得正是时候，它迫使我推开已经像小绵羊般钻进了我怀里的邢若云。我庆幸自己尚未宽衣解带。我也没问一声若云，该不该去开门，就慌忙转身去开大门。门打开了。若云的女儿春英一头冲了进来。春英比我女儿晓青大几岁，懂事早。从前若云到我家来有时带着她，见了我总是笑眯眯地喊我展叔叔。春英一头冲进门，说了声，“天下雨了，我从学校跑回来拿雨伞！”接着就不说话了。她没想到拨开门闩开大门的是展叔叔，很是惊讶，当然不可能笑眯眯地喊我展叔叔了。再一看母亲只穿着半透明的小汗衫和小裤衩站在房里，她就完全怔住了，小姑娘的脸色就变得很难看、很痛苦。

我看见门外不远处一棵大树的背后躲了个打伞的男人，——那是邢若云刚离婚的前夫李家金。我立刻意识到，若云虽然离了婚，但她的家庭问题并没有彻底解决，我如果与邢若云这样继续下去，很有可能陷入无尽的烦恼之中……

我很自然地想到，我已经当上了李家金与邢若云离婚后的“第三者”。如果我工作调动走了的话，邢若云完全可能再次恢复一个完整的家。我还是离开小镇吧……

五

果然，邢若云家闹起来了。星期六下午邢若云从县医院下班，到了小镇没回家就直奔老屋吊脚楼，进门见到我，就流眼泪。

我赶忙问她："若云，出什么事啦？"

若云这一下流泪不是因为眼睛毛病是真的伤心了。她在椅子上坐下，掏出小手绢边擦眼泪边说，"女儿天天跟我吵，说我丢了她的脸。她爸又指使她把我母亲从我哥哥家找来，在我家住下不走了。老太太整天看着我。还说，李家金是我全家的大恩人，不是那些粮食我们早饿死了，你哥还能上大学如今在江城大医院里当医生吃香得很？劝我跟李家金复婚。说是要么就跟她一样带着孩子守下去，如果要改嫁，她就在我家大门框子上吊死。我本来以为离了婚，女人就自由了，谁知反而坏些。"

我一听就这事，也在意料之中。为了缓解一下若云悲伤的心情，我就笑了笑说，"这有点像解放初期贯彻婚姻法，共产党不派个腰上挂把盒子枪的指导员进村压压邪气，主持公道，你这小寡妇还改不了嫁呢。"

邢若云说："照你这样说，那我这一辈子也没指望了。他说同意离婚是假的，让我尝尝苦头，日后依顺他。"

我说："依法离了婚你还怕他？"

邢若云说："我不怕他。我怕我女儿怕我妈。一老一小胡搅蛮缠不讲理。我妈妈也知道了我想嫁的就是你，小镇上的人对你都熟悉，说你人不错，但她就是偏袒李家金。"

"老太太也是好心。"我说，"我正在抓紧办调动。我走了，你们完全可能恢复一个完整的家。"

邢若云听我这么说，反而生气了。她说，"你展望舒还好意思帮我出这个馊主意！你不怕把我的心伤得狠些？"

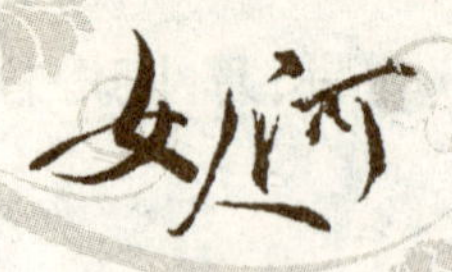

我说："我是为你着想，也只说说而已，你别伤心呀！看你家里闹成这样，我也拿不出别的好主意。"

邢若云说："是的，现在闹成这样子你就是愿意娶我，一时也难办成。我不缠你了，再缠着你就害了你，但我决不和她爸复婚，也不会和任何男人好。别看我在你面前有点浪，也只是对你一个人浪而已，人家把我说得花里胡哨的，说我是为了报复李家金故意跟外面男人乱搞，有的说我本性就放荡，传到我耳朵里我惊也不惊，你听了也千万别相信，我真不是个坏女人。"

我说："若云，你把自己悲惨遭遇都告诉我了，对你也算知根知底了，再要听到有人说你的坏话，我饶不了他！"

邢若云说："望舒，我相信你的话，但说真的，和你不能做夫妻，你也保护不了我。你还是抓紧办调动吧，你到市里安心工作，如果有一天你在市里另外有了相好的，告诉我一声，我也就不牵挂你了。你说好不好？"

我说："工作调动的事我一直在办，我也想抓紧一点，若云，其余的话，都言之过早，以后再说吧。"

邢若云说："你这样说话也还算能贴我的心，那我就再和你说几句真心话吧！"

我说："若云，你想说什么话，照说。"

邢若云说："那天你在我家，外面下雨我叫你关的门，处心想和你浪一回，春英敲门我并不怕，我也没叫你开门，你这人太老实，我已经钻进你怀里了天上下刀子我也不管！让我那小鬼丫头在门外淋点雨有什么关系？"

若云接着说："我俩都是孤男寡女了你怕什么怕？你那年从'牛棚'里翻窗户回家亲小玉，捆绑吊打都不怕，真是感天地而泣鬼神，真正的罗曼蒂克！我和医院几个女医生女护士听说有你这样的男人，都羡慕得瘫掉了！世上真有这样惊天动地的夫妻之情？我只要做一回小玉死而无憾！如今你那惊天动地的精神到哪儿去啦？全给小玉带走啦？"

提起十年前在"牛棚"准监狱越窗回家亲小玉一事，听说有人仅做性饥渴解析，对我嘲笑不已，没想到邢若云却给我如此高度评价！可见若云看待男女之事，更侧重的是情！

我感叹地说："若云，你真不愧是我的知己啊！"

邢若云说："那你怎么不替我想想，我钻进你怀里正要和你亲热，你却把我放开，我心里是什么滋味啊？"

邢若云这么一说真叫我哑口无言了……

邢若云说："我对你只有一个小小的要求了，你如果办好调动手续，走之前一定要和我见一面，现在社会上开放得很，不知道你思想开放不开放，我只想和你做一夜夫妻，然后你走你的，我不拖你后腿。行不行？"

听了她这番话，我内心里真实的感觉是，邢若云她说的小小要求是出乎于情！我毫不迟疑地点点头。

邢若云说，"你展望舒是个男子汉大丈夫，就正面回答我！"

"行！"我说。

邢若云出门时笑了。还回头留给我一个撩人的秋波。

六

就在这个当口，我的工作调动办成了，县人事局给我开出了调令。调令也是命令，不能扯皮不走的。怎么办？

临走前两天，我去过一次邢若云家。我想一定要和她见一面，我说过的话不能食言，展望舒算不得大丈夫，男子汉还是一个吧！我不仅要见邢若云一面，还想约她抽空到我老屋吊脚楼最后来一趟，我设法把两个孩子支到别人家住一晚，按照若云小小的要求和她做一夜夫妻！要说句坦白从宽的话，我心里也正想和这位尚具魅力的女子风流一回呢，搁现在叫"一夜情"。据调查显示，学历越高的人群越认同，两不相识都无所谓，何况若云和我已是情谊不浅了呢！但是很遗憾！若云她妈妈挡驾了。

前些年，同在小镇上过日子早晚碰见，若云她妈总是笑脸相迎，喊我一声展老师，接着问长问短，转身再补上一句，吃过饭

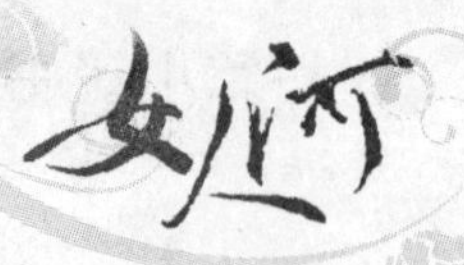

没有？这天我去若云家见到就不一样了。

我到了邢若云家门口，正好她妈妈在门前扫地，手持一把竹丝大扫帚。看我来了她把脸一板。我喊一声，“小云妈!”

以往也这么喊，她都是笑脸应答。但她这次不应声。

我问，“若云回来没有?”若云她妈还是不答腔。

我知道她不搭理我的缘由，就直截了当地对她说，“我调动工作了，后天早上就走，请你告诉若云一声。”

我说要调走，以为她放心了。可她一开腔，还是不客气。若云妈说，“你走你的，关我家小云屁事！你走得越快越好!”

若云她妈紧握着手中的竹丝大扫帚，一扫帚接一扫帚地往外扫，快扫到我面前了，我再不走，扫帚就扫到我身上了！

我带着两个孩子走了。我说这一儿一女是坎坷命运回报我的无价之宝，但仍然觉得丢失得太多，丢失得太珍贵。我把自己一生中最富活力的十六年丢给了青弋小镇，把爱妻小玉丢给了小镇！我将辛酸的泪抑制住，让它往心里流……

单位的人帮我将家具行李装上大卡车，和十六年前来参加社教乘坐同样的大卡车，同样风尘仆仆地离去！几个女人站在路边交头接耳抹眼泪，我也顾不得看一下是文化站的女同事还是街前街后的邻居，小镇上熟人太多了，看来对我的离去都有些恋恋不舍，反倒增添了我心中的伤感。我让两个孩子挤进驾驶室，自己爬车厢。车开了。我向送行的人挥挥手，我的脸上勉强地掠过一丝笑容。那一丝笑容怎么能掩饰满腹的酸楚呢？……

突然，我看见了邢若云！

若云赶来时车已启动了。我没叫司机停车。若云的眼里明显地汪着泪水。她在众人面前不能哭她心中有顾虑。她用手绢擦眼泪时好像是由于迎面的风将沙子吹进了眼里。我向若云挥挥手。我任已经启动的车渐渐加快，渐渐远离……

顺着清清弋河的圩堤，大卡车一路颠颠簸簸离开了青弋小镇，驶向江城。我坐在车厢里，颇为伤感地抬起头来看看天空，只见蓝天上一朵白云向远方飘去……

当年随社教工作队的大卡车从江城出发，在迷漫的尘埃里我丢下了泪水涟涟的小七子。十六年后从青弋小镇返回江城又丢下了含泪的邢若云！难道她也要演绎一个女人的悲剧故事吗？……

我的凄惨的女人河啊，还是涛声依旧吗？……

七

真的让邢若云说对了，到市里更困难，住房都不好解决。我办工作调动时单位就有言在先，住房自行解决，我只好带着两个孩子回到从前住的老楼。孩子上学了，我也报到上班了。

小玉去世虽然不久，但离开了小镇，生活环境一变换，一家三口都摆脱了内心的郁闷和压抑。这是空间对时间的离间效应。空间上离远了，就会觉得时间已经过去很久很久。空间换取时间。我带两个孩子，有学上，有班上，各得其所。生活逐渐走上正轨，日子过得也还挺有意思。接下来就给若云打电话。

我给若云打过几次电话，是打到县医院的她都没接到。那时一般人身上没手机，家中也没有住宅电话。我只好给她写信。写过两封信。信上告诉她，我工作单位市科协就在市政府大院内，附上我办公室电话号码，请她打电话过来。但我一直没收到她的回信，也没接到过她的电话。她家里的纠纷也许一时很难解决，我该自觉一点，暂缓联系吧，免得给她增加精神压力。

将近一年过去了，若云还是没信没电话，我只好自我安慰，还是想开些吧，或许她与恩人书记李家金已经破镜重圆恢复了一个完整的家，还有必要和我联系吗？但我常常下班时要等一等，总希望邢若云能突然来个电话，想开了，我就不等电话了。早一点回家，给孩子们烧一顿香喷喷的好吃的晚餐更现实一些。

不等电话，电话却来了！

那天傍晚快下班时，我坐在办公室里接到一个电话。我想，快下班时来电话，可能是找我私人的事情，心里就有点七上八下的。电话传过来是个女声，说是小县城里县医院的，要找展望舒展老师。我说，我就是。不知怎么对方把电话就挂了。

小县城的县医院里我只认识邢若云，她说话声音我熟悉，电话里传来的声音明显不是邢若云。我就没再顾电话断了的事。很久很久以后我才知道，这个电话很重要！我当时马虎了。

问题也不在于我马虎。是因为我刚放下话筒，邢若云就出现在我的面前，是怎么进来的我都没注意。我突然见到邢若云很是惊喜，什么也没问，就迎上去轻轻地喊了一声，“若云!”

邢若云说，“望舒！好不容易才把你找到!”

她四下里望望，看办公室里只有我一个人，开口便问一个至关重要的问题：“你还是一人带俩孩子过吗?”

我点点头。邢若云就微微一笑。

若云含情脉脉地说：“有一年没和你联系，你不要生我气，就是为了今天带给你一个惊喜！望舒，我那边问题全部解决了!”

我请她坐下，给她泡杯茶，她一口没喝，就和我说事。

邢若云告诉我，她没复婚也不再嫁。看上去蛮风流的女人怎么守得住呢？小县城和小镇上的熟人猜想邢若云暗地里肯定轧了姘头子，大城市女人叫情夫，如今很流行。邢若云听到风言风语也不生气，身子正不怕影子歪，心里凉凉的。她说自己就算有个姘头子那就是展望舒也不在跟前。展望舒离别前我想和他做一夜夫妻，还让妈妈和女儿一老一小挡住了。展望舒这一年也没回小镇，我跟他怎么轧？怎么姘？这脚踏实地守一年真不容易！

她的前夫李家金守不住了。受不了持久战。李家金就和一个姘了几年的女人结了婚。邢若云松了一口气。

邢若云的母亲证实了恩人书记李家金结了婚的消息后，便撤了岗哨回若云的哥哥家，临走时对若云说：“小云子，我的苦命女儿，你趁早改嫁吧！那展老师人不错，是我挡了你一年多。”

春英也说：“妈妈，我错了，我实在对不起你!”

她听了母亲的嘱咐和女儿的检讨没搭理她们。心想，还不知展望舒在市里是否有了相好的，赶紧收拾收拾就到市里来。

邢若云动身前，在小县城的十字街口新开张的爱丽丝发廊做了一个长波浪，配上她天生的白里透一点红的瓜子脸，使温州来的发廊女老板立即产生一个念头，想请这位漂亮的女顾客留下一张发型照陈列橱窗，烫发的钱就算免了，这叫两不找。

邢若云不干，她丢下三十块钱就走，邢若云想，我做发型的心意不好用三十块钱相比的，但女老板的愿望增强了她对自己形象的自信心却是真的。来到江城，走在繁华的大街上，邢若云感觉自己不比任何城市里的女人逊色。这个心态很重要。

邢若云心情很好，坐在我办公桌旁很温柔地问我，“望舒，你好好看看我，说句真话，我漂亮不漂亮？”

我说：“若云，你本来脸型就生得好看，水色又好，烫个长波浪就更漂亮喽。”

听我这样一说，若云的心情就更加好，笑眯眯地说，“望舒，谢谢你夸奖哦！”脸颊两边很好看的小酒窝一笑就现出来了。

我说：“今天是个好日子，我得把它记下来。”

我有随时在笔记本上写几句的习惯，我是这样写的：

红颜知己，一年未见，今日恰逢源于西方近年已在中国流行的情人节，得以晤面，光彩照人。二月十四日

我让邢若云看了看，她会心地一笑，然后故意问我一句，“望舒，你告诉我，什么叫红颜知己？”

我说：“红颜是指年轻漂亮的女人，知己就是相互理解相互信任。那红颜知己嘛，就是指，虽不是自己的妻子，却相互理解信任又有很深的不是一般感情的，年轻漂亮的女人！……”

邢若云说：“那红颜知己不就是我们小镇上人说的姘头子的意思吗？那我就是你的姘头子了？……你承认啦？”

我说：“小镇上人说的姘头子，除了有感情之外，可能更侧重于两人之间有一点过于亲密的行为……”

邢若云没有必要和我分辩红颜知己与姘头子的含意还有哪些微妙的区别，她笑笑说：“今天我来了，就给你侧重于一点亲密

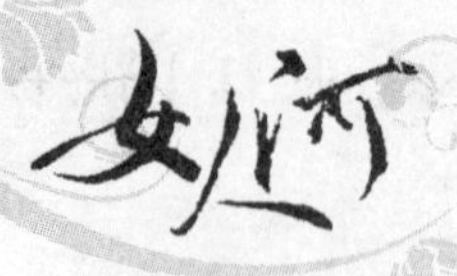

的行为好不好？你带我去你家看看吧！……”

“可以。”我还是有点顾虑。说，“不过，天已经晚了……”

邢若云望望我，又问了一句，“你两个孩子在不在家?”

我说：“到小姑妈家玩去了。小姑妈要留他们住一宿。”

“那正好!”邢若云眯眯一笑说。我就带邢若云去我家。

邢若云步履轻盈跟在我后面上了小楼，进了房间她随手就把房门关上，这说明她的来意很明确，而且很有做女人的经验。

我说：“若云，让你说对了，市里住房很困难，我这房间小得转不过身来。你看了不要笑话我哟!”

“自家人过日子，转不过身来才亲热。”邢若云微笑着说这话也真能让人感觉亲热，这就钻进了我的怀抱里。

在一年前的一个雨天，在邢若云的家里她曾经像小绵羊一样钻过一次，尽管好事未成。女人只要有过第一次，无论时隔多久，第二次的运作就变得简单多了。可以省略一些过渡性描写，以及诸如刮风、下雨等诱发因素。

“望舒!”她轻柔地喊了我一声，说，“小玉去世后这两年你是怎么过来的?你还不满四十岁呀，难道就不想要一个女人?”

邢若云话问得很随便却让我的心发抖。自从小玉去世我就决心拖着两个孩子过下去，不能娶了女人让孩子跟后娘在一起受委屈，我的童年有过切身的体会。所以，我才决心离开多次向我示爱的若云，离开了小镇。到市里后也没有像分别时她关照的那样，找一个相好的成家。我的决心很坚定，像严冬的冰。但是春风很容易叫坚冰融化。女人就是春风。若云就是春风。

春风在青弋小镇轻拂了一下，一年后才徐徐地吹到市里，吹进小楼。我肯定将融化在春风温柔的怀抱中，这是绝对的，但我仍然想负隅顽抗。

我说：“我现在烧饭洗衣什么都会做，生活没问题。”

邢若云说：“你不能没有女人。”

我说：“女儿大了，能帮助我做不少家务事，儿子也懂事，读书一点不烦神。”

邢若云说："你不能没有女人。"

我说："我在单位里很忙，编辑科技小报还经常开科普讲座，办科普展览，业余时间自己还要写点破文章，我要把被耽误的十年时间夺回来。"

邢若云还是说："你不能没有女人。"

邢若云每说一句"你不能没有女人"就像蛇一样在我的怀里扭动一下，如春风轻拂，这就轻而易举地证明了一个真理：在这个世界上，男人必败，女人必胜！——只要女人真心有那么一点意思就行。我说："若云，铁石心肠也要被你熔化了！……"

邢若云说："那你愿意先和我做一回？……"

我说："当然……"

这一回轮到我去关窗户拉窗帘儿了。我关好窗户拉好窗帘儿回转身来看到的，已是一个上身小汗衫下身小裤衩和那个雨天见到的一模一样的若云。我心中热血涌动，一个男子汉苏醒了！

我机不可失地献上体贴温存，将她搂进怀里轻柔地爱抚。我将若云轻轻地抱起。放到床上。轻柔地轻柔地抚摸。若云有些喘息，她惊讶地说："你怎么会这样？你怎么这样懂女人？……"

我用亲吻回答她。一种淡雅的亲吻。不是热吻。热吻看似激情，其实是欲。淡雅的亲吻是一种语言。可以传情。淡雅的亲吻当然不会堵住她的嘴，要让她说话。

若云说："望舒，你在小镇临走之前，我提出想和你做一回夫妻，你还记得吗？"

我说："这样的美事，男人哪会忘记？"

若云说："你当时点头了，我说点头不算！你展望舒是个男子汉大丈夫，就正面回答我，你一点也没犹豫就说，行！今天你敢作敢为兑了现，证明你确实是个男子汉大丈夫！我等这一天快把我等疯了，我要好好让你亲亲，把你亲小玉的本事全使出来，也让我尝尝那男子汉的滋味！"

接下来，我不失时机地献上中年男子尚存的威猛和果敢。

若云一阵哼哼唧唧之后说："展望舒，和你做夫妻事感觉好舒服哦，简直是飘飘欲仙了，当初我要是嫁给你就好了！我十七

八岁时为什么没碰上你呢?”

若云眼里汪着泪水，大有恨不相逢未嫁时的意思。但她没有想一想，十七岁时她就被李家金强占了，那会儿我还是个拉板车的车夫，就算碰上我，哪有能耐把她从书记的怀里夺过来呢?

我说：“现在也不迟。”

邢若云说：“现在嫁给你太难太难了。”

我听了一惊，邢若云一见面就告诉我那边的问题全部解决了，我不知道她这又说嫁给我太难太难，是什么意思？我以为是指这房间太小，我就说，“等我分到大一点的住房，我一定要你!”

邢若云把头埋在我的怀里伤心地哭起来，她说，“望舒！就怕我等不到那一天了！……”

我不知道邢若云说她等不到那一天，又指的是什么？我以为是指新住房遥遥无期，我就说：“若云，快了真的快了！上面已经着手解决知识分子的住房困难问题了。”

邢若云说：“好，好！你也确实需要大一点的住房了。否则，你这三口之家很难走进一个女人。”

我说：“晓青和晓宇也很喜欢你，和我说过，若云阿姨人真好！我这三口之家如果走进一个女人，不会是别人。”

邢若云哭泣着说，“真的吗？望舒！那我等着那一天，我一定等！……哪怕等你一万年!”

我听了一惊，邢若云怎么也说出了跟小七子差不多的话语！什么一万年，一万年的！我说：“最多一两年新房子就到手!”

邢若云说:“好，好！我等着那一天……你可不要变卦啊!”

若云临走时我心里有点沉重，她却显得很轻松。

若云把心里的话和我说了，夫妻事也和我做了，她就觉得很轻松。她取出小手绢擦擦泪水，然后将小手绢抖一抖，她就变成了一朵云，小手绢是云的尾巴，这是千真万确的。

若云是从窗户飘出去的不用再下楼。小楼的窗户没有间隔十公分的钢筋条子，一朵白云飘出去，飘入幽暗的夜空很方便。我有过类似的经验所以不惊奇，也不为她担忧。

八

若云再也没有来过了，也不来电话，我很想念她。我想起若云来，就从小楼的窗口看天空的云……

和一位漂亮而又风流的女人做一回夫妻事，那销魂的感觉，没尝试过“一夜情”的人是难以想象的。我实在忍耐不住了。我给若云拨电话。她再不来，我要到小县城去找她！

电话终于拨通了。

我说，“是县医院吗？我想请妇产科邢若云大夫接电话。”

那头接电话的是个女人的声音，含糊不清感觉不愉快，她问我是谁？我说我叫展望舒。对方的声音就更不愉快，甚至有点悲哀，听她断断续续说了几句话，让我回想起，那次若云从小县城找到市科协，我接的一个县医院打来的电话就是这声音，没说两句突然断了。原来那个电话很重要，到这时候我才知道！

一年前断了的电话，这会儿接通了，但一切已无可挽回！

“啊？”我惊叫了一声，手中的电话筒便坠落了下来！

我赶到小县城，找到了邢若云的女儿春英。她确切无疑地告诉我，她妈妈死了，她顶职在妇产科当护士。

春英沉痛地对我说：“我母亲死于一场车祸！”

这对我来说真是个晴天霹雳！那次听若云诉说她十七岁时被恩人书记李家金强占的惨状，我有一种生命被活活撕毁的感觉，谁知若云的生命最终真的被活活撕毁了！

春英说：“那天傍晚，我妈妈上了开往市里的挤满旅客的汽车。中途车祸，受重伤救治不及而死的。”

我问春英：“她到市里去做什么？”

春英说：“可能是去找你，临死前，我守在她身边还听见她在轻轻地喊你的名字，还说想见你一面……”

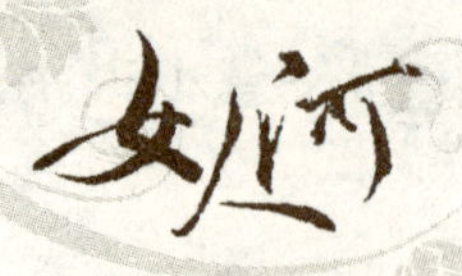

我想，若云临死前，肯定想见我一面，而且多么想有一张印着红双喜字贴着两人合影的结婚证揣进怀里，做光明正大的合法夫妻而不是一夜情，然后闭上眼睛去火化，那就死而无憾了。

我说："那你怎么不通知我？让我赶来见她一面！"

春英说："我问妈妈，你想见展叔叔一面，我打个电话，通知他来一趟好不好？我刚拨通你的电话，妈妈又说，不要通知他了，不曾暴露的事就永远不要暴露吧！免得日后给他添舆论，坏了他名声。他还不满四十岁，不能不找女人。我就把电话挂了。"

原来那天断了的电话竟然是春英打的！我将一个重要的电话丢弃了！我将不是为我而生，却是为我而死的若云丢弃了！

春蚕到死丝方尽，若云临死还要顾心上的人，还要顾我不能不找女人！这和小玉临死多么相似啊！小玉毕竟和我夫妻十四年，而若云却没有继小玉之后成为我日夜相守的妻子，一天都没有！只留下那一回美好的记忆！在小楼那销魂的一夜情！……

我想起了那一回……那天我在办公室接了个电话，电话断了。不一会儿若云来了，我就没再顾这电话断了的事。我就带若云去了我住的小楼，那天晚上，我就和若云……

我突然如大梦初醒！不对……不对！

我赶紧问春英："你妈妈遭遇车祸是在什么时候？"

春英说："一年以前的事了。"

我接着问春英："你记得具体日子吗？"

"我妈妈的忌日，怎么会记不得？"春英说，"二月十四日。"

一年前的二月十四日！西方的情人节，和我笔记本上记下的日期完全相同。简直不可思议了！

春英对我说，"我妈妈动身前还在十字街头的爱丽丝发廊做了个长波浪，她一辈子也只做过这一次发型，是我陪她去做的，也是我送她到车站，赶上了去市区的末班车。"

我的天啊！若云动身前还真的在什么爱丽丝发廊，为了见我做了个发型！谁知，她这仅仅是给自己留下一个秀美的遗容！

春英说，"那班客车开出不远就发生了车祸，是救护车将我妈妈接回县医院抢救的，根本就没到市里！县医院尽了一切努力没能挽回她的生命，和你没有通上电话之后，我妈妈又和我说了几句话，就昏迷过去，再没醒过来了……”

邢若云果真没到市里去吗？我惶惶惑惑了。但我必须振作起精神坚持问下去！我十分沉痛地问春英，“你妈妈临终时和你还说了些什么？可以告诉我一些吗？”

春英接着告诉我，她妈妈临终嘱咐，死后要女儿将自己的骨灰盒送回小镇，埋到赵小玉坟旁。说小玉是她的好同学好姐妹。她妈妈不愿进一步透露这个遗愿的真正含义。但女儿猜想这和展叔叔有关。只有女儿亲眼见过，妈妈的相好是展叔叔。

春英说：“我妈妈躺在病床上，嘱咐了几句，然后她的嘴唇翕动了两下，好像还是在喊展叔叔的名字，就不再说话了。医生又紧张地忙了一阵，抢救无效，妈妈去世了……”

人在将死未死的弥留之际，他的灵魂会去他最向往的地方，或是最留恋的地方，回到最难以忘怀的岁月，而没有时间和空间的阻碍，自由极了。也许就在此刻，若云的灵魂挣脱了她的躯体，飘然远去，飘到了市里，飘进了小楼，飘进了我的怀中……

春英说到这里，已泣不成声了。我不能把她母亲与此同时到了我那里，这等离奇的事情说给她听，那会给她带来多大的伤害！一切烦恼和迷惘都由我一人来消受吧！

我独自来到小镇。在小学校后面的田野边，有一个不起眼的小土丘，我看到在我岳母赵老师和小玉的坟旁紧紧相连着另一座，那肯定就是若云的新坟了。我想给她树碑但我没有给她树碑的身份。她的碑树在我心里。我可以给她烧灵屋，烧了无影无踪。

我从纸扎店买来一只灵屋是平顶小洋楼，时代不同了客厅有沙发彩电，房间里有衣橱席梦思。我无意欣赏，我请店家给一张黄纸，我提笔写上一行字，贴在灵屋门上。是这样写的：

若云——我的红颜知己　望舒　敬献

我把灵屋捧到若云的坟前，放置平稳。我肃立片刻，然后擦

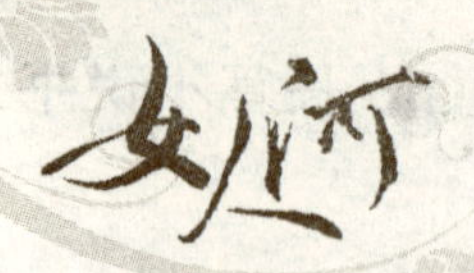

着一根火柴，灵屋在烟火缭绕中化成灰烬……

正在灵屋燃烧之际，若云来了。死时没有话别，这会儿见了面有多少心里话要说。可她一句话也说不出来，只是微微一笑。那微笑特别有魅力，有俩酒窝，真美。

我说："若云，那年我带两个孩子给小玉烧灵屋，你去了，你为小玉的早逝落泪，还哭自己的命不如小玉。你说自己要是死了，不会有人给你烧灵屋。我不该记住你这句不吉利的话，但我还是记住了，我给你烧灵屋了，你安息吧！"

若云没有说话。

我说："若云，我去小县城找到了你女儿春英，她把一切都告诉我了，让我猛然醒悟过来，那次你到市里找我，在我住的小楼上，我俩做了一回夫妻事，如果不是临终时你的灵魂前来与我相会，那就是我自己的美梦一场！别无解释……"

若云还是微微一笑。

我说："若云，我更加牢记的是，你说的那句话，你说等着那一天，一定等！哪怕等我一万年！"

若云不笑了，若云在流泪！

我说："若云，你不要流泪，人生苦短，不需等一万年！小玉去世后，我和你在小镇相处一年多，我俩的感情日渐深厚，虽然同是单身之人，却不曾有一次同桌共餐，不曾有一回同床共枕，真是天大的憾事！我悔之晚矣！若云，你等着我！我对你说过的话要兑现，我要见你一面，我一定要和你做一日夫妻！俗话说，一日夫妻百日恩，你照顾我一家三口何止百日！"

若云还是不说话，若云泪流满面。

我看若云泪流满面太伤心，我就不说了。我俩面对面不说话，两双泪眼无比深情无比哀怨地互相望着。我多么想奔过去拥抱她，又怕惊吓了她！我希望若云奔过来投进我的怀里，但是她没有动。若云取出小手绢擦擦泪水，将小手绢抖一抖，然后就化作一朵白云飘走了……小手绢是云的尾巴。

我仰望着那一朵永不回头的云，心潮起伏，泪如泉涌……

我悲惨凄凉的女人河啊，但愿不要再有女人汇入了吧！

第八章　蓝色的爱

一

我二十三岁那年丢掉了板车把子，到小镇参加社教，时光飞逝十六年，人生转了个大圆圈，命运又把我送回江城，送回从前住的老楼。我心里的滋味真是一言难尽……

我上了小楼，进了房间，挥着拳头说，“我回来了！”晓青晓宇随后上了楼，也调皮地跟着说，“我们回来啦！”

十六年过去了，江城的大街有些改观，而小巷老楼却更加破旧。房门的铰链坏了，关不牢，窗扇就像要掉似的。我先动手修门窗，敲敲打打也能凑合，然后是打扫洗刷。楼板是木头的，擦擦干净感觉就好多了。接着布置家具。其实也就几件旧桌椅橱子和床，我心里早安排好了。房间够小的只有十六平方米。书橱衣柜立在房中间，拉上一道塑料布帘，房间虽小，还得一分为二。我说，“里间是大小姐闺阁，闲人免进。”

晓青笑着进里间。我带晓宇住外间，一张床铺两人睡。一张方桌既可用餐又可做作业，显得很紧凑就是有点转不过身来。住得虽拥挤，但两个孩子有一种和爸爸很贴近的感觉，很温暖。

小楼上连我们算上共住四户人家。两户是十六年前的老邻居，一户姓蔡一户姓尹的大爷大妈，子女长大了在外面都有出息，看着我从小长大的，出去十六年怎么混这惨相，胡子拉碴拖

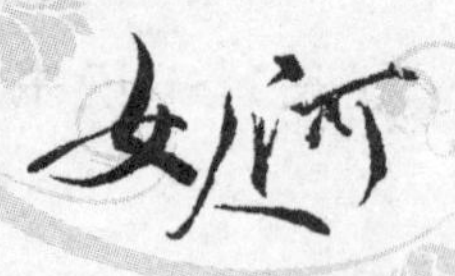

俩孩子又回这老破楼来了，没犯什么错误吧？一听说我是死了妻子才把工作调回来的，十分的同情。蔡妈就抹起眼泪，说，“男子汉拖俩娃太难太难，你这日子不好过，得赶紧找个女人。”

尹妈倒是没有眼泪，但对我也很关照。说，“这房间太小，找了女人怎么住？还得另找房，要先找房，后找女人。”

蔡妈说：“如今找房比找女人还难，叫他上哪儿找房？”

我听了笑笑。女人和房，我一样都找不到，所以都不想找。

孩子进的是市立第一中学，是知名的重点学校，是我上过六年学的地方。晓青上初三。晓宇上初一。进这样好的学校读书姐弟俩真高兴，失去母亲那悲伤的影子也就不知躲哪儿去了，我办调动就是要达到这个目的，我最大的心愿终于实现了！

我去单位报到。走进市府大院，走进办公大楼，一步一台阶上了五楼，就是市科协的所在。一位年轻的女干部，后来知道她是办公室主任，接过我的调令，面带微笑将我引进主席办公室。

我定睛一看，傻了！坐在宽大的老板办公桌边，手捧茶杯正在看《参考消息》的主席，竟然是李坚石老师！

李老师看了一下我的调令，他的表情谦逊极了与以前大不相同。他站起身主动向我伸出手来浅浅地握了握，不紧不慢地说，“展望舒，你来报到，我们就是同事了。很好，很好。”

七〇年代开始兴科技热新设科技局，李老师官运亨通任副局长是副处，过两年科技局升格科委李老师搭车升半级是正处。接着调科协任主席、党组书记。我一去，这就成了我的顶头上司。

李老师李主席说，“展望舒，你的右派父亲平反了也不是历史反革命，原来是历史老革命，误会，误会。现在享受抗日干部待遇，我们组织上当然比你了解得清楚，知道得快一些。你要有正确认识不要翘尾巴。更不要觉得自己受株连没考上大学，走了一段坎坷路，太亏了，心里有怨气。你还是要踏踏实实工作，努力改造世界观。四人帮虽被粉碎了，我们还是无产阶级专政的国家叫人民民主专政也一样，四个坚持嘛！我说这话是为你好。”

一见到李老师，我的脑海里一个又一个李老师光辉形象的特写镜头接踵而至，然后叠印在一起，感觉十分光彩夺目但却很沉重。我八岁时李老师凶狠地责令我在教室里罚站，十八岁时李老师严肃地开了我批判会，高考给了我一个可怕的鉴定！二十八岁时李老师在牛棚里审讯我，他那目光像一道利剑直刺我胸膛，然后我被吊打！每隔十年命运让我遭遇他一次，我今年三十九岁，只缓期一年，又站到了他的面前。尽管全国人民欢欣鼓舞国家进入了新时期，可听李老师说话还是左腔左调的，我从此将日复一日没有尽期地在他手下工作！我有些恍惚了……

回到江城，我首先想拜望的当然是林教授。我去了皖江大学，在校园的小路上正巧迎面碰上了。林教授头发已经谢顶了像光影缓慢地移动，但精神矍铄。他伸手和我握了握，开口就问，“展同学，你是不是还在小镇文化站工作？研究生考上了又不来读，是不是受到当地的阻挠？”

“不是，不是。”我不能把没来读研的真实原因告诉他，让老人为我伤心。我说，“只是我在小镇困了十几年，功课丢的时间太长，加上有个家庭拖累，已不适宜再到大学来攻读学位了。”

林教授说：“过去的事就让它过去吧，好在你还年轻，还是大有前途的。这些年你把相对论丢了没有？”

我说：“虽然没全丢，但是我肯定落后了。我那里缺少国内外资料，连计算机也没有，只靠笔去计算太艰难了。这些年，我结合文化站的工作，编一些文艺节目，也写一些科普作品。前年考研交给你的那篇论文，其实只能算科普文章吧。”

“我能想象你的艰难。”林教授说，“谈引力波和时空弯曲，是广义相对论最核心的问题！你一个人困在小镇上，探索到这一步，而且拿出了论文，很不简单！这篇论文学报发表后有一定反响，几个教授和我谈起来，都不信这文章出自一位业余学者之手，希望你再接再厉，写出更多好文章。就算是科普，也好啊！”

我告诉林教授，“我的工作已经调到市里来了，在市科协，主要是做科普方面的工作，今天刚报到，先来看望我的恩师！”

林教授说：“你不能来读研，我深表遗憾和同情，但工作已

调到市里可以经常上我这儿来，就算是我的编外研究生吧。不要说我是恩师，给你一点微不足道的帮助，全是惠兰的意思。”

我真心实意地说：“谢谢林教授！谢谢惠兰！”

林教授说：“你到市科协做科普工作也很有意义，科学事业本来就有两方面，一是科研，出成果；一是科普，让更多的人懂科学，促进科学事业的发展。两者缺一不可！好好做吧。”

林教授没有提惠兰，我也不好提起。但我还是想见她。当晚我就去了她家。刚走到楼下就隐隐约约听到了钢琴声，二十一年没听过那优美的琴声了，今天终于又听到了！我渐渐听出，那飘出来的乐曲竟是林惠兰当年弹给我听的《Love is blue》！

我一直记着，那天林惠兰说，把她第一次给男孩子写的情书，连同这一曲《蓝色的爱》一起献给我了！以后我在文化站工作，接触音乐多了，特地找到了《Love is blue》的乐谱，不时看看，也有些熟悉了。我的天啊！二十一年过去了，她怎么还在弹这首曲子？而且正好是我来到她家门口的时刻！

我循着琴声上到三楼，转过身第二户就是她的家。我不忍敲门，侧耳聆听。没有，什么琴声也没有！我揉了揉额头，然后摁了一下门铃，门开了，但只开了一条缝儿。一位看上去像老保姆的女人开了门，她站在里面问我，“你找谁？”

我愣了一下。我向客厅里望望，钢琴都没有，哪儿来的委婉流畅的琴声？难道是我的幻觉？

我说：“我找林惠兰老师。”

“你走错门了。”那老年妇女毫不客气地说。然后随手将门关了，还叽咕了一句，“在门外站半天了！”

我想，那老年妇女肯定是一直对着门上的猫眼，在里面监视了我好久，对我是好人还是歹人大概产生了疑问才嘀咕出这句话来。我肯定没有走错门，也许是林惠兰家换了住处，搬走了。我低下头，双手捂住脸，在门外伫立片刻，然后黯然离去……

没见到林惠兰也许是件好事。分别二十一年了，她的丈夫到底是不是杨志斌？家庭是否和睦幸福？她的情况我一无所知，而我又是丧偶的身份，突然造访，除了尴尬还会出现什么局面呢？

二

见不到林惠兰也好，我一心一意带孩子，不遗余力地抓他们的学习。我在内心发誓，过去了的那个时代，毁了我这个天才少年，如今，我一定要培养出两个天才少年来！

晚上，晓青和晓宇做完老师布置的作业，然后接受爸爸的家庭考试。每晚必试，题越出越深。两个孩子不耐烦，想抗争。

晓青说："爸爸我负担太重了。"

晓宇说："爸爸我吃不消了。"

我说："小牛倚仗朝阳早，不扬鞭儿不奋蹄！"

孩子一听咯咯笑，"爸爸，你这是根据一首老牛的诗篡改的，'老牛已知夕阳晚，不用扬鞭自奋蹄'，请爸爸多多自勉。"

孩子驳得我没话说，我想，得另想法子，启发他们自学的兴趣才行，但家庭考试的规矩不能丢，很有效果。

时钟敲响十点，我下令睡觉。晓青、晓宇各舒了一口气。晓青进了自己的小阁间。一会儿灯就熄了。晓宇爬上床钻进被窝里。

我说："晓宇你十二岁了，还要和爸爸睡一头吗？"

晓宇说："爸爸我们有两只被窝筒已经分开了呀，我睡另一头就离你太遥远了，我会烦躁不安的我睡不着。"

"好吧好吧！"我说，"你长大了到美国去留学，还要把爸爸带去和你睡一起吗？"

晓宇说："是的爸爸，我会那样做的，那一定十分有趣。"

晓宇睡着了。夜里，晓宇迷迷糊糊伸出手没有触到爸爸的脸，便惊醒了。难道爸爸悄悄地睡另一头了？他一骨碌坐起来。原来电灯亮着，我在洗衣裳。白天上班没空洗衣，房间又小，孩子睡了，才能空出一点放木盆的地方。我总是夜晚洗衣裳。

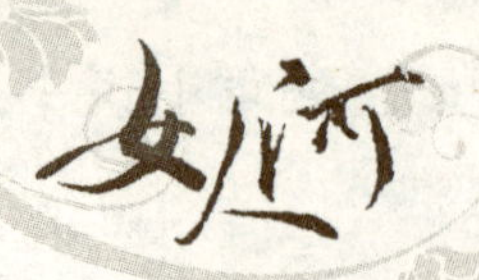

小楼没有自来水。水是傍晚下班时到自来水站挑的。挑水要排队。挑几趟水倒进缸里存着才够洗一次衣。小楼上也没有下水管道。用过的脏水还得一桶一桶拎下楼，倒进路边的水沟里。

我用搓衣板一件件地搓揉，切嚓切嚓。我总是使暗劲想减轻响声，怕惊醒孩子，可孩子还是醒了。晓宇坐在床头。晓青下了床，撩起塑料布帘子从里间探出头来。他俩睡眼惺忪望着爸爸疲劳的身躯随着搓衣的节奏上下不停地扭动，听着爸爸的喘息声。看灯光照着爸爸的前额上汗珠儿在闪亮……

我说："你们怎么啦？还不快睡，早晨上学又起不来！"

晓青赶快缩进里间睡了。

晓宇说："我睡了，爸爸你也早点睡吧。"

天刚亮，闹钟响了。晓宇和我同时惊醒，晓宇发现爸爸确实和自己同睡一头，爸爸没有哄骗他。晓宇揉揉眼睛做了个鬼脸，开心地说："Good morning 爸爸！"

我一骨碌下了床，到房门外窄小的过道里捅煤炉，烧泡饭。每人一碗泡饭一碟咸菜，那是一家三口永不变换的早餐。

晓宇说："天天吃泡饭，到第四节课肚子饿得咕噜咕噜叫。"

晓青说："有的同学早餐牛奶蛋糕到第四节课也说饿死了。问题不在吃泡饭。不管吃什么，多吃一点就行。"

晓宇不说了。饭碗一丢，两人赶紧背起书包去上学。

放了学，两个孩子一路小跑回家吃中饭，常能吃到炒青菜红烧肉或是小鱼小虾。我不再煮生饭了，吃起来真香。

我说："孩子们，从小苦日子尝尝有好处，我小时候比你们现在苦多啦！你们遇上了好时代！"

晓青和晓宇吃得有滋有味，晓宇点点头说："只要和爸爸在一起，就是好时代！"

晓青补充道："不过，爸爸你以后不要和我们忆苦思甜，而且你忆的是解放后的苦，不对头的。反正现在中学生根本不吃你那一套。"我再一次被孩子驳得没话说。

傍晚下班时，我手捧一个大纸盒回到家，放到桌子上一打开，哇！十几块各种花色的奶油蛋糕！每天上学路过街上的食品店，从橱窗里晓青和晓宇都能看到这种蛋糕，可他们从来没买过。没钱。晓青每月的零用钱是两元，只够买卫生纸。晓宇每月的零用钱是一元，每天只能吃一根三分钱的冰棍。

晓宇惊叫一声："啊呀！蛋糕！"

晓青说："爸爸今天怎么舍得买这么多蛋糕带回家呢？"

"吃吧吃吧，今天就让你们吃个痛快！"我说，"这蛋糕不是买的，有钱我也舍不得买。单位今天开座谈会，邀请不少科技知识分子多数和我一样坎坎坷坷不得志，本事不大，怨气不小，只顾在会上发牢骚。会后剩下糖果蛋糕清点清点，年轻的女主任对我说，'带回去吧，给你家两个孩子吃。'女主任心好，她向来诚恳待人。我就不客气了，我就包包后统统带回家。吃吧吃吧，这些都是会上人家没动的，很干净，放心吃。"

晓青和晓宇各自吞了两块，油腻得怎么也吃不下了。剩下的明天当早餐也吃不完。我想想就下楼跑上街去买了一袋奶粉。两个孩子终于连续几天吃上了牛奶加蛋糕的早餐。

我带两个孩子，有学上，有班上，各得其所。我每月工资从四五六（四十五元六角），涨到六五四（六十五元四角），生活没问题。有时还能领一点编辑费、讲课费。稿酬制度恢复后，我写作积极性大增，发表一些破文章或是丑剧本也能收到不少于整月工资的稿费，伙食明显改善，营养好了，两个孩子看着看着长身体！节余的钱还买了电风扇、14 寸黑白小电视机。日子过得像分田到户的农民讲的一样，真是芝麻开花节节高！

晓宇闯了个纰漏，快乐的三口之家沉闷了一个多月。

傍晚放学回家晓宇的脸色不怎么好什么话也不说。吃了饭皱着小眉头做作业，然后就活动活动按着桌子边将双臂一撑，只听他"啊哟"一声说，"爸爸我胳膊好像折了，是左边这一只。"

我说："胳膊一撑就折啦？又不是秸秆做的。"

晓宇"啊哟啊哟"叫着说："真疼，左胳膊举不起来了。"

我这才当起真来问他："怎么回事？"

晓宇说："课外活动打排球，跌了一跤，胳膊撑的地感觉有点疼。刚才想试试胳膊是不是折了。”

我说：“胳膊折不折自己好试吗？快上医院吧！”

晓青要跟着一道去，她不放心。

我说：“你在家做作业，做完了就睡觉，听话。”

晓青听话，就在家待着。晓青做完作业十点了她不想睡，她要等爸爸和弟弟。十一点了、十二点了。爸爸和弟弟还没有回来，晓青急得想哭。不一会儿，楼梯响了，晓青赶紧开房门见我气喘吁吁将小伤员背了回来。急忙问，“爸爸，晓宇怎么样？”

我说：“左前臂骨折，临时包扎了，明天去拍片。”

晓青放心了。晓青回里间去睡觉。我帮晓宇脱衣上床，然后自己便坐在床边，没有表情没有言语，呆若木鸡般地坐着。晓青和晓宇都不知道爸爸一个人默默地坐到夜里几点……

第二天拍片，证实夜班大夫初诊无误。立即矫正错位，上夹板。用的是中草药，不用打石膏。晓宇疼得叽叽叫就是不淌一滴眼泪。大夫和护士都夸他好样儿的。站在一旁的我和晓青手心都捏出了汗。回家后晓青郑重地对晓宇说：“你很勇敢，我真为你高兴。你快要成为爸爸那样坚强的男子汉了！”

为了让晓宇恢复得快一点，这一段伙食特别好。中餐常有一盆骨头汤。我说：“晓宇多喝点，长骨头的。”

“真鲜啊！”晓宇直点头说，一脸馋相真好笑。

我按照医生的要求，隔三差五送晓宇去医院复诊换药，折腾了一个多月，拍片，好啦！骨折处对接准确，愈合得很好。一家人笑逐颜开。可晓青却夸张地说：“爸爸的脸整整瘦了一圈！”

晓青和晓宇对我说，爸爸太累了，看着爸爸瘦削的脸感到很痛心，爸爸该有一个帮手了，该有一位阿姨来帮助爸爸改变一下生活了。哦！他们已经能抓住单亲家庭生活中最核心的问题来关心爸爸了！面对两个可爱的孩子，我的心在颤抖……

三

“你好！是展望舒吗？”电话里传来的是女声。不激动，却很亲切。我脑袋里最敏感的那条神经立刻告诉我，是林惠兰！

我也没问对方是谁，就不禁叫了一声，“惠兰！”

林惠兰说：“爸爸告诉我。你工作调市里来了，这太好了！他说你在市科协做科普工作也有意义，但我觉得那还是没让你人尽其才！展望舒，真希望你能到大学来工作，做一点讲课的准备行不行？我们再努力为你争取！有进展，我通知你。”

二十一年没听到过惠兰的声音了！我有多少话要和她说！但是没说几句就结束了通话。她说第三节有课。也只三言两语，能听得出她在事业上还是一如既往地关心我！我多么想见到她，可遗憾的是，林惠兰就是没有约我相见……

自从接了惠兰的电话，我还真的按她所说做了些讲课的准备。从前讲政治我政审不过关进不了大学的门。如今改成讲学历了，林惠兰想让我到大学工作，我学历又太低还是进不去。林教授和林惠兰几经努力就是不行，只好作罢。但讲课的准备没有白做。

我讲课了，不是在皖江大学，是在科技楼小礼堂。李老师坐在下面听我讲课。台上台下换了位置，这是相对论一个小小的胜利。我在市科协工作主要是编辑科普小报办科普展览，抛头露面开讲座这还是第一次。根据市里宣传部门领导的指示安排，市科委专为各级领导干部举办一系列科技讲座，一般邀请教授学者主讲。时代变了，兴科技热，听不懂没关系，准时到场是态度问题。头一批处级以上干部听课。传达红头文件历来是处级以上先听。这是待遇。是政治待遇。兴科技热听科技讲座也是待遇，李老师是正处级，他是第一批得到讲座入场券的。但他没有料到担任这高深莫测的相对论讲课的是本单位的普通工作人员展望舒！

皖江大学有的是教授，为什么不请教授？

原来请了。皖江大学研究生部和学报编辑部的负责人都说，你们那儿有人，还要请什么教授？然后就点名推荐的展望舒，说凭他的水平早就能到大学来讲课，研究相对论的论文两年前就在我们学报发了个头条，开这种科普讲座绰绰有余。而在李主席的印象中我不过是高考落榜拉板车嗨哟嗨嗬后来到小镇文化站鬼混，下农村蹲“牛棚”又没上过大学，多年没见，哪儿来的学问？

我首先讲相对性原理。从方位的相对性讲到运动的相对性。我说：“在行驶的列车上闭窗而坐，不觉得车在行进，开窗一看，窗外的山水树木都在向后奔跑，而地面上的人能看到列车在奔驰，却感觉不到地球在绕着太阳运行。这就是运动的相对性。正如古人所说，‘闭窗坐船，船行而不觉也。地恒动不止，而人不知。’两千年前中国人就悟出了这个道理！但两千年来，改朝换代，阶级斗争推动历史车轮滚滚向前，而科技车轮滚动缓慢，两千年前提出相对性原理的原始思想就停滞不前，到一千六百年后，让洋人筑成了科学体系，从伽利略到爱因斯坦……”

这类议论不宜多发。抓紧讲课。我说：“运动和静止都是相对一个参照物而言的。物理学上叫参考系或坐标系……”

我说，“力学定律、电磁运动定律，在所有的惯性系中都能成立。这就是相对性原理。请看算式，设惯性系 K，K′，K″……”

接下来我要讲的是相对论的时空观。我说：“相对论是一种时空理论，它打破了牛顿的绝对的均匀流逝的时间和永远相同的不动的空间，揭示了时空相对性的客观规律。比如，运动的时钟会变慢，运动的尺子会缩短。先看一下运动的时钟是如何走慢的也就是时间的相对性。请看算式：假设有两个物理事件，对于参考系 K发生于同一地点但不同时间的 A 和 B……”

我在黑板上写算式然后用板擦擦掉。擦得花花糊糊，像一个个漩涡，像在一片黑暗中动荡着一团模糊的灰色混沌。于是，我发现自己，也发现所有听课的领导们都陷入到一片混沌之中……

听课的越来越少。四化建设很忙，好多处座局座是中途来小车接走的。到讲座快结束时，二百多座位的阶梯式讲演厅里，已经不满一百人。李主席没有走，他坚持听。他对算式没兴趣。太枯燥无味了。他对讲课的内容更是听不出所以然来。但他总觉得相对论这玩意儿有失偏颇。要不是那个叫什么爱斯皮蛋的外国老头搞错了，就是展望舒在胡吹。而且他在思考。展望舒的讲课似乎在物理的概念之中隐含着一种思想倾向。这种思想倾向与报纸上说的反对资产阶级自由化有关。政治思想工作历来是一把手的职责，不能掉以轻心。那是要犯大错误的。李老师等待着。在一个极“左”的惯性系里，他焦急地等待着……

没想到这一天我的儿子展晓宇听讲座来了。他已是高中生。更没想到的是林惠兰也来听了，但我没见到她的面。

展晓宇听说爸爸要开讲座就来找爸爸。办公室年轻的女主任见晓宇来了就说，“晓宇，你爸在开讲座你进去吧。你就趴在那儿做作业，等你爸讲完课一道回家。”女主任把他送了进来。

展晓宇十五岁小男生要不是被前面一位处长吞云吐雾呛得小嗓门痒痒咳嗽几声，谁都不会察觉他不是在墙角做作业，而是在专心地听课。展晓宇不满足于对概念的理解。概念往往是思辨性质的，是哲学。展晓宇对算式感兴趣。算式揭示规律和真理。晓宇眼睛盯着黑板，手下不停地记着算式。这些算式他懂。高等数学，我已经在家里领着他冲进那个玄妙的领域了。

听课的人越来越少，我尽管认真地讲课，但我意识到讲座十分的不成功。结束时，几位处长报以稀稀落落的掌声，然后一个个离去。李主席拾起自己的小公文包，一手端着茶杯腾不出手来鼓掌，只向我昂一昂头，笑了笑，也跟着走了。

我呆呆地站在讲台上。

晓宇收好笔记本背起书包跑到讲台前，他看人都走完了，就仰着脖子激动地大声说道，“爸爸，你讲得真好，你应当到大学里去当教授!”

我淡淡地一笑，问他，“你听懂了吗?”

晓宇肯定地点点头说：“是的是的，我全听懂了真不吹牛。”

我不无伤感地说：“也许，你是唯一听懂的吧。”

"不，起码还有几位能听懂，坐在我旁边的几位好像是皖江大学的老师，听了直点头。其中有位女老师还写了一张纸条。"

我接过纸条一看，愣住了！条子上写着：

望舒：你好！

我和几位同事来听了你的讲座，你讲得非常好，但一般领导干部可能不易听懂，所以反响不够热烈，你千万不要在意。欢迎你到我们皖江大学来，给物理系的师生做一次相对论的学术报告。好吗？　　　林惠兰

在我和小七子采摘马兰头的风景秀丽的山南侧的皖江大学报告厅，我应该校物理系的邀请，正正规规做了一次关于相对论研究的学术报告，重点是谈广义相对论的时空弯曲和引力波。

我热爱理论物理学是年轻时候的事，岁月蹉跎，早已把相对论抛到九霄云外了，做个科普讲座马马虎虎，林惠兰怎么特地邀请我给大学师生做正规的学术报告呢？我想，也许只是为了圆一个梦而已。——是圆她自己的梦，还是圆我的梦呢？

不管怎么说，林惠兰终于让我走上了高等学府的讲坛！

给物理系的师生做学术报告，我可以讲得深一点，可以更好地展示我早年钻研相对论的个人体会。展示自我，是人的一种本能和欲望。不能照搬爱因斯坦，那太没出息。爱因斯坦之后，理论物理还在发展啊！但是如今到大学里讲课也难，特别是用上"学术报告"四个字。不像早些年代，带一把卡尺，凭那飒爽英姿就能镇住满堂师生。

现在大学生胃口不一样了，一个比一个傲，谁来听你业余水准的讲座？布告栏上贴着本月份就有来自美国、日本和印度三位教授的讲座。你不是学贯中西，学生们不买你的账。该说中文的时候用中文，该说英语的时候得淌出流利的英语。

这难不倒我，但我也不必卖弄只是适时地用一些英语讲述。我操作放像机边放映算式和图像边讲，得心应手。大学里条件好，漂亮玩艺儿都有。我自己的期望值不高，三个小时分两节讲

下来中途没学生溜号儿，就算大获成功了！

上半节讲下来，反响就有了。大学生们听得有滋有味，都说受益匪浅，但也被我这半吊子相对论学者讲得晕头转向。

有学生在私下里摸清了我的底细，就抓住两节课之间休息之机问我，“展先生，听说您只读完高中没考上大学就去拉车了，作为一个相对论学者，您的起点是在哪儿呢？”

这位大学生很聪明，也算实话实问。被学界很多人认为高不可攀的相对论这座山峰，你总不能高中毕业就起步攀登呀？起码也得大学本科毕业考上个理论物理专业的研究生才行吧！

我的回答更令他和在一旁的几位同学摸不着头脑。

我说：“首先我要说，我真的算不得一个相对论学者，勉勉强强的话，也只不过是个半吊子相对论爱好者，那么，我的起点是在读小学三年级时的一次罚站……”

大学生们听得瞠目结舌。正好，林老教授听说我讲课，也来看看。他还说了几句话。他不仅说了一个小学生罚站时观察光影的移动如何引申到时空连接，还说了一个拉板车的汉子刻苦自学相对论的不可思议的故事，就是今天给大家做了精彩的深入浅出的讲课的这位展先生。这在大学生中引起不小的震动……

我下半节讲课就发挥得更潇洒，我最后和大学生们说了现代宇宙学的诞生与发展。我说：“公元1917年，爱因斯坦根据广义相对论时空弯曲的概念提出了有限无边的静态宇宙模型。十几年后，天文观察发现宇宙不是静止的，宇宙在膨胀！爱因斯坦在实践面前承认自己的宇宙模型是错误的。的确错了，为什么不承认呢？难道伟大的人就不犯错误吗？模型虽然错了，研究的态度和方法都是科学的。其结果是诞生了一门新的学科——现代宇宙学，并迅速地发展起来，涌现出各种各样的假说和理论。”

我这个从来不会说政治的人最后激动起来了，居然脱口而出，说了几句热情洋溢的结束语。我说，“我们中华民族是个伟大的民族，两千年前就提出相对性原理的原始思想，据我所知，近年来不仅海外的华人学者在理论物理领域大有建树，我们国内的多位学者教授，在改革开放的大好形势下，与世界各国的科学家展开了广泛深入的交流，在这个领域也取得了骄人的成就，并给我国的航天事业提供了不可或缺的理论支持！”

我最后说，“你们今天的大学生遇上了好时代，刻苦学习，努力奋斗吧！我只能做你们的啦啦队了，我愿为你们吆喝！”

报告厅里响起了经久方歇的掌声，真出乎我的预料。

我也真的算松了一口气了。我一再向大学生们，向学校及系里的领导和老师们表示感谢！系里的领导和老师送我出了报告厅，握手告别，是学校的小车送我回去的。我激动的心情平静下来，这才想起系主任林惠兰怎么没来呢？我坐在车子里又不好转身回去，向他们探问一下，一个疙瘩留在了心里。我只好自我安慰，没见到林惠兰就算了，心里梗着个疙瘩有什么用？她很可能是有意回避，不愿见我呢，我还是想开些吧。

四

星期六下午我和两个孩子都回家很早，快快乐乐一起动手做晚饭，有件高兴事放在心里憋不住就说出来了。

我说：“孩子们，头一天带你们上这小楼进这房间，我说，我们三口之家的生活就从这儿开始了，你俩还记得吗？”

晓宇说：“怎么记不得？爸爸你还领我们宣誓呢！”

我说：“一眨眼就是三年，我们就要离开这座小楼了。这破旧的小楼注定要在我们的生活中消失，可却永远不会忘怀……”

晓宇反应快，他立即问道：“爸爸，你分到新住房啦？”

晓青跟上问：“钥匙到手了吗？”

“你们看！”我不慌不忙地从上班的文件包里取出一挂钥匙说，“新房子在团结新村，十四栋，二单元六楼！”

晓宇说：“爸爸，这可是我们家的大喜事，该庆贺一下！”

我问晓宇：“你们说，怎么庆贺？”

晓青和晓宇异口同声地叫起来，“上餐馆！”

“行啊！”我还是不慌不忙地说。我们放下手中准备晚餐的米和菜，上餐馆！这在三口之家来说，还是第一次。

有了宽敞舒适的住房，就更想女人。这些年，有关心我的亲朋帮我介绍女友，见面后我都找不到那种感觉，我都婉谢了。

小玉去世后，我曾经和若云做过一回夫妻事，我答应娶她为妻。事实证明，那只是一次情节过于完美的性梦而已！她已经死了。扎根在我心中的还活着的女人只有林惠兰！林惠兰不仅给了我难忘的初吻，她还一直关注我的学业鼓励我奋进，终于让我走上大学的讲坛，我爱她！但是林惠兰是有夫之妇，还能爱吗？

爱，不存在能不能的问题。爱是感性的。真爱，是一辈子挥之不去的。由爱而结成婚姻，这是普遍的愿望。但是没有爱的婚姻和没有婚姻的爱，在这个世界上同样地太多太多……

小七子说爱就是喜欢。她只有一颗心给了我也就掏空了，要和自己喜欢的人在一起过日子，她每天去拉车让我在家做算术题。

小玉说爱就要成婚配，我挑水她浇园，同甘共苦，轻浮一点是我给她的专利，她愿意依我一千次一万次。

若云的爱要做。她说不爱自己的丈夫李家金，每做一次都是受强暴！而对我，她说只要我像对小玉那样做一回就死而无憾了！

林惠兰怎么说爱呢？林老教授说陷入两难境地的女孩将永远是不幸的，恐怕她自己更是难以用语言来表述。

对于我来说，已有两个可爱无比的孩子，没有婚姻无妨。爱，仍然是不能缺失的。爱在心中。爱是美感。爱是思念。爱是痛苦。我多么想把这份痛苦思念的美感永久地保留在心中，伴我余生！

时光过得太快，一年，两年，三年，日子简直是在跳着过。晓青高中毕业了，她酷爱文学考上了皖江大学中文系，在刊物上发小说了。她不愿住校，每天晚上回家，说自己是走读生。

过两年，晓宇也高中毕业了，考进了皖江大学物理系。凭高考成绩他可以填报北京或上海的名牌大学，但他不愿填报外地大学。我一语道破地说，没出息！和姐姐一样，恋家呗！

晓宇开学那天，我和晓青一同陪他去报到。我们进了物理系办公楼，一眼就看到了系主任林惠兰教授。自从十八岁与她分手整整过去二十七年了，我四十有五，终于见到了初恋的情人！

看上去林惠兰确实是风韵犹存，但不像我想象的什么久别重逢如何激动，也没什么有夫之妇见到前情人的尴尬。她落落大方地伸出手来，和我握了一下。说了声，“展望舒，你好！”

我反倒有点不好意思的样子，就拉着晓宇对她说，“我儿子展晓宇，考进了你们物理系，拜托了！”

林惠兰先看看站在我身旁，和我一同送晓宇来的晓青，问道，“这是你女儿吧？长得好像你！在哪儿读书？”

晓青说：“就在本校，中文系，开学三年级。”

“太好了。展望舒的千金在这儿读三年级了，怎么不告诉我一声！”林惠兰然后看看晓宇，问他，“你进的是哪个专业？”

晓宇回答道，“近代力学专业。”

“噢，我在近代力学专业有课，你要做我的学生了。”林惠兰笑了笑说，“好好读书，不用功，小心我要打你板子的！”

林惠兰一句话把我们都引笑起来。一次悲伤的重逢，一次尴尬的重逢，被林惠兰几句笑谈掌控得如此欢快喜悦，我在内心感叹，各自走了二十七年不同的人生路，她的精神境界要比我高出很多很多！然后她领我们去拜望了离休在家中的林老教授。

林老教授的家确实搬了。大学里落实知识分子政策特别快，先是住的高知楼，接着又搬进了连体别墅式小楼。

我告诉林老教授，我儿子展晓宇考上皖江大学物理系了，他又见到了一个看上去很聪慧的十八岁小男生，这使老人十分激动，他饶有风趣地说，“好，好，展望舒没能进我们大学，小展望舒终于进来了！”林老教授又把拳头攥成了心。

此后，我再没去过皖江大学。好像再也找不到什么好说出口的理由去见林惠兰了，更谈不上约她单独倾诉！

一年又一年无声无息地过去了，同在一个城市，同样旧情未泯，怎么就不能去见她呢？……展望舒，悲哀啊！

五

光阴荏苒，小玉去世十二个年头了。十二年怎么一晃就过去了呢？孩子大了远走高飞，十二年的三口之家必将变成空巢。

晓宇明天要动身去美国，去休斯敦一所大学读研究生。

我说：“孩子们，我们三口之家的生活就要结束了，我们来好好干一杯。”我说这话喉咙有点梗，眼眶也有点异样的感觉。

桌上摆满了菜，至少十来个。我当了三口之家十二年老炊，全职保姆，兼职家教，菜烧得棒极了；一流的。餐桌挪到了客厅的中央，四边放四张椅子把小客厅摆得满满当当。

我和晓青晓宇三方坐好，还有一方空缺，但桌上的碗筷杯盏照样放了四副，四只高脚玻璃酒杯里我都给斟满了葡萄酒，在吊灯的照射下闪烁着淡淡的红光。晓青晓宇没问我为什么要这样做？他们可能在想，老爸虽然讲科学，有时也来点儿迷信。那空缺的一方是否象征妈妈在座的意思呢？我也不做解释。我做事，有时也讲不出什么道理。以后聚餐的机会少了，把餐桌四方摆满有一方空缺就空缺好了，也没想着有什么人会来，我就这样做了。

晓宇说，“爸爸，我们还是等一等吧，我觉得会有人来的！”

不知为什么我心里也想等一等，就顺水推舟放下了酒杯，我说，“晓宇，那我们就抓紧时间先给你捡箱子吧！”

我给晓宇捡箱子。其实箱子早捡好了，只是再打开来跟他交代几句，一交代，话就多了。话多了，就免不了有些伤感。

我说：“这一只箱子装衣裳鞋袜。没人给你当保姆了自己料理细心点别乱扔。这些衬衫背心裤衩够你穿几年的，到了花花世界还是要过苦日子，心放在读书上。这几件夹克衫几条长裤有厚

有薄，春夏秋冬分开穿，这件皮夹克是你姐姐用稿费买了送给你的，她在省城又发表了一篇小说。西装只买了一套，穿西装别忘了系领带，正式场合老美挺讲究别让人家瞧不起咱中国学生！”

晓宇说：“爸爸你放心，不信我试试。”

晓宇当即穿上西装系上领带，人显得瘦了点但还是够帅的。我看儿子穿起西装确实很气派，高兴地说，“我一辈子还没穿过这么挺刮的西装，好，就这样！人要衣装，这是一种精神，体现你的气质，不是和老美比阔气比派头，你去留学的目的是学他们的高科技，掌握他们最前沿的最核心的科技，我不是要你当科技克格勃，是要你学习先进的科学知识，把高科技掌握透，利用他们的先进设备，自己还要有所突破，然后全带回国。啊呀，这样一说，岂不还是要你去当克格勃？国家可没这意思。”

我说：“这一床毛巾被，一床毛毯，天气凉热分开用。你睡觉经常踢被子，到美国没人夜里给你掖被头了，不要着凉，感冒扁桃体发炎小毛小病也影响身体健康，一人在外头疼脑热没人照顾你。这是一包常用药品，自己平时多保重，你记住了吗？”

晓宇说：“爸爸，我记住了。”

我将箱子拉链拉好，上好锁，再捡第二只箱子。我说，“这锅碗瓢勺都齐了，老留学生都说在美国天天进餐厅吃不起，都是自己烧饭。这不锈钢锅是煮饭的，很方便，煮饭时搁水超出米的一半就行了。这种菜刀挺锋利的切菜时注意别切了手指。”

我说：“这两只航空旅行箱是托运的，这只小拎包随身带着，重要的东西全在里面。护照、《I－20》表、健康证明，包里还有90美元。这90美元是外汇管理局规定合法带的，只够路上零用。到了那边学校一时不发奖学金怎么生活呢？还是再带200美元吧，这美元我是在街边上偷偷摸摸找黄牛换的，海关查不查？查出来怎么办呢？200美元我给你缝裤腰里了，留神点儿。”

晓宇说：“爸爸你不用再说了。”

我说：“是不是嫌我啰嗦啦？”

晓宇说：“不是不是，是我全记住了。”

“全记住了就好。”我发现晓宇的眼圈红了，最后说，“晓宇，你孤身一人去异国他乡一定要多保重，爸爸照顾不了你了……”

我那语调有点凄凉。在我絮絮叨叨之时，原来林惠兰早进来了，我连门铃的响声都没听见。是晓青开的门。

林惠兰看着我拾拾掇掇听我絮絮叨叨，被我的舐犊深情所打动，忍不住说：“你把家里女人该做的事都做了，真没想到你还是一位兼职慈母呢！我的老先生，你还要絮叨下去吗？晓青和晓宇都在流泪，你难道非要我也陪着流泪不成？……”

原来，晓宇上午到学校向他的系主任林惠兰教授告别，她正在开会，问清了我们家的住址，晚上就来了，她说还有话要和晓宇说，一定得来一趟。晓宇回来和晓青说了，两人一商量，暂不对爸爸说，系主任会多事多，如果来不了，又怕坏了爸爸的心情。孩子大了，关爱爸爸真是到了谨小慎微的程度。难怪看我摆四副酒杯碗筷他俩也不吱声呢！林惠兰来了，皆大欢喜！

林惠兰这是头一次走进我的三口之家，进门一看，可能出乎她的意料，但也算大体明白了我的家庭状况。

林惠兰穿一身浅藕色西式套装，给我一种比她的实际年龄要年轻许多的感觉，能把我带回到那遥远的过去，她穿的就是这浅藕色套装，我掌着大板车过弋河桥，下坡时差一点将她……今天她终于来到了我的家！她说了那句有点意味深长的话对我微微一笑，我便抹去一脸愁云！痛饮吧！只要活着，看来任何时候男人都少不了女人！我走过去和林惠兰握了握手说，“请！”

餐桌四方都坐下人来，一方不缺，那感觉就是不一样！

晓宇说：“林教授！你来了，我爸爸的情绪就豁然开朗了！”

林惠兰说：“是吗？那我以后一定常来。”

晓青说：“晓宇，在学校是喊林教授，在家里得喊林阿姨！”

晓宇说：“我喊惠兰阿姨！比喊林阿姨还亲一些呢！”

晓青说：“我喊兰姨！更亲一些呢！”

林惠兰说：“你俩真会讨阿姨喜欢！”

我说：“首先敬我的老同学，你们的惠兰阿姨一杯！”

林惠兰说：“得先敬你爸爸！他教子有方，劳苦功高！”

我说：“不，得先敬你！晓宇能出国留学，靠的全是你！五

年本科受你的教育与培养不说，单这次办留学，从报考托福和GRE，联系美国的大学，请林老写推荐信，都是你帮的忙！”

晓宇立即起身，说，“爸爸说得对！先敬惠兰阿姨，我的恩师林惠兰教授一杯！”

林惠兰说：“好，好，谢谢，谢谢！”

我们四人愉快地共同饮酒。

晓宇眼朝我望望，他想给我敬酒了，他说，“再敬爸爸一杯，爸爸……十二年劳苦不说，单为我出国，你四处奔波……”

看晓宇脸上兴奋而又难过的表情我也受不了，我打断他的敬酒辞，说，“好，好，我的乖儿子，祝你鹏程万里！”

林惠兰却插上话了，她凑过脸来悄声问我，“十二年劳苦？展望舒，你带两个孩子十二年啦？你怎么早不告诉我呀？我一直以为你有个圆满的家庭。你这人啦，我怎么说你才好呢！……”

我先和晓宇碰一碰杯，将一杯酒全喝了，我笑一笑，借着酒力对林惠兰说，“我是带两个孩子十二年了，没有告诉你，以后有机会慢慢说吧。你今天能和我一家三口欢聚，真是太难得了！你总是在我最需要帮助的时候，像女神一样降临我身边！……”

林惠兰说：“展望舒，你是不是酒喝多啦！”

晓宇说：“惠兰阿姨，爸爸能喝，但平常不好酒，情绪好喝两杯，他话就多。话多，情绪就越好。”

林惠兰微笑着点点头。晓青举起酒杯，刚说一句“敬亲爱的爸爸一杯……”就忍不住流下泪来。

林惠兰马上问她，“晓青，你怎么啦？”

晓宇说：“我和姐姐一样心里都很难受，明天我要走了，姐姐的朋友谈了好几年，不久就要出嫁，留下爸爸一人……我和姐姐都不忍心，她说真不想结婚了，我也说不想出国……”

晓宇的话让林惠兰深受感触，她面对两个孩子说，“你们家的情况，我今天才算搞清楚了。作为你们爸爸的老同学也是好朋友，我很内疚。是的，你们走了，你们的爸爸是很孤单……不过孩子们，你们都长大成人了，都有出息，这本身就是你们对爸爸十多年劳苦最好的回报！学还是要留，婚还是要结。你们的爸爸会有人常来关照的，你俩放心好不好？”

晓宇说：“惠兰阿姨，你说这话，我们太感谢了！”

晓青说：“兰阿姨，你真好！”

林惠兰举起酒杯说，“你俩都说阿姨好，就一同举起杯来，望着阿姨，笑一笑。然后，我们共同干杯！”

晓青和晓宇立即举起酒杯，面对这位好阿姨露出了笑容。林惠兰又转身对我说，“展望舒，来，我们一起干杯！”

我们四人都展开笑颜，一同干了杯中的酒。林惠兰成全我们了，在我的乖儿子奔赴异国他乡的前夕，陪我三口之家共进了愉快的晚餐，也许一辈子只会有这一次，我内心无比地感谢她！

但有一点我不会搞错哦，——她是别人的妻子！

林惠兰没有久留，她和晓宇又讲了几句到美国大学要注意的事情就准备回去。我说，“等一等，我给你拿一样东西。”

最近几个月，我将自己多年来发表在各类学报和刊物上的文章全部剪辑下来，整理了一遍，分门别类装订在一起有两大本。一本是数学和物理的纯学术论文，一本是探讨如何认识自然的文论，我在封皮上分别写了《相对论研究》和《相对论的哲学思考》，信手写的，如说是书名，有点不知天高地厚之嫌。

我把这两本文稿拿给林惠兰。我说，“惠兰，这些文稿很浅陋，但是我三十多年的心血，如果对你的教学和科研有一点裨益，算作感谢你这几年对晓宇的教育之恩。并请多加指正！”

林惠兰接过文稿略微翻了翻，说，“这很好，你没让三十年时光白流，还是那个令我佩服的展望舒！我一定拜读！”

林惠兰对我笑笑，收下了文稿。她走了。我和两个孩子要送她回学校，她说不用，她打的回去。她临走时对晓青说，“晓宇出国了，以后有空我会来看看你的，真的欢迎我吗？晓青。”

晓青笑了，晓青笑起来那一张脸看上去还像个中学生。晓青说，“兰阿姨，欢迎你经常来我家！”

晓青这话不是帮我说了吗？我和两个孩子送林惠兰下了楼，走出幽静的住宅小区，到了马路边。林惠兰上了出租车，我们相互挥手告别。八月的晚上，马路上熙熙攘攘灯火辉煌，一眨眼，那红色的出租车就消失在车流人海之中了……

六

晓宇出国后没几个月，晓青要出嫁了。

我说："女儿不能跟父亲过一辈子，晓青，你说是吗？"

晓青说："是的，爸爸。"

我说："女大当嫁，过了冬天你就二十五岁了。晓宇出国你出嫁，爸爸肩上的两副担子都卸了好轻松，晓青，你说是吗？"

晓青说："是的，爸爸。"

"小伙子不错，算你有眼力，你学中文倒找了个学理科的，动手能力强，不像你们学文科的十有八九夸夸其谈只会耍嘴皮子，我说实话你听着别不高兴，晓青，你说是吗？"

晓青说："是的，爸爸。"

我说："他家在农村，你陪我去了一趟，我看看也就放心了，虽说不算富裕，生活还可以，那乡间的环境真幽雅，晓青你说是吗？"

晓青说："是的，爸爸。"

我说："他父母都挺老实是厚道人家看上去他们都很喜欢你，好像能有你这样的儿媳妇在乡下挺光彩似的，你们成家后虽不会和公婆在一起过日子，但这点背景很重要，晓青你说是吗？"

晓青说："是的，爸爸。"

我说："他父母在农村劳苦一辈子，把儿子培养上大学真不容易，你以后要孝敬公婆，我不是要你三从四德，不管在什么社会，孝敬老人都是一种好品德，晓青你说是吗？"

晓青说："是的，爸爸。"

我说："你俩结婚他家拿不出多少钱，生活必需品要一点，小日子能过就行，我也给你们准备了一点，爸爸搁心里好几年了，也只几千块钱，表个心意吧，晓青你说是吗？"

晓青说："是的，爸爸。"

我说："真想给你买条金项链，现在女孩子结婚都有的，可是晓宇留学我借了那么多债，我以后余点钱再给你补上一条金项链吧，晓青你说好吗？"

晓青说："爸爸，不用补的。"

我说："明天一早他们要来人接你了，姑娘大了总要跨出这一步勇敢点千万不要哭，不要想家不要想爸爸，晓青你说是吗？"

晓青说："是的，爸爸。"

我说："明天晚上的喜宴。亲朋好友我邀请了，都会去的。爸爸要喝女儿的喜酒了，我要好好祝贺你一下！"

晓青说："爸爸把我的终身大事筹办得尽善尽美了，真的我心里好感谢爸爸！"

我说："爸爸该做的事还谢什么！我就这些话，全说了。"

晓青说："是的，爸爸。"

我说："晓青，那你抓紧去休息，一定要睡个好觉。"

我嘱咐完了，晓青点点头，回到自己房里。

没过一会儿，晓青将房门轻轻打开，看我还坐在客厅的沙发上没动，就从自己的房里走出来。

晓青说："爸爸，我一时睡不着，心里很难过。"

我问她："晓青，你还有什么难过的事呢？那你坐下来，我再陪你谈谈心。"

晓青坐到我身边，说，"都说结婚是件大喜事，可我的眼泪却怎么没完没了地流呢？三口之家彻底结束了，这是我在爸爸身边的最后一个夜晚吗？"

我说："不是，不是。绝对不是在爸爸身边最后一个夜晚！女儿出嫁，哪有不回娘家的！"

"可我的娘家没有娘！留下爸爸一个人你怎么过呢？晓青不想结婚了，晓青不想走了，晓青想永远和爸爸在一起！再过三五年，等晓宇留学归来，我们重新开始三口之家的生活！"

晓青说着说着又哭起来，她说，"我一定要那样，我一定要

那样！否则爸爸你这一辈子太凄惨了！”

我说：“说什么傻话呀！我的好女儿！那天惠兰阿姨不是说了吗？晓宇学照留，你嘛婚照结。你们的爸爸会有人常来关照的，叫你俩放心！你忘啦？”

晓青说：“我怎么会忘记呢？那天到机场送晓宇，我和他背着你商量的就是这件事。惠兰阿姨确实是一位好阿姨，可据我们所知，她不能像我们所希望的那样关照你，她有家庭……”

为了我，看来他们是了解不少情况了。多么好的孩子哦！我应该敞开胸怀和她谈谈我自己了。

我说：“我知道你和晓宇所希望的，不就是得有个老伴来关照我吗？晓青，我的好女儿！做父亲的一般羞于对子女诉说自己的私情，但你和晓宇不仅是我的子女，而且是我最贴心的朋友，我可以向你们坦诚相告，在我曲折坎坷的人生旅途上，林惠兰是我同班同学也是我初恋的女友，我没能上大学，她和我分手了，但在事业上她一直给我无微不至的帮助，鼓舞我奋进。我接着进了板车队，认识了一位淳朴的拉车姑娘小七子，伴随我度过了艰难窘迫的岁月。抚慰我心头的创伤，使苦难人生变得美丽而充实。我爱她们，是真挚的爱，但命运还是把我送到了青弋小镇，这样，在我的人生路上才有了你们的母亲赵小玉，她把美丽的容貌和瘦弱的身体还有凄惨的命运全部献给了我，让我明白，即使是两个无血无肉的泥人相爱到这种地步，也只能砸碎了，拌在一起重捏两个泥人！我因真挚的爱和小玉结婚，因婚姻而让我们爱得更深沉！所以，我总认为，有爱的婚姻实在难得。对于现在的我来说，没有爱，宁可不要婚姻。也许我的婚恋价值观太守旧了但是我改不了，这就是你母亲去世十三年了我不轻易再婚的根源。”

我说：“晓青好女儿，你们不要担心我孤独。孤独是一种境界，让我慢慢适应吧。而且，我也会在这件事上主动去努力！以后有进展，会随时跟你们说的。”

这是我头一回和女儿谈自己的私情，在她出嫁前的那个晚上。晓青的眼泪把手上的帕子都浸湿了，她慢慢起身回房里去。

我也回到自己的房间，但没有睡。好像没过一会儿，晓青听见了我的敲门声。我说，“晓青，天快亮了，你起来准备吧，一会儿接亲的要来了。天刚亮接亲，越走越亮堂。”

我讲起课来像个知识分子，这会儿倒像个老农民，十分讲究民风民俗的。天没亮，晓青起身梳妆。晓青穿上新衣。红的，深红色的毛呢马甲裙，戴上一串项链那不是金项链是仿象牙的颗粒串成的，一枚饰花上嵌着几粒彩色小玻璃珠子光闪闪，但不是钻石，不值钱。这是十几年前爸爸出差买给她戴着玩的，算不得首饰，但在晓青心中却无比珍贵。它珍藏着儿时美好的记忆，父亲对女儿无与伦比的深情。红色的衣裙，衬着象牙白的项链，显得如玉一般洁白无瑕，给晓青增添了一份秀美和天真。

我突然看见女儿戴上这串项链，想起许多许多往事那样令人心酸。十三年过去了，一个小女孩，失去母亲的小小女孩，青青，小青青……青青长大了。做新娘了。只剩下老父亲一人送她出嫁。于是，泪水怎么也止不住了，但我还是强忍着。

这时几个接亲的年轻人欢声笑语上了楼。是事先约好的几个同学还有表兄弟姐妹来接人了，他们叽叽喳喳不停地敲门。

早两天我就布置好了，叫他们来接亲时不要放鞭炮，放鞭炮影响楼道里邻居休息。他们不放鞭炮。他们从门缝里塞红纸包。红纸包也是我预先做好交给他们的。一包只有两张红色的一元钱。双数。吉利。两个表妹来做伴娘。红纸包总共十六包，全给伴娘收。两个表妹一人得八包。也是吉利。两张笑脸像两朵花。

我把门拉开。新娘子走出房间，好漂亮哦！大家喜笑颜开。我想把气氛搞得热闹喜庆一点，可是不行。

我说：“晓青，你去吧，去好好过日子，爸爸不送了……”

说着说着，我的嗓音就变了，嗓子眼儿就哽住了。晓青泪如雨下，一下子扑到我的怀里，千言万语并作一句话，她说，“爸爸，你多保重，多保重，多保重！”

欢乐的年轻人簇拥着晓青下了楼。我转身从窗口俯看他们在住宅区黎明时分的小路上渐渐远去……

晓青结婚后将跟随爱人到大西南一所大学去工作。西去，西

去。西去三千里，虽不像晓宇离我那么远，也够远的了。何时才能再见到心爱的女儿呢？一个内心对妻子儿女，对家庭充满感情的人，最终将自己送入了孤独的境地！那就是我！

我站在窗口，向女儿远去的方向呆呆地眺望，一直站到天大亮了，才踅回身。我关上所有的门窗，然后躺到沙发上，任凭我和女儿说得多么坚强、多么好听，根本不行！说什么孤独是一种境界！什么境界？女儿一走，马上心里就受不了啦！

我任泪水无遮无拦地流，那是真正的老泪纵横，但是没有别人看到。也没有人能听到我那令人心碎的啜泣声……

有人听到了。关心我的人就能听到我那令人心碎的啜泣声！

电话铃响了。关心我的人给我打电话的，只有林惠兰。林惠兰那天对晓青说，晓宇出国了，她会常来。可她一直没来过，许是工作太忙抽不开身，这会儿打电话来了。

我拿起话筒说了声："你好！"

我啜泣的尾声也许传过去了，那边林惠兰就问道，"展望舒，你怎么啦？你说话声音不对劲啊！你好像是在哭啊！这一大早，发生什么事啦？你说呀！"

我告诉她发生了什么事呢？女儿出嫁，大喜事啊！怎么伤心成这样呢？我真无从说起。我说："林惠兰……我，我……"

我还是没说出个所以然来，林惠兰大概是急了，她提高嗓门说道，"展望舒，你女儿在不在家？请她接电话！"

我说："我女儿她……她出，出……"

林惠兰问，"你女儿出什么出？……出嫁了是不是？……"

我说："是，是的，我女儿她……她出嫁了……"

林惠兰说："女儿出嫁大喜事，怎不早告诉我？"

我说："是，是想打电话给你，又怕你忙……"

林惠兰说："惠兰阿姨喊得那么亲热，晓青办大事，我再忙也要关心一下吧！其实这几个月我也不忙，只是埋头在读你的两本大作，刚刚读完，就给你打电话。真对不起晓青了！好了，不说了，展望舒，我马上过来，你在家等着我，千万别离开！"

林惠兰要来，我该好好接待她了，该和她谈谈心了，尽管她是别人的妻子。我到卫生间洗个脸，一个男人的脸上总不能留着泪痕会客人，让人家笑话。顺便拿起剃须刀，在下巴上三下五除二把胡茬子全扫了。好久没有清理自己一下了，对着镜子一看，还行。我很快从凄楚的心境中调适过来。这个心态很重要。

门铃响了。我开了门。林惠兰站在门外对着我脸上望望，笑了。她说，“还好，不像我接电话时想象的那么凄惨。”

“见到你的笑容，凄惨连影子都飞了。”我也笑了笑说。

林惠兰说：“新娘子被接走了是不是？”

我说：“是，是的。一大早就接宾馆去了。”

林惠兰没有进门的意思。她说：“晚上在宾馆办喜宴吗？”

我说：“是的。新房也安排在那儿。”

林惠兰说：“那好，我们走吧。陪我去看一下你女儿，晓青办大事，惠兰阿姨能不意思意思？”

我说：“马上就走？我真想留你谈谈呢。请进吧，老同学！”

林惠兰进了门，说，“你想和我谈谈？有什么事吗？”

“有什么事呢？”我在心里同样问了一下，我说，“没什么事，就是想和你谈谈心……”

林惠兰笑笑说：“孩子都离开家了，想和我谈心？”

我说：“不，不，我十几年前回江城就上你家找过你。”

林惠兰说：“那次你去是找我父亲吧？”

我说：“我首先是拜望林老教授，当然也想见你。后来有几次与你碰面，也没能和你好好交谈。”

林惠兰说：“诚实地告诉你，你不要生气。展望舒，那是我在回避你，我是个吃了几十年粉笔灰的人，和我谈心你会觉得很枯燥。不信我们坐下来试试。但我们要事先约定好，一不谈政治，二不谈爱情。你同意不同意？”

林惠兰怎么说这样的话呢？不愿和我谈及爱情我还是能理解，说到政治，她受过什么影响呢？当年高考时，她虽不是根正苗红的工农兵子女，但归国教授的女儿也属政策规定优先之列，政审轻松过关，考上知名大学，毕业后当大学教师国家栋梁，一

路顺风，如今是系主任，她怎么也忌讳谈政治了呢？

我说：“你这两条约定，我尽管只能理解一半，但我应当尊重你的意愿，只不过与你林惠兰谈心不是和别人，一不谈政治，二不谈爱情，对我来说那太难了！”

林惠兰说：“除了这两条，你还有什么想谈的？”

我还是想找一点话题和林惠兰谈谈心，半天也没说出来。我说：“我很关心你的……”

林惠兰说：“你很关心我的哪一方面？我的教学和科研？我的住房？我的工作和生活状态都比你好！嗨，我的老同学，分别三十多年，如今和你有来往了，我已经非常满足，互相再有一点小小的关照不是很好了吗？还要谈什么心？不要了解得太清楚哦，保持距离就是保持美感，我这样说你同意吗？”

林惠兰随口几句话，也说得很有内涵，够我思索一阵子的了，我再次体会到，她的格调真的比我高。我点点头。表示同意。

林惠兰说：“展望舒，没什么其他紧要的事，我们还是先去宾馆，看看新娘子，好吗？”

“好吧！”我说。

我陪林惠兰到宾馆找到了晓青。晓青突然见到我和惠兰阿姨一同来了，简直笑得合不拢嘴，和一大早出门时哭哭啼啼相比，真是判若两人，这样喜笑颜开才像个做喜事的样子啊！

我诚恳地说：“惠兰，你再一次成为在我最需要帮助的时候，降临到我身边的女神！我怎么感谢你呢？”

林惠兰说：“展望舒，晓青的喜酒还没喝，你又说酒话啦！”

晓青亲热地挽住林惠兰向她介绍了我的女婿一位理科博士，说：“惠兰阿姨，你来喝我们的喜酒，我们真的太高兴啦！”

“祝贺，祝贺！”林惠兰和我女婿握了握手，然后对晓青说：“晓青，真心请阿姨喝喜酒吗？”

晓青说：“一见惠兰阿姨来了，你看我高兴的，还不真心？”

林惠兰说：“要阿姨喝你的喜酒可以，那我得有个条件……”

晓青说："一百个条件都行！"

林惠兰从手提包里拿出了一个红绸子包着的椭圆形小盒子，十分有亲情感地说："晓青，条件只有一个，阿姨送给你一件微薄的小礼物，你愿意高兴地接受吗？"

晓青没有迅即回答，只是望望我，她那意思肯定是要我表态了。林惠兰只对我说意思意思，也不知这小盒子里装的是什么礼物。我心情特别好，不用多考虑就说，"惠兰阿姨送的礼物，能不高兴吗？晓青，双手接着！"

我这么一说，晓青眼都笑眯了，她的喜悦可能是来自礼物之外所联想到的吧？她伸出双手接过椭圆形小盒子，问道，"惠兰阿姨，我可以打开看看吗？"

林惠兰说："不仅可以打开看，如果你满意的话，我希望你这就戴上，和你已经戴了的这一条配在一起比较一下，看看喜宴上戴哪一条更合适？……"

晓青打开一看，原来是一条白金钻石项链！我在心里喊了一声，我的天啊，白金钻石项链我还头一次见呢，这要花多少钱！

我说："惠兰，这也算微薄的小礼物吗？只是意思意思？"

林惠兰说："这项链不是在街上买的，只要晓青喜欢，我就送对了。有点什么意思在里面，以后我对你爸爸说，好吗？"

我立马表态，"这还要比较什么？晓青，做喜事换上惠兰阿姨送的这条！平时，把两条放一起，收好！"

林惠兰说："那条象牙白的项链晓青戴了，增添了一份秀美和天真，姑娘戴着走出家门，太合适了！到了喜宴上，就是新娘子，换上这条钻石项链，就更加光彩照人了！"

林惠兰做得周到，说得也周到。晓青点点头，没再说什么，但我发现她暗暗地擦了一下眼角，很快就喜笑颜开地换了项链。一条白金钻石项链戴上，啊呀，大不一样了！晓青的喜宴一派喜庆的气氛！林惠兰再一次成全我们了，我不知怎么感谢她！

但我还是不会搞错，——林惠兰，她是别人的妻子！

七

我的老父亲在一个金色的秋天去世了。他和我继母复婚，到一起过了十几年好日子。走完了自己八十二年坎坷曲折的人生路，走到了人生的尽头，含着微笑，默默无言地离去。

他少年时从乡间走进城市，去读书，追求真理。

他青年时从家庭走进社会，去革命，追求光明。

他中年时蒙冤受屈，惨遭迫害，还在追求希望。

他老年时乐天知命，过着清贫淡雅的生活，追求的是超脱。

他总是微笑。他对有愧于他的老伴微笑。他对喜爱他的子孙微笑。他对和睦相处的邻居微笑。他对人生路上所有擦肩而过的人微笑。他是一个微笑的老人，一个慈祥的老人！

他虽然恢复了一官半职，但两袖清风，没什么好留给我们的。他留给了我们一笔宝贵的精神遗产，那就是他常对儿女们说的一句话：“为人处世，一定要宽厚善良！”人总是要走的。这是谁也改变不了的千古遗憾。好在老父亲是带着微笑走的。他慈祥的笑脸永远留在熟悉他的人们和他的子孙后代的心间！

我前无古人了。我走进最后的彻底的孤独……

我突然产生要去看儿子的强烈愿望。我一直不放心儿子，都说美国太富裕好孩子到那儿也学坏做花花公子。还听说行凶抢劫在美国常见是小菜一碟。其实晓宇没学坏。大学校园里也挺安全挺雅静。晓宇刻苦读书，学的是计算流体专业，在螺旋波分解和流体反扩散等几个研究课题上取得突破性进展，还谈了女朋友，也是中国去的一位女留学生，在一起照了相寄回国给老爸做留念。我看看照片更加思儿心切，只好拨打越洋电话。

我说：“晓宇，你姐姐结婚走了，你的爷爷最近也去世了，我想你想得心里不是滋味，再不见到你真有问题了。”

晓宇在那边说："爸爸，我也很想念你，我马上给你发邀请信，你抓紧办护照签证，我买好机票寄给你，你飞过来吧！"

我说："太好了，太好了，谢谢你，我的乖儿子！"

公安局办护照首先得单位同意。我给李主席递交了一份报告，我说，"李主席，我申请赴美，探望在美国留学的儿子。"

李主席说："行啊，你先打一个退职报告，研究研究再说。"

我说："国家规定五种人不能出国，我又不是五种人，为什么要我先办退职，才准出国呢？"

李主席说："你虽不是五种人，申请出国为什么你还要找我审批？这就是五种人之外能不能出国，组织上要掌握分寸了。有人直接向我反映你有出国不归倾向，我作为单位领导是有责任的，怎能放任呢？你应该先交退职报告。你退职回家，我就不管你的事了！"

真爽气，真敞亮！李坚石李主席要把我彻底解决了才罢休！在他手下工作十多年，我实在干不下去了，就此退吧！

我没有犹豫。先办好退职接着护照和签证很快办妥了，我开始准备远行。我盘算着给儿子多带些物品可以塞满我的行囊。

小姑去世两年了。我将远行万里，我首先去了杨湾村，上了小姑的坟。小姑坟墓四周的冬青树已长得郁郁葱葱。杨湾村的变化和表弟妹们的精神面貌让我甚感欣慰，只是二小妹的婚姻出了波折，又去展仁浩那儿做二奶了。那可能是又一代人婚姻的悲剧故事，我想帮助她又无能为力。只是我以后还要关注她……

我多少年来一直怀念小七子，在动身之前，我去了小县城，终于找到了她，就说那是一次梦幻吧，也了却了我一大心愿。

我在小县城观瞻了旧县委大楼的爆破作业，让我精神上彻底告别了惨痛的往昔，也是一大幸事！

我去了青弋小镇，重走了一回我的人生路，深沉悼念了我的岳母恩师如玉、小玉和若云，三位善良而不幸的女人。我心里很清楚，她们虽然都永远地离去了，但是还有一位活着的女人愿意关照我，那就是林惠兰！我将振作精神，面向未来！

我的心愿都实现了感觉特别轻松。但我想起一件很重要的事，我必须做一次出国体检，以免带着什么毛病到那边给儿子添麻烦。身体状况是决定我能否成行的关键。于是，我走进了医院……

我筹办出国一直没有告诉林惠兰，动身前我想还是给林惠兰打个电话吧。我说，“惠兰，我要到美国去了。”

林惠兰说：“你要到美国去？什么时候动身？”

我说：“就是今天。我在家里，这就要动身了。”

林惠兰说：“展望舒，你太不像话了！这么大的事，也不早点通知我！那这样吧，我马上到车站去见你，给你送行。”

林惠兰来到车站。见面就问我，“你去美国不想回来啦？”

我说：“探亲签证老美只给六个月，怎能不回来？”

林惠兰说：“那你为什么要退职？我听说你办退职了，还不知道你要出国呢。探亲六个月就回来，你退职干嘛？”

我只好说了实情。我说，“我打报告要求出国探亲，单位党组两次研究，认为我有不归倾向不予批准，这与老美领事馆常以移民倾向而对申请探亲者拒绝签证是出于同样的考虑。”

我说：“我再三找一把手李主席，我向他说明只是去看儿子毫无不良政治动机。李主席认为我政治上历来消极落后，很难说我没有不良政治动机，是在职干部组织上不得不负责除非我退了。我说退了我也要去看儿子，这就退了。李主席为了捍卫革命队伍的纯洁性终于把我清除出去，永远的。出国探亲报告批准了。其实，我知道国家的政策不是那么回事，不退职可以出国。但我也干厌了，一辈子躲不开李老师。这是我的命运。”

林惠兰说：“你躲不开哪个李老师？”

我说：“躲不开高中毕业时的李坚石李老师呀！”

林惠兰一听惊讶到了极点，她说，“你躲不开李坚石老师？”

我说：“是呀！小学三年级他让我罚站，高中毕业时开我批判会，还给了我一个大学不能录取的可怕的毕业鉴定。住‘牛棚’他审过我，让我被吊打。直到如今他当科技局副局长转科委升半级，任市科协主席党组书记我的顶头上司，他的办公室就在我隔壁，咳嗽一声都能听见，这还有疑问吗？”

林惠兰脸色骤变，是从诧异向恐惧的转变，她大声说，“展望舒！你神经出毛病啦！中学的李老师早死了！是文革后死的，在市里的校友都参加了追悼会，他死于肝癌，绝不会死而复生！”

我觉得今天林惠兰说话真奇妙。我说，“这事好办，林惠兰，你打个电话到市科协证实一下，不就得了！”

林惠兰拿出手机让我拨。我说，“请找一下李主席。”

对方说：“你拨错电话了。”

我说：“我本单位的电话还能拨错！你是市科协吗？”

对方回答说：“我是市科协，可我们没有姓李的主席！”

“没有姓李的主席！”我有点火了，我说，“市科协李坚石主席怎么没有？我就是市科协的，我是展望舒！”

对方语气更加强硬地说，“展望舒倒是有这么个人，他已经退职与本单位无关了，可你连科协主席姓什么都弄不清楚，可见你根本就不是展望舒！”对方说得斩钉截铁不容置疑地把电话挂了。

惊讶和恐惧开始爬到我的脸上，而林惠兰却坦然地舒了口气。现在问题的严重性在于我根本就不是展望舒了！真是天大的笑话，不是展望舒，那么我是谁呢？

我无可奈何地把手机递还给林惠兰。

火车进站了。检票口的铃声叮零零直响。我必须立即动身没有时间犹豫。林惠兰送我上月台。我上了车，临窗而坐。

我隔窗含笑望着林惠兰，她能意识到这是我留给她的最后的微笑吗？也许能。她的脸红了，可能是心跳得厉害所致。

列车开动之前，我一直注视着她，她的表情含蓄而有风度。她是有丈夫的女人，她是来送朋友的，但在列车缓缓启动的瞬间，我发现她的表情不对劲了！她肯定是突然感到难以忍受的揪心。她跟随缓缓启动的列车跑了几步，她是不是在想，应该跳上车来，伴随我远行，否则，生离和死别又有什么不同呢？

林惠兰当然跳不上来了，她无法克制了，她挥手高呼，“回

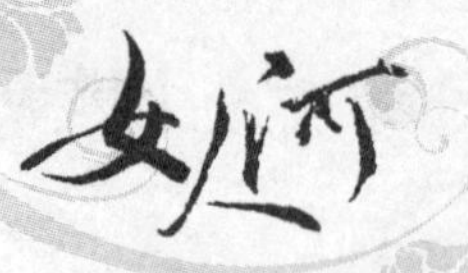

来呀展望舒！我还要给你弹一曲《Love is blue》！我还会像三十多年前一样投入你的怀抱！你回来！快一点回来！”

车窗玻璃是拉开的，我把头伸出了窗口，我看见了她痛苦万状的表情，我听见了那撕心裂肺的呼喊声！看着她痛苦的表情听着她的呼喊声，我怎么能忍受得了呢？我应该跳下去吗？我能跳下去吗？但是列车无情地离去了。开车前我还含笑望着林惠兰，这会儿我也不行了，我任自己的泪水泉涌般地往下流……

八

我临窗坐着，呆呆地望着窗外的景色。夏日的阳光照着广阔的原野。绿色的树丛，绿色的田园，绿色的村庄。接连不断地向我扑来，然后从我的眼前掠过便向无穷无尽的远方逃遁而去。

这趟车将一直开往海边的那个大城市。下车后还要转飞机，飞越茫无边际的海洋。我将要去一个未曾去过的地方，一个遥远的国度。这是一次漫长的旅行，一次孤独的旅行。我只要这么一想，耳边就会有一个声音对我说，“哦！你启程了，你终于启程了！”这是一个柔弱女子的声音。是一种无法形容的感慨，亲切的语气里透出一丝令人心酸的凄婉和哀怨。

车厢里很拥挤，却又似乎空空荡荡。旅客嘈杂的交谈声不绝于耳却又觉得十分的宁静。小男孩要挤进来。小男孩要靠窗看风景。外面的风景美极了。对面坐着女人和小女孩。我们时而交谈时而微笑，我们是一家人。一家人相伴而行，已成模糊的记忆永远不再重现。而今，孤独的身影是我忠实的旅伴……

列车绝对无情地向前奔驰，而大地却在向相反的方向没命地逃窜。我望着窗外山山水水，点点行人，无可挽留地匆匆远去，时间在流逝，空间也在流逝，好像把什么都带走了，一点点都没有给我留下。在奔驰的列车上临窗而坐的人真的不能久久凝视窗外，那会使人伤感，会使一切的实实在在变得虚幻缥缈……

林惠兰坐在琴凳上，头偏过来对我说，“十八岁那年你到我家，我给你弹了一首曲子，我问你听了有什么感受？你说我弹得真好听，听了这曲子好像回到了童年。”

我坐在沙发上。听她说起往事我很惊讶，我说，“惠兰，三十多年了，你还记得这么清楚？”

林惠兰说：“我给你弹的是《Love is blue》，那曲子描述的不是什么人的童年，而是缠绵悱恻的爱情，说明你根本没有听懂。我对你说，不懂音乐没关系，可千万别不懂爱情。”

我说：“惠兰，你是这样说的，这句话我一直记着。”

林惠兰说：“你当时要我弹一首《大路歌》，我认为你故作深沉没当回事。今天请你来，先给你弹首《大路歌》。”

我很高兴。起身走到钢琴边，站到她的身旁。我说：“那好啊！我真是多年没想起过这首歌了，你还牢记着。”

林惠兰掀开琴盖沉思片刻，然后双手同时下揿，第一小段序曲弹出来就不同凡响，接下来更是雄浑悲壮，铿锵有力，一气呵成。我十分惊叹，记得林惠兰的抒情曲《蓝色的爱》弹得如溪水细流，委婉动听，怎么弹奏《大路歌》那尖尖十指竟如裹雷夹电一般，不仅强劲有力，而且倾泄了一腔悲愤呢？

我情不自禁地跟着琴声唱起来：“嗨哟嗨嗬，嗨嗨嗬嗨，嗨哟嗬嗨，哈嗬嗨哈，大家一齐用力拉嗬嗬嗨，为了活命，哪怕日晒筋骨酸嗬嗨哈。踏平路上的崎岖，碾碎前面的艰难……”

这是在哪儿？在林惠兰的家里吗？当然是在她家里。在皖江大学新建的教师住宅楼，不是林老教授住的别墅。更不是从前的家。那里她留给杨志斌了。我工作调回市区那天晚上去找林惠兰，开门的就是杨的母亲，难怪她气嘟嘟说我找错门了。

这里是林惠兰一人的住所，当然不用再做单身化处理。卧室、书房整洁明亮。钢琴不是放在客厅里，是单独一间琴房。窗帘儿很素雅，墙角的高脚花盆架子上一盆君子兰散发出淡淡的清香。

一曲终了，我激动得想握住她的手，但是林惠兰双手还抚在键盘上，没有动。我说，“惠兰，你弹得太好了！我理解《大路歌》所体现的精神，全被你弹奏出来了！真的感动我了！”

林惠兰说：“你十八岁那年在马路上拉车时我听到你唱这歌，觉得你的歌声还那么稚嫩，听着叫人心里发颤，今天你唱得就不一样了，顽强、坚定！你真正是个磨炼过来的人了！”

我说：“惠兰，谢谢你，是你铿锵有力的琴声把我带进了那个境界，我便情不自禁跟着唱了起来。”

“展望舒，你那年说过，即使不拉车还得在崎岖的路上负重远行。三十多年来，严峻的现实让我体会到，你说得很深刻。而我叫你千万别不懂爱情的话，却说中了我自己！”

林惠兰沉思默想片刻，叹息了一声，说，“展望舒，你不是早就想和我谈谈心吗?”

我说：“是想和你谈心。但你约定我，一不谈政治，二不谈爱情，我想不出什么好谈的话题了。”

林惠兰说：“一不谈政治，二不谈爱情，是一位名女人说的话，我借用了。今天我们解除那个约定，畅所欲言好不好?”

她和我一同坐到沙发上，我说，“正合我意。”

“我要把你真正关心的事情说给你听！我心里清楚，你关心我的绝不是我的教学和科研或是我的住房，你想知道的是我的婚姻和家庭生活。今天给你抖底了。”林惠兰说，“你没考上大学去拉车吃了五年劳累之苦自不用说，我进大学过了怎样的五年生活，你无法想象。在高三毕业班的教室里对你的批判和逮捕小诗人我历历在目，到了大学后才知道中学生所受的政治压力只是游戏而已。经过反右派反右倾两大运动，大学里的极“左”政治真是愈演愈烈，连一些现代物理现代生物学纯粹的学术思想也被冠上唯心论的帽子而遭受批判，有些教授不准讲课，学生必须走红专道路，在那样的氛围中，极“左”成为一种思潮，我也在不知不觉中跟上了这种思潮，班级学生党支部确定我为发展对象，支部书记经常找我谈话，要我靠拢组织。杨志斌上的是北京医学院和我不同校，对我的事插不上手，但党支书是瘦猴杨志斌的老乡也瘦猴。瘦猴暗中托瘦猴帮了忙。我成了候补党员之时瘦猴又托瘦猴以组织的名义找我谈话，要我割断与你的关系说要保持和劳改犯之子的恋爱关系就别想转正，取消候补。我在熬过了难以计数的不眠之夜后选择了放弃个人情感，献身革命熔炉，当我知道党的政策并不强制党员个人婚姻选择时已经晚了。我向组织上写了思想汇报，断绝与你的关系。知道我做了文字的承诺之后，断绝与你的关系已成定局，瘦猴更是追求我不放，瘦猴通过瘦猴在帮助我毕业分配起了决定性作用，我好回来照顾我父亲，我就和瘦猴结了婚。我成了一名正式党员的同时，也成了一名爱情的正式叛徒！”

我说：“惠兰，这是时代的过错，不要再悔恨自己了。杨志斌也是真心追求了你多年，你也不必记恨他。”

林惠兰说：“我可以不记恨他，因为结婚毕竟是我自己决定的。可婚后，我怎么也找不到做妻子温柔娇情的感觉，没有爱的婚姻比没有婚姻的爱更令人难以忍受。我发现自己爱的还是你，我应该嫁的也是你——展望舒！”

我说：“我爱你爱得也很深，但高考之后，我成了拉车汉子，就再也不敢想了，我俩不能保持关系也很正常，谈不上是什么爱情叛徒。那年你父亲把你的事转告了我，说你恳求他在学业上继续给我帮助以弥补你内心的愧疚，并祝我有一个美满的婚姻。你有这样高尚的情怀，我不但无怨无恨，还十分感谢你啊！”

林惠兰说：“是吗？是吗？你真的对我无怨无恨吗？”

我说：“是的，惠兰，我对你真的无怨无恨。”

林惠兰凝视着我，好像要看透我的心底。她说：“展望舒，你真的对我无怨无恨，那现在我就要说你的不是了。”

我说：“惠兰，我很想听听，你对我有什么意见？”

林惠兰说：“首先你回答我，你说你当年爱我爱得也很深，这话是从内心里说出来的吗？是真诚的吗？”

我说：“我说的话绝对真诚。惠兰，难道要我发誓才行？”

“不用发誓，我相信你好了。”林惠兰说，“我断绝了与你的关系，婚姻走了岔路，致使你历经磨难，还受过手铐脚镣之苦，其实也害了我自己，我的心一直像捆着铁链三十多年未曾松绑。

我以一个党员高知严格要求自己，我和中国无数个没有爱的婚姻一样维持了表面和谐的家庭，而我的心每时每刻都在滴血又不能自我解脱，但你从没想到来安慰我一下。不！我说错了，不要安慰，我是说你为什么不来冲击我一下！砸开我心中的铁链！”

我说：“是的，我没有那样想过……”

林惠兰说：“曾记得初恋时，我和你多少次在大街小巷漫步，你总是离我三尺远不愿贴近感受我女性的温馨。在我家里我忘情地投入你的怀抱，在校门外暗淡的灯光下亲吻你，你却无动于衷，哪怕少许温柔的抚摸都没有。”

我说：“那时我不懂。”

林惠兰说：“十八岁时你不懂，二十三岁该懂了吧？你说你对我爱得也很深，为什么五年后知道我变了心怎么不痛恨得大骂我一顿，再扇我几个耳光？我肯定又会投入你的怀抱！”

我说：“我没有学会恨。尤其是，我不恨女人。”

林惠兰说：“不会恨？忌妒总该有吧？为什么亲眼看见我和瘦猴亲昵漫步，你不忌妒得掌着大板车将我碾死？而事故的责任又不在你，是我没有及时闪开。那才是我心目中的男子汉！”

我说：“我舍不得碾死你。”

“舍不得碾死我？”林惠兰说，“你说的也许是真话，但你对我爱得过于文雅，真爱是文雅不得的。你说是吗？”

我说：“是的，真爱是文雅不得，真爱是熊熊火舌交织成密不可分的辉煌，但那是后来我的妻子小玉让我感悟到的这种爱的辉煌。小玉是女人。而你是我心中的女神。”

林惠兰激动地申辩道：“我不是女神！我是和你的妻子小玉一样的血肉女人！从十八岁那年起，任何一天，只要你像对小玉那样做一次，我都会比小玉更加疯狂地回报你，可是你没有。你为什么要把我看作女神？你这害死人的展望舒！”

说我是害死人的展望舒，这和当年小七子说的一模一样，这证明林惠兰的确不是女神是女人。我说，“是的。你和小玉同样是血肉女人！但女大学生和我这个车把式的差距还是存在的。问题在于这种差距感是我心理上的、无形的，它在不知不觉中抑制了我内心的冲动。人有二重性，到了板车队我就野了，用眼神儿浪人家板车姑娘！见了小镇弱女子给我投来求助的目光，我就觉得她会成为我的妻子！可和你在一起我就变得文质彬彬，就唱歌弹琴，就探讨什么时空相对性宇宙基本粒子是否存在反物质，枯燥无味，真是一点没意思！要是我对你野一点，浪你林惠兰几个眼神儿，也许命运之舟就会开进另一条航道，我悔之晚矣！"

我为自己当年对林惠兰真诚的爱辩护。林惠兰说，"望舒，你说得多么诚实，又多么透彻噢！青年时代的事过去就算了，那我问你，你现在还爱不爱我？爱不爱一个有丈夫的女人？"

我毫不迟疑地说："爱！"

林惠兰说："小玉去世你只有三十八岁，十几年来你一直是个单身汉，难道你就没想过身边应该有个女人？你有没有想过勇敢地冲击一次，把我从瘦猴那里夺过来做你的妻子？"

我说："我不知道你有这些想法，不敢贸然。"

"那你为什么不问我？我早已和杨志斌分居了，前几年他被南方一家私立大医院聘用，很少回来也只是看他妈。这里的门我也没让他进过！"林惠兰几乎是吼叫了起来然后就瞪着一双大眼，眨也不眨地盯着我。我从那双眼里看到了歉疚和委屈也看到了怨恨和深沉的爱！那爱恨交织的眼神，就像小七子在老屋吊脚楼那次一样的能将我烧了，吞了，然后就化作泪水簌簌地往下流。

我说："那年我刚回到市区，首先就去你家拜访，被拒之门外。那一年我才三十九岁！惠兰！后来我们虽见过几面，我发现可能是因为杨志斌，你故意回避我，我也只好自觉一点喽。"

她说："我一直以为你有一个美满的家庭，怎能不回避？"

我说："最起码，这十几年是让我误了！我真对不起你！"

"真分不清谁对不起谁了，望舒，天大的误会也已经过去了！"林惠兰泪流满面，却没有激动得扑进我的怀里。

好在我也没有乘机上前将她揽进怀抱，这样一来，就难有实质性的进展。我内心很激动，但我强求自己冷静一点，用温和亲切的语气对她说，"惠兰，三十多年过去了，我俩终于能到一起真心相见，这太让我高兴了！有话慢慢说，好吗？"

林惠兰擦擦眼泪，点点头。

我说："惠兰，我应该诚实地对你说，我虽是单身汉了，但你还是有夫之妇啊！婚姻是受制约的。要理性对待。我赶不上当今超前的那一类婚恋观。婚姻要有缘分，得看机遇。抓住了机遇就是缘分。而爱，是我心中的感觉，爱永远是自由的。"

林惠兰沉思片刻，深情地说："望舒，你带着两个孩子苦度岁月我已亲眼目睹，今天我对你更加了解了。你的感情历程，比你的聪明才智更令我倾倒。知识给了你智慧，人生的磨难又培养了你顽强拼搏的性格，这是一个造就真正的男子汉的过程。中年是第二青春，你应该再做一回勇敢的男子汉，那应当标志着你人生旅程的新起点！如若再有苦难，我林惠兰奉陪到底！"

惠兰这番话太感动我了，我真想哭。但我忍住了。

列车在奔驰。流逝的将永远流逝，离别的将不再重逢。

列车好像停了下来。真的停了下来吗？我心里升起一丝希望。我希望列车停下我好步出车厢回到坚实的土地上。我不愿车窗外流逝的一切继续流逝。时间、空间、人生……列车停下来真难啦，就像我的思维要停下来一样的难。或者说，我的思维停下来真难啦，就像这奔驰的列车要停下来一样的不容易……直到此刻我才发觉自已十分地留恋逝去的一切，然而希望是那样渺茫。我只有从这奔驰的列车上跳下去才行。你跳下去吧！跳下去将会怎样呢？跳下去大地会接住你。你会发现山水树丛田野房舍都不再奔跑。你回到一个相对静止的空间。这儿有绿的柔和的颜色，连阳光也是淡淡的翠绿。有人们的言谈笑语有犬吠鸡鸣有鸟儿歌唱。于是你挽回了世上的一切，世上的一切也挽回了你。总之你回到了这个像做了一场梦似的过了五十多年悠悠岁月的人世间。

我真的就这么跳了下去，大地接住我，我回到了人世间。我跳下列车却又不得不从这儿开始我人生旅途的最后跋涉。但是我跳下去的这块地方不是我的故土，我从未来过。

我走过一个又一个村庄，然后走进小镇，走进繁华的都市，都是我所不熟悉的。一切都很陌生，也有点新奇。人来人往都不认识我，男人、女人、老人、小孩，都朝我点点头，微微一笑，什么也不说就擦肩而过。我想干什么呢？怎么生活下去呢？我什么也没有考虑，是的。我只是寻找跋涉，跋涉寻找。我想寻找我的故土故居？不，那对我来说无所谓了。我不是故土观念很强的那种人，我不会像那些白发而归的海外游子，捧起一抔故乡的黄土而泪流满面。我要寻找的是人，是亲人，是友人，是情人。千金难买我真心的思念。不管在什么地方找到，我都会为她们尽情地流下热泪。把泪流干，再把全身的血化作泪水流下，流完流尽。直到我的身躯像严冬干枯的树枝……

正当林惠兰决心迈出那一步时，林老教授不幸去世了。

林教授病危期间，林惠兰给我打来电话，说他想最后见我一面。我说恩师不提见我，我也要去看望他！我立刻赶往医院。

林老教授见我进了病房，有点想起身的样子，但他起不来了。我快步走到病床前，轻轻地喊了一声，“林老教授!”

看他那样苍老而衰弱，我的眼泪就止不住流了下来。站在病床另一边的林惠兰也在低头擦眼泪。林老教授的意识还清楚。他说话了。他只对我说了一句话。这一句话太让我震撼了！

林老教授说：“我只有一句话，就算是对你两人说的吧，我作为一个父亲对女儿的爱心是无疑的，唯有一点，是她不幸的婚姻我没当好参谋，而且她大学毕业是为了回来照顾我才做得有点匆忙和草率，我深感歉疚。我于世不长了，展同学，你是我的好学生，我深知惠兰和你很有感情，我把她托付给你了……”

我的天啊！这句话与二十六年前赵如玉老师临终时对我说，把小玉托付给我，真是惊人的相似！我在人生路上怎么又走到了这一步呢！难道这就是我的命运吗？可那时小玉是个姑娘我是个青年，如今我已是知命之年而惠兰却是别人的妻子！我能接受这个庄重的托付吗？但我又绝不能给恩师最后一个失望！

我说：“林教授，如实地说，我接受您这个托付很有难度，但只要惠兰和我同心，就绝不会让您失望！我自幼丧母，也没有得到多少父亲的关爱。您是我的恩师，在我的心中胜过父亲！”

林老教授缓慢地点点头，对我的说辞还算满意。我临走时，看到他脸上有一丝慈祥的微笑，那是他留给我最后的光明……

问题出在德高望重的林老教授去世后的遗体告别会上。

殡仪馆的大厅里庄严肃穆挤满皖江大学前来吊唁的师生，简短的仪式过后是向遗体告别。先是亲属接着是领导和老教授们缓步走到水晶棺前瞻仰遗容，肃立，鞠躬，再与并列一排的亲属一一握手，个个悲哀有度，人人文质彬彬，然后缓步离去。

我算不得亲属，也不是教师。我是插在年轻的大学生里面稍后一些走过去的。我真的是林老的学生，而且林老在庄重地托付我时说我是他的好学生！我说他胜过我的父亲！瞻仰老人最后一面我悲痛不已！我先是泪流满面，接着就无法抑制地痛哭起来！更让在场的人和那一排亲属想不到的是，我走到水晶棺前瞻仰遗容，还没有肃立鞠躬，就跪了下来，连叩了三个头！

我真的不该这样做。我完全没有顾及这是怎样一个高规格的告别仪式！我太土气了！太农民了！我在社会的底层在小镇在农村半辈子，耳濡目染，潜移默化，今天表现出来纯属自然。如同我在小姑的坟前，在岳母如玉的坟前，如同殡葬工人在我老父亲的住处，抬走他的遗体时，我含泪跪地久久不起……

两位女大学生倒很是同情，看我也年岁不小了，赶忙将我搀扶起来，也跟着流下眼泪。可那一排亲属的反应就不一样了！

我走到他们面前。惠兰自不用说。一位看上去有七十多岁很有文化很有身份的老太太和我紧紧握手，还不断地说谢了。后来知道，她就是惠兰阔别将近四十年的母亲，一直留在普林斯顿大学任教。回国为前夫奔丧，也算旧情难忘。

接下来我就愣住了。我看到了瘦猴杨志斌！

我愣什么？没错，他是亲属。他是林老教授的女婿！但他没有说话，没有和我握手。他对我双目怒睁，太让我怵目惊心了！我想，那怒睁的双目是在质问我，你展望舒是什么人？你是以什么身份跪下的？你有什么资格给林老叩头？你展望舒是利用这机会给林惠兰作秀！我二十多年夫妻不和的罪魁祸首就是你！

林老教授后事办理完毕，惠兰母亲要回美国，林惠兰为母亲送行，离别时母女难舍难分。母亲流着泪说，“惠兰，从你十二岁起，我就没有对你尽母亲的责任现在表示歉疚也不能补偿。”

林惠兰说：“妈妈，你不用这样说，我能理解你当年没能和爸爸一同回国的难处，我们回国后也过得很好。”

惠兰母亲说：“你们回国时，我交给你爸爸一个纪念品，是一条价值高昂的白金钻石项链，那是我娘家几代传承的只传长女，婚庆大喜时佩戴，你和瘦猴结婚时戴了没有？”

林惠兰说：“没有。”

惠兰母亲说：“我和你爸爸在美国举行婚礼时戴过，他知道这事，难道没有给你戴上？”

林惠兰说：“是爸爸从箱子里拿出来，亲手交给我的，但是我没有戴。因为结婚那天我情绪不好。我把这宝贵的纪念品一直珍藏着，按家规传承下去就是了，妈妈，行吗？”

惠兰母亲问道：“噢？你和瘦猴有孩子？有一个女儿？”

林惠兰说：“我和瘦猴没有孩子，但我有一个自己的女儿。我非常喜欢这姑娘，在她结婚那天，我把那项链已经赠给她了。我会嘱咐她，按您说的家规传承下去的。你放心吧，妈妈！”

“我不放心的是你！”惠兰母亲说，“我看你和瘦猴的婚姻，一开局就有问题！”

林惠兰说：“是的，妈妈。但当时已无法挽回。”

惠兰母亲说：“这件事我还是应该提醒你，你虽然已是五十岁的人了，母亲还是关心你的。你和瘦猴这样长期分居下去不行！夫妻没有感情怎么维持到今天，我真难以理解，这是不是中国对知识分子思想改造的结果？”

林惠兰说：“知识分子思想改造这一说法早就过时了。这完全是我个人的问题，纯粹是我自己优柔寡断，没处理好。”

惠兰母亲说：“如今你爸爸去世了，你一个人怎么过日子？你还是到美国来吧，和我在一起。”

林惠兰说：“我已经回国将近四十年了，我离不开这块土地，这里有我的事业，有我心爱的人，我不能和心爱的人到一起生活

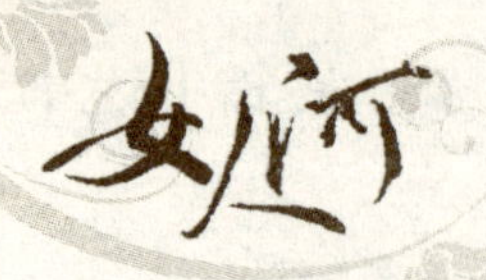

做夫妻，只要爱在心里就行。他也是这么说，而且单身至今。”

惠兰母亲说：“是不是瞻仰你父亲遗容时悲伤叩头的那位？就那一刹那，他给我的印象很好！你的外祖父、外祖母去世，我两次飞赴台湾，我和你的舅、姨，也都悲伤欲绝，长跪不起。表达了真挚深沉的情感，这是中华几千年传承下来的文化。”

惠兰诚实地向母亲点点头，然后从手提包里取出一份文稿。说，“他叫展望舒，可以说是爸爸的校外研究生。是个很有才学的人，有不少著作。他的一篇论文在学报发表后，反响很好。原稿是用英文写的，爸爸看过给了很高的评价。说实话，我希望他能成为你满意的女婿。妈妈，你带去有时间看看好吗？”

“你这么一说，我当然愿意带回去拜读。我还可以推荐给你那位老美继父看一看。他曾经是爱因斯坦的学生，在普林斯顿大学比我的影响大。”她母亲接过文稿，说，“你既然有这样心爱的人，为什么不到一起做夫妻？你俩都是只求精神的爱？”

林惠兰说：“我不会把真心的爱，永远停留在精神的层面上，妈妈你放心，你一定要放心！”

惠兰母亲说：“我放心多了。可你真的要好好解决这问题，五十刚出头也不迟，求个幸福的后半生吧！妈妈祝福你！”

林惠兰说：“谢谢妈妈的祝福！我一定这样做！”

林惠兰和母亲拥抱，分手。惠兰母亲登上列车。

林惠兰含泪说了声，“妈妈！一路平安！”

林惠兰送别了母亲，她要按自己的心愿去办一件大事了。二十多年有名无实的夫妻生活再也不能忍受了！哪怕天崩地裂也要和瘦猴一刀两断！要去找回失落的爱！要去找自己所爱的人！

我发现自己并没有跳车。我只是一路上十分地想跳下去，回到那难以离舍的人世间，回到那难以隔断的坎坷曲折的已经过去了的生活中去。隔断了过去，离开了真情相依的人，我不知道生活怎么过。但只是想象而已。我依然临窗坐着。列车已经放慢速度进站了。我发觉这节车厢原来是空空荡荡的只有我一人。

广播喇叭尖叫道：“这里是终点站！终点站到了！”

我下了车，来到车站出口处。站外广场却人涌如潮熙熙攘攘，霓虹灯色彩斑斓变幻闪烁。深蓝色的夜空挂着一轮红色的没有光辉的月亮。我背着包刚走出人头攒动的出口处，一辆小汽车在我面前停下来。紧接着就更加使我惊讶了，小汽车的门打开了，跳下一位年轻的女郎，原来是我早逝的妻子小玉！

我很是惊恐。我说，“小玉，你怎么会来接我？难道我刚才乘的是没有回程的列车？难道这里是人生旅程的终点站？难道我也走到了人生的尽头？这是梦还是真？”

小玉说：“你这钻研相对论的人提这样的问题，不怕我笑掉大牙？你说生与死、梦与真有多少区别？你不要紧张，你要去美国看儿子，我当然要到车站来接你，还要送你到机场。”

我想，小玉说的也有道理，何必大惊小怪。我毅然上了车。小汽车行驶在灯火通明的大街上。不一会儿车到机场。想到将从这里登机，飞越重洋，去见日夜思念的儿子，我又变得悠然自得起来。我和小玉下了车，找来一辆行李小车，将背包放好，两人并肩推着小车。很慢、很慢地朝前走。

我说：“小玉，等我从美国回来，你来不来接我？”

“不接。”小玉说，“我死十几年了，你这样的好男人，我就不信这世上没人对你好！我不接你照样有人接。你等着瞧。”

我们来到候机厅门前。一道道玻璃门并未打开，我俩便推着行李小车直穿而过，玻璃还是完好无损。接着过绿色通道也没有海关人员检查，托运了行李丢下小推车。出境口也超乎寻常地畅通无阻，我俩携手步入停机坪。那里停着一架大型客机。这般如梦如幻的情景只有深陷梦幻或弥留之际的人，才不会引起警觉。小玉像当年一样紧贴着我，用一只手扶着我的胳膊，另一只手挽着我的手那样的小鸟依人，一直把我送到飞机前才松手。我快步登上舷梯。我转身挥挥手，我希望能再看一下小玉的面容，但她已经不见了。机舱门里黑洞洞的。我坦然地走了进去……

当飞机腾空而起的时候，它就变成了一只鹰。一只硕大无朋的鹰。我伏在鹰的身上显得十分渺小，犹如鹰的一片羽毛。我随着鹰冲向无边无际的太空，那浩瀚的宇宙。

我将去体验宇宙。因为，至今宇宙仍然是最能够充分显示广义相对论力量的所在。小小寰球上不行……

九

林惠兰给我打了个电话，我说，“你是哪一位？我这儿正忙着呢，忙不过来，你能不能等，等一等……”

林惠兰在那边焦急地说：“你怎么啦？展望舒！你怎么前言不搭后语啦？我是林惠兰，我想上你那儿，可以吗？”

我说：“惠兰，是你啊！怎么不可以？我非常想见你！”

林惠兰在那边说：“好！我马上来！”

不一会儿，林惠兰就来到了我的家。一见到我，林惠兰傻了。还未开口眼泪就在眼眶里打起转来。她说，“几个月没见你，怎么瘦成这模样啦？你脸色好难看！发生什么事啦？你快说呀！”

我正坐在电脑前。我听到了林惠兰的声音，电脑显示屏上还在抖动着一条波纹像我颤抖的心在医院做体检时荧屏上抖动的波纹一样令人不安。是见到惠兰后的激动还是体力不支也弄不清，我颤巍巍地说，“没什么事，真的没有，只是身体有点小问题。”

林惠兰说，“身体不好为什么还要工作？你这是在拼命啊！我的老先生！你这又在写什么大作？”

我说：“出版社约我修订《相对论研究》和《相对论的哲学思考》两部书稿，我也不知道他们怎么看到我书稿的？”

林惠兰说：“我是在看完你给我的文稿后，才感悟到你在相对论领域所达到的境界，时下科技界都热衷于有经济效益的课题。像相对论这种榨不出油的高深理论，很少有人钻了，可我们是个大国，不能没有科学理论！同时，我也出于珍惜你这位老先生几十年心血，才把你的文稿提交给出版社的。”

“原来是你帮我交给出版社的！”我说，“惠兰，你说得多好啊！我这一辈子只凭兴趣做学问，还真没想过为了国家，你的思想境界真的比我高！谢你哦，你帮我办了一件多么好的事啊！”

林惠兰说：“如有出版的价值，也是你对社会的贡献啊！可你不顾身体急于修书，那就是我害了你了！”

我说：“我不得不抓紧。我本想利用到儿子那边半年时间很从容地完成定稿还可以参阅一下美国的最新资料，但做出国体检后我不得不改变主意。我剩下的时间不多了，我只能在这台电脑上拼一拼，只要还有一口气。”

林惠兰简直是大吃一惊，她几乎是叫了起来，“你说什么？谁说你剩下的时间不多啦？你瞎说！”

我没有回答她。或者说我根本没有气力回答她。林惠兰将我扶到沙发上，然后帮我摁了文件存盘，关了电脑。她说，“展望舒，我今天来找你，是要和你商量一件大事的。”

我抓住了林惠兰的手，说，“惠兰，你说，不管你有什么事，不管事大事小，我都配合你把事做好。”

林惠兰说：“你先别激动，展望舒，我的老先生，现在什么话也别说，我送你上医院！”

我说：“惠兰，好在我已经定稿了，让我打开电脑，拷下来，寄给出版社，然后，我再跟你到医院，行吗？我求你了！……”

林惠兰没有依我，她说出版事宜全由她办，立刻上医院。

林惠兰送我进了医院，也就是当年小玉患病住的江城医疗条件最好的医学院的附属医院。我在这里陪护小玉三个多月，最后，也是在这里送她去了另一个世界。今天我来此就医，我将和小玉一样从这里离开人世吗？我有点不寒而栗，但再仔细一想，生死在天，去就去吧！爱我的女人都一个个先去了，好在还有一个活着的林惠兰最后送我一程，也算得一生圆满了。

我神情坦然自若地接受了各项检查，大夫在做出诊断的同时认出了我，他说，“你是两个多月前来做出国体检的吧？”

林惠兰在我身旁焦急地问道：“大夫！怎么样？”

大夫对着林惠兰说：“一切埋怨的话都无济于事了，必须立即手术。这是手术通知单，请签字吧！”

尽管我很坦然，还是不由得紧张起来。林惠兰接过通知单，显出不知所措的样子，她喃喃道，“噢，签字，签字……”

大夫补问了一句，“你是他的亲属吗？你是不是他的妻子？”

“我是……”林惠兰的泪水便流了下来，她镇定了一下说，“大夫，我还想和子女通个电话再签字，可以吗？”

大夫说：“那当然更好，我等你。”

在紧急情况下，林惠兰说话有些含糊不清，却又显得她考虑问题很周到，我立即把晓青和晓宇的电话号码给了她。

不一会儿，林惠兰出去打了电话回来了，我已经躺在了白色的手术车上，我看到她眼里还噙着泪水。

林惠兰说：“望舒，晓青和晓宇的电话都打通了！两个孩子非常关心你，对我也十分信赖。我告诉他们了，大夫说你的病情还是比较严重，需要手术，他俩都同意……我这就签字了……”

我说不出话来，我勉强微笑着向她点点头。林惠兰在手术通知单上签了字，交给了大夫。大夫带领护士慢慢将我向手术室推去。林惠兰扶着手术车始终不肯松手，好像和护士一样在推车。她的泪水再也噙不住了，便一串串地往下流，落在手术车白净的被单上，落在我的胸前。我想起，很像小七子的泪水，更像小玉的泪水，都曾经一串串滴落过我的胸前……

可以想见，林惠兰怎样在过道上焦急地徘徊、等待。我做完手术被推回病房休息，大夫从手术室一出来，林惠兰立即迎过去，迫不及待地问道，“大夫！手术怎么样？”

大夫说：“手术没问题。很成功。”

林惠兰终于松了一口气！她首先想到的是给晓青晓宇打电话。无比喜悦地告诉他们，大夫说了，手术没问题，很成功！

我当然没有上那东去的列车，也没有下车后打的去机场，登上飞机而后变成鹰的一片羽毛。我是躺在病床上，那只是似梦非梦，迷迷糊糊的一趟子虚乌有的旅行而已……

林惠兰一直守在我的病床边。她看我渐渐有了一些知觉，就轻轻地对我说，“望舒，你好好休息，等一会儿我回来，我就要堂堂正正地告诉大夫，我是你最亲的亲属，我是你的妻子！”

她没有告诉我去哪儿，但我心里清楚。瘦猴还没走，她肯定是要赶紧回家和瘦猴摊牌，否则她日子一天也不能过。真不知道她这二十多年没有感情的婚姻是怎么维系的？这感情上二十多年的罪她是怎么受过来的？早知道她是这种状况，我拼命也要把她从瘦猴那里夺过来做我的妻子，哪会让她受罪到今天！

林惠兰回到家，毫不迟疑找杨志斌谈离婚。

杨志斌气愤不已：“是急于和展望舒到一起是吗？”

林惠兰说：“是又怎么样？还需要政审吗？展望舒的父亲是历史老革命，而且他老人家已经去世了！”

杨志斌说:“现在不政审，谈婚论嫁组织家庭，经济条件是首要的吧？我在南方医院年薪早就超过二十万，每天的红包还不算。他展望舒一个市科协的小干部，拿多少钱？”

林惠兰说：“他已经退了，小干部也不是。一分钱不拿。”

杨志斌说:“真没想到，一个考不上大学，拉了五年板车，又一直在乡村小镇上鬼混的展望舒，能让你三十多年不忘，如今年过五十，你居然还要拆散好端端的家庭，下嫁于他，你对他爱到这种地步，真令我佩服得五体投地！你说我们之间没有感情没有爱，你说没有爱的婚姻太痛苦，这滋味我也尝够了！至今你连孩子也没给我生一个，就是你给我的苦果！就算你该和我离婚，可你嫁给展望舒就幸福吗？我以一个高级医生的身份告诉你，有爱的婚姻，也不一定幸福！你不听我的劝，会后悔的！”

“有爱的婚姻也不一定幸福”这话是什么意思？一位高级医生这么说，林惠兰没有细嚼这话是善意的规劝，还是阴险的恫吓？她只凭发自内心的认定，说，“我绝不后悔！你就别操心了。”

杨志斌显出痛心疾首的样子，也和三十多年前高中毕业那次谈话惊人地相似，他说，“我不仅操心，我真为你痛心……”

林惠兰说：“为你自己痛心去吧！我就是要和你离婚！而且，我要和展望舒结婚！哪怕和他结了婚就死，我愿意！”

听了林惠兰这一番誓言般的话语，杨志斌气愤到了极点！差

一点要给林惠兰送上他早已捏紧了的拳头！他忍了忍，长长地吐了一口气，最后咬牙切齿地说：“林惠兰，各项条件堪称优越，而又爱你如痴如狂的杨志斌，成全你吧，离婚！”

林惠兰终于和杨志斌离了婚。她如释重负像笼里的小鸟飞回了蓝天一样愉快，她兴奋极了。回到医院，我躺在病床上很清醒正在想着她。她满面笑容地走进病房，来到我的病床前。

林惠兰跟我说，“大夫说你手术做得很成功，我已经给晓青、晓宇打过电话了，他们太高兴了！”

我说；“感谢你，惠兰！”

林惠兰接着靠近我床头，贴着我的耳边轻轻地说，“我再告诉你一个天大的好消息，我和瘦猴离婚了！”

林惠兰说我手术做得很成功，又告诉我她离了婚，我当然高兴。我笑着说，“惠兰，那你现在和我一样也成了个单身啦？”

林惠兰说：“望舒，你做了这么多年单身汉，还没做够吗？你说抓住机遇就是缘分，我们两个单身到一起生活好不好？”

我在心里盼了多少年了，终于听到林惠兰对我说这句话，我激动得真是说不出话来，我急急巴巴地说，“我求之不得啊！”

林惠兰看我流泪了，就用手绢给我擦了擦，说，“别再伤心了，望舒，五十出头的人了，怎么还像个大孩子呢？”

我说：“惠兰，只在你面前是这样，我不是伤心。是你说了我手术很成功，又告诉我你离了婚的好消息，我太激动了，才禁不住流下眼泪的，请原谅我！”

林惠兰服侍我吃了晚餐后，说，“望舒，我要回去了，你好好睡一夜，我明天一早就来，好吗？”

我说：“这一阵子，你也够累的了，学校还有工作。惠兰，你特别要注意身体，路上注意安全，好，你回去吧！”

第二天早上，从睁开眼睛起我就盼望林惠兰来。可是一整天过去了，没有见到她。晚上，我已能下床走几步了，就去问了值班护士，才得知林惠兰一大早就来了。

林惠兰不是自己打的回来的，是救护车将她送进医院的。值班护士把我带进了林惠兰的病房。

林惠兰躺在病床上。这回轮到我坐在林惠兰病床边了。

林惠兰说："望舒，你都能下床走动啦？你恢复得好快，看见你走过来，我心里好高兴！"

我说："惠兰，你怎么也病了？"

林惠兰说："我没有病，我是来与你商量办大事的。"

我说："那你怎么也躺到病床上来了？"

林惠兰说："大夫没告诉你？"

我说："没有啊，是值班护士悄悄带我来的，那姑娘心好。"

林惠兰说："大夫没告诉你情况，说明我身体没什么问题。你就别担心啦！望舒，你既然来了，我俩正好谈谈心。如今是一家人了，我得和你说几句真心话。"

我说："有什么话？你照说。"

林惠兰说："我俩从小同学，我知道你聪明过人，那年父亲考你后对我说，你确实是个数理科的小天才。但你生不逢时进不了大学的门，你这颗小小的天才之星升不了多高就会陨落，这是不可避免的。你不要怨天尤人好比夏夜天空的流星频频坠落这类事多得难以计数。在科研手段极其高超的时代，业余研究相对论难有建树，而你却锲而不舍，攀登到了相当的高度，上过大学的讲坛，这两本专著又出版在望，但我仍然觉得你不可以给你自己打上圆满的句号，我真希望你再上一个台阶！"

我说："惠兰，我全靠的是林老教授的教导和你多年来的帮助，才有这么一点成果。再上一个台阶，谈何容易！"

"你还有潜力，这我知道。我继续协助你吧。"惠兰说，"可我也要说你几句。我父亲说过，相对论学者大至浩瀚宇宙，小到基本粒子，时空弯曲，三维四维，思来想去，绞尽脑汁，有时会弄得神情恍惚，爱因斯坦也时而恍惚过，但终不像你这样恍惚几十年，飞窗穿壁，时间凝固，人去鬼来，颠三倒四！这与你的坎坷遭遇及几个女人的感情纠葛有关，这里也有我一份，深表歉意。但我奉劝你，忘掉过去的一切吧，这样你才能静下心来，养

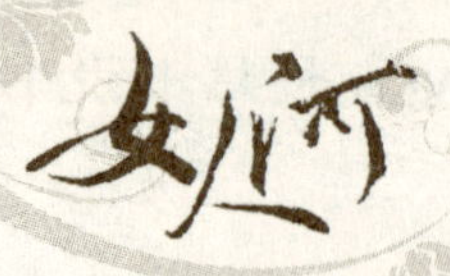

息病体，再上新台阶。好在还有一个活着的人爱你。你说是吗？”

我说：“惠兰，你说得很有道理。提起我曾经爱过的几个女人，她们都已远去，我自己强制不想，有时反而越想得厉害。从今后我和你能到一起生活，和和美美，这毛病自然也就没了。我这话，不知你相信与否？”

林惠兰说：“我信，我信！你这么一说，我也放心了。望舒，你该回你的病房休息了，今晚就谈这些好吗？”

我说：“惠兰，你还没告诉我，你怎么突然住进了医院？你的病情怎么样？不让我知道，我可没法休息！”

林惠兰说：“我只是身体有点不舒服，医生说需要检查观察，等确定下来，我会把一切都告诉你的。”

我看她脸色正常，言谈自如，不像有什么大毛病，就笑了笑说，“惠兰，我们成了病友了，那我明天晚上再来看你好不好？”

“那还用问？”林惠兰说：“我俩该谈的心也谈了，你回去再慎重考虑一下好不好？明晚我在这儿等你最后表态！”

我说：“还要我表什么态？惠兰！”

林惠兰给我一个妩媚的微笑，说，“别装傻啦，我的老先生！”

当晚我做了一个很美的梦。我梦见林惠兰来了。从晨雾缭绕的树林里姗姗走出林惠兰，透出一股生命的沁人肺腑的气息。

林惠兰还是十八岁时的体态容貌。她披着一片淡红色的薄纱。薄纱飘飘抖抖。她从晨雾中走出便撩开淡红色的薄纱，里面是透而不露的内衣，这就显现出天仙般的玉体……

真不该见到这样年轻的透而不露的女人了！对于这样一位从晨雾缭绕郁郁葱葱的树林里姗姗走出，披着淡红色薄纱的年轻女人稍加描绘就是一幅美妙绝伦的图画。面对这幅美妙绝伦的图画，我会脸红心跳。我的心经不住剧烈地跳动了因为我还是个住在医院里的病人。我甚至不知道自己的心是否还在跳动。

我认识林惠兰已经很久很久了，比认识小玉还要久远。林惠兰很美。她不特别矫健也不柔弱，身材不算苗条，但十分匀称。她长长的秀发随意地披散在肩头，显得自然而流畅。她的美不仅仅在于外表，她的姿态，她的举止，她的神情，能让人感受到她内在的一种蕴涵着知识素养的美的风韵……

林惠兰那样坦然地缓步走到我的面前，这时我才看清林惠兰眼眶里有泪水在转动，这使得她一双美丽的晶莹剔透的眼睛更加脉脉含情，那是忧伤和哀怨。她深情地望着我，她的泪珠儿滚出眼眶顺着红润的脸颊流过洁白的起伏有致的胸脯带着她肌肤的芳香滴落在青青的草地上。泪珠儿溅散开来变成无数朵姹紫嫣红的花儿，将我俩团团簇拥，还有近处的树，远处的云，在大自然里，多么和谐，多么美。所以，人，才值得活下去。

早上醒来，想起这个梦，心里特别舒畅，这梦不需解析也是个好兆头。那披着淡红色薄纱的林惠兰是我的梦中新娘，和林惠兰共度和和美美的后半生，也不枉到人世间潇洒走一回！

十

那个好心的护士急慌慌地告诉我，林惠兰的病情急转直下，病危了，在喊我的名字，要我赶快去一下。我立即小跑着来到林惠兰的病房，见主治的医生正好从病房出来，我问他，“林惠兰昨晚还好好的，怎么突然病危了呢?”

主治医生说：“她的病情一两句话和你讲不清。你自已也有病在身，一定要冷静。作为她的家属，更希望你配合我们。”

我说：“大夫，她前天来还是好好的，昨天突然得了病，今天就病危了！她的病情我一无所知，我冷静不了。我求你了！”

主治医生拗不过我，就说：“那你到值班室来一下吧。”

林惠兰早上正要从家里出门，杨志斌来了。林惠兰感到很意外，问道。“婚都离了，你还来干什么?”

杨志斌说：“惠兰，昨天拿了离婚证，就看你到展望舒那儿去了。我想来问你，哪天办婚礼呀？我要祝贺你们一下！”

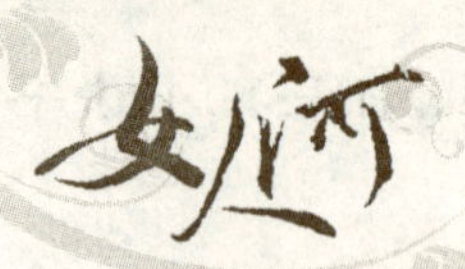

林惠兰大声说："你给我走开！我不要再见到你！"

杨志斌逼近林惠兰说："我真的是想祝贺你们，希望你和展望舒有爱的婚姻，幸福！你俩新的家庭，美满！"

林惠兰怒喝道，"杨志斌！你！你！"

林惠兰警觉起来，但已经迟了，杨志斌下了毒手。

杨志斌是个高级医生，早有预谋，下毒手易如反掌，而且不留痕迹。他回南方去了。有消息说在广州白云机场被警方捉获。

但不到二十四小时，杨志斌被释放，回医院上班了。

理由很简单，我们这边警方在事发现场找不到任何谋杀的证据，甚至连一般性伤害的迹象都没有。受害人自己也说不清当时发生了什么情况。惠兰家里整洁如常，只是琴房墙角的高脚花盆架子可能被碰了一下，有一点偏移，花盆落在地上，碎了。君子兰躺在花盆的碎片和散落的泥土上，有点凄然……

主治医生把警方对医院作的案情介绍，简单地告诉了我，然后说，"他下毒手是否用了药物，以及这种药物会导致什么样的后果，还不太清楚，我们已提取血样送检。目前只能按常规救治。虽然她已进入病危状态，我们还没有对她放弃治疗，但你必须有最坏的思想准备。目前她的意识还比较清醒，又特别想见你，我同意了。你赶快去，有什么话就和她抓紧说说吧！"

我来到林惠兰身边见她双眼紧闭脸色苍白，我的泪水就止不住了。我轻轻地喊了她一声，"惠兰！"

林惠兰马上睁开了眼睛，说，"望舒，你来啦？我好想你！"

什么也不用问了，我按主治医生讲的说，"我来了，惠兰，你还有什么话要跟我说吗？"

林惠兰说，"我是有话对你说，你坐下。我先问你，望舒，你已决定向我求婚了吗？"

听她说话思路清晰，不像病危的样子，难道是回光返照？我说，"是的。惠兰，我这就单腿跪地，向你求婚了！"

林惠兰赶紧说："不用跪地求婚，我只想考你一考。"

我说："考我什么？"

林惠兰说："考你的心。"

我以为她会像小七子一样说我是不是有一串葡萄心，看上一个女人给一颗，甜甜的，我疑问道："你考我什么心？"

"我要考的是，我在你心里待了多少年？请听题。"林惠兰说，"我十八岁高中毕业时给你写过一张纸条，你还记得吗？"

我说："那是一封真情无比的情书，怎么会忘记？"

林惠兰说："你当时说，读了何止一百遍，背得滚瓜烂熟一字不漏，只是没地方好收藏，就把它用水化了！吞了！"

我说："是的，我把它吞了，是永远藏在心里。"

林惠兰说："我说过等到有一天我再要你背这封情书，背不出来呀，小心我惩罚你！你记得吗？"

我说："记得。你还用手轻轻点了一下我的鼻子。"

林惠兰说："今天这个日子终于到了，我想听你背。"

我挺直刚动过手术的身子，像一个小学生背书一样，那般认真。我说："惠兰，我开始背了，你听漏了字没有。"

林惠兰望望我，没有作声，但我看出她是在听。我稍微思索了一下，背了起来："我就是在那一瞬间被震撼了！同学六年竟然一点也不知道你的生活如此艰辛甚至没有父母的关怀，否则绝不会让你在高考临近时还去勤工俭学干那么沉重的活！我感到很歉疚但又十分欣喜，我看到了一个男子汉！你拉车的体态很有男人的力度，那坚韧的意志只属于男人……"

林惠兰望着我发呆。我接下去一口气把后半部分也背完了。林惠兰说，"我的老先生！三十多年过去了，你还真背得一个字不漏呢！不用惩罚你了，望舒，亲爱的，我愿做你的妻子！"

林惠兰说着，她的泪水就簌簌地往下流。我是在主治医生的授意下来和林惠兰抓紧谈话的，谁知竟然说到让我撕心裂肺的事上，我更是热泪盈眶！林惠兰说，"望舒，就是那一天晚上，你吻过我一次，那是我的初吻，我想那一定也是你的初吻吧？"

我说："是的。那是我一辈子难忘的初吻！"

林惠兰说："望舒，我俩都不要流泪了，我枕边有一块手绢，你拿起来，把我俩的眼泪都擦干！”

我拿起她枕边已经湿透了的手绢，在我来之前，她已经流了多少泪了呀！我说，“好，惠兰，我给你擦干眼泪。”

林惠兰说：“不，先擦干你的眼泪，望舒，我要看到一个不挂着眼泪的男子汉！”

我擦干自己的眼泪，又轻轻擦拭了林惠兰的泪眼，她说，“望舒，你再吻我一下吧，快一点吻我，否则就来不及了，这是我最后的吻，我把我的初吻和最后的吻，都献给我心中的夫君！”

最后的吻？什么叫最后的吻？那不就是死亡之吻吗？不，不！世上谁见过痛彻肺腑的死亡之吻？没有。真见了也不可理解。相爱一世为什么没到一起？如果真是死亡之吻那又有什么意义呢？太古典了！我在心中焦急地吼叫起来：“不！不!”，但我说出口的话却只是，轻轻地，缓缓地，我说，“惠兰，我多么愿意吻你，但这绝不是最后的吻，我不仅是你心中的夫君，我们就要到一起生活了，我是你最亲的亲属，我要做一个真心爱你的好丈夫！”

林惠兰的头好像有一点微微地翘起，我俯下身去，迎接了林惠兰有一丝苦涩的嘴唇。这难道真的是死亡之吻吗？……

林惠兰闭上了双眼。我在想，人生太残酷！

我不相信，在历经三十多年磨难，曲折坎坷，即将和初恋的情人林惠兰重圆之际，她就这么悄然离去！果真如此，我宁可不相信我的手术做得很成功，我一定要和她携手同行，去会见比我们早去的那几位女人，与她们共享永恒！

我心里充满悲伤，我想大声疾呼但又怕惊吓了她，我轻轻地轻轻地喊道，“惠兰，我亲爱的惠兰！”

林惠兰睁开双眼。我看她睁开眼，就对她说，“惠兰，你看窗外那夕阳，那晚霞，多美！真是绚烂无比啊！”

我和林惠兰穿的是同样的白色蓝条子病员上衣。一束金色夕阳的光辉从窗外照进病房，照着我和林惠兰，她脸色虽然苍白却显得清秀而高雅，散发出生命的气息……

林惠兰望了望窗外，脸上露出了一丝微笑……

十一

经全力抢救，仍然很难挽回林惠兰的生命，我的手术也不是像主治医生所说的那样成功而是迅速恶化难以救治。

医生护士都认为我和林惠兰是夫妻，孩子远在外地，她们为我俩这样少见的凄惨结局声声叹息，林惠兰住的是特护病房，两张病床空了一张，那病人昨天夜里去了另一个永恒的世界。医生护士一商量，最后将我扶到林惠兰的病床边。

主治医生对我说："看你也撑不住了，你就躺她旁边这张病床吧。有什么话，你俩相互说说。感觉不舒服，就揌床头的电铃，我们会及时进来的。好吗?"

医生护士想的好周到，真是十分人性化的善良之举，也可以说，是一种少见的临终关怀吧。

从法律意义上来说，我和林惠兰还不是夫妻，在濒临死亡之际，我俩终于在病房里住到了一起。我躺到林惠兰身边，我把林惠兰拥入怀中。小玉去世后，我从三十八岁起成为单身汉，我最终将自己解脱了，我获得了梦寐以求的真爱。这就是我后半辈子的全部意义！林惠兰紧贴在我怀里，脸上带着一丝淡淡的笑意，我问林惠兰，"惠兰，你还有什么话要和我说的?"

林惠兰说："想和你说的话都说了，只是有一件事没告诉你，我要对你说，你那两本书稿，我从你家中的电脑里拷下来，给了出版社，他们已编审通过。我打电话给晓青了，出版社将和她联系出版发行的有关事宜。你那篇论文的英文稿我给母亲带去了，她和我那老美继父都看了，十分赞赏。是电话告诉我的。你上一个新的台阶是大有希望的。望舒，继续奋斗吧！"

我说："惠兰，你从十四五岁教我英文，以后一直关心我的学业，鼓励我奋进，让我上了大学讲坛，帮我出了专著，这又将我的文章送出国门，鼓励我再上一个台阶。我简直不敢想象的事

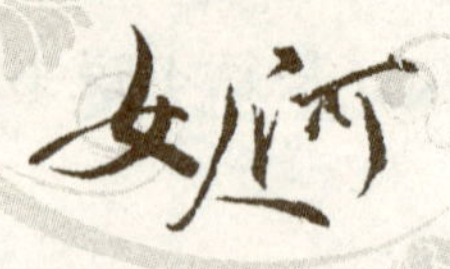

你都帮我做了，不知道该怎么谢你的恩情才好啊！”

“谢我的恩情？我俩还分你我吗？”林惠兰说，“我和晓青通电话，也讲了一点我俩的事，晓青在电话里已经喊了我一声妈妈，我没生过孩子，听到我喜爱的晓青姑娘喊我妈，我流泪了。我顺便告诉她，她结婚时我送给她的白金钻石项链，是我娘家只送给长女的传家珍品。从电话里听出，晓青好像也激动得很……”

我说：“惠兰，晓青晓宇是我们共同的子女了，也就是说，你已经是一位母亲！你还有什么愿望吗？”

林惠兰说：“什么愿望都没有了，望舒，我现在很幸福，我想闭上眼睛，在你怀里躺一会儿，然后你带我走，前半生没能跟你做夫妻，原谅我，后半生千万不要丢下我……”

我说：“惠兰，到哪儿我都带你一起走，永远不会丢下你。”

林惠兰在我怀里安详地闭上了眼睛。我也该休息了。我的感觉没有什么不舒服，我没有揿床头召唤医护人员的电铃……

过了一会儿，也许过了很久、很久，我睁开眼睛来，我轻松自如地起身，然后扶着林惠兰的上身，我俩一同下了床。我俩互相深情地望了一眼便紧紧地拥抱着，亲吻着，轻柔地抚摸着，像燃烧的火舌绝对地交融难分难舍，然后袅袅升起……

我俩是从窗户袅袅腾腾而去的。窗户洞开着。病房的窗户也没有间隔十公分的钢筋条子出去很容易，窗外是碧蓝碧蓝的天空飘着一朵朵白云……

对于五十岁的人来说，我和林惠兰如果真的就此离开这离奇的世界似乎早了一点。但我崇敬的物理学家爱因斯坦在他的好友贝索一九五五年去世时写了一则唁文，其中一段是这样说的：

> 现在他虽然比我早一点离开了这离奇的世界，但这并没有什么，我们相信物理学的人都知道，过去、现在和未来之间的区别，只不过是一种顽固地坚持着的幻觉而已……

第九章 走向彼岸

一

我渐渐地有了一点知觉，模模糊糊的。一个虚弱的处于昏迷状态的病人，苏醒过来最初的意识是感觉到自己的呼吸，急促而不均匀。然后就睁开了眼睛……

我的眼前是白色的墙壁，白色的天花板，白色的窗帘儿，还有盖在我身上的白色的被单，白茫茫一片……

我的意识就逐渐清晰了，我肯定自己没有和林惠兰一道从窗户袅袅腾腾而去。我是躺在病房里，是躺在特护病房里。我想起来了，是医生和护士安排我躺在林惠兰的特护病房里的……

那么，那么林惠兰……林惠兰呢？

我有了一点意识首先想到的当然是林惠兰！我艰难地转过脸一看，没有看到林惠兰。连她躺的那张病床都不见了。

我心里闪过一丝不祥的预兆，难道惠兰她？……

这时病房门边的座椅上站起来一个人。是个年轻的女人。这女人脚步轻轻地向我床边走来……

我的惊讶不言而喻——我看到走过来的年轻女人是小七子！和三十年前一模一样的小七子！

我不知道自己是清醒了，还是再一次陷入梦幻！

那年轻的女人是看到我有了点动静才走过来的。接着看我睁开了眼，她就露出了笑容来到了我床边。

她走到床边我就看得清清楚楚了，毫无疑问，是小七子！

小七子俯下身来，轻轻地喊了我一声："展老师，你醒啦！"

小七子从来都是喊我小展，这会儿怎么喊我展老师？我没有应声，我没有力气应声，我看着她，我用目光表明我是醒了。小七子还是轻轻地而且很有感情地说话，"我在门边坐了一整天了，医生护士撵我走，我没走。终于看到展老师醒了……"

我目不转睛地看着她，我彻底清醒了！

我认出来了！她就是几个月前，我在人流如潮的大街上，在百货大楼前邂逅的，与一位老太婆同行的姑娘！那次与她们擦肩而过，我多么悔恨自己反应迟钝、笨拙，多么想再能见到那姑娘却又无处寻觅。怎能想到，我挣扎在生命线上刚刚缓过来一口气，她却站在了我的眼前！

"我的天啊！"我在心里叫了一声。我想叫出声来但没有气力。我想和她交谈但我说不出话来，我的眼前被泪水模糊了。

姑娘取出自己的手绢，给我擦了擦眼泪。这让我想起，小玉去世后，女儿晓青取出小手绢给我擦眼泪的情景，我更是伤心。这姑娘好像能洞察我的内心世界一样，收起手绢，就说出了我最想知道的事情。她还是那么轻声地对我说话，"展老师，首先告诉你一下，林惠兰教授是病情稍有缓解后，主治医师决定让她抓紧转院治疗的，学校派人护送她到上海了。请你放心。"

一块石头落地了！我很艰难地点点头。也"噢，噢"地发出了一点声音。看我有了一点反应，姑娘脸上又露出了一丝微笑。她说："我是林惠兰教授的学生，毕业后留校工作。我是来探望林教授的，本想陪护她去上海，但送她的救护车出发时，她一定要我留下来，照顾展老师几天，她说，你是她的亲人……"

这一下我就全明白了。是的，我是惠兰的亲人。我点点头，但我还是想说话！没有气力说话不行，我一定要说，要说出来！既然已经知道林惠兰转院了，接下来我关心的当然是眼前这位姑娘的情况。我憋足了一口气，我说出声音了！

我望着她说："你叫什么名字？……"

"我叫沈亚娟。"姑娘说。

和小七子同姓！我刚能说一两句话，说话太缓慢，我喃喃道："沈亚娟？……你姓沈？……"

我想接着问下去，我有很多话要问她，比如说，我要问她，沈亚娟你是不是跟母亲姓？你的母亲是不是年轻时拉过车的小七子，她的大名叫沈婉霞？如果是的话，她是否健在？你的学业和工作如何？你的生活有没有困难？等等，等等……

沈亚娟又好像看出了我的所思所想，她说："我知道你有话要说，不用着急，我会多陪你几天，有话慢慢说。好吗？"

我点点头，沈亚娟接着喊了我一声，"展老师！"她说，"看你好些了，我非常高兴，我马上给林教授打电话！"

姑娘掏出手机，很快拨通了，她十分欣喜地和对方说了两句话，就将手机递给我。我双手颤颤巍巍接过手机，听到惠兰在那边喊了我一声"望舒！"接着她就什么也说不出来了……

我终于听到了林惠兰的声音！这声音尽管十分微弱，却像是来自天宇的声响，在我的耳际久久回荡……

二

我出院了。沈亚娟来到医院帮我办好手续，把我送回家。

我和沈亚娟的交谈是从那次在皖江大学的讲座谈起的。

沈亚娟说："展老师，你那次给我们物理系的师生做相对论讲座，我去听了。那年我十八岁刚进大学一年级。真把我们听傻掉了，一位拉板车的汉子刻苦自学相对论，发表了论文，能做精彩的深入浅出的学术报告，简直不可思议！"

过奖了。钻研相对论只是兴趣罢了，展望舒能活到今天，全靠几个女人一个接一个的支撑。有句经典名言：一个成功男人的背后肯定有一位伟大的女性。这句话很正确，但缺乏定量分析。

一个成功的男人的背后肯定不止一位女性。或许伟大，或许平凡，但不止一位。除了妻子，还有情人、友人。只是不对外说，是隐私。大凡成功者都是道貌岸然不能披露私情。我远不是个成功者，不需要树立某种形象，所以我敢说。我必须向沈亚娟说。说一个女人。不说小玉，不说若云，说小七子。不说小七子不能了我心中的结。我告诉她，我十八岁高考落榜，失学失恋双重打击，加上没有经济来源我差一点活不下去。进了板车队我不仅挺过来了，而且拉车五年成为我学业进步最快的时期。我几乎把有关我和小七子的五年相处，以及我现在心里所想的，要问的，一口气全部倾诉出来了，说完后，我细心地听沈亚娟回答。

沈亚娟说："展老师，你觉得我容貌举止很像小七子是吗？小七子是谁？三十年前一个拉车的女人你还记得？你如此重感情我实在佩服！不过我这样一说，你就会觉得我不像小七子了吧。因为这里面不一样。"她指一指自己的脑袋颇为得意地笑了笑。

沈亚娟始终回避一个至关重要的问题：她是不是跟母亲姓？她的母亲是不是叫沈婉霞？更没说沈婉霞是否健在。沈亚娟还是把话题转到了林惠兰身上。

沈亚娟说："林惠兰老师也有同样毛病。我本科毕业后做她的研究生，接着我留校任教她是系主任我的顶头上司，她和我这个学生相处亲密无间，她曾告诉我，十八岁时和一个小男生打了个 kiss 还一直记在心里，亏她还是从美国回来的女孩，归顺中华传统也太快了。她嫁了个瘦猴也没多少感情我真替她亏心。要是我呀，早就把瘦猴扔了去找那旧情未泯的小男生！"

沈亚娟说："你看，等啊等啊，三十多年过去了，她这才苦海无涯回头是岸，想回到初恋情人的身边，可惜为时已晚。等到瘦猴回来办了离婚，瘦猴竟然对她下了毒手！"

沈亚娟说："林教授临走时对我说，你是她的亲人，要我一定照顾好你，我听出那口气很不一般。展老师，该让我问你一句话了，你就是十八岁时和她要好的那个小男生吗？……"

我坦诚地对她说："是的。"

沈亚娟笑了。那种眯眯的笑，一个活脱脱的小七子……

我身体康复得很快。这与我年轻时长期体力劳动身板强健很有关系。惠兰还住在上海的一家大医院，我已行动如常了，但她就是不允许我去探视她。她说这是医嘱。我去对她的医疗和康复不利，去了也是见不到她的！我和惠兰的联系全靠沈亚娟。

我估算，沈亚娟的年龄比我女儿晓青大不了一点，可她思想成熟，谈吐得体，办事能力之强，均在晓青之上。她如果真是小七子的女儿，那小七子在天之灵足以欣慰了！

我的自理能力本来就很强，身体好了，生活上不需要别人照顾。我对沈亚娟说，“我已经完全好了，你安心工作吧。”

“你的意思是，我不用来了？”沈亚娟说，“可林教授交给我的任务还远没有完成呢！今天，我陪你到学校去看看好吗？”

我们来到皖江大学。先到惠兰的住处。沈亚娟边取钥匙边说，“林教授临走丢给我的钥匙，请你来，是她的指示。”

这里我来过。进门一看，一切依旧。所说琴房里砸碎的花盆已经换了新的，君子兰又生气盎然地散发出淡淡的清香。这可能是沈亚娟给重新整理的。这里我也只来过一次。那次我来，惠兰给我弹的是《大路歌》然后痛诉旧情，这里是我人生旅途后半程名副其实的起点。如若我再有苦难她愿奉陪到底这句话就是在这儿说的。可今天我第二次来，惠兰就不在这儿了。陪我的竟然是酷似小七子的姑娘沈亚娟。可叹人的命运之难测啊！

沈亚娟可能是经常来，她说过她和惠兰老师相处亲密无间，她像到了自己的家里，先用电水壶烧了水，给我沏茶。然后说，“展老师，我想弹一首曲子给你听，好吗？”

这真出乎我意外。我以为她说着玩儿的，拉板车的小七子女儿也会弹钢琴？接着就更让我惊讶了，她掀开琴盖弹起来，那如溪水潺潺流淌出来的旋律我太熟悉了！——《Love is blue》！

一曲终了，沈亚娟问我，“展老师，听了有什么感觉？”

我说不出话来。我整个地坠入云里雾里！

沈亚娟没有指望我回答就接着说，“展老师，是惠兰老师教我弹的钢琴，也是惠兰老师教我弹的这首《蓝色的爱》。她告诉我，就是把这首曲子和她的初吻献给了一个小男生！真是太高

雅、太浪漫了！现在我知道这位小男生就是展老师，你应该相信，我对你的崇敬已经比十八岁时听你的讲座又上了好几个台阶！”

“谢谢，谢谢！”我接着很真诚地说，“沈亚娟，你钢琴学得虽晚，但已经弹得不错！我听了真高兴！”

“惠兰老师说你做过多年的文化工作，你肯定也喜欢吹拉弹唱了。”沈亚娟说，“你看，以后你每天都可以在这儿练琴。”

我正有些不解，沈亚娟从提包里取出一串门钥匙，抓住我一只手，往我手心一放，说，“这也是惠兰教授的指示！”

沈亚娟看我手拿钥匙未置可否，就眯眯一笑说，“展老师，别误会，惠兰老师不是请你来给她守房子的。这样吧，我带你去物理楼办公室坐坐，和你细说。再带你去见系里的几位领导，另外，还有几位研究生急等着要见你呢！”

她这一说，我也就明白一大半了。林惠兰为了把我调进皖江大学任教，做了多少次努力，均以失败告终。这一下长时间住院，她在本科担任的课程没人上堂了，她的研究生即将毕业答辩，眼下没人辅导。就这样，系里请我帮个忙，算短期代课吧。

沈亚娟说：“展老师，你就住到学校来吧，研究生功课经常做得很晚，请教你方便一些。其中也有我。我是在职读博。”

我已经从市科协退了成了自由职业者，临时替惠兰做一点教学和辅导工作当然没二话可说，而且沈亚娟的学业正处在获取博士学位的关键时刻，我能给她一点帮助，真是难得的机会！——如果她真是小七子女儿的话，那我就更加如愿了……

我根据沈亚娟转达的惠兰指示，搬到她的居所住了下来。沈亚娟就住在隔壁单元的顶层。

沈亚娟隔几天就告诉我一声，惠兰教授正在日渐康复，请我放心。还有两次她把正在通话的手机递给我，让我亲耳聆听惠兰的声音。给惠兰当代课教师，我心安理得，做起来很顺手。

本科教的是一年级《普通物理学》，基础课。最后部分讲到相对论，简介性的。我古今中外东拉西扯大学生们听得兴高采烈。惠兰有五位研究生，两位博士生，三位硕士生。主攻方向略有不同，有两位侧重理论，有三位侧重计算。辅导他们写毕业论文，我还能应付。当然主要靠他们自己用功，包括沈亚娟。

紧张繁忙的两个月很快就过去了。本科生学期结束了，五位研究生的论文也按时上交了。每一位的答辩会我都应邀出席。但我没有评审资格，只能旁听。旁听也高兴。我替惠兰做了一点实事，给沈亚娟学业上一点微不足道的帮助，足矣！

最后一场答辩结束后，学校分管研究生院的副校长特地接见了我。他说了句领导不常说的礼貌用语，他说，“展先生，久仰，久仰！”接着就告诉我，从林老教授到惠兰教授如何如何推荐，学校进人如何如何难办，耽误了耽误了。他说，“现在大学急需人才，人事政策放宽了，海归也照进嘛！我们尽快给你解决，解决！”

我只说：“谢谢，谢谢！”没有过多的表态。我放在心里第一位的，已不是我自己能在哪儿工作，而是惠兰在哪儿？

沈亚娟获得了博士学位，据说是皖江大学有史以来最年轻的女博士！我要祝贺她！我问沈亚娟，“我该怎么祝贺你呢？”

我那意思当然是给她送一点像样儿的礼物，或是约几个惠兰的研究生到哪儿聚一餐。沈亚娟先是喜笑颜开，然后收敛笑容态度从容地轻声说：“祝贺我很简单，拥抱我一下。”

我愣了。但我立刻反应过来。我不去分辨她这个要求有些什么内涵。我历来按我自己的心办事，心中固有的，不必思来想去。我说：“我的女儿晓青和你一样很用功，她学文科发表小说剧本算个小作家。她出嫁一年了我非常想念她，如果她现在回来，我多么希望女儿投入我的怀抱！亚娟，过来，我祝贺你！”

沈亚娟听我这么一说，也是略微一愣，然后走过来，贴近我，我轻轻地拥抱了她……

我和沈亚娟一同去餐馆，她不愿邀请别的研究生，她说想和我单独在一起进餐好谈谈心。就在校园的东侧赭山脚下有一家茶馆，古色古香，茶馆给客人沏了茶，吃自助餐，时间不限，是个边吃边谈心的好地方。我俩靠窗面对面坐着，窗外能看到香火缭绕的寺庙。进香的人络绎不绝，门前小广场上停满各色轿车，也算融入现代文明，江城景色与往年大不一样了。

“展老师，我该回答你一个询问过多次的问题了。”沈亚娟说，“我的确跟我母亲姓，我的母亲叫沈婉霞。她爱上了一同拉车的学生哥但没能做成夫妻，她痛不欲生，跳进清清的弋河……”

我赶忙接着问：“后来怎么样？她是否还健在？”

沈亚娟说：“她嫁给救她一命的机帆船上的轮机手，第二年生下我，就死在船舱里……这些都是外婆絮叨给我听的。”

这回是她女儿亲口向我诉说，小七子已死，确实无疑！怎么和我那次梦幻中小七子的自述完全吻合，这就无法解释了……

沈亚娟说：“我是外公外婆带大的。我的父亲在一次水上事故中丧生。接着外公也去世了。那天我和外婆在街上碰见你，这是我在大学一年级听你的讲座之后第二次见你的面。”

沈亚娟说：“外婆告诉我，‘这就是小展，你妈妈的学生哥。’这太让我吃惊了，识不了几个大字的妈妈做姑娘时爱上这么有学问的学生哥就是你！正想和你说话，你转身走了。”

沈亚娟说：“我外婆不久也去世了，她在神志还清醒的那会儿对我说，‘你在这世上没有一个亲人了，去找小展吧，他是个好人，告诉他你是小七子女儿，他会照顾你。’我听懂老人的意思，相隔两代了，她无法知道我心里是怎么想的。我忙了一段工作，正想去找你，惠兰老师出事了，我上医院却在特护病房见到了你！你一直昏迷，我焦急万分！我守候一天一夜，你终于醒了！”

“沈亚娟，你把我埋在心中三十年的结解了。不知怎么谢你才好呢！你实现了你妈妈要你读书学会做算术的遗愿，而且还上了大学，得了博士学位，你无法体会我是感到多么的欣慰！”我禁不住流下泪来。我接着说，“还有一事，不知该不该问？”

“你不用问。”沈亚娟说，“你关心我的学业，而且最后的冲刺是你鼓励我、指点我，给我下了爬坡的命令才冲上去的！我感谢不尽。今天我向你坦承是小七子的女儿，你还关心我什么事，我能不知道吗？以后有机会我会主动告诉你。”

我只好点点头。沈亚娟对我嫣然一笑说，“这一阶段写论文，忙答辩，还有学期结束的工作真把我累坏了。而且心还要放在你这位才康复几个月的病员身上。今天你祝贺我陪我走出校门，我一身轻松。能不能满足我的愿望，让我玩儿个痛快，好吗？”

我说：“上哪儿玩？我一定陪你。”

沈亚娟说：“说话算话？”

我话茬接得太快，不好更改。我说，“当然。”

沈亚娟说：“走，上舞厅！”

我再一次愣住了。要我跟她上舞厅？跟小七子的女儿沈亚娟上舞厅？简直是奇闻！我是什么年龄？眼下我处的是什么境地？但我必须说话算话。这是我的性格。去！

江城这些年开发开放，娱乐业直追沿海大城市。进了舞厅把我惊呆了也大开了眼界。以前我在市区或是在省城参加文化界的会议，晚上也开舞会。跳的是快三慢四之类，文质彬彬，皆是绅士淑女风范。这里可不得了。一会儿灯光通明音响轰鸣，一会儿全场黯淡放送的音乐如病女低吟。再往挤满了男男女女的偌大舞池一看，真可谓群魔乱舞，不堪入目！耀眼的频闪灯光扫过，勾勒出他们疯狂扭动的身影，一个个脸色发青，这更给我的感官增添了一种难以忍受的刺激。这些乐此不疲的舞者是些什么样的青年那还用问？需要问的是：我应该离开吗？不能。我答应陪沈亚娟玩儿个痛快，一定要满足她的愿望。

我说：“沈亚娟，这儿你来过？”

“来过。”沈亚娟无所谓地回答我，然后望了我一眼说，“展老师，看你脸上的表情，是不是被这场面吓坏了？”

我老实地说：“是……，有点。”

沈亚娟说：“展老师，那我想请你跳舞，没指望了？”

“请我跳舞？……”我还犹豫着没搭腔，音响停了，灯光复明。是一个短暂的间歇。我看清了欢快的舞者也都是些像模像样

的青年，并非我猜想中的流氓小痞子之类。这时走过来三男一女，正是惠兰的另几个研究生！原来是沈亚娟和他们约好来的，共庆学业成功。我的情绪就起了明显的变化。

音乐再次响起。跳舞了。跳就跳吧！我跳了。我牵着沈亚娟的手一上场。音乐强烈的节奏告诉我，不是快三慢四，是迪斯科！一种强劲的迪斯科！我向沈亚娟微微一点头。沈亚娟笑了。

沈亚娟挺胸收腹扭腰摆臀进退自如，舞姿不错。我大约也是身手不凡，配合默契，几个研究生停下来看我和沈亚娟跳。另外几对不相识的舞者也边舞边扭头看我们。瞧我样子岁数不小了，也算让青年人见识见识做了十几年文化人的舞姿如何吧！

休息时沈亚娟夸我说：“真没想到，你舞跳得这么好！太棒了！相当的现代！与你在对待自己切身的事情上顽固守旧相比，那真是判若两人！你给我们讲课时曾说过，对我们这一代充满希望。我现在可以说，展老师！我对你也充满希望!”

记得李坚石老师说，要我改造一辈子，我很反感，但这话好像也有道理。我发现，沈亚娟在改造我。

沈亚娟不是用说服教育来改造我。她不是推心置腹地劝我一番，不要过于怀旧了往事如烟何必太留恋，中年已过半了，时不我待，应多加珍惜。她直截了当把我领进当代青年的生活之中，关注他们的学业、工作，与他们一同弹琴跳舞，分享国家进入了新时期给他们带来的烦恼和快乐！她还多次带我去大学的体育馆打乒乓。我头一回双手捧起保龄球沉沉的，跑两步，扔过去，只将那一排球瓶砸下去一个，其余的只晃荡晃荡了事，也是她带我上大街进的保龄球馆，让她好笑了一阵还羞了我一下。我在不知不觉中接受了她对我的这种改造！我似乎年轻了许多……

三

我将走向彼岸。我这里说的彼岸，不是人生的彼岸。人生的彼岸我去过一回但那是一次梦幻，接待我的是为我而死的小七子，现在知道是沈亚娟的母亲。小七子对我说，她在那边给我查过了，我的阳寿没到期，还有些岁月。我说的彼岸，是大洋彼岸。

星期天一大早，沈亚娟来了。她递给我一封特快专递，说，“展老师，我向你传达林惠兰教授的最新指示！她知道你康复得很好，请你抓紧办签证，去美国！”

我说：“她怎么样？身体好些了吗？她能不能与我同去？”

沈亚娟的回答令我大吃一惊！她说：“你的亲人林惠兰女士在那边等你！别用怀疑的目光望着我，我不会骗你！”

临走前，沈亚娟和我深谈了一次。

沈亚娟告诉我，她本科毕业后分配到中学里工作，结过一次婚。她所以草率结婚完全是为了摆脱痛苦和烦恼。她的痛苦和烦恼无处倾诉无人知晓对亲密无间的惠兰老师也说不出口！因为她心中的爱莫名其妙，十八岁那年刚进大学听人家两节课就心血来潮就爱得透不过气来，如同当今的追星族十七八岁小姑娘听男歌手在台上扭腰摆臀哼唧哼唧两句就狂叫着“我爱你”往台上爬！

沈亚娟告诉我，她想去找这个讲课的先生但少了点追星族的勇气这糊涂的爱一直藏在心底，毕业后就和头一个向她求婚的青年结了婚。婚后沈亚娟发现自己根本没有爱上年纪轻轻的丈夫，和惠兰老师刚结婚时一样的找不到做妻子温柔娇情的感觉。但如何处理两人的差别就大了。她说没有爱的婚姻比没有婚姻的爱更叫她难受，住一幢岌岌可危的房子不如推倒它，宁可没日没夜在大街上游荡做一个不回家的人。她丈夫也算得新潮青年若无其事地说，好结好散，拜拜了亲爱的，我祝你走好运！沈亚娟从他的故作潇洒中看到的是浅薄和轻浮。离婚后她赶上考博，又成了惠兰教授的学生。她郑重地提醒我，沈亚娟现在已不是小女孩，而是经历过一次失败婚姻的，成熟的知识女性。

听了她这一番话，我能说什么呢？在我即将远去之前对她这番表述我总不能无动于衷吧？好在她没有指名道姓，上她们大学讲课的先生多着呢，还有老外。但我还是有点自作多情想把事情往自己身上揽的心理态势。她好像在等我说话、等我表白。我就三言两语给她讲了个大地是小姑的故事，最后当然提到了二小妹。

沈亚娟笑了。说，“且不说你和小姑没有‘错综’，更谈不上‘俄狄浦斯’。爱是没有年龄界限的！最后你想揍二大叔我很赞成，因为你爱小姑，他导致小姑的死，该揍！但是给二大叔这记耳光该你打！二小妹打这记耳光没有时代感。你把如今跟台商做二奶的年轻女人还当作延安时代拼命反抗地主黄世仁的喜儿吗？错了！她心甘情愿做二奶怎么会扇人家耳光？是你当时一番言辞怂恿她出的手！你根本不了解当代青年人的婚恋观！她和镇上青年婚后弃家出走再次去当二奶，够说明问题的了。我实话实说不要伤了展老师的自尊心。你从前的故事在今天没多少意义了。”

我听了哭笑不得，还真被她的新思维触动了。看来说服教育也能改造我。我的确要改造一辈子。说这话的李老师真伟大！

沈亚娟说：“我对你的不幸遭遇早已略知一二，你三十八岁丧偶至今孤身，什么时代啦？你真是个顽固守旧的老先生！你和我母亲没有一点实质性关系，你三十年不忘的其实仅仅是下雨天和一个女人一道打伞罢了。在今天不值一提！但只要一说破我是小七子女儿就必然把我自己推入困境。我一再回避谈及你们的往事，就是想把我十八岁时那无人知晓的爱向你倾诉，可你要走了，你的亲人在彼岸等待着你！我的事不说了。你安心地去吧……”

沈亚娟好像有点伤感，她说：“最后我要对你说一声，你和惠兰老师早一点回来啊，我到机场接你们！我等待着你！”

我们是在风景秀丽的赭山顶上交谈的。我不会忘记那年和十六岁的小七子采马兰头的情景。三十多年过去了，小七子已不在人间，但山上的林木依旧郁郁葱葱，鸟瞰清秀的弋河，还是那样弯弯曲曲羞羞怯怯地流入扬子江宽阔坦荡的怀抱……

我说：“我能给你的只有一句话，你虽然遭受了一次感情挫折，你果断地处理证明你与惠兰老师确实不是同一个时代的人！你正值人生鲜花盛开的季节，勇敢地再次走向生活，走向你们青年人的生活！幸福在向你招手！你懂我的意思吗？亚娟！”

动身那天沈亚娟执意要送我。我一再婉谢。我说，“我这次是去大洋彼岸你不用送。我希望和你约定：有一天，我将去人生的彼岸，那是任何人无法避免的千古憾事。你千万别忘了和晓青晓宇一道给我送行。好吗？”我笑一笑，想驱散离别的伤感。

沈亚娟不点头，不摇头，不说，也不笑。

四

起飞了，这是一架美国联航的大型客机。我是 B 座不靠窗。A 座靠窗。A 座是谁？是林惠兰吗？我希望是。但不是。

C 座是个美国小男孩，他爸爸带他到中国旅游后回国。小男孩淡黄色的头发看上去十分柔顺，白净的小脸上，嵌着两只忽闪忽闪的亮晶晶的蓝眼睛。真可爱。

“Hi!”一落座，美国小男孩便向我问好。

我也“Hi!”了一声，然后用英语问小男孩，“你多大了？”

小男孩却用中文回答我，“八岁。”

嗨！那可爱的蓝色小眼睛！八岁，八岁，八岁……

八岁时，我在阴暗破旧的教室里罚站……

八岁时，女儿活泼可爱，在学校的操场上跳绳跳牛皮筋跳房子跳忠字舞北京有个金太阳，没别的歌好唱，没别的舞好跳。

八岁时，儿子调皮淘气，和几个小男孩在土坡丛林里打游击，到天黑不回家，没别的游戏好玩。我和他妈妈急得四处找。

我们用两代人三代人的时间在追寻一个梦想……如今成千上万的中国人也能出国，留学、做生意、旅游，满世界地跑。

我不是去旅游也不会做生意。我去探亲看儿子，但那只是顺便看一看。我办过一次专程看儿子的探亲签证，因为住院耽误了时间。我动手术闯过了生死关，签证过期了海关是闯不得的。

我现在持有的是去美国的访问学者签证。一个中国拉板车的汉子成了赴美访问学者？谁邀请的？做梦吧你？

邀请我去讲学并做短期研究的是普林斯顿大学的海沃德教授，也就是惠兰的老美继父，这一说有点“走美国后门”之嫌，而这位老教授却是在三次批阅我的论文《谈引力波和时空弯曲》英文原稿后郑重其事给我发来邀请函的，并希望我尽快赴美。

他和我通过一次电话，具体地谈到，主要想与我探讨中国几千年文明中有关宇宙天体空间时间的相对性思想。比如老子的有生于无。他还问我“杞人忧天倾”是不是这家伙已经想到宇宙膨胀到一个临界点时将停止膨胀而坍缩？两千多年前就担忧天会塌下来太了不起了！这个宇宙坍缩的时刻肯定会到来的！怎么说他是庸人自扰呢？还有佛教和禅宗，他看了一些文献很深奥，感叹接触太晚了！甚至很多中国神话传说他都有兴趣。华语电视台播出过《天仙配》片段他看了，他很风趣地问我，七仙女是不是女性外星人那么漂亮？从天上飘下来是不是利用了时空虫洞？

飞机缓慢地启动。先在跑道上平稳地行驶，然后加速，再加速，飞机便从天空中获得一股神奇的力量，像被提拎一下悠然地腾空而起。升至万米以上高空进入平稳的高速飞行。

接下去是漫长的航程。空姐送来饮料和食品。美国的空姐不像中国的空姐。中国的空姐都是年轻秀美的女孩。美国的空姐气质都很好，有两位年龄看上去很大了，像母亲，挺慈祥，无形中给旅客一种可以信赖的安全感。

我和邻座的美国小男孩互相看了一眼，笑了笑，小男孩说在中国玩了两周，天天吃中国菜。中国菜真好吃，他对空姐送来的地道的西餐没兴趣了。他两个星期学的几句中文不够应付了就全用英语和我说话。小男孩眨了眨那双可爱的蓝色小眼睛。

几个小时之后飞机进入夜间航行。舷窗外看不见天空也看不见万米之下无边的大洋只是茫茫一片。飞机凭着先进的电子导航仪器在漫无边际的黑暗中充满信心地向大洋彼岸飞去。等到曙光从舷窗外透进机舱。便看见洋面上升起一轮红日。

临近旧金山的上空，飞机开始下降。从高空鸟瞰这座美国西海岸第二大都会，如同观赏沙盘里的城市模型，显得宏伟而又精巧。高楼大厦，鳞次栉比，道路纵横，四通八达，密密麻麻的小汽车像排成阵的甲壳虫沿着街面川流不息。

旧金山的繁华，炎黄子孙功不可没。几个世纪以来，数以万计的华工，修筑大铁路的中国苦力，在建起这个城市的地基上，洒下了无数的血汗。近年来，华人移民骤增，到这里投资创业，兴办教育和科技，使旧金山迎来了新一波的繁荣，旧金山被称作是屹立在美国西海岸的华人的丰碑！

去普林斯顿讲学的日期还有几天，我先去看儿子。

从旧金山转机飞往休斯敦。这段航程大约三千公里，要翻越内华达山脉和落基山脉，两山之间是广袤的高原和山地。飞机还要越过科罗拉多河和著名的大峡谷。天空晴朗，朵朵白云从机身下飘去，临窗远望，尽收眼底的却是无穷无尽的荒原！有森林覆盖的山峦，也有岩石黄土裸露的高地。河流从山涧弯弯曲曲地流淌，像一条条银练飘舞。见不到烟灰弥漫正在开采的矿山和工厂，见不到水坝和电站，甚至连农垦的迹象也见不到，我意想不到地欣赏着美国西部苍茫大地的原始风貌，令我惊奇。号称世界上经济最发达的国家，怎么还有偌大的国土不曾“开发”呢？

仔细想想，他们可能有更多一些国土保护意识，不随意“开发”乃是战略性的“储蓄”。也许这就是荒原的启示。

时近傍晚，飞机在休斯敦国际机场降落。我见到了分别一年多的乖儿子，也见到了他的女友，看上去很般配，说是等到两人都拿到硕士学位，戴上方帽子就结婚。我心头的喜悦当然不用说了。他俩都有奖学金，做助研工作挣美元，生活没问题。不远万里亲自来一趟看看，我也放心了。

有的留学生拿不到奖学金，给餐馆打工送外卖挺累的。有天傍晚，晓宇驾车带我到一个闹市区看望一位同学。他在一家台湾老板开的“蒙泰尔”即“汽车旅馆”当夜班经理，也就是隔着一个玻璃窗收钱，老板给他一把手枪自卫。我们车到门前，两个妖艳的白人姑娘立刻迎了过来，还有几个白妞、黑妞站在一旁搔首弄姿。同学见我们来了，赶忙出来接我们的车进了院门，避免了这几个街头女郎的纠缠。也算见到了西方世界的另一面。

我们去休斯敦宇航中心参观，硕大的运载火箭露天躺着让游人近距离观赏，展厅里图片模型实物丰富多彩，能看到宇航员从月球带回的土块。宇宙天体星系展示在眼前，给宇航事业以强有力理论支持的相对论，在这儿一点也不神秘不深奥了，不会做算术的观众都可以看展览去领悟，这就是美国的科普。我在江城做了十年科普，相差太远，确实不是一个档次的。我的观后感没有写在展厅的留言簿上，是埋在心里，只有一句话：中国，加油！

五

我准时去了普林斯顿。

普林斯顿是美国东北部的一个小城，也是个大学城。伟大的物理学家阿尔伯特·爱因斯坦四十年代曾在这里的高等研究院工作。我这个半吊子相对论学者能到这里来做学术访问，这机会太难得了。一路上，我按捺不住自己激动的心情。更加令我心驰神往的是我将要在那里见到几个月来日思夜念的惠兰，只要一见面，握住她的手，我们就将从此“奉陪到底”了！

到了普林斯顿，很遗憾，惠兰没有来接我。是海沃德教授的助手接我的，并把我安排在学校旁边的一家公寓住了下来。

紧接着就开始工作。我只做三次讲课，大多数时间是和几位中青年教授在一起做研究，也旁听他们的讲课以及和研究生的学术讨论，其中有好几位中国留学生，年轻好学，大有希望。

我最后一次讲课，海沃德老教授来听了。是惠兰的母亲陪同他来的。我哪敢班门弄斧，当场去解那些让人绞尽脑汁的方程。我在讲相对性思想和现代宇宙论时，介绍了中国当代科学家教授的研究成果，比如吴忠超与霍金在一起探索研究，得到了第一个完整的宇宙自足解，建立一种没有时间的理论，从非时间的情况向可用时间表象的情况延拓也就是时间的起源。这无疑是对相对论时空理论的一次重大突破。我讲了两千年前老子的“道生一，一生二，二生三，三生万物。”即宇宙创生于无的很玄妙的宇宙观。我穿插讲了“庄周梦蝶”，讲了禅宗“风幡心动”和“菩提本无树”的故事。老教授对我的讲课颇具中国特色很感兴趣。满面笑容带头站起来给我掌声鼓励，还走到讲台前和我握手。惠兰母亲和我握手时说了句，“你的英语很好，跟谁学的？”然后就离开了。

两个月很快过去了，但我一直没见到惠兰的影子。我怀疑沈亚娟所说，“你的亲人林惠兰女士在那边等你！”此话是否有误。

预定返程的前一天，海沃德老教授在办公室约见我。他说：“展！我的助手和教授们对你的评价是一致的，很好。愿不愿再做一段？你有什么要求？比如学位、待遇……”

我说：“教授，谢谢您，我唯一的要求就是要见林惠兰！”

“噢，”老教授想了一下说，“我带你去吧！”

老教授和家里通了个电话然后让我坐进他的车。他自己开。

我到普林斯顿两个月忙于工作，没出过一次校门。我心里想的是惠兰，坐在车里无意欣赏小城风光，但如画的景色跃入眼帘，还是给我留下了很深的印象。小城马路上的车不多，林荫道上偶尔有几个行人。一幢幢红顶白墙的别墅掩映在郁郁葱葱的林木丛中。小城娴雅幽静，古风淳朴。颇具中欧风情。

到了老教授的家。这是一个湖滨别墅小区，面对一泓碧水，四处树木葱茏，门前的草坪修整得如同深绿色的地毯一般。我一下车，就看到惠兰的母亲站在门口迎接我们。

海沃德老教授没有下车，说办公室还有点事，他向惠兰母亲挥挥手，车就调头走了。我跟着惠兰的母亲进了屋。

我在客厅里坐定，是我在国内从未见过的宽阔敞亮的高吊顶客厅，惠兰母亲在我对面的沙发上坐下来，说：“你来两个月了没请你到我家，完全是出于对你讲课和科研工作的考虑，怕打搅你，请别误会。今天你的访学结束了而且很成功，我祝贺你！”

我说，“我能到普林斯顿来做学术访问，完全是您的栽培，我首先要向您深表感谢！”

惠兰母亲能听出我这话说得很有礼貌也很诚恳。但接下来我就不知道自己的态度和说话的口吻是否让她觉得不那么文明礼貌了。我站起身来，板着脸说，“伯母，我要见林惠兰！”

惠兰母亲看我进门就要见人的强烈情绪，打破了她原先想与我慢慢道来的安排，只好直截了当地回答我，“惠兰不愿见你。”

她没料到我针锋相对地回答她：“林惠兰不见，我不走！”

“不走？”惠兰母亲说，“可你访问学者的签证快到期了，非法逗留，移民局会请你去坐牢的。”

我笑了笑。惠兰母亲在美国肯定没坐过牢，否则我就要问她，美国牢房的铁窗有没有间隔十公分的钢筋条子？我说，“坐牢我不怕，见不到林惠兰，我就是不走！”

“坐牢你也不怕？”惠兰母亲说：“可惠兰与你还没有建立任何关系，你有什么理由说不走？”

我斩钉截铁地说，“因为爱！”

惠兰母亲毫不相让地说：“爱值几何？惠兰的父亲当年也爱我，他为了报效祖国，不是丢下我，带着惠兰走了吗？我更是爱她父亲，我赶到了机场想与他们同行，可我接到在台湾高层任职的父亲一纸电文，我只好拖着行李箱，独自回到普林斯顿。听惠兰说你俩十八岁相爱，三十多年没到一起，不是也过了吗？”

我说，“那是历史的错误，怪不得惠兰，也怪不得我。现在命运掌控在我们自己手里，后半辈子我一定要和惠兰奉陪到底！”

“别激动，请坐下，我们慢慢说。”惠兰母亲看我态度如此坚定，她就软了许多。我坐回沙发上。她说，“可惠兰不愿奉陪你啦，也不是一脚蹬你。她把那边的事都安排好了。普林斯顿大学邀请你访问，那边很震动，皖江大学已经正式聘任你为客座教授，是惠兰的一位姓沈的女同事一手经办的。你就回去吧。”

沈亚娟！她给我办这事我完全相信。我在心里感谢她。但这人生大事，我不会患得患失，左思右想。我丝毫不留余地地说，

"没有惠兰在我身边，皖江大学请我去当校长，我也不去！"

坐牢不怕，当教授不去。这样一说，惠兰母亲真的没有办法了。她无可奈何地叹了一口气，按了一下放在茶几上的遥控。客厅的一道内门，在轻轻的吱吱声中渐渐打开了……

林惠兰！林惠兰来了！但是林惠兰不是走出来的！她是躺在一辆电动轮椅上！缓缓地，缓缓地，朝着我，过来了……

是惠兰母亲亲自飞赴上海，将女儿接到医疗水平先进的美国接受诊治的。惠兰经历了一场生死搏斗，和我一样闯过来了，可她没能像我一样的康复！美国医生明确无疑地告诉她，凶手肯定是个高级神经科医生，他下毒手要达到的目的就是让她的神经阻断。因抢救和治疗及时，成为植物人的可能已经排除。但造成的高位瘫痪却一时难以治愈。寄希望于医学的进步吧！

轮椅停在我面前。惠兰很平静，脸上略带一点微笑望着我。说，"望舒，见到你很高兴！你和我母亲的谈话，我全听见了。你对我真诚的爱，能感动美国。你看到了吗？妈妈在流泪了！"

我说："惠兰，我见到你也很高兴。"

惠兰说："我出来让你见一面，你就知道，我不能和你奉陪到底的原因何在了。美国医生直言不讳地对我说，一个高位瘫痪的女病人，连爱人的拥抱都是不可以的，唯一的亲密接触，只是接受轻轻的吻……"

惠兰说："望舒，如果我们结成夫妻，你所能做的，只有没日没夜地伺候我，却又不能和我同床共枕，那是不折不扣的无性婚姻。对于你这样身体强健的中年男子来说，你所爱的女人就在眼前，但又可望而不可即，那比多年孤身还要让你难以忍受。更何况我俩的感情，用你的话来说，已经是熊熊火舌交织在一起密不可分了，这种状态我也难以承受。那将是我们两人无法逃避的共同的灾难！瘦猴和我离婚时，就是用'有爱的婚姻不一定幸福'这句话来威胁我的，我没有警觉，没防他下这样的毒手。"

惠兰说："望舒，事到如今这地步，咱俩都不要感情用事，你留在我身边是不现实的。回去吧！那里有你未竟的事业，我知

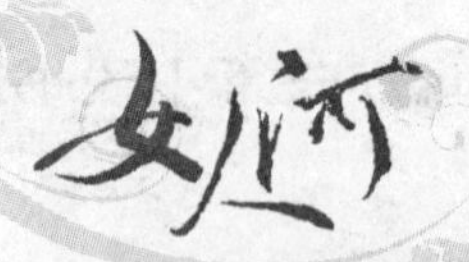

道，还有爱你的人。回去吧！望舒！”

我已经被她说得泪流满面。林惠兰高位瘫痪了！我怎能不痛心！我能丢下她回去吗？惠兰曾说过，要我再做一回勇敢的男子汉，那将标志着我人生旅程的新起点！如若再有苦难，她林惠兰奉陪我到底！现在林惠兰遭受苦难，我就不奉陪她了？不谈什么勇敢的男子汉，只要问：我还是个男人吗？

我说：“惠兰，我和伯母刚才说的话你既然听清楚了，我就不用重复。你的身体状况我已经目睹了，首先是不要悲观，医学不断地在进步，我对你的康复充满信心。你既然把我当作亲人，我会对你倍加呵护，难道还要我当着伯母的面给你发誓吗？我不懂医，但我相信美国医生对你的嘱咐是有医学根据的。我也看到有一本书上说，‘没有性爱的婚姻，如同干枯了的河流’。但只要我俩真心相爱，我要让枯竭的河流渗出甘泉！”

我说：“惠兰，不要以为我在说豪言壮语。我十八岁去拉车，瘦不拉叽的学生哥根本拉不动车！面对陡坡更是心虚腿软，望而却步，我艰难地冲上了坡，也明白了一个道理，人生没有后退的路！艰苦奋斗五年，我成了板板实实的汉子。现在，面对躺在轮椅上我亲爱的惠兰，完全可以想象到我后半生将何等艰辛。世上的路有千万条，但人生的路却只有一条，是坎坷曲折，还是负重爬坡，生命不止，只有向前。一个中国拉板车的汉子要对你说，惠兰，我们一同回去吧，那里更有你未竟的事业，也有爱你的人那就是我！我们一定要相互奉陪到底！”

我转身向惠兰母亲说，“伯母，请您务必放心！”

惠兰母亲听了更加伤感，拭泪对我说，“为了惠兰，你将要做出多大的牺牲，你为什么要这样做呢？”

我说：“伯母，如果我仅仅说一个‘爱’字，还不足以使您放心的话。我可以从十二岁见到惠兰说起，她如何教我英语，如何关心我的学业，如何引见林老教授让我受到终身的教益，最后从伯母您这儿，我走上科学圣地普林斯顿大学的讲坛。林惠兰给予我的太多太多！我有千言万语可说，但是不必了。面对轮椅上的惠兰，为什么还要和她相伴到底呢？只有一个理由：我愿意。”

惠兰母亲对我没话可说了。她起身走到轮椅前，对惠兰说，“惠兰，我也老了，很难说还能照顾你几天。现在我放心了，和你相爱的人去吧，你后半生的路，别无选择。妈妈祝福你！”

林惠兰说：“谢谢妈妈的祝福！”

惠兰母亲俯身在女儿脸上轻轻地吻了一下，然后转身望着我，主动伸出手和我紧紧地握了握。这手一握，就是信赖，就是把惠兰托付给我了，我就激动起来。这就使得我固有的土气，我太农民的那种感觉，又情不自禁地泄露出来了。

我说，“伯母，让我提前喊你一声妈妈，可以吗？”

惠兰母亲没说话。老太太郑重其事地向我点点头。惠兰望望我，她那尚显苍白的脸颊上，略微有了一点红晕……

六

我在比较满意地完成赴普林斯顿大学学术访问之后，按时离开美国。我和惠兰是同机回国的。乘的是中国的民航班机。我坐在经济舱。来时买的返程票。还是 B 座。

A 座是惠兰吗？她要是能坐经济舱的 A 座就好了，我多么希望在漫长的航行途中与她相依相伴，如同在中学时同班同桌，我能碰触到她的手臂。十八岁少男少女，手臂的碰触，像有细微的电流相互传导，那感觉真是妙不可言，我时常回味。

A 座不是惠兰。惠兰母亲给她买的头等舱。空姐对残疾人照顾得无微不至，从登机到护送她下飞机，都不用我烦神。林惠兰有些疲倦但面带微笑，看得出她回家的感觉很好。

沈亚娟到机场接我们，她手捧两束鲜花笑眯眯地迎过来。她先把一束鲜花献给惠兰，然后弯腰轻轻地和惠兰贴了贴面。接着再把另一束鲜花给我，和我握握手，拥抱了一下。

沈亚娟与她的老师林惠兰，也与我，真的是亲密无间。

沈亚娟推着轮椅，轮椅的电动装置没有开启。走得很慢。我一手拖行李箱，一手扶在轮椅背上。我们三人走出航站大厅。我们缓缓地向前走，前面好像有走不尽的路……

学校做了十分妥善的安排。林惠兰不便住单元楼了。林老教授生前住的别墅转给了她，单元楼那一套房，学校收回。相关手续都是沈亚娟在总务处代为办好的。

学校对我这位客座教授的工作也做了妥善的安排。惠兰本科的课，全部由我上堂。研究生一个也不转给系里别的教授，还在惠兰的名下攻读学位。我没有博导的资格认证，只能协助林惠兰教授，做研究生的辅导，讲点小课。系里安排我上大课，就以讲座的形式更好。这样，惠兰也不用办病休了，真是两全其美。我向校方表示，很满意这种安排，一定把教学工作做好。

我和林惠兰很快正式办了结婚登记，成为合法夫妻。

这事有点难办，其中缘由不用多说。但不办不行。我不能和惠兰同床共枕，不需领那贴着双人照的结婚证；但没那红证书，我待在小别墅里没日没夜地伺候她，那在堂堂的高等学府里一旦传为“佳话”，我就别再当什么客座了，得滚蛋！

我的后半生，别人无法体验，无法想象，也无法理解的艰难生活，从此受到法律的保护，我真的心安理得。

我可以告慰小玉了，她在病重期间最放心不下的事，拖拖拉拉十三年，我终于办成了！可这事一旦办成，我给小玉挽联上写的，“待到儿女成材日，奈何桥上接夫君”就无法兑现了！原谅我吗？小玉！再过些岁月，我们在另一个世界会面时，一定向你道歉。但我现在还活着，只要有一口气，我只能顾活着的人了。这个人就是白天坐在轮椅上，夜晚躺在病榻上的惠兰！你在世时我曾向你说过的，那个热心帮助我考研的女同学……

小玉说，“何止在病重期间放心不下，我死后还常常回家看你，在菜畦边对你说，你找了女人，我就不回来了。如今我的愿望实现了，你还道什么歉哦！只是我还有点心疼，你服侍生病的妻子能不顾自己到什么程度只有我知道！可我躺在病床上仅仅三个多月，而你和病榻上的惠兰将要共度后半生！望舒，多保重吧！”

沈亚娟成了家。她再次匆忙地结婚，是不是为了摆脱痛苦和烦恼，不得而知。但愿她这次婚姻美满，和丈夫白头偕老。

她没有举办婚礼。旅行结婚很时尚。她也没有事前向与她亲密无间的惠兰老师说一声，更没有告诉我。后来提起，亚娟抿嘴一笑说，“二位老师，你俩结婚，不是也没事前对我说一声吗？你们不是也没办婚礼吗？”她这话说的也有道理。

林惠兰无法正常去办公室上班，系主任当然应该辞了。学校重用年轻人，决定让工作踏实又有博士学位的沈亚娟任物理系的系主任。成了我和惠兰的顶头上司。这当然太好了。我又很自然地想到了小七子，够她在天之灵欣慰的！

我们和沈亚娟仍然相处得亲密无间，很多很多年。

我最后应该交代一个人，否则过意不去。那当然就是瘦猴杨志斌了。他对林惠兰实施了高科技犯罪，又及时对现场做了反侦破处理，使警方难以取证，从而一直逍遥法外。

他在南方医院工作勤勤恳恳，医术精到，名气不小，运气不错，搭上了一位年轻的女护士。他说林惠兰没给他生孩子他尝到了没有爱的婚姻的苦果，下毒手雪了心头之恨，五十多岁再婚，喜得贵子，欢欣若狂。但是天网恢恢，疏而不漏。他两年后被捕，最终受到法律的严正审判。

对于那位年轻的护士来说，也谈不上什么悲剧。她曾多次在同科室的姐妹面前抱怨过，只看重名和钱，跟一个老男人做夫妻实在没意思。有传言杨志斌的最后败露与她有关。说她在受到丈夫类似的恫吓之后，向警方提供了确切无误的证据，嫁给杨志斌是上苍派她去卧底的。这只是一说而已。但杨志斌终审判决后，年轻的护士领着两位律师去看守所，隔着会见室的铁窗与他签了协议书，儿子归女方抚养，最后离了婚。这倒是确有其事。

后 记

人生旅程有各种标志，或者叫里程碑。事业的，命运的，等等。男人的一生中，还有一种里程碑，是女人碑。她们伴随男人度过幼年、少年、青年、中年，抚育他成长，催促他成熟，鼓舞他奋进，一直将他送往人生的彼岸。当他回眸那一座座耸立的碑石时，她们却已不复存在……

（2010 年 9 月定稿于休斯敦）